桃红

安昌河 著

四川人民出版社

图书在版编目（CIP）数据

山桃红／安昌河著. —成都：四川人民出版社，
2024.4
ISBN 978－7－220－13532－3

Ⅰ.①山… Ⅱ.①安… Ⅲ.①长篇小说－中国－当代
Ⅳ.①I247.5

中国国家版本馆 CIP 数据核字（2023）第 217327 号

SHAN TAO HONG
山桃红
安昌河 著

责任编辑	程　川　王其进
封面设计	蒋宏工作室
责任校对	申婷婷
责任印制	祝　健
出版发行	四川人民出版社（成都市三色路 238 号）
网　　址	http://www.scpph.com
E-mail	scrmcbs@sina.com
新浪微博	@四川人民出版社
微信公众号	四川人民出版社
发行部业务电话	（028）86361653　86361656
防盗版举报电话	（028）86361653
照　　排	四川胜翔数码印务设计有限公司
印　　刷	成都东江印务有限公司
成品尺寸	140mm×210mm
印　　张	15.5
字　　数	350 千
版　　次	2024 年 4 月第 1 版
印　　次	2024 年 4 月第 1 次印刷
书　　号	ISBN 978－7－220－13532－3
定　　价	78.00 元

■版权所有·侵权必究

本书若出现印装质量问题，请与我社发行部联系调换
电话：（028）86259453

谨以本书，献给我的童年

那些日子并未走远，它只是一路尾随，沉默寡言。

目录

序　章　/001

上部

第一章　/008

第二章　/026

第三章　/052

第四章　/112

第五章　/138

第六章　/173

第七章　/206

第八章　/235

下部

第九章　/260

第十章　/294

第十一章　/319

第十二章　/394

第十三章　/432

第十四章　/449

终　章　/488

序　章

红找好了图案，芭比仙女、蝴蝶和莲花。文身师抚摸着红光溜溜的胸部，指肚在那两条粉红瘢痕上反复摩挲。她建议红做一款3D乳房文身，说可以完全达到以假乱真的程度。红直接拒绝了，说不需要乳房。它们是3D，是视觉上的。文身师说。那就更不需要了。红说，你倒是可以帮我脱一下毛。文身师满口应承，说私处美容时下很流行的，她们的技术一直是最好的。

只要看到红胸口上那两道长长的粗粗的瘢痕，谁都知道她经历了些什么。文身师处处小心，仿佛红是件好不容易才修补好的瓷器，她可不想一不小心就碎在自己手上。

时间一长，我就不得不为红的身体担心。我建议她回去休息，明天可以再来。看着红的面色有些发白，文身师也帮衬说，因为图案复杂，花三四天来完成的话，效果可能更好。红不高兴，看着文身师，你不是说可以给我一气呵成吗？她又看看我，说，咱们不是没多少时间了吗？

凌晨四点的时候，文身师完成了一切工作，她和她的助手都累坏了。她们叫的外卖也陆续送到，烧烤和小龙虾，还有啤酒。她们邀请我们一起品尝点儿，歇息歇息再走。红很疲倦，连说话的气力都没有了，用微笑表达着谢意。我要搀扶她，她干脆勾住我的脖子，让我抱着她。

她很轻，就像一根羽毛。

回秦村的路上几乎没有车子。红拥着毯子，蜷缩在座位上，我想她应该睡着了，就关了音乐，尽量将车子开得平稳些，像无声的滑行。

车进村里，刚好天亮。已经有人起来了，正准备下地。到处都是鸟鸣，青翠的树木和庄稼，纱般的薄雾。我正要将车拐向通往老宅的小路，红醒来，摁下车窗，四处看看，到了？嗯，先去大石山吧，上山顶可以吗？

晨风寒凉，我怕吹着她，心想也该呼吸呼吸新鲜空气，就没关车窗，只将车速压得更低了些。红倚在车窗，望着外头。真美啊，她说，美得像一首诗。我说是啊，这个季节的秦村是最美的，也最闲适，小麦在灌浆，秧苗在抽穗……这个季节，也是乡村最饥饿的时候，所谓"青黄不接"，就是现在。

我能吃上新麦吗？红扭头看着我。

我摸摸她的脸，我说，我们努力，先争取吃上新米，再争取吃上腊八饭，吃上明春的香椿……

红突然笑起来，我想起你说的那个金针菇的故事了……

我说是真的，你不信的话，等会儿可以当面问我弟弟，问米二福。

可以问吗？红还忍不住想笑。

可以，对于你来说，什么都可以。我说，金针菇的故事还给了我个小说灵感。有个人被怀疑是杀人犯，唯一能证明他无辜的只有他的情人，因为案发那天，他和情人去了人迹罕至的山顶看日出。但是他的情人却竭力否认，她不想失去她的家庭和尊严。怎么办呢？唯一可以证明他无罪的，还有一样东西，那天他在山顶拉了一泡屎。

这是个好故事。红说，可惜我看不到了。

不，你会看到，每一本书，你都会看到……

我想葬在山顶，我想让每天的第一缕阳光都先照耀着我。

是我们。我说。

红探过来身子，我靠过去，我们亲吻了一下。红说，好些年前，你不是给我讲过一个什么清代的人，两口子喜欢对对子，临终的时候，还给她丈夫出了个对联吗？我记得那个对子挺有意思，就是这阵子药物太厉害了，我的记忆被搞得稀烂，丢了不少。

丢不了，都存在我这里呢。我说，他叫李调元，乾隆时候的人，翰林学士，是咱们爱河流域有名的文豪，一辈子就喜欢个著书立说，就喜欢个戏曲、美食和对对子。他的妻子也是个才女，平常交流都是以对对子的方式。临近老年，妻子自知不久于人世，对李调元说，死别只有一回，泉下尚须安排，为置麻桑数亩，侬且先归去。李调元答道，生离已是多番，身旁全无牵挂，再教儿孙两卷，吾随后就来。

你希望我在下头为你做点啥事呢？红说。

我想说点什么，可一时真不知道该说什么好。我心头很堵，也很困，更觉得疲惫。我刹住车。虽然有盘山公路，但是道路太窄，而我也想走走，想让红的脚步印在这片土地上。

红伸手过来，捏捏我握在车挡杆上的手，说，我想在山顶多待一阵子。

我打开后备厢，要背上帐篷。红说不需要，有个防潮垫就行了。

相比于四面的崇山峻岭，大石山只能算是个小山包。大石山的得名，自然是因为漫山遍野尽是石头。这些石头缝隙里长满了荆棘和茅草，少有树木。

大地震发生后，大石山落到了米二福手上，他要搞农业旅游开发，山下的缓坡地带栽种了鲜花和果树，清除掉了山头上所有的荆棘和茅草，先动锄头和洋镐，再用高压水枪，将石头缝隙里的泥土清理掉，让石头突兀出来，这一下子就成了奇观。他们还在大石山有了新的发现，一是两千米长的溶洞和地下河，二是响鼓石。

响鼓石在东坡上，共有五处，形状各异，像开伞的菌子、哀伤的孤鹜……敲击它们，会发出声响，声响随敲击力度大小和区域不同，或浑厚如洪钟，或清亮如铜磬……声音传得很远。

桃迷恋上了这些响鼓石，搞了一阵，摸索出了门道，竟然敲出了一首《东方红》。真是匪夷所思，她竟然懂音乐。桃谦逊地说，我哪里懂音乐呀，我不过是曲儿听多了，一曲《牡丹亭》，我还能从头唱到尾呢。也就是从这个时候开始，她的真实故事才为人所知。她并不是什么温州皮革厂的老总，而是早就入了泰国国籍。就在大家纷纷猜测的时候，我的老朋友——爱城公安局刑侦大队大队长雷带着国际刑警赶到秦村，在鼓乐声中给桃戴上了手铐。桃和她的母亲英子，先后嫁给了一个年迈的泰国老华侨。桃在母亲死后第二天，就毫不犹豫地杀了老华侨，把他分解成十多块，东西南北地随意抛撒。

那会儿桃天天都在大石山上，她想搞大自然音乐，已经做好了两个曲子，一个叫《秦村》，一个叫《大石》。她跟米二福说，很遗憾啊，如果他们晚来两三个月就完成了。米二福说，石头在这里，没长翅膀没长腿，你啥时候回来，就啥时候敲它们！

在大石山顶上，有一处异常平坦，它是一块石头的凸面，四五床晒簟那么大，如一面巨大的桌台。如果不是米二福一直犹豫在上头盖栋别致的楼，还是竖尊观世音菩萨，它已经不在了。我铺下防潮垫，搀扶红坐下，要给她披上毛毯，她不要。

没想到我们有一天会在这里看日出啊。红看看我说，这是个好地方。

我说，那么，就是这个地方了？

可以吗？红问。

我说，我也喜欢这里。

东方的山顶上，绚烂着一片金色霞光。只一瞬，太阳就冒头了，万道光芒迸射开来，世间万物无声喧哗。

红脱了衣裳。芭比仙女挥舞魔法杖，一群蝴蝶随之飞舞，而这群蝴蝶，来自右胸，它们是圣洁莲花片片纷飞的花瓣的幻化……

文身师问过红，这有什么寓意吗？如果你能告诉我寓意，我可能领会得更加深刻，创作出来的作品才能更生动。梦境、童年和生命。红说，我只能告诉你这么多。文身师说，我想我懂了。在完成之后，文身师一连拍了好多张照片，赞叹说这是她近些年来最满意的作品，然后才轻轻地覆上保鲜膜。

帮我揭掉它，正好消消毒。红说。

我轻轻揭掉保鲜膜，它们在阳光下可真是鲜艳生动。

红闭上眼，像是在感受芭比仙女、蝴蝶和荷花在身体里的飘飞。有风吹过，一阵清凉。我抓起毛毯要掩住她，被她挡住。你往后面站一点儿。说着，她脱掉裤子，慢慢展开双臂，将自己投向太阳，脸上洋溢着陶醉般的微笑。好看吗？她旋转着身子，要让自己一览无遗。

她清瘦，骨头显露着坚硬的锋芒，灰白的皮肤毫无光泽，像被鞣制过度的皮革。

我不能避开眼睛，只能微笑面对。我说好啦，好啦，别感冒啦。

看着我，你想到什么了？红立定身子，偏着脑袋，等待我的回答。

我拿着毯子，说快披上吧，被人看见就不好啦。

不，你先回答我。红说。

我抱着毯子，看着她。

你是不是想起了你的童年？红说。

我抖着毛毯说，别闹了吧。

我从来没想到会在这样的清晨，这样的金色阳光中如此……红展开双臂，又转了个圈儿，然后面向我立定，嘻嘻一笑，调皮地问，你想不想要哇？

我别过脸去。

我也从来没想到，某一天我会回到尚未发育的样子。

我听不下去了，也忍受不了，我一把揽过她，将毛毯裹在她身上，紧紧拥抱在怀。红瘦小的身子抽搐着，她在啜泣。

啜泣慢慢停了。

我们坐下，她依偎在我胸前。尽管我们紧紧依偎，尽管我可以感觉到她的心跳，听到她的呼吸，但是我知道，我正一点一点失去她。而她，我的红，她正以这种耗尽一切地对我的熨帖和深入，向我做着最后的道别。

上部

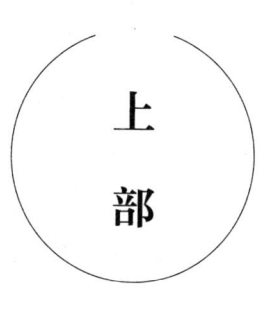

第一章

1

几乎所有的村庄,都有一座古桥,有一眼古井,有一棵古树,有一处孩子们不敢涉足的恐怖地带,这是一个村庄的标准配置。在这标配中,一定还有个神经不正常的人,大河两岸将这种人叫"谭盒子"。还有个年岁足够大的老人,有个神汉或者巫婆,有个远近有名的石匠、木匠、铁匠、篾匠和泥瓦匠,有个能够写得一手好字的文墨人,有个无比精明的家伙,还有个矮矬子。矮矬子这叫法太伤人,大河两岸叫"打杵子"。

我的父亲就是标准配置中的石匠,他手艺高超,会放大料,也会錾刻磨盘这样的精细活。也不知为什么,他拒绝收徒。石匠是个重体力活儿,光是那堆工具,手锤、大锤、二锤、长錾子、短錾子、长钢钎、短钢钎、大铁錾、小铁錾……气力小点的人根本搬不动。所以父亲时常需要一两个帮手。在他众多的帮手中,我最喜欢打杵子。

打杵子其实是种工具,扛树子、檩子、橡子或者担挑子必须随身携带的工具。木头的，粗细刚好一握，齐肩高，下端包铁，顶端叉开，形似羊角，所以有些地方也叫它羊角杵。它功用多，上坡下坎可以当拐杖，问个虚实平稳。打狗棍也是功用之一。而它最主要的作用是分力省劲，左肩重担，右肩打杵子，一支一撬，杠杆作用，左脚起，右脚落，颤颤悠悠，轻松不少。要歇气，取下打杵子，将肩上的重荷撑起来，便可腾出身子，吃烟打扇，喝水撒尿，几不耽搁。

　　打杵子姓林，大名林正文。他很得意这个名字，一笔一画写在地上让我看，还讲了他改名字的经过。他说他是"文"字辈，他伢伢原来给他起的名字叫林上文，他很纳闷，因为"文"字这个班辈是非常好起名字的，比如叫林文武、林文章、林文学，他数了一大溜，这些名字都好听。但是他伢伢为什么给他起名叫"林上文"呢？而且还将班辈字搁在名字最后面。打杵子说，这是因为他伢伢恨他。他娘很漂亮，又能干，但是生他的时候害上了月痨病，在他三岁的时候死了，他爹就将这笔账算在了他的头上，看他百事不顺眼，自然也不会给他起个什么好名字。其实我觉得林上文这个名字也不错的呀。啥不错呀，这里头可藏了个诅咒。打杵子将"上文"两个字圈住，说"下文"呢？他是诅咒我有"上文"没"下文"！

　　打杵子在小学四年级那年，突然意识到这是个诅咒，回家跟他伢伢大闹一场后，找到老师将名字改为"林正文"。不过他为此付出了代价，连小学都没毕业就扛上了狗粪篓子。他虽然没上学，却从来没有放弃过学习，他有一本《新华字典》。在这位无声的老师的教育下，他认的字比一般高中生还要多。因为认字多,他喜欢上了看书,白话文的书看多了,文言文的他也会。我问啥叫文言文。他说就是古书,古代人写的书,他还背诵了几段,虽然听不懂,却让我对他的尊敬和喜爱又增加了几分。

从打杵子对他爹的称呼上,我就意识到他不是我们本地人。在我们爱河流域,都把父亲叫"爹",或者"爸爸",亲昵一点的叫"老爸子""老孩儿",怄气骂架叫"老砍脑壳"或者"老不死的"。伢伢,真是个古怪的称呼。他们是搬迁户,也就是移民。是从什么地方来的,他也不清楚,只记得人很多,坐了很久的船。因为是逆水,船行很慢很慢,加上潮湿,有一天他发现自己的脚指甲上竟然长出了一丛菌子。

在鳏居了差不多十年后,打杵子的伢伢又讨了个女人,给他生养了个弟弟。那个女人很丑,真是应了"丑人多作怪"这句话。虽然他的伢伢也很不待见她,却视他的幺儿为心肝宝贝。

打杵子很清楚大家为什么要叫他"打杵子",因为从小被父亲打骂,肩挑背磨的重活干多了,不长个,比别人总是矮一头。对于打杵子这个绰号,他嫌弃也没办法,都那么叫,总比矮矬子好吧,可是婉转多了。

打杵子二十多岁的时候,强烈要求分家。那时候他因为能说会道,能写会画,很招一些姑娘的喜欢,可是当有媒婆前来提亲的时候,却遭到他伢伢的无情反对。他就知道他伢伢没有给他娶妻的计划,要将他当长年使,积攒下家物给幺儿。他伢伢说分家可以,你就这么滚蛋,不然的话你就再给我做十年活路,我可是养了你十多年!

打杵子说，对待这样的浑蛋父亲，必须用非常手段。有一天他将弟弟骗上房顶，说给他逮麻雀儿耍，然后拿出一匣火柴，威胁他的伢伢，如果不马上给他分家，他就将弟弟从房顶上推下来，然后再放火烧了房子。他的后娘吓得鬼哭狼嚎，他的伢伢也被逼得手足无措，只好去请大队干部。

在大队干部米三斤和玻璃猴子的主持下，打杵子和他的伢伢分了家。

打杵子分得了两间偏房，一张木床，一头猪崽。一年到头，打杵子竟然成了超分户，这简直是不可思议的事情。因为超分户多半是家中老人和碎娃儿多，吃饭的嘴巴多，挣工分的人手少。打杵子，二十多岁的青壮小伙儿，挣的是满工分，他怎么会超分？就因为他好睡懒觉，要么旷工，要么装病。他也根本不懂得操持家务，家里扯得像狗窝，那条猪早被他吃了瘟猪肉。有粮的时候他顿顿干饭，没粮的时候就这家蹭一顿，那家求一餐。

我母亲唯一钦佩打杵子的地方，就是这家伙骨头硬，都饿得打偏偏了，也没乱伸手。乱伸手，就是偷偷摸摸的意思。而在那个挣工分的年代，谁不偷偷摸摸？谁不顺手牵羊？顺个南瓜，摸几个苞谷，拿回去就够喂饱一家人了。

打杵子不屑如此。他觉得整个秦村的人都是蠢货，都是撬哥儿，都在跟他作对。那天早上，他先跟他的伢伢和后娘大吵一场，并且砸烂了自家的房门和他伢伢家的锅。他骂道，老挨炮火的，你们不让我活，我也不让你们过。然后出了门，见了正拿着唢呐吆喝大家出工的记分员，自然又是一通吵闹。又遇见几个老人，他们企图劝劝他，开腔还没讲两句就被一通辱骂。就这样，打杵子像个刺猪子一样见谁扎谁，高声叫骂着离开了秦村。

2

五年后，包产到户已在上年的腊月基本完成。打杵子回来了，身后跟着个女人。此时正值三月天，鸟儿鸣叫，菜花金黄，人们兴高采烈，干劲十足，在忙碌着春耕前的各种准备。

入村后，打杵子没有直接回家，而是转了个弯来到我们家中。

那时候我母亲正怀着我，腆着个大肚皮。打杵子见了我母亲，恭恭敬敬地奉上一包白糖。这包白糖让我母亲手足无措。打杵子和我们家非亲非故，原来也不曾有过什么像样的来往，他咋会突然登门，还送上礼物。我母亲正不知该怎么办的时候，打杵子将身后的女人唤出来，来，英子，这就是我平常跟你讲的何师母。何师母人很善良，针线活做得很好，家务也理得很顺，你要多向她学习，离村子里的那些女人远一些，她们都坏得很。

尽管我母亲见到英子的第一面就有些不顺眼，但是她也不得不承认这确实是个漂亮的女人。她有着高挑的身材，而这身材在成长的过程中绝对没有被柴背篼和猪草背篼欺压过，她的手纤细雪白，别说摸过猪草刀和割麦镰，甚至连衣服和锅碗都不会洗。接着我母亲看出了不祥，她的眉眼太开，眼珠子转动太活泛了——这不是个容易养家的女人。

我的父亲婉转地告诉了打杵子他家的情况。他的后娘在去年害病死了,他那两间房子因为无人看管,风吹雨淋都快垮塌了。

打杵子跟我父亲讲,想跟他学徒。我父亲当然婉拒。打杵子说我在外头也学过两年石匠,会搬大料也会清料,既然你不收徒弟,让我给你打帮手总是可以的嘛。

打杵子的话刚出口,英子就站起来逮住酒瓶要给我父亲敬酒。在大河两岸,尤其是乡村,斟酒满茶都是主人家的事,客人这样做虽不至于失礼,却不是那么合规矩。不过我父亲并没有阻拦她。在饮下这杯酒后,我母亲说,酒都喝了嘛,你以后就把他喊上吧。我父亲看着我母亲,他应该听出了我母亲的语气里有那么一丝怪异的味儿。英子赶紧道谢,说谢谢何师母啊!也要给我母亲满上一杯酒。我母亲推开杯子,你没看见我大肚皮呀?英子一下醒悟过来,涨红着脸道歉。没得啥,你年轻不懂,我也不是拿你当外人,没做对我就说你,你只要不讨嫌我就是了。我母亲从英子手里拿过瓶子,蹾在桌子上,说,二回到人家家里去做客,要端个客人的样子,吃喝就是了,莫要站起来去敬酒敬茶,这不合规矩。

我父亲听不下去了,你这人也是,人家才到你屋,就这样话多。

我就晓得你听不惯。我母亲瞪着我父亲。

何师母讲得对,就是应该这么说,她年轻,又是外头来的,不懂咱们这里的规矩,何师母你要多教育哦!打杵子对我母亲捧出一张热情的笑容。

过了两天,我母亲和我父亲拌嘴,我母亲就拿那天中午吃饭的情形来上嘴。她说，一顿饭，你的眼睛落在英子身上不下三十次，你还敢说你对人家没啥意思？哄鬼！而且刚吃完饭你就去找活路了，你啥时候这么勤快过？

我父亲叹口气说，说你这人刀子嘴豆腐心呢，你还不承认，你也不是着急得不行吗？你又说人家回来吃啥，又说住哪里，又说这好田好地都给人家分了，剩下的都是些边边角角，我还不是受你的影响，想赶紧找点活路，让他挣几个钱，也好买点口粮，修墙补漏。

我母亲直发冷笑。

我父亲有些怄气了，也发出一声冷笑，事情过去这么久了，你还在无中生有。你是不是也要逼我讲一通事情出来嘛？

我母亲说，你讲嘛，讲起来我听听嘛。

我父亲没有讲，因为他听出来了，我母亲的语气里没有挑衅的意味，而是绵软的示好。他们相视一笑，就这样偃旗息鼓，恢复了一贯的平和。

在秦村，我的父亲母亲一直都算得上模范夫妻，虽然有时也拌嘴，但绝对没有像别的两口子那样动拳头，动菜刀，而且也没有动辄就闹离婚。更不可思议的是，他们争吵得再厉害，似乎马上就要见刀见血了，但是接下来就像川戏中的变脸一样，一瞬间就和颜悦色了。

他们在村里也是有名的热心肠，不管是谁家的生亲满月，他们绝对会第一个上门道贺，礼钱也给得慷慨。谁家病患丧葬，火烧房子，诸如此类，他们总是陪着伤心哀叹，拿钱送粮，一副感同身受、倾力相帮的样子。同村人遇到錾磨子、箍坟山，不管是做工几天，我父亲绝对只取半价工钱。而我母亲，会在每年冬腊月，熬更守夜做出那么十几双棉鞋，一一送到村里鳏寡孤老的手上。

可能正是因为他们的善良，打杵子才会带着他的女人，一回秦村就直奔我们家。

吃过午饭，打杵子两口子就要告辞。我母亲收拾了一些米面和红苕，还有一点腌菜和豆腐乳，杂七杂八装了大半背篓，让打杵子背回去，搞得两口子千恩万谢。

这天晚上，喊叫声和漫天的火光打破了秦村的宁静。米三斤和玻璃猴子带着民兵包围了打杵子家，将两口子从被窝里拎出来——他的伢伢在黑暗中听到英子对打杵子抱怨，说真不应该听他的鬼话，被骗到了这么个鬼地方。于是就坚定地认为打杵子拐卖妇女，大义灭亲，向村上举报了。

打杵子敲着破瓷盆大喊冤枉，大骂他的父亲。而他的女人英子，用那床从我们家借去的被子包裹着自己，坐在门口呜呜哭泣。因为包裹得不严实，人们发现她身上啥都没穿，火光中，那影影绰绰的白是如此刺眼和引人注意。

3

离开秦村的打杵子去了很多地方，都没站住脚，直到来到一个叫平武的地方。打杵子先跟人学挖瓢，后来又跟人学木匠，都不长久。最后他跟一帮伐木的混在了一起，还和一个姓林的聋子结拜了兄弟。林聋子并不是全聋，只有一只耳朵失聪。他是林场正式工，喜欢喝酒，喜欢喝醉了打老婆。他打跑了三个老婆，眼下正求人给他介绍第四个。林聋子虽然性格粗暴，但对朋友很慷慨很热情，他对打杵子尤其好，因为他们都遇到了个糟糕的父亲。

　　林聋子因为打老婆，在林场算得上臭名昭著，所以第四个女人迟迟讨不上手。不过林聋子对此毫不在意，因为他是林场的正式职工，工资高，待遇好，好多山里的女人都想嫁给这样的人。打杵子劝他说，那你也不能打老婆啊。林聋子不以为然，嫁给我啥也不用干，吃香喝辣，隔三岔五还往娘家送一大车块子柴，挨一顿把顿巴掌有啥呀？打杵子说，你既然当我是兄弟，我就劝你两句，女人嫁给你这样的林场的人确实是种福气，可也不是你说的那样啥都不干呀，每天晚上不陪你乐呵了？不给你洗衣做饭？不跟你生娃养后？林聋子说，咦，老弟，你不是没讨女人吗？咋啥都知道啊？打杵子说，我是讨不着女人嘛，所以才天天想女人，天天求请老天爷给我个女人。如果老天爷真可怜我，给我个女人，我该咋对她呢？肯定是要把她当观世音菩萨供奉起来，哪里还舍得打呀！

　　林聋子很感动，建议打杵子不要在林场里继续待下去，干着最苦最重最危险的活儿，却拿着最低的工资。与其这样被糟蹋被剥削，还不如正正经经地去学个手艺。在他的推荐下，打杵子进了基建队，负责的头儿是他的朋友，打杵子被安排跟一个石匠学徒，尽管三天打鱼两天晒网，却拿的是足额的月份钱。

　　臭名远扬的林聋子迟迟讨不上女人。他再三向媒婆保证，以后再也不打女人，因为他听了老弟的劝导，绝对会对女人好。但是谁也不敢冒这个险。林聋子一再降低标准，从脸蛋漂亮身材好人年轻，降到只要不带残疾，二婚没娃也可以，再降到带娃也可以，而且礼金也一再提高，还是没有哪个女人看上他。

这天，打杵子遇到个男人打女人。男人五十多岁，女的还是个姑娘。打杵子以为是父亲教育女儿，可一听骂人的言语，不像，于是乎就"路见不平旁人铲"。打人的悻悻地离开了。面对好心肠的打杵子的询问，姑娘倒是坦诚跟他讲了实话。

她叫英子，父母死得早，哥嫂也不咋管她。打她的是平武县的一个人，她十四岁就跟着他，吃他的，喝他的，穿他的。刚才挨打，是因为他撞见她和几个男的说笑，而且她时常为这种事情挨打，如果回去，保定又是一顿。打杵子问，为啥呀？英子说因为你是男的，还跟我讲了这么久的话。打杵子说，那你以后就别跟男的说笑了嘛，讲话也别太久。英子说他就是吃醋，嫉妒。打杵子说，如果我的女人跟别的男人说笑，我也会吃醋的。英子说，他有老婆。打杵子说，有老婆你怎么还跟他？英子说我啥活儿也不会，不跟他，我咋生活呀。打杵子说，这还不好办？找个能挣钱养你的男人，嫁了不就是了嘛。英子说，谁敢娶我，我用了他那么多钱，他说了，要想离开他就得赔他的钱。打杵子说，钱不是问题，我帮你介绍个人。

林聋子一见英子就傻了眼，咋这么漂亮又年轻，简直是画上走下来的。三个人一起找到那个人，那个人起先还狮子大开口。打杵子说你就没想过，这事捅出去只怕你马上就落得妻离子散，家破人亡。说着摔出几页纸，要那个人看看是不是属实，才十四岁你就把人家诱奸了，欺瞒你家老婆不算什么，诱奸幼女，霸占良家妇女，生活堕落腐化，哪一条都够你把牢底坐穿。

林聋子不光没给那个人赔一分钱，反倒是那个人给了英子几百块当青春损失费。林聋子和英子顿时觉得打杵子的能耐可不是一般化的。

新娶了漂亮老婆，林聋子就像重新换了个人。他还真像打杵子讲的那样把英子当观音菩萨一样供着，啥也不干，一有时间就带着英子去下馆子，给她买新衣裳。而且林聋子也一反常态，工作总是冲在第一线，苦活累活总是抢着去干。他跟打杵子说，我当然想多挣点钱啊，现在花销那么大，但是我更想挣表现啊，早点当上负责的头儿，就可以早点把你调进来当正式工。

上级下达了一个重要任务，为某个重要工程紧急采伐一批优质木材。林聋子抢到了这个光荣任务，并且火线入党，火线被提拔为队长。队长过了就是大队长，然后是副场长、场长。林聋子十分高兴，带领队伍进了山。采伐工作非常顺利，林聋子圆满完成了任务。在返回场部的途中，他们搭乘运送木材的车翻了，林聋子被砸了个稀巴烂。

在抚恤金归属问题上，尽管打杵子拼死帮忙，但是英子不仅一文没得到，还差点脱不了身。因为林聋子的那些个亲兄弟太厉害了，他们不晓得在哪里伪造了一大堆林聋子的借条。父债子还，夫债妻还，行，你既然要争这个抚恤金，那就先把这些债务还了吧。然后一群债主冲了进来，围着林场的领导，逮住英子撕扯，还将打抱不平的打杵子一顿好揍。

英子扯着满脸是血的打杵子，哭喊着说，算了，都给他们吧，我不要，一分也不要。你不要你咋活呀？你啥也不会做。英子说，有你在，我还会饿死吗？

就这样，英子和打杵子走到了一起。

失去林聋子的工资，没有林聋子这个靠山，尽管英子很愿意去学习干活儿，尽管打杵子很卖力地四处找事做，但是他们的日子越过越艰难。万般无奈，打杵子想到了回家。

不是包产到户了吗？我农忙种地，农闲找工挣钱，咱们的日子很快就会幸福起来的。打杵子说。

你们回来是对的。我父亲跟打杵子讲，虽然分到你头上的都是边边角角，但是亩口还是在那里嘛，只要认真耕种，舍得出汗，土地是不会亏待你的。

是啊，再说我还可以跟你去挣一份手艺钱嘛，我手脚慢，气力不够，你莫嫌弃我哟。打杵子递给我父亲一根烟。

我父亲犹豫了一下，接下了那根烟。

这个场景，发生在我出生的那个月底。深夜里，打杵子夫妇来给我母亲送月礼，五十个鸡蛋，三斤冰糖，五斤面条。这并不算是一份丰厚的月礼。我母亲还记得她的回馈。他们的日子都过成了那个样子，我咋好意思收呢？原样退还不说，还倒贴了二十斤大米，两斤清油。

那个夜晚，打杵子两口子和我父亲一起坐在堂屋里。我母亲搂着我，我衔着她的奶头。英子坐在我母亲身边，看稀罕玩意儿一样看着我，不时伸出指头，用指肚轻轻摩擦一下我的小脸蛋。打杵子将他们的故事一五一十讲给了我的父母，而且强调，这些事情，没有第二个人知道。

对于这份信任，我的父母都很感动。在这样的环境中交谈，自然而然会扯到生儿育女上头。打杵子说他们可能不会有孩子，因为英子从未怀孕过。不过没有关系，打杵子说，等我们日子稍微好过点儿，就去收养一个，好生培养，一样有人养老送终。

我母亲觉得他们的看法不正确，因为她也是和我父亲结婚好多年，这才开怀的。第一个没带上，第二个才是我。她说，外头那么多人嘀咕，就连我老人婆也指桑骂槐，说喂只鸡婆也要捡几个鸡蛋，但是我从来没有怀疑过我的肚皮。她转头问起了英子各种细节，跟那个人的时候来月经没有？那个人是不是害怕惹祸，故意喂了她什么闹药？现在月事还正常吗？

最后，我母亲断定，他们会有孩子的。

4

包产到户后，土地是自己的了，多种多得，所有人家的积极性都很高。而那些土地已经好多年没有被这样认真对待了，所以就像报恩似的出产粮食。粮食多了就可以多喂猪，多养鸡鸭，多换钱，钱粮不愁，就可以办大事了。在乡村，最大的事莫过于修房造屋。过去是茅草棚子的如今要翻盖瓦房，过去是土坯房子的如今要盖砖房，而且一家比一家修得宽敞。爱河流域的乡村过去有句老话，叫"家有钱粮，请来五匠"，意思是只要家有余钱存粮，就应该搞建设。而五匠之首就是石匠。石匠之所以成为五匠之首，原因之一就是修房造屋都得先从打屋基开始，屋基屋基，一屋之基。

我父亲打的屋基石，块大，平整。虽然抬石头的人吃累，但是一摞一个准，纹丝不动，严丝合缝。修房造屋的越来越多，我父亲就特别忙碌，总是早出晚归，好些时候为给主人家赶上吉时良辰，三五天都不落屋。所以我母亲总会抽时间抱着我，寻着叮叮当当的錾子声响，前往打石场看望我的父亲。连着好几次，我母亲都不见打杵子。一个帮手悄悄告诉她，这个打杵子就是个磨洋工的，都现在了，给私人做活路还学大集体。四个人做活路，该出多少大料清料，主人家不清楚，何师傅心头明白。何师傅是个自觉的人，生怕对不起主人家，因此打杵子磨洋工少打一錾子，他不肯歇息也要补上那一錾子，打杵子少清一块料，他就算晚上点着油灯也要补上一块。这个打杵子是在喝何师傅的血啊！那个帮手叹着气，完全不理解的样子，何师傅这样做是何苦哟，硬是上辈子欠他的吗？

这么长时间以来，我的母亲一直像个愤怒的收捡者，而此刻她整个人已经像一只塞满了烈性炸药的火药桶。我母亲敲开打杵子家的门，打杵子和他的女人衣衫不整，睡眼惺忪地出现在门口。

青天白日的，石匠都在打石场忙死了，你还在屋里睡瞌睡？

哎呀，何师母，你不是算定我们英子有生养吗？我查了日期，这些天正赶上她那个排卵期，我这不是跟种庄稼一样抢季节吗？打杵子嬉皮笑脸地说。

我母亲愤怒难当，狠狠地啐了口唾沫，我家屋头那个都快累死了,你还有脸磨洋工?你硬是个烂眼儿哦!我要是个男人,活成你这鬼样子,早就跳牛尿坑里淹死了!我母亲到打石场,将打杵子的手锤丢进刺笆笼,指着我父亲的鼻子骂道,你要是敢把手锤捡回来,再说啥抹不下脸的话,你就去跟他们一家子过!我父亲不敢造次,我母亲一旦认真起来,他就不得不严肃对待。

几个月后,打杵子逢人就取烟发糖,喜滋滋地向人家报喜,他家英子怀娃娃了。人家都笑话他,说这有啥奇怪吗?就好像天底下只有他家的女人会怀娃娃一样,就好像他那个娃娃将来要当皇帝一样。

打杵子还带着英子,买了糖,到我们家向我母亲表示感谢,说全靠她"金口玉言"封赠好。我母亲冷冰冰地说,娃娃是你们两口子怀上的,我又没撒把肥料吐泡口水,烧香走错了庙门嘛!

尽管心头不是很高兴,我母亲还是向打杵子两口子表达了祝贺,而且将英子喊到一边,以一个过来人口吻,悄声询问她一些私密事,叮嘱她眼下该注意些什么。

她对英子说,我这个人呢,村里人都晓得,不喜欢讲哪个,说哪个,但是对你,我还是要讲两句。你就要当妈了,你再也不能像以前那样过了,女人家,女人家,男人有了女人才有家,所以你才是家。你要把你的家管起来。咋个管?你得学会洗衣做饭,做鞋子,缝衣裳,莫要啥子都想着拿钱去买,买不回来的就指望别人送。得自力更生,得靠自己的双手,你还得学扯猪草,喂猪养鸡养鸭。养一头猪,全家一年大的花销就够了,杀一头猪,一年的肉食就够了。你还要把你的零嘴戒了,一把瓜子就是三四天的盐巴钱,一把水果糖就是三四天的菜油钱。你家房梁垛子上没有冒银子,哪敢那样吃零嘴?这秦村,不管哪家子,能吃得上一碗饭,能在过年穿上一件新衣裳,全都是靠一张嘴巴省下来的。你还要教育你的男人,不要再懒散了,男子汉得像个男子汉,硬着脊梁骨把这个家撑起来,莫要惜疼气力,气力今天用完,明天还会再生。好男人都是好女人经管出来的,你要经管好他,你更要经管好自己!男人是个耙耙,女人是个匣匣,男人辛苦在外头挣,把钱扒拉回来,你就要把钱装进匣子里,牢牢地管好用好!

而在另一头,打杵子正在央求我的父亲,要回到他的打石场。在离开我父亲后,打杵子相继跟了好几个石匠打伙,都闹得不愉快。他也去了土镇找事做,不长久。他甚至动了重操挖瓢的营生,但是念头一出来,马上就被自己否定了,物美价廉的塑料瓢到处是,谁还用木头瓢呢?我两个饱一顿饿一顿咋个都可以,可是再过几个月,娃儿就要生出来了,咋个办嘛。打杵子哀叹着,眼巴巴地看着我的父亲,老哥子呢,你就拉兄弟一把嘛!

我父亲看着我母亲。

我母亲板着面孔说,林正文,你马上就要当爸爸了,能不能改个样子?你难不成也要你娃儿以后像你这个样子?到时候他运气会有你这么好?还会有个像何师傅何师母这样的瓜娃子瓜婆娘等着他往头上拉屎撒尿?

打杵子涨红了脸,被噎住了似的,一句话也讲不出来。

随着英子的肚皮一天天越来越大,两口子的改变也越来越明显。英子虽然没有喂猪，原因是没有猪圈，但是喂了不少鸡。她还跟我母亲学会了缝制娃娃衣裳和做鞋子。她在缝娃娃衣裳这件事情上确实有些天赋，她将破布烂衫撕扯成一小块一小块的，五颜六色拼在一起，然后裁剪、缝制。她的针脚很漂亮，又密又直，就像缝纫机上踩出来的一样。我母亲对英子这手艺赞不绝口。当然更出彩的还是她在色彩的搭配上，一点儿也不像百衲衣，更像是从春天的花丛中裁夺出来的，非但不俗气，反而很鲜丽。不过英子做鞋就不行了，尽管她很努力，做出来的鞋还是像难看的草履虫。

打杵子的变化也十分喜人，他就像重新换了个人，不再磨洋工，也不惜气力了，铁锤抡得越来越高。我父亲虽然不收徒，但明显是在把他往大石匠方面栽培。

打石头可不是简单地拿起锤子敲錾子，这里头有许多门道。首先是得会选石场，要选距离主家最近的，这样可以帮助人家节省很多抬力，而且还得根据主人家的用途，如果是做基脚石，就需要癞巴石；如果是砌坟苑，就得用青理石，因为青理石更容易凿出分明的棱角。至于做堡坎，因为用料多，为了节省人力成本，就要选容易开凿的裂性好的石头。这所有的石头大都被盖山土掩盖着，坨坨肉一般，只露出皮面上一点，怎么选，就得考眼力了。

盖山土挖开，石头露出来，就该花上两袋烟的时间好好审审它了。石头可不是乱生乱长的，它有着一般人看不出来的纹理，如果不搞清楚纹理走向就胡乱下錾子，遇到咬性大的石头，几下就把錾子啃秃了，而且不管你的錾窝打得有多深，使多大气力，把铁錾打飞，也只可能蹦出一个小窝窝。

所以很多半罐水石匠把錾子打秃几十根，錾窝密密匝匝打好多排，吆喝声把嗓子都叫哑了，石头除了留下几个崩炸的錾窝，纹丝不动，原模原样。

在我父亲的工具中，只有几头一拃半长的大铁錾。凭这几头铁錾，他就可以将房屋大的石头錾开。我是见过那场面的。间距一两米才錾一个錾窝，笔直一线。然后将铁錾放进去，拿手锤一下一下栽实了，这才抡起大锤，挨个夯，先轻后重，要不了几个来回，就会听见石头开裂的嘎嘎声。那声音虽不大，却足以骇人心魄。随着最后一声吆喝，最后一锤子落下去，"砰"一声，房屋大的石头迸裂到底。那几头铁錾终于松了口气似的，歪斜在那里。

很多石匠到我父亲的打石场偷师学艺，见他打的錾窝又浅又小，而且间距那么远，但是几锤下去，大石头就发出了迸裂声，既感到震惊，又万分钦佩。他们会审石头，也懂得纹理，但是他们就是拿不到我父亲那么精准。我父亲简直是摸准了石头的命门，举重若轻，四两拨千斤，诀窍在哪里，我父亲从来都是秘不示人。但是他却准备把这看家的独门绝技传授给打杵子。

结果让我父亲很失望，打杵子看不会。我父亲说，以为他识文断字，眼力见儿有多厉害，一看就会，结果呢？他的眼睛里遮了一层翳，别说看石头的纹理，他连石头是躺着的还是站着的都看不出来。看来，他并不是吃打石匠这碗饭的料啊！

第二章

1

秦村女人生娃儿,都是在接生婆的帮助下,在家中完成的。当然,英子除外。随着英子进入临盆期,打杵子越来越心神不宁,说一闭眼就做梦,这些千奇百怪的梦预示着各种不祥。我父亲说梦做得奇怪跟平时胡思乱想有直接关系。打杵子说,不光我做怪梦,英子也在做怪梦,而且老是感觉身边站了个人,有时候吓得夜都不敢起,我在想,怕是有人在故意害我哟。

我母亲说,既然这样,你就买点肉煮个裤头,去敬一下你的祖老先人嘛,请他们保佑你。

我家里连神榜子都没挂一张,咋个敬呢?打杵子叹着气。

你伢伢屋里不是挂得有神榜子吗?你到他那里烧几炷香,通白几句就行了嘛。我母亲说。

那是他的神榜子,神榜子上的家神菩萨也都是他的家神菩萨,不求乞他,我另想办法。打杵子从五道河请了一位"弟子"。这是个年迈的老太太,平常总是沉默寡言,喜欢嚼干胡豆，喝烧酒，有"下阴"的本事。也只有在"下阴"的时候，她才开腔说话。不过她讲出的还不是人话，需要一位助手帮忙翻译。她的这个助手是一个和她年纪差不多的老太太，姓沈，也是五道河的。

"弟子"在一番焚香祷告后，开始了走神。顺利地下到了阴间，见到了诸多鬼鬼神神，自然也见到了打杵子那些亡故的祖老先人。事实确如打杵子所言，他两口子被人诅咒了。打杵子因为是男人，阳火高，一时半会儿还没啥。但是英子就不一样了，她是女人，还是大肚婆，身前身后跟着好几个小鬼。

"弟子"问英子，平时是不是总觉得头重脚沉，背皮发凉？

出于必须遵守的规矩，她不能向打杵子泄露诅咒他们的人，但可以帮忙解除这些诅咒，再通融鬼神，让他们保佑打杵子两口子和那个肚皮里的娃儿。于是接下来就是请鬼请神，请他们开恩帮忙。

打杵子料定他伢伢不会善罢甘休，出于安全考虑，他不想让英子在家中生产。因为他邪恶的伢伢就住在隔壁，只怕到那时，他伢伢早请了一屋子的家神野鬼等着祸害他们呢。

英子生产那天，正是土镇的逢场天。打杵子接连找了好几拨人，让带话给我父母报喜，说他老婆为我父母生了个漂亮的儿媳妇。我父亲听了呵呵直乐，说这个打杵子尽开黄腔呢。我母亲说，啥子开黄腔？我看你高兴得很嘛。

五天后，打杵子用背夹子将他的妻女背回了秦村。他拐弯儿来到我们家门口，大声武气地吆喝，师傅师母，你们不出来看看你们的儿媳妇啊？我父母出来了，喊他们进屋坐。

打杵子抹着满脸的汗珠子说，秦村的规矩我又不是不晓得，是不准月母子进别人家门的，我们还是守规矩，等你们看一眼就回去。我母亲说，走嘛，咋个叫月母子在风坝坝里晾起呢，进屋去。不信那些！

于是他们进了屋。

我母亲煮了四碗黄糖荷包蛋，大家一起吃。打杵子讲着土镇医院生产的种种惊险和趣闻。我父亲认真地听着，我母亲放下我，抱过那个娃娃仔细打量。

叫啥名字呢？我母亲问。

还没起，英子说，他爸爸说回来请师傅帮忙起一个。

我母亲就冲着我父亲吆喝，喊你起名字呢。

我父亲是坚决不干的，说他大字不识一箩筐，而打杵子文墨深厚，这名字由他这个当父亲的来起再合适不过。

打杵子说，那就叫"桃"吧，以后书名就叫"林桃"，这名字正好跟何山对上。林桃对何山，"山河"对"桃林"……

我母亲轻轻念了两句，嗯，是好听。

那就这么定了，打杵子很高兴，捧着我的小脸蛋，山，你咋不高兴呢？

过了一阵，打杵子正式跟我父亲提出要定下这个娃娃亲。我父亲回头跟我母亲商量，我母亲坚决不同意，说这事儿平时当个玩笑开开还可以，要摆上桌面当个正事来办，那不行，一来让人笑话，二来不管他两口子现在改变有多彻底，我总对他们不放心。

我父亲很为难，那我咋个去回话呢？

简单，你就跟他们讲，八字不合！

这事儿让打杵子很不开心，闷闷不乐好长一阵子，都不来我们家。

不过打杵子给桃摆百日酒的时候，还是先来请的我们家，然后才去请的村上领导米三斤和玻璃猴子以及生产队老队长。

在酒桌上，打杵子宣布了个事情，他准备修建新房，从这个鬼地方搬出去。他的新宅基地选择在大石山的山脚下，因为推开后门，就可以去打石头。而大石山的石头，不管是做基脚石，还是堡坎石，或者做猪楼板，都是上等好料。而搬掉一块大石头，将盖山土回填过去，就可以得到一块好地，种豆种瓜，再好不过。

我父亲当即打断他的话，说你想过没有，大石山的石料虽然好，可是不通路，这天远地远的，哪个主人家会把采石场选在那里？我母亲也提醒他说，生产队这么宽的地方，你咋非得要到那里去修房子呢？鬼都打死人的塌塌，平常放牛娃都不愿去，你咋想的哟？

我晓得我这个人讨人嫌，我就住远点，让大家眼不见为净嘛。打杵子呵呵笑着，看着玻璃猴子，这大石山是我们生产队的公山，无人无主，这个事情还指望支持一下哟。

玻璃猴子看着米三斤，米三斤说，支持一下就支持一下嘛。

打杵子非常高兴。端起杯子来，挨个敬米三斤和玻璃猴子他们。酒敬到我父母跟前，打杵子已经喝麻了，舌头都捋不直了。他说我晓得你们不跟我打亲家啥意思，嫌我呗，怕我跟你们扯上亲戚拖累呗，我就要做个样子给你们看看！

打杵子四处借贷，只要是熟人，就会觍着脸皮伸出手，他甚至都借到五道河的那个沈大娘家去了,而且一来二往还跟她那个老光棍儿子沈二仙成了好朋友。

房屋落成那天,打杵子夸下海口,他要在两年之内还掉所有欠账,不过这一切还得我父亲帮忙。我母亲气咻咻地说,还要咋个?他就差没把骨头车成纽扣给你拿去卖了!

2

打杵子要我父亲推掉外头的做工,和他一起开办打石场。

在大河两岸,生猪养殖是个大产业。以土镇为例,包产到户第二年,人均出栏肥猪就是一头半。之前养猪的猪圈都是木头做的,木头的围栏,木头的楼板,猪这家伙,那张长拱嘴始终是不会闲着的,不是在吃东西,就是拌嘴打架,要不就是拱围栏啃楼板。木头猪圈,要不了几年就会被糟蹋得不像个样子,加上屎尿一侵蚀,很容易就坏了。所以时常发生猪翻栏越圈,逃跑不见,或者掉茅坑里泡得半死不活。因此,用石头砌猪圈,用石头做楼板,那是最好不过的。而大石山上的石头条纹清晰,材质细腻,最适合开猪楼板。

以往主人家都是请石匠帮忙开猪楼板,而开猪楼板又不是个容易的事,得搬大料,解小料,最后一块块地开出来。请人的工钱加上烟酒招待,一块一丈二长的猪楼板会摊上二三十元。遇到石料不好,突然折断,那成本就更高。如今,这大石山的石头这样好,搬大料,解小料,到开板子,加上点包点坑的清理平整,均拉下来,一个人一天是完全可以开出两块猪楼板的。一块二十元,两块四十元,而主人家往常给他们开的天工是八元一天，加上一包烟一顿酒肉，拢共也不过十多块钱，这账一算，的确是两头欢喜。

至于我父亲最担心也最困扰他的道路问题，打杵子也早有考虑，说这根本不是个事，他们只需要架设两个沟坎的桥，而且架桥也很简单，用几块稍微厚实的猪楼板铺上就是了，剩下的道路修整，不消花一分钱就有人来帮忙，还都会抢着来。

谁呀？

我们开猪楼板，必然会废弃很多石料，垒猪圈，码堡坎，砌屋基……哪个要，我们就免费送。要石料的人自然会想方设法弄出去，而使拖拉机是最省工省时的，所以他们自觉自愿地就会帮忙修出一条机耕道。

我父亲半信半疑。

你放心吧，这个世上最不缺的就是占欺头捡便宜的人，只要我们打出一批石料，把话放出去，不出半个月路就修好了，剩下的就该咱们好好地卖猪楼板了！

看我父亲犹豫不决，打杵子急了，正是因为有你，我才把房子修在这里；正是因为有你，我才打这个主意的。你要不搭手，我找谁去？哪个来帮我审石头，帮我看纹理……师傅，你是开猪楼板的高手，你不能丢下我这一摊子不管啊。

他叫你搭把手？叫你帮他？我母亲瞪大了眼珠子。

是，他是这么讲的。我父亲说。

你咋想的呢？我母亲问。

那就帮把手嘛。我父亲说。

打杵子原来预料的半个月修好桥修好路，实际上用了三个多月。打杵子跟我父亲说，他其实也预料的是三个月，但是怕说出来吓着我父亲，急于拖他下水，才那样讲的。

你就说半年，我也会掺和进来。我父亲看着像豆腐条一样，整整齐齐摆了一片的猪楼板，一丈的，一丈二的……各种尺寸，各种规格。真是难以想象，他们两个短短几个月，就打下了这么多板子。

吃住差不多都在大石山，又不用搬行头把式，一天全心全意都在开板子，当然要打这么多了。我母亲虽然也很吃惊，但却表现得格外镇静，不过看着这么多的猪楼板，难免有些担忧，卖给谁呢？这钱他打杵子又该咋个分呢？

只一个礼拜不到，那么多的猪楼板就全都卖出去了。那些天里，大石山脚下很是热闹，拖拉机嘟嘟地喷着浓烟，空气里弥漫着刺鼻的柴油味儿，来来往往的这些个买猪楼板的，都赞叹着猪楼板的光洁漂亮，价格的公道。

而那些天里，英子肩上挎着个小包，怀里抱着桃，手里捏着个精巧的电子计算器，算账收钱。而我的父母出于一贯的仁义，由我母亲给那些买猪楼板的煮顿便饭吃。所谓便饭，其实一点也不随便，酒肉干饭尽吃管够。

没有多长时间，我父亲他们开的猪楼板声名远扬，要想购买得提前付定金。这是打杵子定下的规矩。我父亲是有意见的，说话算话，收啥定金呢。但这事有意见归有意见，采不采纳是打杵子的事。因为我父亲是在给他搭手相帮，一切都是他说了算，包括开工钱。

打杵子给我父亲开的工钱，并不是他先前许诺的二一添作五，而是从中先取出一份给英子，说她在帮忙算账和管钱。

在深夜的长谈中,我母亲感到愤怒。他咋个这样心口子厚呢?你是师傅哟,审石头弹墨线,哪样不是靠你?没有你,他有法没有?别说开猪楼板,给个金娃娃他也搂不住!

我父亲也是有意见的。对于这钱咋个分,他的心头是有个估算的,觉得出于对自己的尊重和在技术方面做出的贡献,打杵子是应该多给他一两成的。当然,如果真给他,他也会推辞。他要的只是打杵子的一个态度,但是打杵子非但没有表现出这个尊重和公平,反而显露出了令人厌恶的私心。

哎呀,有啥嘛,不就是几个钱嘛。我父亲干笑两声,不过,他确实做得有些过火啊!算了,让他!

再让,只怕他爬到你的头上拉屎撒尿了呢!我母亲愤恨地说,英子拿个计算器收钱就要分一份,我给那么多人煮那么多饭,咋个不拿一份?明显是瞧不起人嘛!

我父亲就当开玩笑一样,婉转地将我母亲的诉求跟打杵子讲了,打杵子做出一副猛然醒悟过来的样子,一拍大腿,哎呀,我咋个把师母忘了呢?

哟,这咋能比呢?一旁的英子说,我虽说拿个计算器,可也一点不轻松啊,几尺几寸,几角几分,要算清楚不说,还要背骂名。那些买东西的人,一个比一个精头精脑,总想能少给几个就少给几个。咋可能呢?你们那么大太阳都在外头晒,活路又是那么粗重,一天下来,汗水只怕流了几碗几盆,咋个也不能叫他们白捡便宜。所以我怎么也要把好这个关口,不该要的我一分不取,该要的我一文不差。你们不晓得他们背后都咋个骂我的,骂我狗夹子,骂我恶鸡婆,说我算盘都打立起了,心口子比猪楼板还厚。师母就不一样了,虽说是做了饭菜,可是这米面油盐和酒肉,都是总账里出的啊,她累是累了些,这点要认账,但是她得了那么多好啊!你看那些吃了饭的人,哪一个不对她一个道谢又一个道谢?其实归结起来一句话,我背恶名,师母当善人,这没得一比呀!

我父亲很生气,当时就冲英子呵斥道,这说的是人话吗?

打杵子见我父亲脸青面黑,是真怄气了,赶紧将英子一顿喝骂,又转头好言好语对我父亲一通劝。

我母亲拿到了她的那一份。只是英子讲的那一通话,在此后很长一段时间的深夜谈话里,我父亲都没敢说给她听。我母亲将钱一张张抹平,捏在手里,厚厚一大摞,真是难掩喜气。不管咋讲,这钱来得利索,还不零碎,容易攒住。

我父亲一直阴着脸,以后那个煮饭的事情,你就别去干了。

我母亲奇怪了,咋啦?谁说啥了?

猪楼板不够卖,现在都是他们求着我们,我们咋个还低声下气去伺候他们呢?

哎呀,你咋讲得出这话呢?哪里是伺候人呢?人家天远地远跑来买猪楼板,帮着做顿饭,大家吃好喝好,乐乐呵呵,咋了?

过了几个月,我母亲终于听见了英子讲的那些话,当然不可能是我父亲转达给她的,而是英子跟一群女人去土镇赶场的时候自己冒出来的。

3

那时候的秦村人，突然间对打杵子和英子就客气了起来。有人还夸奖起了打杵子，说长扁担短棒槌，关键是要用对地方，人不可貌相，海水不可斗量！打杵子很享受这一切，他的野心更大了，要招兵买马，多请几个帮手，到时候我父亲只管技术，而他只做管理，大把的钞票就赚回来了。我父亲劝他打消这个念头，说都是同行，挣的都是辛苦钱，盘剥人家的话，传出去名声难听。如果打杵子不听他的，那么他就退出。

我父亲回去就跟我母亲讲，人心不足蛇吞象，打杵子迟早要坏事。

我母亲有些不以为然。

我父亲说，都捧稀饭碗，你端碗干饭也就算了，碗里一天三顿有肉。

我母亲明白了，那你就走嘛。

我父亲叹口气，我还是舍不得那些猪楼板啊，那么漂亮。

我母亲也迟疑了。是啊，猪楼板那么漂亮，钱来得也那样容易，那样多。思前想后，我母亲觉得自己其实可以做点什么。

英子身边总是聚着一群小媳妇儿，她们跟英子摆闲条，跟她讲好听的恭维话，夸她会过日子，邀约她上街赶场。英子以为这些都是她的好姐妹和知心人，对她们极其慷慨，请她们下馆子，抢着为她们付钱。英子一旦出门，一群女人跟着,帮忙抱娃娃的,帮她拎包包的,前呼后拥。一回到家中,那更是热闹非凡,女人们夸张的笑声就像野鸽子一样扑腾乱飞,而这其中属英子的笑声最响亮,最肆无忌惮。

跟英子耍得最好的是玻璃猴子的老婆大喇叭。那天大喇叭问英子,何师母怎么不到你这里来耍呢?英子笑笑说她可能是忙嘛。大喇叭说,我看呀,她可能是对你不安逸哟。英子说咋会呢。大喇叭说别哄我们了,我看你对她其实也不安逸,咋回事嘛?说说。英子脑壳一热,就将我母亲跟她要工钱的事讲了,说何师母聪明,会当善人,而她生就愚笨,只会当恶人。女人家在一起,话总是越说越多。英子的嘴巴就像垮堤坝一样没了规栏,啥话都讲出来了,什么我母亲就晓得装模作样,听说当姑娘家的时候,也不是很干净的嘛。

不等天黑,这些话就传到了我母亲的耳朵里。我母亲怒不可遏,就像要报仇雪恨的战士一样,气势汹汹地前往英子家。

场面有些混乱,因为英子老远看见我母亲怒气冲冲地过来了,她猛然意识到自己的那些话惹祸了。正要往大石山上去躲起来,暂避锋芒,却因为身边几个女人的怂恿,让她不用害怕,"有理走遍天下""都是一张嘴,你还讲不过她",还说如果何师母敢动手的话,她们不会坐视不理。

等英子意识到自己完全没有那个能力,也没有那个必要和我母亲对抗的时候,再想走为上计,已经来不及了。

所有乡村的女人,不管她平日多温顺恭谦,多么善良稚雅,即便从未和人发生争执辩孽,也并不代表她不会争吵和辩孽,也并不说明她不会撒泼发狠,因为在她们的身体里始终有泼妇的潜质和能力。千百年来的恶劣的乡村环境，在每一个乡村女人的身体里都饲喂了一头凶猛的怪兽。就像我母亲时常讲的那样，骂架谁不会呀？捡嘴壳子也捡会了嘛！贫困、饥饿、促狭、羞耻、隐疾、不公、委屈……就像影子一样，尾随在所有的乡村男女身后，一旦遇到干旱和涝灾的天气，遇到青黄不接的季节，遇到鸡毛蒜皮的纷争，它们马上就会跳出来，变成穷凶极恶的鬼样子，将所有积攒起来的善良温和统统吞噬。

就像我母亲时常讲的那样，作恶谁不会嘛，把良心摘下来别裤腰带上就行了。

英子开始还试图抵抗，但根本不可能，随即她又想让她的那些姐妹站出来帮自己证明这一切都是误会，都是别人挑拨离间，也不可能。她的那些姐妹生怕血溅在了自己身上似的，都站得远远的，只剩下她抱着桃，孤单地面对着我母亲的凶悍。

我母亲根本不听英子的任何解释，她话语极快，使用了最恶毒、最不堪入耳的言语和词汇。英子被劈头盖脸地骂得神都回不过来，只晓得搂着桃一起哭。

这么些年来，我母亲几乎从未与人争吵，但并不证明没有让她想要争吵的人和事，她可能一直压在心里，如今终于爆发了。骂够了，我母亲开始数落和翻底火，她英子之前在平武是个什么样子，又怎么落到秦村的。这些事都是当年打杵子出于信任讲给我父母的，我母亲还为这份难得的信任感动过，这么些年来不少人想从我母亲这里探听底细，我母亲都做到了严守秘密。现在她一股脑儿把它们全部都掏了出来，变成了愤怒的子弹，射向英子。英子马上被打得支离破碎，瘫倒在地上。

看热闹的人越来越多。来得晚的没听明白究竟发生了什么事，不过不打紧，先到的一五一十没有半点儿遗漏，全部重复了一遍。一时间大家议论纷纷，嗤笑的，耻笑的，幸灾乐祸的，大声重复关键内容。

等到发泄够了，除了英子和桃的哭声，四周一片寂静。我母亲就像突然意识到自己这样做似乎稍微过火了些，但随即就被她的一句话自我谅解了。她说，秦村人都晓得，我自从嫁到这里来，跟谁这样骂过架？还不是你逼的。兔子逼急了还咬人呢！我不这样，你还真的爬到我头上来拉屎了呢！

老队长在一边帮腔，我就从来没有看见过何师母这样嘛，不是欺人太甚，她会这样？他们一家对你英子够意思了！也是现在，搁在以前，像你这样的人，早撵滚蛋了！

都以为这场战争会导致我父亲与打杵子分道扬镳，但是第二天我父亲就和往常一样，老早就去了大石山的打石场。唯一的区别是他手里拎了一个开水瓶，上面系着个搪瓷盅，这也就意味着他不会再喝打杵子家提供的开水，而且他也开始每天中午十二点左右就回家，不再去打杵子家搭伙。吃过饭他会眯一会儿瞌睡，两点左右再出门前往打石场。为了时间上的准确，我父亲还买了块手表。

过了一阵，我父亲又买了台收录机，还买了很多川剧磁带和干电池。这一切都是有深意的，喝自己的水，吃自己的饭，准点上工准点下工，我父亲将自己完全地当成了帮工。至于听收录机，那是他不想再听到打杵子的讲古，尽可能地避免和他语言交流。

而打杵子也表现得很客气。

在我父母的深夜谈话中，我父亲说，打杵子已经生了外心，他借口到外头寻访手艺高超的石匠，想要请来给他坐镇，但由于我父亲名望太大，而且是本地人，觉得来了会被人误以为是抢我父亲的饭碗，颜面上不好过。当然也有很想来的，但提出的条件有些苛刻，一天要两顿酒肉，不论天晴下雨，工钱按月定额。

你是咋晓得的。

有人专门带话过来。

这样一搞，就不是我们对不起他了！

玻璃猴子喊我明天下午去给他们家錾一下磨盘。

那不是要吃晚饭哟。

米三斤也要过来，说在一起扯一扯队上的事。

米三斤是三斤酒的量，你莫去跟他拼酒哦。

我有啥资格去拼酒嘛，我就是个匠人。

明天你去的时候，捡点鸡蛋。

帮他做活路还要带菜？要捡就多捡点，少了，我拿不出手。

从玻璃猴子家回来，我父亲已经喝醉，倒头就睡了，半夜才终于醒来。为了不耽搁第二天的活路，我母亲用醋和老盐水加上生姜黄糖，给他熬了碗醒酒汤。

我父亲喝着醒酒汤，跟我母亲开始深夜谈话。我父亲说，吃饭的时候，老队长也过来了。大喇叭把捡去的鸡蛋都炒了，两大盘，端上桌的时候，也专门跟大家说了鸡蛋的来头。

大喇叭姓苏，她的大哥就是我们生产队的老队长，他们的父亲是秦村的老贫协主席，她的妹夫就是她父亲的继任者米三斤。大喇叭早年曾经当过两年妇女主任，跟知青乱搞关系，被玻璃猴子逮住了，怎么也消不下心头的气。她的大哥说，你要是能把这口气忍下来，我就把这个队长让给你，再想办法让你进大队委……

老队长特别叮嘱我父亲，要时刻防备着打杵子，那些审石头、看纹理、弹墨线的绝活莫要被他偷师学艺去了。我父亲说，之前是认真教过他的，他没当回事。现在后悔了，想学，但是我父亲已经不教他了。

喝完醒酒汤，我父亲还说头疼，胸口不舒服。我母亲说那你就歇息一天嘛。我父亲说最近遇到的这块石头太好了，太肯出猪楼板了，打着趁手，简直是种享受。他想趁着还有时间，再多开几块。

导致我父亲决定提前离开，舍弃那么好的猪楼板，是沈老太婆家的那个老光棍沈二仙入了打杵子的伙。沈二仙根本就不是石匠，连锤子都不会拿。他是以打杵子徒弟的身份入的伙。他对我父亲很尊重，把我父亲喊师爷。但是沈二仙根本就不像是认真学手艺的人，像碎娃儿煮假假饭一样摆弄着铁锤和钢钎，而打杵子竟然像个老师傅一样在沈二仙面前指指点点。

我父亲实在看不下去了。

等最后一批猪楼板卖完，拿到了该得的钱，我父亲就开始收拾工具。打杵子慌神了，问我父亲咋回事。我父亲说你都收徒弟了，也用不上我这个老师傅了。

师傅你莫要开玩笑哦！打杵子叫唤道。

是这样的，我父亲揉着胸口说，这些天我这里总是塌着难受，我想去看看医生，休息一阵。

你咋把工具都搬走了呢？

我父亲说，我也不晓得要歇息多久。

那你把行头把子留这里啊，拿走干啥呢？

我父亲说，吃饭家伙，当然是要跟人走嘛！

看着我父亲远去的背影，打杵子怅然若失。沈二仙在一旁说，天要下雨，娘要改嫁，走他的嘛，缺了红萝卜，还做不成酒席了吗？

我父亲并没去看医生，他歇息了两天就去了绵城。米三斤送他侄儿米俊成去参军，带回来个消息，说绵城在修建广场，需要手艺精湛的石匠。

4

我父亲离开秦村的第三天，打杵子就召集了一帮石匠来到打石场。为了让这些从各处召集来的石匠师傅们吃好喝好，他还请了两个女人煮饭。其实做饭有一个女人也就够了，打杵子之所以请两个，也是为英子考虑，让她享受一下正儿八经的太太生活。

自从发生那场战争之后，英子好长时间都魂不守舍，也不洗衣，也不做饭，不是躺在床上睡觉，就是坐在门槛上嗑瓜子吃零食，地上的瓜子皮纸屑多得连脚都没法下。村里人都说我母亲厉害，只一通骂，连手都没出，就把这个妖孽收拾得妥妥帖帖的。可是没过多久，英子还是还了阳，那些女人又都聚集到了她的身边，吃她的瓜子，吃她的糖果，接受她慷慨的馈赠，陪她一起说笑。她坐在那里，嗑着瓜子，喝着茶水，不到中午就跟服侍她的两个女人讲，她是想吃炒肉还是炖肉。她的那些姐妹都夸她好福气，说她简直是背靠金山过日子。她打着哈哈，说啥子金山哟，都是烂石头。

搁以前那还真是烂石头。都是你屋头男人有出息，点石成金。现在还请了那么多人帮忙，要不了多久你家的钱就会多得堆上房梁垛子了，到那时候，你恐怕就要嫌弃我们这个地方，搬到城里去住啰，我们来找你要，你不要说不认识哟。

英子一定没有注意到大喇叭讲这番话的表情，否则她也会警觉了，因为那表情里头尽是鄙夷和嘲讽。她那颗过于单纯而简单的脑瓜子哪里想得到，三天后大喇叭将带领全生产队的女人，和她们的丈夫一道把她家团团包围住。

最先来到打杵子家的是老队长。

那帮石匠师傅刚刚起床，有人在提裤子系鞋带，有人刚从茅坑出来，嘴上叼着烟，眼睛被烟熏得眯缝着。打杵子正在洗脸，两个女人一个往桌子上端饭菜，另一个给早起的桃把屎尿。英子还在床上，不到十点，她不会起床。

见了老队长，打杵子忙上前招呼，发烟，照火，请他一起吃早饭。

日子过得好呢，大清早就吃干饭，还有炒菜，还有肉，还有使唤丫头照顾，以前大地主李玉茹只怕也没有这样享福哟。老队长在打杵子屋里屋外巡视了一圈。

老队长你说啥哟，要使闷劲，不吃点干饭咋个得行嘛。

见那几个石匠就要入座就食,老队长伸手挡住,不慌不慌。师傅们不知道什么意思,都看着打杵子。打杵子看着老队长,他也搞不清楚这是咋回事。老队长从嘴角拔掉烟卷,往边上一弹,正色道,打杵子,这几年你挣了多少钱?

啥子好多钱?

装瓜啊?

又有师傅要往桌子上去,去端那白花花的干饭。老队长生气了,吼道,喊你等一下,都没算清楚,吃啥子饭?你们是哪个地方的人?跑到这里来端饭碗!

哪里人?中国人!一个石匠大声回答道。

又没端你屋头的饭碗,你是哪个?搞啥的?还管到我们吃饭!另一个石匠声气更大。他们走过来,气势汹汹的样子,沈二仙竟然捋起了衣袖,像要跟老队长大干一架。

一个生产队,家家户户早上都在喝稀饭吃酸菜,凭啥你屋头吃干饭?吃炒菜还有肉!这还公不公平,公不公正?你们这是在吃全生产队人的肉,喝他们的血!吃个锤子啊!老队长冲过去,一把将桌子掀翻,碗碗盘盘一阵碎响,饭菜撒了一地,把那两个帮忙的女人、几个石匠和打杵子都惊呆了。刚穿好衣裳,正蹒跚学步的桃,吓得哇哇大哭。英子也听到了动静,慌忙穿上衣服,冲到堂屋,一看那场景,也傻了眼。

到嘴的饭菜就这样莫名其妙地被打飞了,几个石匠都是毛脾气,正要冲过去给老队长点颜色看看,突然就收住了脚步。因为大门口的人就像从土里冒出来、从天上掉下来一样,眨眼间就站满了院坝,一个个拿着棍棒锄头扁担,冷眉冷眼地瞪着他们。

有人报告老队长，说沈二仙和那几个石匠想要跑，咋个整？老队长说，跑？往哪里跑？先把他们控制起来，带到大队部去！

这时候外头传来沈二仙的哭闹声，咋个了啊，我们都是熟脸貌啊，我又没犯啥子王法，你们凭啥对我这样？

老队长说，沈二仙，你娘儿母子都是罡大神的！为啥这样对你？自己心里不清楚吗？你跑到我们这里来搞啥子？你五道河有的是石头，你为啥跑到这里来打？经过了哪个的批准？经过了哪个的同意？

这一通话叫打杵子终于晓得究竟是咋回事了。生产队和村上原则上是同意他在大石山脚下修房造屋的，根据惯例，房前屋后以滴水为界，一丈二尺宽都在他的宅基地里，在这件事情上，村上和生产队都做到了仁至义尽。但是他非但没有半点儿感激之情，反而把大家当成了瓜娃子对待。在办打石场这件事情上，他没有向生产队打任何招呼，也没有向村上领导做任何报告，就更别说什么具备手续了。

那可是荒山啊，千百年来，除了往那些乱石头缝里丢死娃娃，谁肯前去踏一个脚板印？打杵子忍不住叫唤起来。

就算是荒山，那也是集体的荒山！你凭什么去侵占？你这叫侵占集体财产！老队长忍无可忍，双手叉腰，冲着打杵子吼道，侵占集体财产就是犯罪，这已经激起了人民群众的公愤！

吃进去的，要吐出来！

该罚款的还是要罚款！

不光罚款，该没收的，还是要没收！

一时间大家七嘴八舌，吵的吵，闹的闹，有如满池蛤蟆叫。

这是一场谋划已久的行动。我母亲是一个喜欢在肚皮里揣摩事情的人，她早有觉察。一经提醒，我父亲也感觉到村里人对他的尊重与恭敬和往日相比大有不同，大家似乎越来越看不顺眼他了，我父亲还只道是因为自己这堂堂的大石匠跟着打杵子这样的人混，大家可能觉得他掉身份，没出息。我母亲说，主要是你们挣了大家的钱，因为大石山是大家的，是集体的！

那完全是荒山啊，除了石头就是刺笆笼，除了丢死娃娃，谁也不会往那里去啊！

那是以前，现在你们在上头挣钱，所以它现在就不一样了！

就算他们想要搞事情也搞不到我头上吧？你说是不是？

话不能这么讲，现在都看见你和打杵子在一起打伙挣钱，是穿一条裤子的！

咋个整？不去挣钱了？

你安心地去挣钱，办法我来想！

没过多久，我母亲就跟英子发生了"战争"，她彻彻底底地将英子收拾了一顿，替全村人出了口恶气，也让大家感觉到她其实是自家人，是和他们站在一条战线上的。

随后，我母亲一边警觉地观察着村里的动静，一边精心做着各种准备。我母亲没有花多少工夫，就成功地将大喇叭和米三斤的老婆小舌头收买了，而且明确了立场和态度。大喇叭和小舌头随时向我母亲通报她们的计划和动向，作为交换，我母亲也向她们通报打杵子那头的最新情况。对接下来将要发生的事情，我父亲是预料到的。他老是心头不忍，好几次婉转地告诉打杵子，钱挣这么多了，是不是请生产队的干部和大队的领导在一起吃个饭，顺便再送点人情感谢感谢。打杵子对我父亲的提议嗤之以鼻，说有啥好感谢的，山上的石头又不是他们吐泡口水喂大的！

打杵子不肯请客，并不代表我父亲不会这么做。我父亲在土镇一家大馆子里宴请了米三斤、玻璃猴子、老队长等人。散席的时候，还送了他们每个人一条烟和两瓶酒。

我们早就想动手了，就是碍于你的面子。米三斤跟我父亲讲，那年我家老人去世，是你给帮忙箍的坟苑，硬是不要工钱。我不是那种吃了菌子就忘记疙瘩的人！到时候就请何师傅走远一点，免遭误伤啊！

打杵子费了一番周折，终于在绵城广场找到了我父亲。打杵子眼珠子红彤彤的，面色蜡黄，接过我父亲递给他的饭碗，狼吞虎咽。我父亲说你这是咋个了？像班房里才放出来的！

打杵子连吃了三碗，这才搁下筷子，叹口气说，也是找到你了，不然我哪里有心思吃饭呢，龙肝凤胆也吃不下肚啊！

我父亲说，咋回事嘛。

打杵子说，师傅啊，你可要救救我啊！话音未落，眼泪先滴了下来。

不就打了几块烂石头吗？怎么了？罪还至死了？打杵子做了一番权衡，认定了生产队的人是在眼红他挣钱，前来闹闹，发发气，还能把他怎么着？

事实也确实如此，那些石头在大石山上，被刺笆笼掩盖着，千百年来，谁还浇了口水喂它们了，养它们了？如果不是他打杵子，它们还会在这山上被刺笆笼和泥土掩藏着，再过千百年，还是一无是处。是他让它们变得有用，造福社会。而他呢，一没偷二没抢，靠出气力流汗水挣这俩钱，他们凭什么阻拦？就算挣钱多一点，日子好过一点，不也是响应国家号召，靠勤劳发家致富吗？

他们还能怎么着，把他往班房里送？揍他一顿？弄死他？当然不可能！那么他们还能怎么样？把他家里的东西抢走拿去分？把房子拆了让他无家可归？把他们一家撵到外头去？这也不大可能吧。当年那些抄家的，打砸抢的，洋盘到天上去了，最后不还是掉在了地上吗？想到这里，打杵子将双手往怀里一抄，一副随便他们怎么样耍狗屎赖的样子。而他的这种态度，行动的组织者们早有预料。

老队长向打杵子通告了处理意见。从今往后不准在大石山上打石头，那是集体财产，严禁个人侵占。根据估算，打杵子通过私自开采集体所有的石头，获得不义之财近两万元，并且给集体造成了一万多元的损失……

生产队安排了两组人马分班倒来对付他，一部分人守着打杵子的家门口，一部分人住在他的家里。他们摆出一副也是受指派的公事公办的姿态，一丝不苟地执行着看管和催债的任务。他们把住打杵子家门口不准进出。打杵子不信这个邪，就要出去，但是脚还没有迈出门槛，就被两个老女人一左一右抱住了大腿。看管者和催债者也根本没有拿自己当外人，在打杵子家煮吃煮喝，吃饱喝足就躺他们家床上，霸占着他们家的茅坑……

打杵子除了哭笑不得，忍气吞声，还能怎么样呢？这些人他一个也动不得，更不敢骂，那些个老人都一副病恹恹的样子，就等着打杵子动指头，他们马上就会瘫倒在地上，把这把老骨头连同火匣子板板送到打杵子手上。而那些女人，个个都是悍妇，她们可是专门挑选出来对付打杵子一家的。

在英子和桃的哭闹声中，打杵子硬撑了两天，嘴巴软了，脊梁骨也软了，他开始下话，跟老队长说就算把骨头车成纽扣卖了也拿不出一万块钱，是不是可以少点，花椒胡椒顺口气算了。老队长说这事我不敢一个人做主，开个社员大会，大家说了算。

七嘴八舌吵了一整夜，最后终于达成了个协议，赔偿金减半，但是要在一个月内缴清，不然，离开的人将再次回来，而被减半的赔偿金将恢复全额。打杵子东拼西凑交了两千块钱。

剩下的呢，你要我也拿钱出来吗？我父亲问。

他们是冲我来的，再说你也只是我的帮手啊。打杵子说，我来找你，是想请你帮我做个证，再帮我个忙，如果出现不好的事情，我想把娃儿和婆娘托付给你。

我父亲看着打杵子，这番话让他感到有些害怕。

我被他们逼到绝路上了！打杵子咬牙切齿地说，俗话说兔子急了还咬人呢，古书上也说舍得一身剐，敢把皇帝拉下马！我林正文长了一颗脑袋，米三斤和玻璃猴子就比我多长了几颗脑袋吗？师傅，如果我真出了啥事情，英子和林桃就拜托给你了。

我父亲心惶惶地说，你这人，咋跟我讲这些呢？

哪个喊你是秦村的老好人嘛！打杵子强作笑脸，取出一支烟给我父亲。

我父亲双手颤抖，接过烟，接下火。

我父亲紧急赶回秦村，向我母亲通报了一切。两口子彻夜未眠。第二天一大早，他们去土镇取了六百块钱，悄悄将老队长、米三斤和玻璃猴子他们请到家里，各自给了他们两百块钱，央求说，莫要再去逼打杵子了，万一出了人命，不管死的哪一个，都要不得啊！

他们勉为其难地接过钱，揣进包里，苦笑说，我们也不想这样啊，挨邻侧近的，抬头不见低头见，谁想这样呢。

5

我父亲因为手艺精湛，在绵城广场的工作中赢得了好名声。一个姓冷的领导特别接见了我的父亲，对他认真负责的态度非常赞赏，希望他继续努力。绵城广场的工作刚结束，他就被介绍到了绵城烈士陵园，对付那里的花岗岩石。这是冷领导特别点的将。相比绵城广场的青砂石，烈士陵园的花岗岩石对石匠的技术要求更为挑剔。而我父亲，差不多一直是在和花岗岩石打交道。他说烈士陵园的花岗岩石并不比大山的石头硬到哪里去。烈士陵园对石条、石砖、石板的需求量很大，台阶、地面、堡坎、坟苑石……除了纪念碑和烈士墓碑用的是汉白玉大理石，其他的全是花岗岩石。冷领导陪同首长前来视察，首长专门走到我父亲跟前，问他，你觉得这个花岗岩石咋样啊？我父亲说，好，硬，做出的活儿千古万年牢！首长认为我父亲说得很有道理，花岗岩石，坚硬如钢铁，是英雄精神的象征。

我父亲被任命为清料组的负责人，他的手下有七个帮手，但是在考勤的名单上却是八个名字。

这个叫林正文的呢？

他请假了。

工期紧，任务重，请什么假呢？赶紧催他回来干活！

好，他很快回来！

打杵子会时常出现在工地上，却从来没有摸过锤子和錾子，他到工地主要是为了在我父亲这里吃饭和住宿，再顺带借些钱物。因为冷领导的缘故，负责烈士陵园修建的人待我父亲不薄，只要是单位的福利，总是会给我父亲留一份。肥皂、包蛋、白糖、茶叶……而我父亲，也总会分出一半来给打杵子。

我父亲劝打杵子，你别一天想着打官司了，我在这里给你保留了个名额，你随时可以过来上班。手锤和錾子都是现成的，工资也不错，月算月结，有电影看，还有热水澡洗，三天一个小牙祭，五天一个大牙祭。

我咽不下这口气。

有啥气是咽不下的呢？古话说，忍气家不败。再说，生产队不是已经没有跟你要那三千块钱了吗？

他们当然不敢要了，他们理亏。

莫去闹了，你告不赢的，都说了，胳膊拧不过大腿。

这事情一天不解决，我就一天不罢手。

你想咋个解决嘛？

把那两千块钱连本带息退还给我，把没收我的工具送到我家门口，向我全家道歉，再将大石山承包给我。

我父亲不作声了，他知道打杵子这是痴心妄想。

打杵子的告状，还是引起了上头的重视。爱城方面派了几个干部下来了解情况，一进村口就被秦村的父老乡亲给围住。过了几天，爱城方面专门通知打杵子去听他们的处理答复。

林正文反映的情况并不属实。他在秦村大石山开采石料，并未经村组同意，属于私自开采，村组有权阻止。对于村组的处理意见林正文是同意的，并且是有签字的。根据村组干部和群众的意见并综合相关情况，希望林正文认真履行对村组的赔偿……

答复没有听完，打杵子就跳起来，摔了茶杯，将办公桌也掀翻了，最后站在阳台上扬言要跳下去。谁也没有劝阻，都看着咻咻地笑。那是二楼，就算脸着地，顶多也就磕掉两颗门牙。来了警察，径直走到他跟前，什么话也没说，伸出电棍，电棍闪着蓝色的电弧光，啪啪炸响。打杵子老老实实住了嘴，举起手从阳台上下来。刚一落地，电棍就戳过来了。打杵子"嗷"的一声叫唤，就没了动静。

半个月后，打杵子再次来到烈士陵园，在吃完一斤半猪头肉后，他从我父亲的手上接过了手锤和錾子。

第三章

1

我是七岁上的小学。在进校门之前,我已经会写自己的名字了,还认得百多个字,比如水、中、钱……也晓得"米田共"三个字合在一起是个"粪(糞)"字。

这一切全拜打杵子所赐。

打杵子是我们家的常客,总是夸我聪明。而聪明的表现,就是他教我认什么字,我总是很快就认得。他还给我讲了字的来由,说是一个叫仓颉的先人发明的。他发明字的那天晚上,老天爷为了向人表示祝贺,像下雨一样下了一夜的粮食,而鬼神哭震天,因为人有了字就会变得更聪明,就不会再那么相信鬼神了。

打杵子夸奖我是不分场合的,不管是生人熟人,见谁都夸我是秦村乃至土镇最聪明的娃儿,将来不是国家领导人,至少也是省长、市长。人家说,到时候他能看上你家桃?打杵子说,这娃儿我晓得,绝不是个嫌贫爱富的人。

上学的前夜,打杵子带着桃专门来给我送了本《新华字典》和一支钢笔，他说，有了这本字典，天底下所有的字，不管多复杂，多古老，见到你，就跟见了老熟人一样亲！

因为我认字多，会写，会念，而且讲纪律，守规矩，的确很讨老师喜欢。所以在四年级之前，我一直是班长。到了四年级，我竟然成了副班长，因为正班长另有人选，他就是米二福。

米二福是米三斤的独子——米二福还有个哥哥，叫米大福，洗澡淹死了。米二福比我大三岁，光是三年级他就念了两年。现在本来该上五年级了，他又留级到了我们班上。

为了方便抄我的作业，米二福要求老师将他调过来跟我同桌。开始到我们班的时候，米二福就很不老实，今天打这个，明天打那个，他用他父亲的权力和他的拳头，叫一个班的人都对他服服帖帖的。当然，我除外。我是班上唯一对他说不的人。最开始的时候是他抄我的作业，过了一阵子，他竟然连手都懒得出了，作业布置下来就把作业本往我跟前一甩，你给我做！

如果米二福能够对我客气点，拿我当个朋友，再拿些糖果啥的送给我，没准儿我会帮他。哪里有这样嚣张的？你个吃屎的还把我这个屙屎的鼓住了？

米二福指着我的鼻子，说你娃小心点，攒着，到时候算总账！

我是见过米二福打人的，这王八蛋打人很讲究技巧，专挑肚皮和关节处下手，疼得你死去活来，还不留痕迹，连状都没办法告。我知道这家伙一定说到做到，我如果不依从他，肯定会遭他毒手。可是就这么顺从他，我肯定会难受死的，班长被他当了，还被迫跟他坐在一起，我已经够难受的了。

我希望父母能给我撑头，主持公道。谁想他们根本就不当回事，还觉得我是小题大做。他们说，那么个班长当不当又有啥嘛，当了，老师又不给你买个糖吃；不当，又蚀不了块肉。我又说米二福抄我作业的事，他们还是不当回事，说，抄下你作业有啥嘛，人都有个不会的地方。当我说到被老师安排到后排跟米二福坐，眼睛近视看不清楚黑板时，我母亲一下子冒火了，这么小，眼睛就近视了，你就一天捧着那些书看嘛，等眼睛看瞎了，你就安逸了！

我再也不想跟他们讲什么了。

打杵子过来，老远就不平地说，这个老师，凭啥不叫你当正班长了呢？

我母亲说，都怪你，天天给他拿这样书看，那样书看，现在好了，眼睛都近视了！

打杵子跟我讲，近视眼也不怕，以后注意一下就是了，看一阵书就歇一下，莫要躺着看书……

对于打杵子的关心，我觉得很温暖。对于我的困扰和担忧，他听得很认真。听我讲完，他还皱着眉头思考了一阵，说，我觉得，你可以这样搞——

打杵子让我以愉快的态度帮米二福做作业。他说，首先，你就当再温习一遍功课。其次，你也是在变相地收拾米二福，让他龟儿子越来越不中用。

这个问题，我就有点儿不明白了。

打杵子说，米二福之所以要抄作业，是因为米三斤要检查。对于米二福，米三斤是寄予厚望的，希望他将来能搞个公干。但是现在和以往不一样了，以往只要肯跑肯跳，会擩背手，能说会道会整人，就可以搞个公干，从此一辈子不愁吃喝出人头地。现在搞啥都要求有知识有文化，所以米三斤才逼迫米二福必须要学习，而且还指望他将来考上大学呢。

如果这个世界落到米二福这样的人手上，会是个啥结果？打杵子问我。我说肯定会被他搞得乌七八糟，水深火热。打杵子说是的，所以这个世界绝不能落到米二福这样的人手里。因此最好的办法就是让他继续笨下去，千万莫要给他聪明的机会。而你帮他做作业，让他继续不学无术，他就会永远笨下去！懂了吗？

我一下子明白了。

打杵子说，你还要学会能屈能伸，莫要学我，宁折不弯是要吃大亏的。

这话我又不明白了。

打杵子拿指头敲敲脑门，对付米二福这样的蠢货，你要学会使用这个，智慧！既要叫他吃亏吃得舒服，你还要捡着便宜！

于是，我很认真地跟米二福说，我可以帮你做作业，我还可以比着你的笔迹来做，别说你老子，就算是老师，也认不出来是别个替你做的。米二福很惊喜，真的呀？我说当然是真的，但是你得跟我做个生意。米二福说，做啥生意？我说，你得保证说话算数。米二福说，我啥时候说话不算数了？我说，好，一个礼拜的作业一块钱，测验和考试，一次一块，咋样？米二福满口答应，生怕我反悔似的，往地上吐口水，拉钩上吊，一百年不许变，谁要反悔，把口水舔回去！

两个月后，米二福掰着指头算了算，说已经给我拿了十多块钱了。我故作吃惊，说，真的吗？有十多块吗？米二福有些恼火，说，你装瓜呀？这么长时间，我连糖都没买一块，三天两头跟我爹妈要钱，他们都冒火了。我说，你就不晓得从你家钱柜子里偷呀。米二福说，那都是有数的，逮住了肯定要遭打死！我说，你一次少偷点嘛，不容易被发现的。

过了好一阵，米二福突然觉得没对，被我带偏了。他本来是跟我抱怨说钱拿多了，不划算，想反悔，不再给钱的。我却教唆他怎么去偷他爹妈的钱。

我看着他，我说，打杵子懂算命看相你晓得不？

他个老龟儿子！米二福一脸鄙夷。

我说，打杵子讲了，你将来是个干大事的人，肯定比你老子还厉害，说不定整个爱城都会落在你的手板心里，让你管！

米二福先是一惊，接着神情肃穆起来，一副自命不凡的样子，真的吗？他个老龟儿子！

我说，我觉得你将来想成就一番大事，那么现在就应该说话算话，不能像小碎娃儿换刀刀，说不上算就不上算，再说那点儿小钱，你也放在心上？你将来是办大事的呢！现在就该有点儿大丈夫气概嘛，你说是不是？

你龟儿子，讲这些……

米二福不再说啥，从他脸上的喜色来看，我刚才的那些话他是很受用的。这家伙真是很蠢，这么好日弄。而我，挺聪明的，竟然这么快就学会了日弄人。我知道，米二福这个王八蛋过阵子肯定还要要什么新花样，不过对付他，我已经有经验了，而且还很有信心呢。

所谓大鬼好对付，小鬼最难缠。米二福有个贴心豆瓣叫侯云，小名云娃，云娃的爹就是米三斤的贴心豆瓣加连襟老表，秦村现在的会计兼治保主任玻璃猴子。

云娃好琢磨事，而且跟他爹一样阴阳怪气的，有事没事就喜欢打哈哈，踌躇满志地好像一切都在他的掌握中。这家伙的成绩一般，我觉得他要是不跟着他的表哥米二福鬼混，不帮米二福助纣为虐，稍微用功，凭着他的小聪明，考试肯定会是班上前几名。

这王八蛋一眼就看出来我是在日弄米二福。在他的怂恿下，米二福表示不再给我拿钱。我往地上啐了口唾沫，说，好，你把它舔回去！米二福就像受到奇耻大辱般，拳头攥得紧紧的。我知道他不会动手的，我们还没到完全闹僵的地步，而且他知道我不再帮他的后果。我说，我就欣赏你的君子一言驷马难追，你要听侯云娃的，你找他去！米二福说，钱尽给你剥削走了，我好久都没买糖吃了。我马上摸出两块钱递给他，没吃糖你就拿去买，不用还，算我送你的。米二福很意外，也很感激。我说，要喊我帮你，你就得继续拿钱，规矩不能坏，说话要算数！

米二福觉得又被我日弄了，可是却又想不出来对付我的好办法，他悻悻的，心有不甘，就像被套住了脖子的野狗，既可怜，又可恶。

你这是敲诈！云娃决定帮米二福出头。

你娃少吓唬老子，老子又不是吓大的。对付云娃，我更有信心。这家伙总是喜欢摆出一副斯文人讲道理的样子，不像米二福，遇到事情好冲动，喜欢拿拳头解决事情。况且云娃虽然比我年长，但是个头比我还矮，腰板比我还薄。

你莫要学你爹妈样，满脑壳里想的都是钱，做人还是要实在一点，不要太虚滑了，人前一套，背后一套，并不是所有人都像打杵子那个老瓜娃子一样，容易被日弄。云娃用那轻蔑的眼光，乜斜着我。我心头一凛，不知道为什么，猛然间就想起了我父母的那些深夜对话。云娃哼哼冷笑两声，指着我说，你娃记好了，你得罪谁都没啥，你得罪米二福，早晚要遭惨！

一连好些天，云娃跟我讲的那些话总在我脑壳里回荡。我觉得自己可能是做得有些过分了。米二福已经给我拿了不少钱了，班主任到外头去学习了一阵回来，开始对我们疯狂地进行考试。一张卷子一块钱，两科就是两块。有时候老师会在一个礼拜连着考两三场。米二福有些兜不住了。米二福拿不出来钱，我也不逼他，我有个小账本，翻开来，递到他面前。过一会儿，他把本子推到我跟前。本子上，他用那难看的钢叉大字写着"某月某日，欠到某某人民币两元"，然后是他的签名。偶尔我会故意再把本子塞到他面前，要他写上还款时间。他虽然很愤怒，却无可奈何。

其实我也想过，我可以对米二福稍微好点儿，可是他太令人厌恶了。他总是欺负弱小，原来只逮男生辫孽，现在对女生也下手了。更叫我难以忍受的是他身上的臭味儿。他喜欢蹦跳打闹，一下课就霸住乒乓台，上体育课的时候，只要有他在，谁也别想碰篮球一下。因此冬天他总是满头大汗，夏天浑身就像洗过澡一样。不可思议的是他从来不洗澡，据说洗脸盆里多一点水他都会感到紧张，因为他怕水，他是亲眼看着他哥哥淹死的。想一想，这家伙真可怜。可是就算我再有同情心，也被他那一身令人干哕的恶臭给熏没了。

也不知道是谁最先把米二福喊臭蛋的，但是被他抓住的人却把这个命名权许在了我的头上。大概他们觉得我是唯一可以抗衡米二福的人吧。

米二福怒不可遏地找到我，拳头攥得都快出水了。我以极其冷静的语气跟他讲，我从没给他起过歪字号，如果他不相信，就跟我赌咒，如果我真是那个给他起歪字号的人，我死全家；如果他冤枉我，他死全家。他一张肥脸就像刚从卤水锅里捞起来似的，红通通的。他指着我的鼻子说，你给老子记住！

我装作根本不在乎的样子，但是心头却打起了小鼓，因为我在一篇日记里用了很长一段文字骂他臭，还用了两句"攒言子"——

绿头苍蝇叮大粪，烂螺蛳遇到臭老鸹……

回到座位前，我赶紧翻书包，找到我的日记本，决定以后不再搁书包里，而要藏在我的睡席垫子底下。

2

因为书看得多，别人写作文半页纸都填不满，我总是需要两三张纸，感觉一拿起笔，字就会源源不断地流淌出来。

我在米二福那里挣的钱并没有全部拿去买糖吃，而是在去土镇赶场的时候买了钢笔、墨水和塑料皮的日记本。本来是想买小说书的，但是打杵子那里有不少，学校的图书室也多。图书室也是油印室，那时候我时常帮老师刻蜡版、印试卷，作为奖赏，我可以随便进出图书室，翻阅那些图书。有时候看迷了，我连课都忘记了去上。

那天我坐在图书室里，正在看《聊斋》，突然进来个老头儿，瞧那穿着和神态，不是农村人。我以为他是哪个老师的家属，瞄了他一眼，又把脑袋埋在了书页里。他却在我跟前坐下来，伸出手指，扒拉了我的书封皮看看，问，看得懂？

我点点头。

我正看得入迷，有个书生，深夜苦读，突然进来个女人……

你们学校放假啦？他问。

我头也没抬，没有，上课呢。

过来走亲戚的？他问。

不是。我有点儿不耐烦。书生见了女人，有些害怕，这荒郊野外的，时常听说闹鬼。

老头儿的指头又伸过来了，哦，还繁体字呢，都认得？

我说嗯。

了不起。老头儿赞叹道，你是哪个学校的？

我搁下书本，我就这个学校的，四年级……

你叫啥名字？

何山。

你能陪我去你们老师的办公室看看吗？出于礼貌，我似乎只能选择陪他。我推开老师的办公室，他大大咧咧地在办公桌前坐下，指着一堆作业本，说，把你的作业本翻出来我看看。

他很认真地看，看完，抓起笔来，在一张纸上写字。一看那字我就晓得这老头儿不简单，因为这是我所见过的最漂亮的钢笔字。你来给我认认。我凑过去，一个一个地认。你把这些字联系在一起，给我造个句子，一个句子造不下，就编一个段落。

我不得不认真对待。趴在办公桌前，认真思考，认真书写。

中午放学的时候，我再次见到这个老头儿。他站在操场上，面对我们，他的身后是我们学校的老师，一个个站得笔直，手贴着裤缝，规规矩矩的。

这个老头儿是土镇小学的校长，统管全镇所有的学校，今天他是微服私访秦村小学的教学工作，因为五年级马上就要面临整个大河两岸的统一考试了。

这是首次！他举起一根指头，这是大河两岸首次统一招生考试，统一试卷，统一时间，统一划定录取线。平常都在叫嚷有多厉害，是骡子是马，现在就该出来遛遛了！

他在说最后一句话的时候，扭转身去，看着那些老师，你们还是跟你们的学生站到一起吧，这样我才明白谁是谁的学生，谁是谁的老师。

老师们赶紧过来，站进我们的队伍。他们看起来比我们还紧张，平常我们见了他们是老鼠见了猫，现在他们见了这个老校长，也是老鼠见了猫的样子。看来这个老校长是个厉害角色，收拾起老师来肯定也舍得下狠手。

老校长说，今天我悄悄进了你们几个老师的办公室，有的老师办公室就像狗窝一样脏乱臭。我也看了一些班级的作业本。上回开会的时候我问你们五年级的班主任，对即将到来的升学考试表现得信心十足啊。我不是打击你们啊，就你们作业本上所表现出来的水平，能有五个考上土镇中学就不错了！还谈什么花荄中学、爱城中学，简直是白日做梦！

不过，我们也应该看到希望。我不知道你们看到没有，反正我是看到了。老校长说，我走遍土镇五十八个村小，包括土镇中心小学、蔬菜队小学……我还是第一次看见这样让我惊喜的希望。

我的一颗心敲得像川戏台子上的追风小鼓，都快蹦出嗓子眼儿了。我知道，老校长马上就要点到我的名字了。这是我们商量好的，他说他会在全校的会上表扬我，还要我出来给大家交流一下学习经验。至于怎么交流，他晓得我这方面没有经验，还教了我，先讲什么，再讲什么，怎样做到大嗓门，不胆怯……

果然，他喊了我的名字。

我在全校师生的惊诧中走出队列，站在大家面前。

我说，不管是语文还是数学，凡是老师布置的作业，我都是做两遍，有时候试卷也要做两遍。我主要是爱看书，书看多了，里头的字都认得，词语也晓得怎么使用，就像工匠，手里不缺材料，想修一座房屋就可以修一座房屋，想架设一座桥梁就可以架设一座桥梁。另外我喜欢写日记，从老师要求我们三年级学写日记起就一直在坚持……

随着学娃子们鸟儿一样飞离学校，这些事马上就传遍了我们村庄，所引起的轰动可想而知。中午的饭吃了一半，邻居就都撵到我们家里来，毫不吝啬地向我父母奉献他们的恭维话。

打杵子尤其激动，为我的出息，更为他的慧眼。

这件事情也让我病中的父亲感到欢欣鼓舞，照他的话说，病立即就去了一大半。

好些年前，我父亲就感到身体不舒服。前年他突然就消瘦了下去，彻夜咳嗽。一旦咳嗽，整个人就屈成虾米，走不了道，也没法睡觉，一声声长吁短叹，觉得自己废了，距离死也就是掰着指头数天数的事情了。

医院做了检查，一会儿是结核，一会儿又说是癌症。这两种病，在我父亲的心目中都属于既浪费钱又浪费药的绝症，所以他坚决不去大医院，就在村卫生站找黄医生拿点止咳糖浆，然后听信偏方，砍竹子，熬什么竹沥水喝。

我父亲离开工地没多久，打杵子没了他的关照，也只好回秦村，专心致志地守着他的老婆孩子和包产田地。打杵子种庄稼并不喜欢按照节气来，总是心血冲动，突发奇想，他完全把种庄稼当成了一种游戏。人家的种子都是直接下到地里，浇足了粪水，让它慢慢醒芽。他偏偏要泡在热水锅里去，温出了芽子再下地。好几回因为不小心，一把火过了，芽怎么也出不来。所以打杵子种庄稼，在村里人的眼中就等于是个笑话。

每有病情加重或者反复，尤其是看到别人健步如飞地担水、挑粪，或者听说谁在外面挣了钱的时候，我父亲的情绪就会极其低落，觉得自己与其这样，还不如尽快死了算了。死亡之事迟迟不来，他的脾气变得越来越暴躁，一点小事就对我破口大骂，对我母亲也百般挑剔，冷嘲热讽，极尽羞辱——

你莫急，我也耽搁不了你多长时间了。我觉得你还是该抽时间到绵城去打听一下，看那个下派干部的婆娘死了没有。哎，就算死了，你也怕没指望，人家当初都没想带你走得嘛！

他们曾经的深夜对谈，如今只剩我父亲一个人孤苦哀怨。从他那夹杂着阵阵咳嗽的怨声里，我听到了很多关于我外祖母和外祖父的事。而他也将自己遭此大病，盘算到了他们头上，说那是他们龌龊事做多了，在他身上现了报应。

他的那些话叫我感到刺激、震惊，更感到羞耻。真不知道为什么，我竟然会趁着难以入眠，把它们写在日记本里。

我的外祖母早年当过妓女，我外祖父因为穷才娶了她。一九四九年，胡宗南的部队溃逃，有两个军官落脚在我外祖父家里。我外祖父瞧准了他们腰里缠着黄金，就指使我外祖母去勾引他们，然后下毒。他们就用这个办法，在那半年里先后收拾了十多个溃兵和逃匪，尸体塞满了一个红苕窖。

我从未听见我母亲回过嘴，也不见她对我父亲有过任何不好。她和往常一样，该做饭做饭，该洗衣洗衣，给我父亲做的炖肉总是那么香，捧到我父亲手上的汤药也总是不冷不热刚好下口。我觉得我父亲有些过分，他是故意的。而且我还觉得他根本就死不了，他的那个病并没有他说的那么严重，他是故意把它当成了个工具或者说让自己理直气壮收拾人的借口。

我父亲得病后，打杵子三天两头往我们家跑，带着他找到的偏方、挖到的药材，很少有空手的时候。他不再把我父亲喊师傅，而是叫老哥。他说老哥，你得赶快好起来哦，好带我出去挣钱哟！

我父亲苦笑着，长一声短一声地叹息。

打杵子也觉得我父亲的病其实并无大碍，只要放宽心思，好好静养一段时间就可以了。他给我父亲讲历史上那些大难不死必有后福的故事，讲因果报应，说父亲心肠好，好事做得多，老天有眼，而眼下这个病，不过是个劫。此劫一渡，他日必然会成大果。

他特别找来算命的古书，拿来纸和笔，像做算术题一样给我父亲算命，算还有多长的阳寿。结果都是很喜人的，我父亲不日将痊愈，因为他阳寿九十二，距离死的那一天还早着呢！

和过去不一样的是，每当打杵子前来，我母亲总是很高兴。她表现得就像很喜欢打杵子讲的那些话，好像事情真的会如他所说，要不了多久我父亲就会康复，就会拎着手锤出去挣钱了。

不管打杵子讲什么，我都是听得最认真的一个。我聚精会神的样子极大地鼓舞了他，他在讲述的时候，目光不再只落在我父亲身上，时不时地也侧一下身子看着我，好像是寻求鼓励似的，问一句，你说是不是嘛？这个道理是不是谁都晓得嘛？而我也通过点头来回应他，认可他讲得对。

到后来，打杵子明显只是讲给我听了，因为他开始说起了书，杨家将血战金沙滩，岳飞一门忠烈，吕蒙正赶斋差点儿饿死，好不容易讨到个西瓜却因为没刀，就在桥上磕，结果西瓜掉进河里。他总是在讲到过筋过脉的关键当口，也像那个吕蒙正一样，发表一番"命里只有三颗米，劳碌一世不满升""命里有时终须有"之类的感叹。而此时，他也总会把那本古书摊开到我跟前，指着上头的话语，希望我跟他一起去那字里行间寻找命运真相。

这让我母亲觉得十分可笑，他一个碎娃家，你跟他讲这些，他懂什么？

打杵子正色跟我母亲讲，你们小瞧他了，他可是非常了不起，你看他这个生辰八字嘛，如果我没算错的话，应该是文曲星下凡尘呢！

我父亲正捧着汤药碗，噗的一声，汤药喷了一地。他被呛住了，弓着身子，吭哧吭哧咳嗽好一阵，终于缓过气来，扯着哭腔，说，打杵子呢，你就莫日弄我们了嘛！你就算要哄人开心，讲点其他的事嘛。他一眼瞥见我母亲站在一边，猛吸一口气，粗涨了脖子，冲她吼道，我看你都听神了呢！听到嘛，你儿子是文曲星，你马上就要成仙了呢！猪都饿得拌响嘴了，你还不去弄猪草！又一眼瞪着我，你也听神了？还不去学着做点啥，等我死了，落到个后爹手里，你就晓得自己是啥娃子啥宝子了！还文曲星，呸，滚你妈个脚哟！

打杵子的脸色当时就变了，说老哥，我看你得的是癫病呢，是疯病呢，是糊涂病呢！你嫌我说话不好听，你冲我吼嘛！你咋能这么说师母呢？咋能这么说何山呢？你不好，师母耕田耙地、担粪水，跑前跑后照料你，把你放在心坎上，你咳嗽一声她就打一个哆嗦。再说何山，字写得那么好，成绩也那样好，人家外人看不见，你也看不见吗？不就一点咳嗽病嘛，就把你堂堂何大师傅吓成这个鬼样子了？你可是搬大料的人呢！石头那么大，那么硬，到你手里还不跟豆腐块一样随你摆整！何大师傅，你的硬性哪里去了？命，我都给你父子俩算了，何山将来必定有大出息，高官厚禄，坐洋房开洋车！你呢，阳寿九十二，咬咬牙，认真吃药，好好调整，熬过这个劫，好日子等着你！到时候别说秦村的人，整个土镇、爱城，都会眼红死你！

老校长表扬我的时候，我父亲正在和打杵子钓鱼。为了劝我父亲出去散心，打杵子专门给他做了根鱼竿。我父亲的鱼竿总是不上钩，他心灰意冷，说钓啥鱼呢，咳嗽声把鱼都吓跑了。打杵子说，你莫急嘛，你才撒的窝子，要耐心一点。

果然，鱼开始上钩了，而且越来越勤，条条都是巴掌宽的大板鲫。这可把我父亲高兴坏了，都不咋咳嗽了。不过高兴之余他还是难免忧虑，因为有句老话叫"鱼行背时人"。打杵子说，照你这么讲，姜太公直钩钓鱼又当何说？鱼肯上钩，证明你运气好，老天爷都看着你，是福报。

在回家的路上，他们听说了我被老校长表扬的事。

这天晚上，打杵子带着英子和桃，拎着一只大公鸡、一口袋糖果和两瓶烧酒来到我们家。我们家就像过年一样热闹，大家一遍一遍地重复着老校长的那些话，然后拿他们家的娃娃和我比较，把我夸得花朵一样香，把他们的娃儿骂得狗粪一样臭。而且总是越说越生气，有人当场就拎着娃娃的耳朵，把他往我跟前搡，让他们向我好好学习，你看你，比人家还大几岁，现在给人家舔沟子，人家都会嫌你舌头粗！

打杵子喝了不少酒，他特别激动，手舞足蹈，所谓三岁看老，我一眼就能看出来谁有出息，谁没有出息！加上我又正在研究算命和看相,所以,那就更不差分毫啦!

有人把娃娃推到他跟前,让他当场看一看。打杵子问了生辰八字,翻着眼皮,掐着指头,算了一阵,却做出不好明说的样子,故意含含糊糊。被问得急了,就说,我只能这么样跟你讲,他比起何山来,肯定要差不少的啰!

大人们讲得眉飞色舞,又是发烟,又是照火,其乐融融。但是我却隐约感觉到以后的日子恐怕将非常难过。因为我的那些小伙伴的眼神全都不对了,那不是尊敬也不是羡慕,更不是友好善意,而是仇恨和敌视,是不屑和嘲讽。平常跟我要得还算不错的黄医生的儿子黄刚,现在也跟米二福他们站到了一起。

人都散了,打杵子还在我们家,继续就着桌子上的残羹冷汤慢慢地啜酒,慢慢地和我父母说着话。我父亲坐在桌子边,他的咳嗽奇迹般地好了许多。我母亲一次次地问打杵子要不要再把汤热一热,把菜热一热,打杵子总是豪情满怀地说,不用麻烦。

当我一觉醒来,打杵子已经走了。

令我感到惊喜的是,我父母和往常一样开始了他们夫妻的深夜谈话。我父亲说,娃儿有出息,打杵子是帮了忙的。我母亲说,还是不放心他跟娃娃讲的那些神神鬼鬼的,听说他现在跟那个沈二仙打得火热。跟着好人学好人,跟着师娘罡假神,我才不喜欢娃儿长大后,跟他两个龟儿子一样哟。我父亲说,你讲的也是,他搞那些,其实我早不顺耳了。我母亲说,他讲的那些古,什么三英战吕布,王祥卧冰求鲤,倒还是有意义……

好久了?

三个月了。

咋不听你讲?

你一天那个样子,叫我咋个讲?

你喜欢吃酸的还是辣的?

一想到酸的,满嘴跑口水。

我还是想有个娃!

计生这头咋个整?

先闇着!

3

原来我以为老校长对我的一通表扬,会让老师对我好点儿,倒不指望他恢复我的正班长职务,把我从米二福身边调开就行了,让我回到前排,让我可以看清楚黑板就行了。结果老师对我不仅是老样子,还时不时地把言语当作棍棒,将我敲打来敲打去。

临近期末考试,老师问我,有没有把握考到土镇第一。我说咋个可能呢,测试我都考得不咋样。老师说,老校长把你夸得跟朵花儿一样,你怎么也要考个土镇第一呀,要不然明年升学考试,你咋个给他希望?

这时候整个秦村都在传个谣言,说老校长正在培养我,准备让我去接他的班。没想到这话连打杵子都信了。

我说咋个可能嘛,我还这么小!

周瑜十四岁就挂了帅印。打杵子说,谁又说没有那个可能呢？

期末考试叫米二福格外紧张，因为学校传个消息，说要把我们拉到土镇去集中考试，为的是适应来年的初中毕业考试。而且到了土镇还将打破原来的学校班级，按照编号，一个人一张桌子。米二福找到我，说你无论如何也要帮我。我说，咋个帮？我都不知道我被安排在哪一间教室。米二福说我不管，你可以去找老校长，让他把你和我安排到一个教室。我哭笑不得，这可能吗？米二福说，那你就别想去考试！我说我腿杆又没长在你身上，你说别去就不能去了？米二福说你信不信，老子在进考场前，就把你娃拖厕所饱餐一顿。

我不敢吱声了，只是冷笑。我知道这王八蛋做得出来这种恶事，但是不知道他所说的饱餐一顿，是把我推进茅坑里，还是用拳脚喂我。

好在后来说不用去土镇了，就在各自学校里考，但是要实行交叉监考。这真是叫米二福大松了一口气，顿时欢喜起来，就好像他马上就可以拿到一个好成绩。

我决定找他谈谈，我受不了他那天在我跟前的嚣张，我也要收拾他一下，叫他明白，一切都不是他说了算，我这屙屎的不能被他吃屎的鼓住了！我把账本递到他跟前，要他看上头的数目对不对。我说，咱们必须算个总账了。他说，我没钱。我说，米二福，你看看你写的这些还款时间，都拖延好久了。说话要算话，你要是不在考试前给我兑现，你就莫想我帮你！

他攥紧了拳头。

我一点也不怕他，因为我知道，他就算再莽撞，再冲动，也必然晓得这个节骨眼上是出不得事情的。我可是被老校长欣赏的人，而且不光全校老师，整个秦村的人都关注着我呢。

说话算话，只要你兑现，我管保叫你整个好成绩，让你爹妈都高兴！

米二福的拳头松了，狠狠地瞪着我，骂道，何山，你娃狗日的坏得很！

考试那天早上，米二福跟我兑现了所有欠款。我少收了他几块钱，还表示此次考试免费。但是他一点都没消气，他不光愤怒，还显得沮丧。

米二福的总成绩比我多出了两分。但是谁也没当这是他的荣耀和奇迹，都表示怀疑，尤其是他爹娘。米二福被米三斤带到学校。米三斤要求老师现场布置几道题，考一考米二福。米二福之所以愿意跟随他的父亲到学校里来，是因为他相信老师是跟他站在一条战壕里的。是的，这么长时间以来，米二福的成绩是怎么个样子，当老师的就算是个瞎子，闻也闻出来了嘛。

老师跟米三斤说，书记，没必要吧，都考过了嘛。

米三斤说，你也觉得这是米二福的真实成绩？

老师说，应该是啊。他见米三斤两眼亮炯炯地看着自己，打了个哈哈，不是他的，又是谁的呢？

米三斤说，行，为了验证你说得对，那你就出题目吧。

老师脖子上的汗水都快跑成河了。这个题目该咋个出呢？出复杂的，米二福肯定不会，做简单的……可是多简单的他才会呢？而且，就算米三斤的文化程度不高，他到底是个书记呀，官场上历练这么多年，啥风雨阵仗没见过？就是那么好糊弄的？

老师还是硬着头皮出了几道题。没想到米三斤转头就把玻璃猴子给叫来监考和阅卷。谁都知道玻璃猴子对米三斤的忠诚，谁都清楚玻璃猴子是读过初中的。

结果可想而知。

我日你屋头先人板板啊，你是老师得嘛，你咋个这样糊弄学生和家长哟，你糊弄别个嘛，你咋糊弄我嘛，我日你屋头祖宗八代哟，你把老子当瓜娃子要吗？

米三斤真是痛心疾首，他眼泪都流出来了，声气也哽咽了。他从学校杂物室里拖了根铁锹把子出来，看样子米二福今天就算不死，也要脱层皮了。大家都被吓住了，但是谁也不敢出头阻拦。米三斤两眼通红，整个人都快疯掉了。他挥舞起铁锹把子，狠狠打下去……

铁锹把子没有落在米二福身上，而是落在一旁的树上。把子断成了两截，米三斤丢了手上的半截，上前抱住米二福，摇晃着他，父子俩泪水落得像雨滴。

二福，你为啥要这样呢？你为啥要这样对你爸爸妈妈呢？

米二福紧咬嘴唇，都沁出血珠了。他在米三斤脚下跪下，咚咚地磕着头。米三斤仰天长叹一声，将米二福拽起来，说，回家吧。

这天傍晚时分，米三斤来到我们家。问我，你为啥故意让米二福高出你两分呢？我想了想，说，米二福一直想考个好成绩，好叫你们高兴呀。

咳！米三斤叹口气，苦笑说，谢谢你了，娃儿，你帮了二福这么久。咳，也难为了二福啊，他本来就不是念书的料嘛！

暑假第二天我就带着作业本去了打杵子家。为了迎接我的到来，打杵子一家做了很多准备，他们给我准备了一张矮桌子和小马扎，那是我写作业和看书的地方。打杵子还特别叮嘱桃，在我看书和写字的时候，千万不可以来打搅我。英子还给我买了些水果糖和瓜子，不像我母亲那样，有点好吃的总要锁在柜子里，要想吃，必须经过她的同意。英子把瓜子和糖果端到我跟前的柜子上，说想吃就去拿，吃完她又去买。

才到人家屋里，多少还是有些不好意思，所以，一个上午我虽然心头挂念着糖果，但却连头也没有向柜子那边侧一下。我认真地写着作文，做数学作业。

有人带话，沈二仙有个什么急事。打杵子火急火燎去了五道河。英子坐在一边纳鞋底，不时捏颗瓜子丢进嘴里。她啐瓜子壳的声音显然是克制着的，虽不响亮，却还是让我心头直痒痒，满嘴的口水。桃坐在一边，玩着小布猴，眼睛却不时瞟着我。

临近中午了，英子去菜地寻中午的菜。她前脚刚一离开，桃就抓了一把瓜子和糖放在矮桌上，见我不动手，又往我面前推了推，两只眼睛亮闪闪地看着我。我剥了颗糖喂进嘴里，她也剥了一颗，吃着糖，我们眉开眼笑。

很小的时候，他们就喜欢拿我和桃开玩笑，问我长大娶哪个当老婆。我比桃大点儿，已经可以从问话人那古怪的神情上头看出他们不怀好意，就翻个白眼算是回答。而桃就不一样了，她小，她很认真地跟人家说，我长大了要嫁给我的山哥哥。这话让我觉得难为情,我告诉她以后不准那么回答人家。可她总也改变不了。为这事我还揍过她。她不知道自己做错了什么,委屈地衔着手指头,泪眼汪汪地看着我。

我母亲也有意不让我和桃玩耍,她认定了桃长大会和她妈妈英子一样。每当有人拿我和桃开玩笑,我母亲都会很不高兴给人家脸色看。

英子弄了菜回来,我和桃玩得正开心,她让我闻布猴的肚子里都装了些什么东西。我只闻到了花椒味。她说里头的东西还多的是。就拿了剪刀来戳开,果然,里头有米有豆,有花椒有胡椒……

英子问咋回事,好好的咋弄烂呢?桃咯咯笑,说,我们看它肚子里有娃娃没有。

4

暑假作业没几天我就做完了。打杵子不晓得从哪里搞回来一些书,很古旧破损,打开书页,散发着一股子霉味儿。他说这是真正的老书,古书,传到现在有好几百年了。这些书的字体很大,竖排,繁体,因为没有标点符号,大字连成一饼,很不好看。倒是有一套《三国演义》,也是竖排,也是繁体,但有标点,人名和地名下面还都加了一道杠,虽然很多字认不得,但也能读懂个大概。

相比于看书,我更喜欢听打杵子讲书,神神鬼鬼的听起来很刺激。如果听到不明白,问他,他还会做一些阐述,有时候话长,绕来绕去,就绕到另外一个故事上头去了,你一提醒，他又绕回来，接着那个故事讲，真是十分有趣。

他讲得热闹，我和桃也听得专注。不过英子似乎并不喜欢他讲这些，骂他冲壳子。打杵子自然不服，说他讲的都是有事实依据的，在秦村，也只有他会讲。你瞧，何山这么有水平的人，都听得入了迷呢。英子白了他一眼，你既然这么会讲，咋不去茶馆呢？

打杵子那阵子也有些忙，甚至晚上也很少时间在家。他在五道河，跟沈二仙学阴阳八卦，学堪舆之术，学相面算八字，他得赶紧找一个养家的活路。

那阵子我们家的情形出奇的好。首先是我父亲的咳嗽病好了大半，他关心的不再是自己的身体，而是我母亲的肚皮。他和我母亲一再叮嘱我，在外头嘴巴要严实点，谁也不能讲。他们正在想办法让我母亲肚子里的娃娃逃脱计划生育政策，顺利生出来。他们将米三斤和玻璃猴子请到家中求主意，米三斤开出的主意其实也很简单，说最好让你家何山装残疾或者装瓜，这样就符合生育二胎的政策了。不过，装瓜恐怕有些难，现在只怕整个土镇都晓得你家何山是个聪明人。

过去我总是在早饭后去打杵子家，中午回家吃饭。下午去或者不去，全看我乐意不乐意。后来因为桃执意挽留，中午就在她家吃饭，到黄昏才抱着书本像个下班的人一样，踩着少年老成的步子慢慢回家。再后来，我晚上也懒得回去了，就在他们家过夜。当然，这主要是受英子的邀请，因为打杵子都黄昏了还没有落屋，看样子他又不回家了。

何山，你就住我们家里，给我们搭个伴儿吧。英子说。

英子是个胆小的女人，半下午就不敢出门了，她老觉得房前屋后的那些刺笆笼里有东西，她还说看见过几回，像人一样，但是比人高，飘在半空中，像是没有脚。她一惊一乍的，听得我也感到头皮发凉，害怕得不行。不过我不会表露出来，我强作镇静，我觉得有必要留在她们家中，给她们母女做伴儿。英子叫我做伴儿，不就瞧我是个男人吗？

你是童子娃儿，自带三昧真火。英子说。

桃问，啥是童子娃儿。

英子说，就是还没有结婚的男娃儿。

山哥哥啥时候结婚呀？跟谁结婚啊？桃的样子就像是明知故问。

她妈妈笑着看着我说，你去问他嘛。

桃没有问，但这也足够让人难为情了。更难为情的事情在后头，他们家只有一张床。

在我们家，原来也只有一张床。我上小学的时候，母亲嫌我长得快，说太挤，让我父亲买回了一张床，将我分到了隔壁。有时候我也会撒撒娇，说害怕，说太冷，硬要跟父母挤在一块儿。而今天晚上，我似乎必须要跟这对母女睡在一张床上了。

我扭扭捏捏地洗了脚，难为情地上了床。

英子和桃睡一头，我睡一头。桃睡觉一点都不老实，老蹬我的脚。我躲哪里，她跟着蹬到哪里。我就还击，也蹬她，拿脚挠她。她咯咯地笑，我也忍不住笑。

两个碎鬼蛋子，快睡！英子灭了灯。

黑暗中，我们继续蹬对方，用脚拇指夹对方。直到英子拧了我们一把，我们才老实下来，安然入睡。

在我们家，我父母起床，也会毫不留情地把我叫醒，不管春夏秋冬，因为他们想从小就培养我的勤劳习惯。而我父亲挂在嘴边的一句话就是，一年之计在于春，一日之计在于晨。

在打杵子家，根本没人管你睡到什么时候起来，因为英子就喜欢睡懒觉。我虽然已经养成早起的习惯了，好几次想起来，见她们母女两个睡得那么香甜，爬起来坐了一阵就又躺下，迷迷糊糊睡过去了。

等到再次醒来，已经是半上午了。英子坐在门槛上嗑瓜子，扭脸看了我一眼，说，稀饭在锅里，自己舀啊。

桃还在睡，像只小猫一样缩成一团。

吃了早饭，英子要去大队部，问桃是跟她一块儿还是留在家里和我耍。我说要回家去。在别人家住一晚上，不知道怎么的，心头老大不安。英子问我回去还过不过来了。我不知道怎么回答。英子说，你就懒得跑了，碰着你爹妈，我跟他们讲一声你在这里很好，再说我这是去割肉呢，中午辣子炒肉，你就留下来打牙祭吧。我还没答话，桃就过来，拉着我的手摇晃，说你莫走嘛，你走了我不好耍。

那么，我就勉为其难地留下来咯。

作业早就写完，那几本破书实在不想看，所以英子前脚一走，我和桃就玩开了。

我们躲猫猫，躲了一阵，也没多大意思。我教桃折纸飞机，可是她手脚太笨，而且也没兴趣。我想带她出去，多找几个小伙伴在一起玩，她又不愿意，说要守家。而我也觉得这个主意不合适，我和她走在一起，必然会受到那些娃娃的哄笑。桃要我跟她抓子儿，别看她人小，可是手指头麻溜，我根本不是她对手，玩了一阵，索然无味了。

桃说，那我们煮假假饭吧。

对我这样的大娃娃来说，玩煮假假饭也太幼稚了些。但我还是答应了她，我说好吧，你煮。

她要我当爸爸，她当妈妈，我在外头打石头，她在屋里做饭。她问我，想吃什么呢？我想说随便，又怕敷衍了她，就说辣子炒肉，红烧鱼。她捡了几块圆石子儿，放在半块瓦片里，问我，喜欢吃包蛋吗？我说不喜欢吃。她想了想说，汤圆你总喜欢吧？我说喜欢。她就端到我跟前，喊我，当家人，你累着了，快吃吧，吃了你还要去打石头挣钱呢，再不挣钱，今年过年，娃娃大小一家人，穿啥新衣裳呢？

就像是突然想到似的，她说我们还养了个娃娃呢！她去找了件衣裳，揉成一团抱在怀里，喔喔地哄了一阵，递到我手上，说，娃娃睡着了，你抱一下，我去把锅碗收拾了。我本来是不想抱的，没想到她一下子塞进我怀里，装作生气的样子跟我说，你就晓得打石头，娃娃的事情一点不操心！

我愣愣地看着她，抱着那团衣裳走到一边。她并不满意，过来两手叉腰，说，娃娃都在哭了，你就不晓得哄一下。我说哪里在哭嘛，动都没动一下。她说，嗯，梦哭，又睡着了。

我站在边上，看着桃收拾那些破瓦片儿，烂瓷盅，很忙碌的样子，嘴里还嘟哝着，尽是些抱怨的话，盐巴涨价了，又该买油了……

当家人，你一天还是累，烟也要抽上，莫光顾到省钱。就在她折一截树棍当成烟卷塞进我嘴里的时候，英子回来了。

我抱着那个布卷儿，真是难为情。桃兴奋地跟她妈妈讲，我们在煮假假饭！英子说，假假饭吃得饱不？她拎起手上的一挂肉，说，山娃儿，来，帮我烧火，我给你做真饭，吃饱了你们才有气力接着去煮假假饭。

吃过午饭，我回了趟家，我的父母都不在家。在家里待了一阵，又去自留地和包产田地寻了一遍，还是不见他们人影，悻悻地回到打杵子家。英子和桃睡了午觉才起来。英子说，哦，我都忘记跟你讲了，你爸爸妈妈去土镇了，说是你妈妈的肠胃有些不舒服。后来我才晓得，我母亲突然现红，吓住她了，以为要流产，忙去土镇卫生院找熟人偷偷开了保胎药，住了几天院，等肚皮安稳了才回来。

你妈妈是不是有娃娃了？当时英子这样问我。我说不晓得呢。英子狡黠地一笑，说，你娃哄我嘛。

下午和桃在一起耍的时候，桃也问，你妈妈是不是要生娃娃了，我说不晓得。桃说，我妈妈讲了，她一看你妈妈的脸色就猜肯定是有娃娃了，如果不瞒着，被土镇的人晓得了，就要牵牛逮猪遭罚款，还要弄进医院去刮宫引产。我妈还说了，如果你妈妈生了幺幺，就会对你不好。我问咋个会不好。桃说，好吃的好喝的就不会给你一个人占了，你啥事必须让着小的，以后分家也会分两份，不再是你一个人全得了。

这天下午，我始终心事重重。我突然对我父母生起气来。黄昏，英子问我要不要回家，我不好说不回去，就说还早，我想再耍会儿。英子像是看出了我的心思，就说你晚上还是留在这里，给我们搭个伴儿吧。

吃了晚饭，英子拿出扑克，要教我和桃打扑克。她本来是想教我们"斗地主"的，结果桃怎么也学不会，她只好教我们一个更简单的，"钩娃娃"。我们耍得很晚，桃还是和我打闹了一阵，才倒床睡着。

半夜时分，我被一种呻唤声和床的摇晃惊醒了。我惊异地发现，我身边多了个人，是桃。她不是跟她妈妈睡一头吗？咋个跑我这头来了？

晃动在继续，呻唤声越发大了。我正要探起身来，看咋个回事，手被桃捏住了，她竟然醒着。她往我身边拱了拱，脑袋和我脑袋拱在了一起，快睡，她悄声说，别动。

我仿佛看见了她那双大眼睛扑闪扑闪的。

床突然不晃了，呻唤声也停止了。

桃，桃，是打杵子的声音，他呼呼地喘着粗气。

桃没有开腔。

何山，何山。

我正要应声，桃伸手过来，捂住了我的嘴。

耍到半夜，瞌睡香得很呢。英子说。

床又晃起来，越晃越厉害，呻唤声也越来越急促，越来越大。是英子，是她在呻唤。小声点，莫把娃娃惊醒了，打杵子说。快点儿，英子不耐烦地捶了打杵子一拳，你使点劲儿！

我突然醒悟过来他们这是在干什么。我的脑袋就像被一股大水冲过，变得透凉透凉的。

我僵在那里，一动也不敢动。

第二天一大早我就醒了，打杵子和英子背靠背躺在那里。桃还和我睡在一头，她歪趴着个身子，一条腿向前迈着，一条腿蹬着，一只手托着腮，一只手伸在我的脸边，像是要揩去我脸上的什么东西。

我刚起身,她也醒了,眼睛大大的,冲我一笑,露出小贝壳一样的洁白的牙齿。

那天上午,我带着桃去大石山上的刺笆笼里寻鸟蛋,寻了一圈,什么也没寻到,反倒被刺挂得手臂脖子上尽是道道,让汗水一渍,又痒又疼。我们选了一个最大的刺笆笼,钻进去乘凉,四下很安静,都听得见青蚱蜢在草尖上蹦跶的声音。桃看着我,她似乎晓得我有话同她讲。

他们昨天晚上在干啥呢?

桃不回答,两眼亮晶晶地看着我。

你不晓得吗?

晓得。桃的眼睛像星星一样闪烁。

大石山上的刺笆,大都是九里香和倒钩藤,它们相互缠绕,越长越茂盛,越长越大,篷在一起。当中的藤子因为枯干腐朽,渐渐就形成了中空。随着外头一层的藤子不断生长,里面的不断枯朽,中空就越来越大。我估摸着,我和桃钻进来的这个刺笆笼应该是大石山上最大的。我们对此都很骄傲,因此我们花了很多时间来收拾它。我们将里头的枯枝全部清理了出去,打扫得干干净净。我还找了几块平整光洁的石头,费了九牛二虎之力才搬进去。桃将她的那套煮假假饭的东西搬了进来,还从家里偷偷摸来几个好的碗盘。

除了吃饭、睡觉和可恶的下雨天,大部分时间我和桃都藏在这片小天地里。密密的树枝和令人生畏的倒刺构成了我们躲避这个世界的屏障。只要从那个小洞里钻进来,这里头就是一个秘密花园。

我们惊奇地发现，在我们的这个秘密花园里，竟然蹦跶着好几只青翠的蚱蜢，我们不会把它们捉来烤了吃，我们当它们是家养的，是我们这个家庭的一员。是的，这就是我们的小家庭。桃在里面不知疲倦地煮假假饭。我扮演爸爸，她扮演妈妈。我打石头，她做饭洗衣。我们一起吃饭，睡觉，她还生了几个娃娃，硬要我给那些娃娃起名字。可是面对那些布团做的娃娃，我怎么也没法起一个让桃满意的名字。我说，还不如让那些蚱蜢来做我们的娃娃呢。桃说，那怎么行呢？那是我们养的鸡，养的鸭，你总不能让鸡鸭来当我们的娃娃呀。我叹着气说，好吧，反正是你在当家。

天气越来越炎热，但我们的这个秘密花园里凉爽极了。而且我们又添了新的家庭成员——两只癞蛤蟆和一群红嘴雀。桃从家里揣了米来，撒在地上，那些红嘴雀开始还怕我们，当我们向它们做了绝对不会抓它们烤了吃的保证后，它们就落了地，就在我们眼皮子底下啄食那些米粒，还冲我们欢快地鸣叫，跳舞。桃高兴极了，说它们在喊我们呢，喊我爸爸，喊她妈妈。她一定要请她的妈妈来看看，我劝不住。不过英子不肯来，她讨厌那些倒钩刺和藤子。

5

我父亲的咳嗽病似乎已经痊愈，好多家务活他都在做了，挑水，浇菜，除草。为了让我母亲肚皮里的这坨货顺利落地，他们已经想到了办法。打杵子曾经参与过他们的谋划。方案很多，比较可行的有三种。第一种，让我去土镇赶场，然后走丢。他们会去寻找，还会报警，可是到哪里去找呢？等我母亲肚皮里的这坨货顺利落地，长到两三岁，我再奇迹般地回来。到那时，总不能把这个娃娃再塞回我母亲的肚皮里去吧？一切也都这么顺理成章。我父母开始觉得挺好，随即认为这完全行不通。我父母害怕在警察面前装不像，一旦露馅，就不好整了。再说，又把我往哪里藏呢？他们看着我说，又不是个钥匙串儿，随便往哪里一放，这是个人呢，要吃要喝，还要长大长高呢。

第二种是让我装瓜。这早就被否决了。

第三种是让我装残疾。

残疾分很多种。并不是缺胳膊掉腿的才是残疾，瞎子、聋子、哑巴都是残疾。当然，缺胳膊掉腿，那是没办法装的。瞎子装起来也难。最好就是装聋子，天生的聋子注定会是哑巴，后天的聋子就会说话。

打杵子看着我，我可以教他怎么装聋作哑。我在跑滩的时候，跟江湖上的人混过，有装残疾骗钱的。缺胳膊掉腿的最难装，稍微容易一点的是瞎子，最容易的是聋子和哑巴，一问三不知，不就是装聋作哑吗？

我父母选择了这种方法。他们说这种方法基本上不会对我造成什么不好的影响。而且这个方法也得到了土镇方面某人的赞同。土镇某人已经打通了爱城的关系，只需要带着我去绵城的什么机构做个鉴定，我母亲肚皮里的那坨货物就可以放心地卸下来了。土镇某人专程前来秦村钓鱼，结果是一条鱼也没钓着。但是他的偏三轮里装满了我父母的供奉，鸡鸭蛋、鸡鸭、花生、嫩姜、辣椒、绿豆、黄豆、土豆……那天中午的酒宴上坐满了陪客,米三斤、玻璃猴子、老队长。那位土镇来客将我叫到跟前,仔细打量了一番说,莫要掉以轻心,还是要认真地教一下,别到时候露馅儿。我父母赶紧表态,专门请了个人教。那人问是谁,嘴巴严不严,别到时候到处讲哦。我母亲这才恍然大悟似的叫唤道,哎呀,你们看我这记性,咋个把他忘记了呢?咋个也该请他过来喝杯酒嘛!一旁的人说有啥嘛,你们也对得起他了。

我不喜欢待在他们中间,每个人都很臭,酒臭,烟臭。而我母亲总是觉得不放心我似的,一见我就要把我喊到她跟前,捋起衣服让我摸她的肚皮。大热天,她衣裳穿得少,那肉滚滚的大肚皮像个再膨胀下去必然要崩裂的瓜,让人感到恐惧。而真正给我带来恐吓的是几天前的那个午后。当时我从桃家里回来,白花花的太阳底下,所有的一切都散发着炙热的气息。懒蝉子声嘶力竭地叫唤着,路上还遇到了一条蛇,它黑油油的身子像一把冰冷的刀,从我昏热沉沉的脑子里划过。我推门进去,唤了好几声妈妈,不见答应,捧起水瓜瓢喝了半勺凉水。英子炒的辣子肉真是好吃,可是他们全家的口味儿都偏咸。我打了个嗝,推开妈妈的睡屋,她在床上,浑身一丝不挂,打着鼾,嘴角的涎水晶亮。屋顶亮瓦的光像一把洁白的大米,洒在她的大肚皮上。那只大肚皮起伏着,像潜伏着一群怪兽……

我几乎是仓皇而逃。

现在,我母亲把我拉在她的怀中,不顾我的抗拒,将我的手捉到她的肚皮上。她的肚皮凉丝丝的。她笑眯眯地说,你感觉到他没有?你是想要个弟弟,还是要个妹妹?我不能说啥都不想要，这会让她很不高兴，她会觉得这话不吉利，会让她更加紧张。我只能说随便。她说也是，老天爷给我们什么，我们就要什么吧。不过，这就要看你的喽。我父亲的手伸得老长，摸摸我的头，莫得问题，我娃聪明。

我去了打杵子家，他正坐在门槛上抽烟，瞧那神情，很不高兴。倒是英子，老远就迎出笑脸，哟，来找你师傅啦？学瞎子呢，还是学哑巴？我说不是，我找桃耍。你莫要一天光顾到耍，你要认真学，万一过不了关，你看你妈那个大肚皮到时候往哪里搁哟。

打杵子瞪着英子，埋怨道，你咋个跟娃娃讲这些呢？

打杵子起身，丢了烟头，把着我的肩膀跟我讲，到了那里，人家问你，你就一问三不知，装作啥都听不见，啥都不晓得，把自己当个瓜娃子嘛。这个世界聪明人不好装，装瓜娃子那是容易得很。再说，你爹妈使了那么多钱，走了那么多关系，你去也就是装装样子，走走过场，懂了吗？

我说懂了。

打杵子轻轻地叹口气，直起腰来，不是我瞧不起你爹妈，有些事情他们还真做得出来。他冷笑一声说，不就是添人添筷子的事吗？

英子在一旁嗤笑，都还不醒眼呀，人家那是瞧不上你！

6

桃已经在刺笆笼里睡着了。她躺在一堆麦秸上，金黄的麦草，她柔软的头发和身子弯曲在上头。一只造桥虫在枯藤上拱动着长长的身子。懒蝉子的鼓噪声仍然很大,只是被这翠绿的笼子一过滤,要轻软多了。

我走到桃身边,她突然从地上翻起身子,啊的一声大叫。

其实我早看到她长长的睫毛在动,我晓得她是在故意装睡。我们时常这样,假装天黑了,该上床睡觉了。而她总是提早上床,因为她有很多娃娃需要哄睡。

尽管我一点没被吓着,但还是装出被吓了一跳的样子。她咯咯地笑着。我喜欢听她的笑声,她的笑声在这烦闷的夏日里,显得格外的清凉和明亮。

我说这是我今天被吓第二遍了,刚刚我看见了一条蛇。

你打死它了吗?桃问。

上次看见蛇,我回头跟她说那条蛇有多大,而我是多么勇敢地打死了它。当然这是在吹牛,别说打死一条蛇,就算像米二福他们那样用麦管插进蛤蟆的肚眼儿里,把它们吹得像只快要爆炸开来的气球的恶作剧,我也从来没有那个胆量去做。

今天没有,我说,我放过了它。

是蛇不打三分罪,桃说,你该打死它的!

下回碰上,我是不会轻易饶过它的,我捏着拳头,想像大人那样将关节捏得嘎嘎响。我觉得这样可以证明我的力量和决心。但是我把拳头捏扁了,也没出声。

如果是在屋子里的,你就不要打死了,那是咱们家养的。桃说。

我说好。

我们躺在麦秸上,我自然要给她讲家里的酒宴都有哪些人，都有些啥样的菜。不过，这一切我都不喜欢，我说，我讨厌他们，米三斤、玻璃猴子和老队长，还有我们家的两个长辈，我统统讨厌。我最讨厌的还是那个土镇来客，他吃饭吧唧嘴巴的声音，就像猪拱食一样。

我的处境和心情桃早就晓得，她说今天中午她爸爸以为我们家会请他们一家人过去吃饭，所以她爸爸一直不准动灶烧火。吃饭的时候，她妈妈一直笑，笑她爸爸自作多情，太把自己当回事。她爸爸一个中午都没说话，都快吃完饭了，才说了一句，说不晓得何师傅两口子咋想的，何山这样的娃娃，简直是上天赐给他们的，为啥还不知足呢？太贪心了，捡了个金娃娃，还在问人家的老母亲在哪里！

桃说她都想好了，以后若我父母对我不好，不要我了，就让我过大石山这边来，就住这个屋里。讲到这里，桃伸出手来，捏着我的手说，你莫怕，我会给你搭伴儿。

我说，我倒不是担心我父母不要我，我只担心万一没有把这个聋哑人装好，被人发现了，我妈生不出来娃娃，或者生出来了还遭罚款，那他们不晓得该有多恨我啊。

桃翻过身来，趴着身子，看着我，见我一脸忧虑，很认真地跟我说，我们办点事吧。办点事，这是我们两个跟打杵子两口子学的。打杵子凑在英子身边，胳膊肘碰碰她，可不可以办点事？或者是英子用威胁的口吻跟打杵子说，你敢这样对老娘，就莫想我跟你办事！又或者说，就你打杵子是个男人，别的会办事的男人都死光了？

我相信我的父母另有一种说法。

但我们沿用了打杵子两口子的说法。因为我们觉得这样的说法很正式，有认真的意味儿，属于私密的，也是严肃的、庄重的。而这正是我们玩过家家的游戏最需要的。

就在我将被我父亲和米三斤带着前往绵城的头天午后，我和桃在那翠绿的刺笆笼里，在我们的家中，被臭蛋米二福带领的人马袭击了。他们来得神不知鬼不觉，一定是预先侦察和谋划好的。当时我和桃像往常一样躺在那金黄的麦秸上。我说我父亲已经给我许了愿，只要这个事情办妥当，我要什么他就给我买什么。

你要什么呢？桃问。

我说了一大堆，新书包、文具盒、连环画、小说书……当然，还有尽可能多的糖。我说，还有两样东西，你看你要什么，我让我爸爸给你买！桃说，你爸爸不会给我买的。我说我不会讲是你要的，我只会说是我要的。桃说我要个洋娃娃。我觉得有些不合适，我是一个大男人，怎么可能向父亲提出买个洋娃娃的要求呢？但我还是满口答应了，好的，洋娃娃。

桃说，那我们来办点事吧。

几分钟过后，臭蛋他们冲了进来。他们不准我们穿上衣服，就像大获全胜的战士，欢呼着胜利的口号，企图打破打杵子的阻拦，要把我们押往大队部，还要把我们游村示众。

打杵子冲进屋里，摸出一把菜刀来，在臭蛋他们面前做出拼命的样子。米二福并不害怕，高声叫着，来呀，有种砍死我呀！还硬着脖子往刀口上去。打杵子后退半步，将刀子往手上一捋，一股鲜血就像断线的珠子一样滴落下来。他并没吓住米二福。米二福一声冷笑，跟我玩这个？说着一把夺过刀,也往手上一捋,出的血比打杵子还多。来呀,还敢吗?他把刀递给打杵子,打杵子不敢接了。

论逞勇斗狠,打杵子确实选错了对象。我曾经目睹米二福将烧得亮烔烔的烟头往胳膊上戳,他并不是要做给谁看,他一个人坐在角落里,像个思想者一样吸着烟,喷着烟雾,突然他就把烟头戳向自己胳膊了。我吓得都快惊叫起来了,他却像个没事的人一样。烟头被戳灭了,他掏出打火机,啪地点燃,继续吸,继续喷烟雾,我不敢看了,赶紧走开。他若无其事地往胳膊上戳烟头的动作,让我一想起来就哆嗦。

打杵子突然想起了什么,冲进了里屋,很快拎着一桶水出来,对着米二福泼了出去。

米二福嗷的一声大叫,落荒而逃。

英子将桃抱在怀里,抱进屋里。

打杵子捡起我的衣服,丢在我的头上,说,走,我送你回家。

7

我坐在门槛上,呆呆地看着院坝里的那一群鸡,不知道为什么,它们今天显得特别安静。

我父母和打杵子进了里屋,过了许久他们才出来。打杵子的脸上尽是血渍,那是他故意涂抹上去的,为了吓唬米二福的那些狗腿子。我母亲要去打水让他洗洗。他说不需你劳神,怀身大气的,我自己来。洗完脸,又四处找带字的纸,他要去蹲茅坑。

我父亲拾了根板凳，坐在屋檐下，我母亲站在门边，身子靠在门框上，低头看着我。我感到皮肉发紧，我在等待一顿暴打从天而降。而这顿暴打，多半会先从我母亲拧着我的耳朵，将我揉倒在地上开始。因为我母亲近在咫尺，她那双长着坚硬指甲的大手就垂在我的耳门前。但她却迟迟不动手，这让我备受煎熬。

她突然迈出门槛，无声地奔向那只红颈大公鸡。就像所有的农村女人一样，我母亲也热衷于孵抱小鸡，更擅长于挑选抱鸡婆和踩生的公鸡。这只红颈大公鸡就是她从众多公鸡中选中的种鸡，一身光彩的羽毛，两腿修长，经它踩生的蛋，少有寡蛋。为此我母亲很得意，为自己的好眼力，自然也对红颈大公鸡十分宠爱，总是端了才出锅的热米饭喂它。而红颈大公鸡并不独享，咯咯哒哒唤那几只母鸡出来一起啄食，只是才没啄食几下，它就迫不及待地扑扇翅膀，压着半边身子挤靠母鸡。而母鸡也不再奔跑，咯咯叫着矮下身子，让公鸡更容易上身。

早先我并没看见红颈大公鸡。它是从什么地方钻出来的，我也没有注意。我注意到它的时候，我父亲和母亲也都注意上了它，这是因为它闹出了动静。它在追赶一只小母鸡。公鸡长冠子，母鸡短冠子，公鸡长尾巴，母鸡短尾巴。都养它们半年多了，这才容易分辨出公母，主要是因为鸡养得太多，缺吃食，不肯长。而我母亲舍不得出卖，这些鸡会在她的月子里逐一挨刀。我母亲是有计划的，不想把它们喂得太好了，因为这么快就让肉长上身子，一时又不吃它，不也是一种浪费吗？我母亲准备过一阵子才让它们饱食，到时候肥一只，宰一只。

那只小母鸡大概是什么地方偷食了，个儿虽不比其他的大，但是毛羽光滑亮彩。红颈大公鸡大概早就瞄上它了，拐着弯儿冲向它。有几只老母鸡老远见了红颈大公鸡就咯咯叫着矮下身子，但是它却对它们视而不见，径直冲过它们。那只小母鸡可能受过红颈大公鸡的欺负，很警惕，慌张地逃跑。可是它怎么跑得过大公鸡呢？大公鸡志在必得似的，拼了老命追上它，啄住它的脖子，扇开翅膀，把它往身子下摁。小母鸡顽强，刚挣脱，又被啄住了。就在大公鸡用那长长的爪子踩住小母鸡的后背，把它压在身下那一刻，我母亲穿过鸡群，冲到了它们跟前，一把握住了红颈大公鸡的脖子，揪住它的脑袋，只那么轻轻一拧，它的脑袋就耷拉下来了。我母亲将红颈大公鸡丢在我父亲跟前，闷声闷气地说，烧水，拔毛。

我父亲慢吞吞地站起来，抓起地上的死鸡，叹口气说，动个刀子多大的事嘛，也好落一碗血吃嘛。

打杵子从茅坑出来，蹲久了腿麻，一瘸一拐的。他看看我父亲手上晃荡的死鸡，又看看我那面无表情的母亲，再看看蹴在门槛上簌簌发抖的我，不明白发生了什么事。

打杵子刚出我们家院子门，就碰见前来的米三斤。真不晓得咋回事，米三斤那么清瘦、白净、斯文，他的儿子米二福竟然那么黑，那么壮，像一堆牛粪。而且米三斤那么爱收拾，头发油光水滑，虮子挂着拐杖都站不稳，衣衫干干净净，举止书书气气，养个儿子竟然脸都洗不干净，耳朵后面厚厚一层垢痂，一年四季浑身都散发着酸臭味儿。

米三斤细言细语地跟打杵子讲着话，声音不大，加上鸡群的骚动叫唤，根本听不清也猜不出他讲了什么。打杵子很冒火，他粗声大气冲米三斤叫嚷着，你就是好人了？你小时候就是圣人了？是哪个龟儿子为了两分钱，把母牛往土坎边吆啊？你那时候多大？他们多大？碎娃儿过个家家，也值得你堂堂的村领导大动干戈？说我欺负你们家娃儿，你呢？你又是在欺负哪个？只准你乱讲，我就不会乱讲了？

两人在院子门口扯了一阵，我父亲忙拿了烟出去劝。

打杵子走了，米三斤跟着我父亲进了院子，我母亲腆着大肚皮给他端来板凳。米三斤青白的脸色好一阵子才恢复血色。他说，我过来就是跟你们讲一声，我明天没得时间跟你们去绵城，要在土镇开紧急防洪会议，就让玻璃猴子跟你们一块儿去吧。

说好的你去嘛，你咋不去了呢？我父亲一副可怜兮兮的样子。以前的那些事都是你替他们办的呀，你经验丰富，轻车熟路，是不是因为这些事情得罪你了，你就撒手不管了？

你们硬要再生个娃娃，这事儿原来我还不理解，心想费这么大精神搞啥呢，划不着呀。米三斤瞟了我一眼，叹口气说，现在我理解了，你们这是在备后手呀。

我父母当然清楚他这话的潜台词，只是不知道该如何回答。

你这娃儿呢，米三斤再瞟我一眼说，啥都好，就是太聪明了，不是说你看了好多书吗？有句话你肯定从书中见过了，聪明反被聪明误！喜欢看书是好事情，但是看得太多就容易惹麻烦。你想想，脑壳就好比一间屋子，你不停地往屋子里塞东西，什么东西都往里头塞，塞得满满当当的，你这屋子就没办法住人了,就报废了。所以书还是要少看点,这样脑壳里才通透敞亮。你莫要跟打杵子学,那个家伙分明就是书看多了,看杂了。你看他,说天上才下来,说地上才出来,好像啥都知道似的。可是他知道啥呢?他要真的知道点啥,就不会把个日子过成那个鬼样子了。

我母亲在一边咋呼,米书记讲得对,你好生听着!

其实,你们也应该注意一下。米三斤说,我不是个喜欢背后说闲话的人,但是我是干部,发现问题不给你们指出来,又是失职。何师傅啊——

我父亲赶紧应声,做出毕恭毕敬的样子,等着米三斤的训话。

米三斤说,所谓跟着好人学好人,跟着师娘罡假神,这个道理你是懂的。娃儿,你们还是要管起来,不要觉得娃儿考了个好成绩,就啥都是优秀的,德智体美劳,还是要全面发展。以后莫让你家娃儿去大石山了,再要下去,恐怕大学去不了,班房倒是先进去了!

这天晚上,米三斤在我们家吃掉了那只红颈大公鸡。我母亲炖了一半,红烧一半。我没有上成桌子,连在灶膛前烧火的资格都被我母亲剥夺了,她让我滚进我的房间,还要我关上房门,说看见我的影子她都想冒鬼火。

我的房间很窄,有一张床、一张破旧的桌子和一口柜子,其余的就是满屋子的杂物,到处都是一股子霉烂的味道。之前灯光明亮的时候,这种味道就像被明亮的灯光稀释了一样,还不那么明显。但是今天晚上,我父亲说我半夜看书老不睡觉,就将三十瓦的灯泡给我摘了,换成了个八瓦的。灯光一暗，耗子也大着胆子出来了，到处都是窸窸窣窣的声音。

我没看书，我在本子上写写画画。我父亲不时推门进来瞟我一眼，什么话也不讲，又掩上门。

他们在外头吃喝，米三斤喝得有点儿多，他一高兴，就表态了，明天土镇的防洪会议不去参加了，要跟我们去绵城，全心全意帮忙把事情办了。他拍着胸口说明天的事情包在他身上，手到擒来。

我瞌睡沉沉，准备上床睡觉，但是肚皮又饿。我在想，我父母今天是不是要饿我的饭，以示对我的惩戒呢？但一想可能不会如此简单，因为米三斤又提起了对我的教育问题。翻来覆去就那几句话，要我父母不要觉得考个好成绩就觉得我能干，放松对我的管教，一定要从道德上抓一抓，因为我已经在道德上有问题了，而且该收拾，要收拾，毫不手软。不然，以后挨炮轰火，你们还要掏子弹钱呢！

我父母立即保证，一定会好好管教我，好好收拾我。他们的语气让我感觉到，只等送客出门，马上就会叫我粉身碎骨，因为他们已经准备好了棍棒和揍死我的狠心肠。

我对米三斤恨之入骨。不过，这天晚上他还是讲了个令我欣喜和轻松的好消息。他已经决定了，下学期就不让米二福念书了，想干什么就让他干什么去。

8

到了绵城计生医院，那个医生把我扯到跟前，捏开我的嘴巴，往我的嗓子眼儿里瞧了瞧，用一根棉签扒了几下我的舌头，我正干哕着，他将我推到一边，什么话也没讲，就在一张纸上写写画画，然后递给我父亲，说，去楼上办公室盖个章。

我们在楼上等了很长时间，也没等到那个盖章的人。米三斤楼上楼下跑了一阵，问我父亲带了多少钱。我父亲说了个数。米三斤说这恐怕不够。我父亲说你把人往馆子里带，我这就去想办法。

我跟在父亲身后，走街串巷，来到一幢楼前。看门人不让我们进去，我父亲说找冷主任，我们是老熟人。正说着话，身后有人喊我父亲。我父亲扭脸一看，大喜过望，哎呀，冷主任。冷主任身边跟着个小女孩，和桃差不多大，背着个帆布画板，冷主任让她喊我父亲伯伯，说那是他的女儿冷红。我父亲也赶紧叫我喊冷主任伯伯，说这是我儿子何山。

冷主任摸摸我的脑袋，问我上几年级了，成绩咋样？考了多少分？我一五一十跟他讲了，他很惊喜，问我父亲，他能考那么好？我父亲笑笑，说他就成绩好点。冷主任指着他女儿红说，她呀，除了画画好看，功课一塌糊涂。红噘嘴不高兴。冷主任说，还生气了？你要跟哥哥好生学习，把主课抓起来，建设四个现代化，重点可是需要数理化！

冷主任问我父亲找他做什么，有事情只管开腔。我父亲说家里有个亲戚害病住院，钱没带够。冷主任问哪个医院，说他在医院里有熟人，需要出面的话只管讲，还说现在办啥事都离不开个关系，中国嘛，人情社会，也理解。我父亲忙说不用麻烦。

冷主任问我父亲需要多少钱，我父亲说就借两百块钱吧。

冷主任说，两百块钱抵个啥事？他打了个电话，安排人赶紧取五百块钱送到办公室来。

说是赶紧，却迟迟不见送来。

冷主任劝我父亲别急，要他坐下喝杯茶。然后两人就扯起了闲条。见我和红坐立不安，就摸了两块钱递给我，要我带妹妹去街上的店子里买糖吃。见我不敢拿，红一把夺过来，走到门口见我还愣在那里，招呼道，你跟不跟我去？我看着我父亲，我在等他点头。冷主任夸我听话，懂事。

我跟在红身后，刚到楼梯口，突然听见身后一阵急促的脚步声，是我父亲。他到底不放心，一把揪住我，肩膀被他拧得生痛，他将我扯回到身边，用凶神恶煞的语气警告我，耍，就好生耍，莫去搞鬼，这里不比秦村，不是大石山。见我点了头，他这才放开我。

红就在下一层楼的台阶上站着，见我没下来，以为走迷了，就又折身回来。我走到她身边，发现她的眼神充满了同情。她问我，你爸爸是不是经常打你？我说不是，她显然不相信。

红带着我来到一家副食店。这一路上我们不停地说话，已经像是一对好朋友了。副食店老板认识红，老远就跟她打招呼，说红，今天想吃点什么呀？又看着我，问她，这是谁呀？你的同学还是你们家亲戚啊？红说你管不着。她指着店里的糖果大方地跟我说想吃什么只管要，哪样没吃过只管要哪样。见我不动手，不开腔，她就替我做主了，汽水、棉花糖、雪糕、泡泡糖……装了好大一口袋。

我喝着汽水，吃着雪糕，两眼在店里东瞟瞟，西瞅瞅。

副食店老板问，你还想要啥呢？红也问我，你想要啥你就开腔嘛。

我说洋娃娃。

你说的是芭比娃娃吧？红说，我家里有好多个仙女芭比，等一下回去给你拿。你要几个？

我说一个就够了。

两块钱根本就不够付账，而且副食店老板还一个劲儿地往我口袋里塞糖果，因为红说了，要我带些回家去吃。老板叮嘱我，你娃一定要记得红对你的好，一看就晓得你是从农村来的，你哪里吃过这样好吃的糖果呢？哎呀，红硬是了不起，跟她爸爸一样仁义！

在回去的路上，红向我讲着这是什么街，走过这条街，前头那条街叫什么名字，都有些什么好玩的，好吃的。我很感谢她，而且也很喜欢她，我觉得我应该跟她讲讲我们来爱城的真实目的。我觉得她爸爸可以不知道，但是她应该晓得。于是我说，我们家没有亲戚害病住院，借钱是为了给人送礼，请吃请喝。红问为啥。我说我妈妈想再生个娃娃。红似乎明白了，点点头，难怪你爸爸对你那样凶，他们一定想再要个女儿。他们怎么可以这样贪心呢，我爸爸妈妈做梦都想要个男娃呀！咳，她很老成地叹口气，说，这世上的父母啊，都是有了男娃想要女娃，有了女娃想要男娃……

刚到门口，就碰见冷主任和我父亲从里头出来。冷主任顺手拦了辆刚从外头回来的小车，要司机把我们送医院去。我父亲想要推辞，但是时间已经不早了，就扯着我上了车。红过来问，你还回来吗？你不回来，我怎么把娃娃给你？

司机开动车子了，红还在问，你还要不要娃娃？

我父亲板着脸，也不晓得他在想什么，司机问了他好几声去哪个医院，他都没有听见。

下了车，米三斤站在餐馆门口正焦急地等着。米三斤看着我说，等一会儿吃饭，人家问你啥，你可千万要装作什么都听不见的样子。

桌子上坐着五六个人，有男有女。我只认得那个给我检查身体的医生。他们点了一大桌子的菜，吃得杯盘狼藉，现在正歇下来抽烟、说话。我们刚拿起筷子，他们就起身说吃好了，要走。我父亲赶紧起身。那个给我做检查的医生叫了声老李，他啥时候来盖章？那个老李在外头说，两个小时后过来吧，我要眯一会儿。那个医生跟我父亲说，你听清楚了吧？好了，不急了，慢慢吃。

结账的时候，我见父亲涨红了脖子跟服务员讲，怎么会有那么多酒呢？怎么会有那么多烟呢？服务员叹着气说，刚才那些人不是你请的客吗？他们拿走了，就记在这一桌上。你结不结嘛，不结也没关系，反正他们也是这里的熟客。

结，结，我父亲忙不迭地掏出票子。

9

新学期开学，我的副班长也被撤销了，班长落到了云娃的头上，现今他是一帮娃娃的头，副班长是黄刚，他们两个好得就像一对亲兄弟。米二福进了土镇农机站，隔三岔五就会回来，他比以前更脏，更臭，但是大家对他如众星捧月，因为他回来的时候不是开着手扶式拖拉机,就是开着更大只的"红50",一时间,他成了大家羡慕的对象,成了人人敬仰的了不起的人物。

米二福的回来对于别人是节日,但是对我却是灾难。他专门来学校质问老师为什么不把我开除了,说上回他不过是摸了一下女生的脸,老师就要他叫家长,而我呢,都那样了,竟然还没事儿,还有没有王法?他越讲越难听,大家都跟着起哄,老师气得吹胡子瞪眼却无可奈何。后来他还要组织审判,让我详细交代经过。那阵子他简直就是我的噩梦,听见有拖拉机声响,我就禁不住打战。

我不想再去学校,但是没办法。自从拿到了我的残疾证明后,我的母亲就开始拧我,越拧越凶。而我的父亲竟然也开始对我动手了,还一次比一次重。我第一回逃学被逮住后,他一个巴掌就叫我飞出去了好远,脑壳嗡嗡叫唤了好几天。

整个学校都在耻笑我。米二福还给我起了个极其难听的绰号。只要看见我一点影子,那些学生就大声武气地喊。就算是课堂上,他们也这样喊,只要一喊,就肯定哄笑一片。男生笑得肆无忌惮,女生则捂嘴窃笑。

教桃的老师是从温泉关调过来的,满脸的骚疮子疙瘩,姓邱。

一天下午放学,我在教室里不愿动身。我知道跟他们一起放学的路上等着我的会是什么,我已经吃够了苦头。云娃他们会将桃拦在路上,然后等我出来,故意让我们两个走在一起,这样他们就好跟在我们身后起哄。如果不配合的话,他们就会吐我们口水,推搡,辱骂。而更可怕的还不是这个,他们会埋伏在路边的土包、土坎上，等我们经过时，用土坷垃，用树叶包着狗屎和牛粪，向我们发动袭击，轰炸我们。这是米二福教他们的"战术"。

邱老师从教室门口经过，问我咋个还不走呢，然后就将我叫进他的办公室。

和所有的乡村小学一样，每个住校的老师都有两间房，外间的是办公室，里间的是卧室兼厨房。他到办公桌前坐下，看着我。你的事情，我都听同学们讲了，不过我更愿意听你说，究竟怎么回事？

我嗫嚅着，不晓得该咋个讲。因为那毕竟是羞耻事。但是邱老师那一脸真诚的担忧，让我信任了他。于是我跟他讲起来。我实在没有那个脸面讲那么仔细，但那却是邱老师最想知道的。生怕我遗漏了，不停地追问细节。他的样子显得很兴奋，尽管灯光昏暗，我还是可以看出来他的脸上泛着红光，鼻孔张得老大，呼呼地喷着热气。

当他让我脱掉裤子的时候，我突然觉得不对头。他说，让老师检查你的身体是不是还健康？有没有啥问题？我半信半疑，犹豫片刻，还是脱了裤子。我浑身打战，我很害怕，因为不晓得邱老师下一步要干什么。他的样子很吓人，也不讲话，像犯病似的，手直哆嗦。

这个时候我听见父亲在外头喊我。我慌忙提起裤子，冲出了他的房间。我父亲见面就劈头一巴掌，打得我一阵发蒙。这么晚了，你咋还不回家？屋里那么多事情，就不晓得搭把手！

我默默地跟在他身后。他双手背着，腰板挺得很直，步子迈得很带劲儿。路上不时碰上个熟人，他们都很热情地跟我父亲打招呼，偶尔还有人停下脚步，一定要发上一支烟给他，再坚持点上火，吸上两口。他们也都看见了我，但是却对我做出视而不见的表情。这与他们平常对我的情形大不一样。平常他们要是见了我，肯定会冲上来一把揪住，要脱我的裤子，他们一定要搞得大家都哄笑成一团，才肯作罢。

回到家中，我母亲腆着大肚皮，走到我跟前说咋个回事呢，咋个才回来。快去，把猪草剁了，你听，猪都饿得日爹骂娘了。我不能说还要写作业，现在，凡是写作业看书都不是不做家务的理由。他们大概听信了米三斤的那些话，书看得越多，将来越坏，成绩越好，将来越会惹麻烦。他们哪里晓得，我的成绩已经一落千丈了。

剁完猪草我还得去鸡圈数那些鸡够不够数，不够数的话，还得出门去找。而这一切，我觉得我母亲是完全可以做的。如果说她怀身大气，蹲不下身子去剁猪草，那么数鸡、找鸡呢？那又算多大个事儿啊！可她就不，她像个被惯坏了的地主婆一样，尽吃好的不说，脾气还怪，数落我剁的猪草太粗，责怪我父亲给她做的饭菜没有味道。有时候还小媳妇一样莫名其妙地哭，像受了多大的委屈，说谁谁在外头讲她啥，谁谁又在背后说她啥了，而这些闲言碎语又多半是因我而起的。有一回我父亲实在听不下去了，跟她回了句嘴，她竟然讲有啥样的爹，就会养啥样的娃，都怪种不成！还说我父亲年少时就不学好，才一点点大，就跟几个老寡妇纠缠不清。我父亲当时就烧酒上头了似的，整个脸和脖子都涨红起来，然后冲我母亲一耳矢，打了她个屁股墩，接着冲过来，扯住我，就像打陀螺。我蹦跳着，身上挨的并不是很实在。只是有那么一巴掌正中我的后腰，我半截身子顿时就麻了，好几天屙尿都不利索，裤裆湿漉漉的，因为尿液不知不觉间就流出来了。

那个时候，整个村子的人都在耻笑我，耻笑我的父母。他们断言我未来一定是要犯花案的，轻则牢底坐穿，重则挨枪子儿。他们严禁屋里的娃儿，尤其是女娃儿和我玩耍，就好像我是头怪兽，生怕一不留神就咬伤了他们。

我是这个样子，那么桃呢？她的爸爸妈妈倒是从来没有对她动过手。但是一到学校，包括在去学校的路上，她时刻都要挨同学的打，至于羞辱，那就更不消说了。

他们最开始打她还并不那么勤，一些比她个头低矮的胆小的同学，也还不敢动手动嘴。最开始的时候他们只是恶作剧似的，装作不小心的样子撞她一个筋斗，或者冷不防地推她一掌，搡她一把。她不是一个筋斗摔在地上，就是重重地撞在墙上，然后她就哭，大家就围在她身边哄笑，看见有老师过来，都说是她自己摔倒的。后来见她只是哭，也不反抗，更不会去找老师告状，大家的胆子就大了起来，谁都敢对她动手动脚。那些欺辱打骂她的人，换了一拨又一拨。

后来情况有点好转，因为有了邱老师的关心。邱老师放出话来，谁再敢欺负林桃同学，被他逮住的话，会叫他吃不了兜着走。起初还见效，大家有所收敛，因为那会儿邱老师刚来，大家都摸不清他的底细。他是学校几个老师中唯一讲普通话的，还喜欢打篮球，一蹦老高。没过几天，大家发现，就算抽了桃一耳矢，被他瞧见了，也就那么回事，处罚并不严厉,顶多是批评两句,罚抄两篇小字,甚至连罚站讲台都不会。于是才清静没两天的桃,继续着之前可怕的遭遇。

突然有一天,邱老师认真起来了。有个男生把口水吐到了桃的脸上,邱老师叫住他,那个男生满不在乎。他也确实有资格不在乎,村里的电工被电死了,他爸爸接了班,光明的闸刀就捏在他爸爸手上,他大概觉得自己手上也拥有了逞勇斗狠的权力。邱老师让他再吐一口试试,他还真吐了,吐在桃的衣襟上。邱老师一个扫堂腿,那家伙像只死狗一样重重地摔在地上,呻唤了好一阵子才爬起来。这家伙完全被摔晕了头,起来过后连方向都找不着了。邱老师用拇指和食指的指甲,掐住他耳朵透明的那部分,把他牵到桃跟前,说,就算你是个天棒,我今天也要叫你成根烧火棍,你要不把你吐出来的给我舔回去,我一脚送你上西天!

那家伙看着桃,桃脸上的唾沫已经被她揩掉了,衣襟上的还在。他一边舔,旁边几个女生一边干哕。从这以后,学校里就没人敢明目张胆地欺负桃了。当然,偶尔也有人使坏,不过那和之前的恶劣比较起来,根本不算什么。

但是我却反而为桃担心起来。我隐约感觉到,邱老师那样关心她,保护她,不是个好事情。想起那天晚上他把我叫进他房间里发生的一切,我都浑身起鸡皮疙瘩。

有天下午放学,我刚出校门就被几个男生围住,我以为他们又会收拾我,我已经做好心理准备。但是一见他们那嘻嘻哈哈的样子,感觉他们今天似乎没有要动手的打算。

你晓得吗?邱老师摸桃了。那个男生指着一旁的女生说,她亲眼看见的。那个女生绯红着脸,说又不是我一个人看见的，好多都看见了。女生走了，留下几个男生把我围住，看着我的脸，像是要听我的表态。我说，关我屁事。他们有些吃惊，追在我身后问，不是讲桃以后要嫁给你吗？

胡说八道！我加快脚步，要摆脱他们。

第二天下午，大家陆续回到学校，等着上课铃声响。打杵子来了，他手里捏着根扁担，径直走进校园，进了桃他们的班，问几个学生，那个杂种呢？都不知道他问的是哪个杂种，所以自然也都没法回答。而且他的样子有些吓人，涨红的脸，像喝多了酒，眼珠子都是血红血红的。

打杵子出了教室，一眼瞥见站在校园中的我，大步过来，踏得地皮嗵嗵响，我想躲开他，但是已经来不及了。他挡在我面前，把扁担往地上一戳，问，那个杂种在哪里？

我指着厕所方向。

打杵子冲进厕所。

即使到现在，我还清楚地记得秦村小学厕所的样子，还一次次梦见过它。那是一条长长的宽宽的深沟，中间有一道用黄泥和石灰糊平的篾条编织排扇，这样就分割成了两个区，一边是男厕，一边是女厕。时常有男生对着那排扇上的某处裂缝一起憋着劲儿地尿，想要把尿滋过去。

在吃了几扁担后，邱老师跳进了厕所，从女厕那头钻出来，顶着一身的臭大粪在秦村的田野上狂奔。他必须狂奔，因为打杵子在他身后猛追不舍。打杵子挥舞着扁担，并不出声，他把所有的气力都积攒到了脚底板上，他那架势，就是要邱老师的性命！

最后邱老师逃进了山林。因为腿短，也因为气力不济，打杵子失去了目标。此后几天，他不是在学校门口静静地坐着吃烟，就在学校四周徘徊。他双手空空，没拿扁担，也没拿棍棒，但是他的腰间别着一把明晃晃的杀猪尖刀。

所有的人跟他打招呼，他都是鼻孔出气。但是他会主动跟我打招呼，还咧嘴冲我笑一笑，问我几句"学习咋样""作业做完没有"之类的咸不咸淡不淡的话。

打杵子在学校的那几天，邱老师连影子都不见，桃也没来学校，而大家对我的态度也好过以前，没人耻笑嘲讽，更别说动手动脚的了。

不过我并不希望打杵子在学校，因为那些人在咬耳朵的时候，总是看他一眼，再看我一眼。他们总是喜欢把我和他联系在一起。就连那位曾经把我夸得像朵花儿的老校长，也认为我和打杵子的关系非比寻常。老校长专门为这事情来秦村小学，他将打杵子请到办公室，要好好谈谈。论说理，打杵子肯定讲不过老校长。但是老校长讲什么，他根本就不往耳朵里听。他跷着二郎腿，用那把明晃晃的杀猪刀削着脚底板子的死茧。

老校长突然跟打杵子谈起了我的学习，说他专门了解了，我的学习成绩直线下滑，好多之前学过的知识都忘记了。打杵子这才放下杀猪刀，听老校长讲了一阵。

老校长跟我说，看样子他是很关心你的。你应该把成绩搞上去，不要因为过去的一些事情有心理压力，你要放眼未来。不过眼下这事相当紧急，能不能麻烦你去跟那个打杵子讲一讲，不要一天别着把杀猪刀，学生吓得都不敢上课了！

其实那些天里没有一个学生请假旷课，大家总是早早地来到学校，每个班都坐得整整齐齐的。大家就像盼望电影开演一样，等着好戏上场。而且他们的家长也都在家里等着，等着学娃子回家，讲书一样给他们讲学校里的稀奇事。

既然老校长吩咐了，还跟我很正式地握了手，说了几句感谢的话，我还有什么理由不去照办呢？

我就走到打杵子跟前，跟他讲，你能不能不要别着把尖刀在这里晃一晃的？打杵子一愣，我影响到你了？我说，当然了，不光影响了我，还影响了大家，大家都不敢来上课了！

我听你的，听你的……

第二天，打杵子果然没有再出现。这多少叫大家有些失望。同样没有再出现在学校里的，还有邱老师和桃。

10

桃去了五道河，在五道河小学念书，住在沈二仙家，英子也搬过去了，陪着桃。她们偶尔会在星期天回一趟秦村。

我母亲生了个儿子，我父亲高兴极了，对我的态度也好了许多。紧接着，又一桩喜事降临到了他的头上，秦村要修秦河大桥。尽管来了很多人承包，但工程最后还是落到了我父亲手里。

我父亲没有架设石拱桥的经验，但是难不住他，他名声在外，听说他有工程要招人，好多石匠慕名投奔，其中不乏经验丰富的老石匠。

打杵子是无论如何也要加入这个队伍的，他说秦村有板凳桥、篾索桥，还没有石拱桥，而且跨度那么大，这样的宏伟工程，搭上个名字就是骄傲。而我父亲也看上了打杵子能写会算，对他忠诚，说这么大个工程，身边要是没有两个贴心豆瓣的话，恐怕不好操持。我母亲的看法和我父亲一样，认为打杵子干活虽然偷奸耍滑，但是对人没有坏心眼儿。请了那么多匠人，力气就让别人去出；他嘛，就帮忙记个工，算个账，采个买，跑个腿吧。

确如我父亲的分析，打杵子打石头可能真不算什么好手，只要是使力气的活儿，他总会有三多，屎尿多，壳子多，抽烟多，变着方法想少干点活儿。不过他在财务管理方面表现得比会计还专业，一款一笔，一分一毫，清清楚楚。大家都夸奖他干得漂亮，他说其实简单，只要你不想着把钱往自家口袋里揣就行了。

打杵子还是我父亲的得力参谋。他坚持一定要有图纸。来的有几个老石匠，扯辈分的话，我父亲都应该称他们为师叔师爷。别说两连拱的石桥，三连拱五连拱的桥，我们都没有要过图纸，全凭着眼力好，全凭手上功夫精湛！

你千万别相信什么眼力和手上功夫，老师傅保不定还会遇到新问题呢！到时候你咋办？你得讲章法，讲规矩，万一出了问题，你的骨头车成纽扣卖了都赔不起！而且现今是个讲法律的社会，什么是法律？就是凭据！你把凭据拿到自家手上稳当，还是装他们几个老东西的脑壳里稳当？万一哪一顿酒没把人家喝美了，给你使个小坏，你只有自认倒霉！

尽管那几个老石匠很不情愿，但是在打杵子的坚持下，他们还是绘制了一张图纸。听说打杵子拿着图纸要去找国家专业技术人员帮忙审一审，那几个老石匠大为光火，这就太过了嘛,太小题大做了嘛,这分明就是不相信人嘛!说着就要收拾东西走人。我父亲说,这又是何必呢,他去找他的专家嘛,你们干你们的嘛,我又没说什么话。

找专家是势在必行的事情。图纸出来后,我父亲和打杵子熬了两个通宵,发现里头有两个大问题。第一个问题,就是设计不合理,两边的引桥太短。打杵子测算演示后发现,如果过重车,引桥怕是撑不住,会坍塌。第二个问题,可能会造成大量的背工背料,因为石料规格太大。桥墩用的石料可以大些,但是在桥梁上用那么大规格的石料,搬运就是个大麻烦。打杵子算了一下,搬一块石料上桥,没有五六个人是没有办法的,这不光增加了劳动的强度,还增加了施工难度。

我父亲让打杵子去找绵城冷主任,说他是管建设的,搞桥梁肯定是行家。我父亲让打杵子带了五百块钱,帮忙还给冷主任,还特别请打杵子带话表示感谢。我母亲建议我父亲跑一趟。我父亲叹着气,说那些叔伯师长已经一肚子的火了,如果晓得他亲自去审图纸,他们的颜面上怎么过得去。

没想到冷主任不在,但是他的名头在。听说是冷主任的朋友,打杵子受到了设计师的热情款待,不光请他吃饭喝酒,还开着小车一起来到秦村,来到施工现场,进行了一番测量。过了两天,他们送来了施工图纸和方案,还带来一个好消息,国家有政策,修这样的桥是有经费的,要他们通过土镇打报告。报告是打杵子起草的,以"秦村秦河大桥建设指挥部"的名义,他还去刻了章,然后找米三斤出介绍,再到土镇办理相关手续,最后把报告亲自送到了冷主任手里。而且还带回了个准信,冷主任说了,款子会通过土镇下拨到"秦村秦

108

河大桥建设指挥部",而且他已经打了招呼,这笔款子爱城和土镇方面绝对不会截留克扣。

一时间打杵子成了英雄,大家对他刮目相看,他没有办法不扬扬自得。而那些个老石匠在他面前也开始规规矩矩的了。

打杵子是个聪明人,他是很分得清主次的,他晓得在工地上我父亲才是当家人,他知道怎么维护当家人的权威。每一次开会,他都会像模像样地进行主持,提醒大家一定要认真听我父亲接下来的讲话。当我父亲讲完,他会将其中重要的部分总结出来,重申一遍,阐释一遍,相当于带领大家再学习一次。我父亲对此很满意,觉得自己有面子,而且不自觉间,他越来越像个指手画脚的领导了。

打杵子对我父亲确实忠心耿耿,他监工很严厉,迟到了,早退了,一定会记在本子上,而且严明纪律,要求事不过三,上了三次,就扣一天的工钱。他随手有个卷尺,石料不合规矩,必须重做,坚决不能往桥上去。

每天傍晚,工棚里会有三个炉子同时开火,将打秃的錾子、钢钎重新锻造,这就需要很多炭和钢条。因为活儿太累太苦,每个礼拜都给他们打上一次牙祭,这就需要不少的酒、肉、米、面和蔬菜……所有的一切采买,都是打杵子经手。他很会搞价钱,那些肉贩子和菜贩子可不止一次地跟他打商量,许他回扣,给他揣私包袱,都被他严词拒绝。他说,钱谁不爱?可是得讲良心,如果换成我帮别人,吃回扣揣私包袱的主意不消你提说,我早打了,可这是谁呀!

消息传回来,我父母都很感动,反思之前对待打杵子,都认为做得有些过了。

为了弥补亏欠，我母亲提议，说桥上不是请了几个帮忙做饭的嘛，干脆叫英子回来帮忙照看吧，也可以挣一份工资啊。但是英子婉拒了我母亲的这份好心。谁也不知道，她已经和那个沈二仙勾搭到一块儿了，而且开始了可怕的杀夫阴谋。

11

就快过年了，绵城的拨款迟迟没有下来，打杵子提醒我父亲应该去一趟绵城。我父亲去绵城的那天晚上，我做梦也去了。我梦见红又带我去了副食店买糖，糖果真是太好吃了。这不是梦里的感受，而是真实的。村上的代销店里也有不少糖和汽水，可是哪一样都吃不出绵城的味道，就以汽水来说，气泡不够，连灌两瓶也不见得能打出一个嗝来。更叫我难以忘怀的是和红在一起的时光，虽然短暂，但真是太美好了。没有人的时候或者安静的夜晚，我总会不自觉地回想起那个场景，她讲过的那些话，她的笑容。

我父亲带回来了两个好消息。一个是冷主任说已经下达了拨款指令，只是要走些程序。另一个是等我父亲把秦村的桥修好了，有了经验，将给他推荐一个大工程，肯定比修桥赚到的钱多，但是技术要求将会非常高，所以，他建议我父亲从现在开始就笼络人才，培养队伍。除这两个好消息外，我父亲还带回个洋娃娃。这个洋娃娃让他很不高兴。我很纳闷，他既然这样不高兴，为什么不随手扔了呢，还要交到我手上。

这个洋娃娃的来头不简单，是冷主任从美国带回来给他女儿红的。红还给我写了张字条，告诉我说这个洋娃娃叫贝蒂，我可以就叫它芭比贝蒂。

我父亲说，那个小女娃千叮咛万嘱咐带给你，说是你要的。你说你一个大男人家，你要这么个东西干啥？他的脸色很难看，嗓门越来越大，你说你一个大男人家，怎么跟人家一个女娃娃要这种东西？

我母亲叹息一声，恨铁不成钢似的。幸好我弟弟在床上哭了，而打杵子在外喊我父亲，不然，继续面对他们两个，真不知道后果会怎样。

我摸着芭比贝蒂，感觉真好。可以说，在秦村，我是第一个见到这般漂亮的洋娃娃的，也是第一个亲手触摸的。我想象得到桃在拿到它时将会是怎样的惊喜。

打杵子在屋外和我父亲说着话。我父亲告诉了他自己将可能承接一项大工程，但对人才队伍表示担忧。打杵子除了高兴，就是劝我父亲，不需要担心，说只要肯开价钱，造飞机的人也会屁颠屁颠地跟在屁股后面。然后说他要去五道河，沈二仙专门带话，喊他去团年。

我躲在我的房间，一边打开芭比贝蒂的衣服看，一边想着怎么把它送到桃手上，是等会儿追上打杵子，叫他带给桃呢，还是等桃回家过年，找机会亲自送到她手上。

芭比贝蒂真是太精美了，头发跟真的一样，还穿着内衣内裤。

当我刚脱下芭比贝蒂的内裤，就听见背后有粗重的鼻息声。我的母亲，她不知道什么时候竟然站在了我的身后，而且对我怒目相视，又羞又恼。

第四章

1

我母亲从我手中夺去芭比贝蒂后,我自然要追着去要。我追进了灶房。我害怕她给丢进灶膛。我去抢夺,在挨了几耳矢之后,她又抓起火钳,照着我没头没脑地打过来。之前她顶多是掐的,也少有打耳矢,这是她第一次动了工具,而且是铁火钳。

火钳落在身上,那可比耳矢疼多了。其中一下还落在我的脑袋上,我感觉那地方立即生起了一个大包。我的脑壳嗡嗡直响,脸上也火辣辣地疼。我母亲还差点儿啐我一口,她把口水咽回嘴里,但是却出口了一句让我无比心疼的话,她说,你咋这么不要脸呢?

真不晓得我是哪里不要脸了。是我扒了洋娃娃的内裤吗?可是里头什么都没有呀。不就是个洋娃娃吗?不就是个假娃娃吗?我很伤心。伤心不是因为挨了耳矢,挨了火钳,而是因为她那样骂我。骂我短命的、夭寿的、背时鬼、挨刀的,都没什么,她怎么能骂我不要脸呢?她是我妈妈呀,哪有妈妈骂儿子不要脸的呢？

我父亲送走打杵子回来，见我母亲手里捏着芭比贝蒂，一脸哀伤和悲愤，眼中还噙着泪水，不晓得发生了什么事，问我母亲，她也不肯回答。后来，我母亲和我父亲进了他们的睡屋。鬼晓得我母亲跟他讲了什么，我父亲从屋里出来，冲到我跟前，一把捏住我的咽喉，将我像只小鸡一样从地上拎起来，悬在半空。

我被憋得直翻白眼，我抓住父亲的手，使劲拍打，抓挠，我双腿乱蹬，像只被割了喉管的正鲜血滴沥的鸡，在玦命。我觉得我就要死去了。我突然觉得这样真好，我一下子就不恐惧了。我放弃了挣扎。哦，原来死亡是这么回事啊。

我母亲从屋里冲出来，哭叫着，对我父亲又捶又打。我父亲也像猛然醒悟过来似的，将我丢在地上。

我被母亲抱在怀里，她又是抹着我的喉管，又是揉着我的胸口，哭着，号着，呼喊他们对我的昵称，大娃，大娃啊。她的声音悲悲切切，长声夭夭，带点哭丧的味道，她大概真的以为我已经像只臭虫一样被我父亲捏死了。

我翻了一阵白眼，缓了过来，然后开始哭。开始哭声断断续续，因为身子发软，发虚，像是被挤瘪的气球。而且喉咙疼痛，仿佛里头有什么地方被我父亲捏碎了，渐渐地，气息充满了身体。委屈和惊吓大过了疼痛，哭声洪亮起来。

我父亲开始也被吓住了。他脸色煞白，浑身不住哆嗦，惊恐地看着我。随着我哭声渐大，他终于松了口气，身子也镇静下来，犹豫了一下，还是将我从我母亲的怀中拽了出来。

给我哑住！他冲我吼道。

我马上就住了嘴。从这一天开始,不,是从这一刻开始,我对我父亲充满了恐惧。我觉得他可能随时会要我的性命,而且他也可以随时要我的性命,就像刚才那样,像捏死一只猫、一只狗、一只臭虫一样。我的身体像打摆子一样,我紧缩着脑袋,两手抱在胸前,害怕他再次伸出他那钢爪铁钳般的大手,扼住我的喉管。

你说,我咋养了你这么个东西呢?他是在骂我,但是那语气显得无可奈何,所以更像是在问询我。

我怎么知道答案呢?我惶恐地摇头,以表示自己很想回答,但确实不知道答案。

我父亲突然仰天长叹一声,无比悲哀地呻唤道,老天爷呀,我怎么养了这么个龟儿子啊?是哪辈子作了孽吗?

我听出来了,他是在责问老天,是在抱怨自己,是在后悔。

之前不管我做错了什么事,撒谎、打架、偷懒,我的父母都会语重心长地跟我讲很多道理,叫我明白错在哪里,要从何处去改正,最后还要我做出保证。但是后来越来越奇怪,他们只是闷声不响地掐我,扇我耳矢,就好像他们对我的所作所为都心知肚明,而我的默默忍受更像是认罪伏法。现在,我的父亲在发出几声抱怨哀叹,我的母亲在抹了两把眼泪之后,就把我扔下不管了,既没有批评,也没有说教,就像什么事也没发生过一样,扭身走了。

他们走后,我很想抽抽搭搭地哭一阵。可是委屈竟已经过了,只觉得脸上火辣辣的疼,脑壳的疼痛稍微有些减弱,但是咽喉的疼痛却叫人难以忍受,里头一定有什么东西被我父亲捏碎了,痒,想咳嗽,刺疼。

虽然我并不觉得事情会这么过去,但我已不再担心自己的安危。我母亲已经用铁火钳打了我,还用那么难听的话骂了我,而我父亲刚刚差点儿掐死我,最厉害的惩罚莫过于此,如果不算完,又能怎么样呢?

我开始担心芭比贝蒂的命运。

而现在,我父母正在深夜的长谈中讨论如何处置它。

我真的想把它塞进灶膛里,一把火烧了,你说他一个男娃娃,咋个要那么个东西呢?这么小的年纪就搞这样搞那样,长大了还得了?难不成真的就像外头人家讲的那样要去坐班房,挨炮火?

对于后面那一系列的担忧和疑问,我母亲没办法回答,她只有叹气。我父亲肯定做出过把贝蒂塞进灶膛里烧掉的举动,一定是被我母亲及时阻止了。她在叹息一声后说,你别讲,那个洋娃娃做得可真好,头发跟真的一样,摸起来也跟真的一样,还有那一身衣服,那布料……

你还讲?

那得多少钱啊?应该贵重得很吧?你说冷主任家的那个女娃儿,咋个舍得拿出这么金贵的东西送给他呢?

鬼晓得啊。

还是留着吧,莫要去烧了,可惜了。再说,万一以后冷主任问起来,或者那个娃儿反悔了,想要回去呢?虽是小娃儿的情面,但是冷主任不点头,这么金贵的洋娃娃也落不到咱们家里来。真是个漂亮的洋娃娃啊,秦村谁见过?只怕土镇也没人见过呢。

那你就把它藏好!

咳,这算咋个回事哟,他才那么点大,咋个就这样乱来,不学好呢?

晓得他们不会烧掉贝蒂,只是藏起来,我虽然心有不甘,到底还是放心了。就在我准备回房间的时候,我听见了母亲的呻唤声。她的声音在我听来,真是觉得难为情。在打杵子家的床上,我可没少听英子的叫唤。说牙疼又不像牙疼,说喜欢又不像喜欢,说难受又不像难受,想叫唤,又怕人听见,不得不往喉咙里吞咽,可是,都快吞咽下肚皮了,又憋不住放声出来……就像几句成语讲的,欲擒故纵,欲罢不能,欲说还休,欲生欲死……

我母亲的呻唤声相比英子要沉闷一些。如果形容英子的呻唤声是小鸡啼叫,那么我母亲则是老猪哼哼。这可能跟她们的体形有关。我母亲身体宽厚,英子身材小巧。我之所以难为情,是我从来没想到我母亲也会呻唤,而且我也是第一次意识到,他们也在干那事,也会干那事。真是不可思议,真是令人羞耻。

我返回房间的时候,不小心碰着了板凳。腿一别,重重地撞在桌子上。桌子上放着几个瓷碗,它们掉下来,在地上哐啷哐啷扣出响亮的声响。

我母亲瞬间就安静了,接着是我父亲的一声吆喝,哪个?

母亲说,进贼娃子了?

为了避免他们的担心,我应声说是我。

我父亲穿着条红色的裤衩,怒气冲冲地站在我跟前,这么晚了,你不睡在搞啥?

我能说我搞啥呢？我啥也说不出来，愣在那里，张望着他。我母亲在门口探了一下头，一声叹息又缩回去。我弟弟哭起来，像被马蜂蜇了一般，惊乍乍地哭，而且越哭越凶，撕心裂肺似的。我母亲一次次拿奶头堵他，可是哪里堵得住呢。

我预感到今天晚上会有可怕的事情发生，我从床上爬起来，拿了根锄头把子，将门顶住。

我弟弟还在哭，相比之前缓和了不少，时断时续。我睡意全无，倒不是因为弟弟哭声的打扰，而是那种有事发生的感觉越来越强烈，我隐约听到远方狗叫，没过多时，全村的狗都叫唤了起来。

像这样的狗叫之前有过两回。一回是李家老湾起火，李老太爷烤烘笼点燃了床铺，等到大火扑灭，他被烧得像个火柴头。还有一回是邓小娃带着五道河的几个同伙偷玻璃猴子家，有个跛子没跑脱，大家你一脚我一拳，你一棍子我一棒子，跛子开始还呻唤，慢慢就没了声气。都叹气，埋怨，你个龟儿子腿脚不利索，当啥撬哥儿嘛。

这又是哪家起火了，或者逮住撬哥儿了？

我趴着墙缝往外张望，外头黑漆漆的，不见丝毫火光，也没有呼喊声。除了狗叫和弟弟的哭声，一切都还是那么安静。

我母亲也被这样的夜晚搞得心烦意乱，而且他们也像我一样预感到这样的夜晚会有事情发生。我听见我母亲叮嘱我父亲，你就在门口看看就是了，莫跑外头去，少管点闲事。

我听见父亲开门的声音，接着是他的吆喝，哪个？

一个声音传来，师傅，你可要救我呀！

是打杵子，他扯着哭腔，惊惶又委屈，像是终于见到了撑腰的人，哭腔马上变成了哭声——

他们要整死我啊！

我父亲塞给我一根电筒，委派我一个重要任务，去请黄先生。

黄先生本来是常住大队卫生站的，但最近撬哥儿闹得很厉害，他家刚刚宰杀了年猪。其实这哪里是回去守腊肉呢，他是回去守婆娘。我听我父母在深夜谈话中讲过，说黄先生的婆娘又跟骟猪匠苏小刀搞上了。

路上黄先生问我打杵子怎么回事。从打杵子向我父亲简短的几句哭诉中，我已经晓得了个大半。那个沈二仙伙同英子，趁着打杵子喝醉了，给他的饮食里面下闹药。打杵子觉得味道不对就吐了，他们就摁着打杵子，硬给他灌。打杵子挣脱了，开始逃跑，他们还不肯放过，在后头追。

黄先生义愤填膺，又是破口大骂，又是啐口水。脚底下也加快了步子，说得赶紧，有些闹药下了肚皮，短时间看起来没啥，药效一旦发作起来，想救也来不及。

我们抄小路赶到大队部，除了狗叫，到处都是清清静静的。

人呢？黄先生问。

我有些发蒙。根据我父亲的安排，他要带打杵子到大队部，然后让人分头去叫村上的领导们，让他们来给打杵子撑腰、申冤。可是，他们人呢？

你娃是不是梦游，在啄梦脚？黄先生问我。

2

打杵子不肯到村上,除了我们家,他哪里也不去。我们家的院子里挤满了人。进了屋,里头反倒显得宽松,屋里除了我父母就是村上的干部和打杵子。

打杵子坐在灯底下,他像是被吓破了胆,那样子不像是坐在板凳上,倒像是堆在那里。电工拿了灯泡过来,要换个瓦数大的,让屋里更加明亮一些。我从米三斤他们的神情和屋里气氛察觉出来,这里马上要做一个重要的决定。

电工的电工包里总是装着两个铁皮罐头盒,用毛巾包裹着一百瓦和三百瓦的灯泡,因为此事重大,电工换上了三百瓦的灯泡。屋子里所有东西都被这雪白的光亮穿透了,低下头似乎都可以看见肚皮里肝肠蠕动。

米三斤下达了指令,将门关上。老队长赶紧去关门。米三斤看了一眼黄先生,不满地说,你咋才来?黄先生本来是想抱怨几句的,但是在这雪亮的环境中,他也显得有些紧张,吞了口唾沫,走到打杵子跟前,查看打杵子的伤情。

你咋样?他问,说得出来话不?

打杵子抬头看着他。打杵子的样子不仅把黄先生,也把我吓了一跳。他的脸上和下巴上全是燎泡。扯开衣襟,脖子上、胸口上也全是燎泡。

说得出来。他说。

黄先生松了口气,翻开打杵子的眼皮,一只指头在他眼前移动。看着我的指头,黄先生说,打杵子的眼珠子就随着指头左右移动。

屋子里弥漫着一股浓烈的烧酒和敌敌畏混合的臭甜味,是从打杵子身上散发出来的。黄先生被这气味熏得有些受不了,不时别过脸去换上一口气。他要打杵子将身上的衣服脱下来,用肥皂水对那些燎泡进行清洗。但是打杵子不干。打杵子说,我脱了,他们害人的证据就没有了。

听你的声音,闹药还没进肚腹。黄先生说,但是这些药水沾在皮肤上,皮肤也具有呼吸的功能,会渗透到血液里去,一旦进入血液,也会让你中毒的。

那你就这样清洗吧,我不脱。打杵子说。

就依他吧。老队长说。有回我喷农药,喷雾器烂了,药水把我的后背全烫烂了,也没啥事。

咋会用农药来搞暗杀呢?黄先生觉得荒唐,嗤笑一声,又叹息一声。

咱们村两委的干部,基本上都在这里,发生这样的事情确实有些让人不敢想象,我们既感到震惊又感到愤怒!米三斤说,林正文同志是我们的村民,不管是出于国法还是出于乡亲情义,我们都不能对这样的事情坐视不理,我们有义务要管,也有责任要管,更何况路见不平人人铲!

大家都叫好,摩拳擦掌,恨不得马上就动手。但是打杵子却显得晕晕乎乎的,情绪不高。米三斤问打杵子,有些同志是后来的,对情况不是很清楚,你是不是再给大家讲一下?打杵子抬头看着米三斤,他的脖子有些发软,撑不住那颗脑袋,摇摇晃晃的,就要掉在地上似的。我母亲从厨房提着开水壶进来,见打杵子一副身心俱碎、死阳倒气的样子,觉得这分明就是多此一举。打杵子已经讲过两回了，咋个还叫他讲？他刚刚差点儿被自己的婆娘和好朋友谋害死掉，稍微替他想一想，都觉得心悸心寒，死里逃生，还翻来覆去讲，不等于是往自己的伤口上再次撒盐吗？不等于是拿刀子绞自己的肝肠吗？

何师娘，你说的我们又咋个不会体谅呢？米三斤说，我们是一个集体，民主集中制，大家都对这个事情完全了解了，才好决定啊！

等到你们决定，坏人早就跑到爪哇国去了！我母亲将水壶往桌子上一放，黄先生赶紧拿了碗来倒开水，然后将药丸递给打杵子。

法治国家，他往哪里跑？跑到天上也要把它拽下来！

好嘛，我来跟你们讲嘛。我母亲拿脚尖磕碰了打杵子一下，说，没讲到的地方，没讲对的地方，你吱个声啊。

打杵子点点头，将药丸塞进嘴里，端起碗发现水还滚烫，他就那么嘎嘣嘎嘣地咀嚼起药丸来。我每次吃药，都会因为药丸太苦偷偷扔掉几片，见他么干巴巴地咀嚼药片的样子，我只感到身上爬满了毛毛虫般难受，肚子也别扭起来。

昨天早上，沈二仙说腊肉腌好了，喊打杵子下去尝尝咸淡。腊肉煮了一大块，还烧了条鱼。一大桌子的人，酒喝到最后，只剩下打杵子和沈二仙两个还在继续喝。越往后喝，打杵子越觉得这酒味道咋个不对，一干哕，就吐了。打杵子不肯再喝，因为他从来都没喝过那么多酒，也从来没有喝吐过。但是沈二仙不肯就此散席，说无论如何也要喝掉这最后一杯。打杵子老远就闻到了这杯酒不对，是臭的，问沈二仙，你是不是拿错了酒瓶子？听说有人把烧碱当酒喝了，你莫把农药当酒倒给我啊。沈二仙嘿嘿笑，还说你喝醉了，清醒得很嘛，没搞错，真的是酒，你喝嘛。尽管打杵子心头有疑惑，不过他还是晕晕乎乎地把这杯酒端起来，看着英子，又看着一旁的沈二仙，就像突然明白了咋回事一样，脑壳一下子清醒了，他问英子，你觉得这个酒喝得喝不得？英子说，你喝嘛，喝了这杯酒就歇着嘛。打杵子看着沈二仙，你们是几时起了这个要害我的心思的？沈二仙愣了一下，抓住杯子，逮住他的手，笑着说，你讲啥子话哟，就这一杯，就这一杯！沈二仙一边说，一边往打杵子嘴里灌，见酒杯子掉到地上，沈二仙冲英子叫道，你还愣着干啥？把酒递给我！英子递给了沈二仙一个敌敌畏瓶子。

不对，我没这么讲。何师母你记错了。打杵子说，英子没在酒桌子上，她见我们闹酒闹得厉害，就带着桃睡瞌睡去了。

我母亲就像被打杵子迎面抽了耳光，愣住了，她怎么会搞错？她看着我父亲，看着玻璃猴子和米三斤。打杵子刚跑到我们家求救的时候，就跟我父母讲了一遍。随后米三斤和玻璃猴子来了，他又讲了第二遍。这两遍里头英子可都是递了敌敌畏瓶子……

打杵子歉意地看了我母亲一眼，叹口气说，对不起，你没记错，你们都没记错，是我搞错了，我被闹药闹糊涂了，闹昏头了。打杵子说，递药瓶子的是沈二仙的侄子，他还冲过来和沈二仙一起将他按住，往他的嘴里灌药。

米三斤当场决定，要带领一队民兵前往五道河抓捕沈二仙。一直没发言的玻璃猴子说不妥,此事情况复杂,应该赶紧报案。米三斤想了想,那就马上安排拖拉机,以最快的速度前往土镇吧!

前往土镇报案,当然需要打杵子亲自去,陪同的有我父亲、米三斤和老队长。当手扶式拖拉机咚咚的声响和那柱亮光消失在山弯尽头的时候,我突然觉得他们走错了方向,他们应该开往五道河,应该先将桃解救出来,落在坏人沈二仙手中,真是件可怕的事情啊。现在,沈二仙和英子,还有沈二仙的那个侄子,他们一定正在收拾行李准备畏罪潜逃。而桃因为牵挂她的父亲,坚决不肯随他们而去,他们便将她的双手捆绑起来,还怕她的喊叫惊动了旁人,暴露了行踪,所以给她的嘴巴里塞着布团……

她的挣扎让沈二仙很恼火,沈二仙说,干脆处理了她吧,万一她把我们的罪行告诉别人,将是件麻烦事。沈二仙的侄子一听这话,马上拿锄头,他要挖个深坑,将桃活埋,杀人灭口。

不,英子摸摸口袋,摊开手,露出一小把零碎的毛票,这点钱够我们跑哪里去呢?把她卖了,她还值不少钱,够我们跑得更远些……

我胡思乱想着,天就亮了。我们家门口围聚的人越来越多,像开大会。我母亲靠在门上奶着我弟弟,她几乎一夜未睡,而此刻正瞌睡上头,闭着眼,嘴巴微张。

突然传来个消息,说英子回来了。

那么,桃回来了吗?我很想知道,但是不敢问。

警察来了,两男两女,荷枪实弹,警笛呜啦哇啦,阵仗很大。他们只在打杵子家做了短暂停留,问了英子一些问题,然后紧急赶往五道河逮人。

警察扑了个空。

打杵子对警察的表现很不满意,认为他们根本就没想要逮住谁,怎么连家都不搜查一下呢?万一他龟儿子躲在床底下呢?躲在柴堆子里呢?

米三斤来问啥情况。警察说沈二仙不在家,他妈说他一直在外头帮工,好久都没落屋了。周边调查,说法也都一样。

咋个可能?扯个谎你们就相信了?你们是警察还是碎娃儿家家?打杵子火冒了,要将英子拖出来,英子不肯,她跟打杵子说,你再这样子,就是在逼我死。打杵子只好抱出桃来,将她推搡到他们跟前,你们问娃娃,看她咋个说!

警察瞟了打杵子一眼,说,你娃儿也说昨天晚上啥都没听见嘛,清风雅静的。

我是喊你问她,我们昨天晚上在哪里吃的饭,吃饭都有哪些人……打杵子又扯起了身上的衣裳开始抖擞,大声武气地叫嚷,若说没得啥,我身上这个是咋回事?

警察不想跟打杵子扯筋,他们把米三斤和玻璃猴子叫到一边,围成一圈,像是有重要事情商量。有人想靠拢过去飘点耳风,马上被呵斥到一边。从警察的手势来看,应该是在讲一个计划。米三斤频频点头。警察讲完,米三斤接着讲。他们讲了很久。已经过响午了。米三斤向还在一旁气咻咻地不停抱怨的打杵子招招手,见他不搭理,老队长上前照他屁股一脚。打杵子正要生气,见老队长使了个意味深长的眼色,犹豫一下,跟了过去,站在圈子里。打杵子激动地要嚷嚷,警察非常严肃而武断地做了个手势,指着他的嘴巴,打杵子住了嘴,规规矩矩地站在那儿,听他们讲。

商量完了,圈子散了,打杵子似乎得到了满意的答案,他不再是一脸不平的样子,像从山顶回到了平坝,从黑夜回到了白天,从喧嚣回到了平静。他坐在一边,像个客一样慢条斯理地吃着纸烟,心不在焉地东张西望。

米三斤吆喝大家都各自回去,都过晌午了,还不饿?早上吃的秤砣嗦?

警察没走,他们拾了板凳,坐在太阳坝里,整齐一排。男警察吃烟,女警察嗑瓜子,吃糖。一个女警察见桃呆呆地站在一边,向她招手,给她瓜子,给她糖。

大喇叭和我母亲两个下厨,有些忙不过来,喊了两个干部相帮,一个切菜,一个转灶。几个人手上不空,嘴里也不闲,打打闹闹。

这天晚上,我们一家已经吃过饭,正轮流等着烫脚,打杵子来了,请我父亲到他家一趟。他还穿着那一身衣裳,只是外头罩着件毛毛领军大衣,军大衣很长,衬得他就像个碎娃儿。

你这大衣好看呢。我母亲摸摸毛领。

嗯,警察给的。打杵子说。

这看起来是新的呢,你弄臭了,不好还呢。我母亲说。

警察说,送给我了。

这深更半夜的,你叫我过去干啥?我父亲问。

有重要的事。打杵子说,米三斤他们都在那里了,你是他点的名。

我父亲明白了。

米三斤之所以点我父亲的名字，因为他是石匠，气力大。除我父亲之外，还有十多个青壮年，其中还有米二福和米俊成。

米二福专门从土镇开了辆"红50"回来，负责运送人员。米俊成从部队回来休假，正好赶上了这事。他们组成了一支特别行动队。总指挥是米俊成，他临时受米三斤委派。米俊成在野战部队服役，是个班长。在前往抓捕沈二仙之前，米俊成通过打杵子详细了解了地形。根据他的部署，为避免打草惊蛇，米二福的"红50"不用开进村里。而且他预料到今天晚上沈二仙一定不会在家，多半躲在周边邻居那里。

米俊成把行动定在了第二天中午。第二天中午是沈二仙哥哥家团年待客，他肯定不会错过端酒杯子的机会。米俊成要求米二福将拖拉机加满油，直接开到他哥哥家的院子里，以迅雷不及掩耳之势，拿下沈二仙和他侄娃子！

随着特别行动队队员们的回家，米俊成的计划也自然被全村人知晓了。大家上午就聚集在了打杵子家门口。临近响午了，随着米俊成一挥手，米二福开着嗵嗵嗵喷着黑烟的"红50"，载着斗志昂扬的特别行动队队员们飞驰而去。

三个小时后，他们得胜而归。满脸是血的沈二仙和他的侄娃子被五花大绑从车上押了下来，激动的打杵子意犹未尽地给了他们一顿耳矢和掟子，直打得沈二仙的侄娃子喊爹叫娘。沈二仙倒像是条汉子，身子挺得笔直，一副视死如归的样子。

我的任务完成了，米俊成走到米三斤跟前说，剩下的就是你们的事了。

沈二仙和他侄娃子再次被押上车,米三斤亲自押送他们去了土镇。他们前脚一走,沈二仙的老娘领着一群人就哭哭啼啼撵来了,跟打杵子磕头作揖。沈二仙的老娘长声夭夭像哭死人——

又没伤到你的性命,有啥了不得的嘛,你咋就不肯放过他呢?以前好酒好菜款待你,现在一下子抓我两个娃儿,你咋这么绝情哟!

那些天打杵子的家门口就像个戏台子。今天公安局的人来,明天检察院的人来,后天是沈二仙的老娘继续跑来哀求、哭号。

3

新年到了,一切终于消停了。打杵子换了衣裳,身上已经没有了农药味儿。他还穿着警察送他的那件毛毛领军大衣,口袋里揣满了纸烟,挨家挨户上门道谢。到了我们家,我母亲给他端了板凳,递了茶水。

她就没得啥子?我母亲问。

她莫得啥子样,也不出门,白天睡,晚上也睡,昏天黑地,啥也不做。打杵子一脸愁苦,说,我听检察院的讲,她可能也要遭。

这么说,真的是她指使的啰?我看得出来,我母亲的惊诧是故意装出来的。

打杵子叹口气。

你还跟她过？我母亲更加惊诧了。

打杵子再叹口气。

刚过完正月初七，机关单位上班没几天，土镇就通知我父亲去领工程款。工程款是从绵城下来的，戴的是"秦村秦河大桥建设指挥部"的帽子。除去所有的开支，还剩下一大半，而工程已经完成三分之二。这是一个简单的算术题。我的父亲被答案吓了一跳，许久，他说，以后咱们家可以天天过年了。

4

开学第一天，老师就在黑板上写下一组数字，说再过这么多天，你们中有的同学将可能到土镇去念初中。不过大部分同学将从此告别课堂，从此与锄头粪桶为伴，耕田种地为生，和他们的父母一样背太阳过山，背月亮过河，日出而作，日落而息，一年四季，周而复始，直到咽气那一刻。

老师环视我们一周，那目光似乎在每个同学的脸上都做了片刻停留，而在我脸上停留的时间更久，因此那目光就显得意味深长了一些。

这样也好，早进入社会，春种秋收，娶妻生子，提早过完自己一生，转入下一个轮回，开启另一种可能的人生。同学们，你们左右看看，相互看看，再自己琢磨琢磨。老师提高嗓门，说，相互约约秤，再自己称称斤两，看看谁能考进土镇去念书，又看看谁将从此告别课堂，扛上锄头，担上粪桶，成为一名光荣的农民伯伯。

黄刚嗦嗦地笑，老师叫起他，问他笑什么。他站起来，看着我，笑得更厉害了。同学们被这不明来由的笑感染了，跟着一起笑。黄刚之所以肆无忌惮地在课堂上笑，他是有底气的，如果全班只有两名同学考入土镇，他毫无疑问会是其中之一，而另一位绝对会是云娃。只是他笑就笑呗，为何要看着我呢？这龟儿子肯定又想起什么让我丢脸的事情了。老师竟然也笑了，说，你讲吧，啥事？

我觉得何山不仅会成为一名光荣的农民伯伯，而且也是最早一个娶妻生子的。

大家哄笑起来。老师笑得眼泪都滚出来了，无比开怀的样子。

我虽然恼怒，却无力发作，唯一能做的只能是埋着脑袋，想象自己置身在别的地方，或者当这一切都是一场梦。可是这一切努力都是徒劳的，他们哄笑的样子是那样难看，让我恶心，笑声是那样尖厉刺耳，叫我不寒而栗。

接下来的课，我就像重病中一样，昏昏沉沉，视力模糊，完全听不清老师都讲了些什么。眼前的一切影影和声音像是来自遥远的天际，飘忽，不真切。我仿佛置身于一个缥缈的却又像是钢铁般坚固的世界里……

直到有人晃着我的肩膀跟我讲，老师找你。

我费了好大的功夫，才将飘散的灵魂收归进我软弱的躯壳里。我来到老师的房间，他的屋子里坐了好几个老师。见我进屋，都看着我，一个老师指着靠墙的椅子让我坐，另一个老师还问我要不要喝水。我几时见过这样的阵仗，心想是不是犯了什么事，或者谁在背后告了我的黑状，可是一见他们都是很和善的面孔，不像要收拾我。

刚才我们几个闲聊，说起那个叫打杵子的，说是他老婆跟人摁住他，给他灌闹药，究竟是咋回事呢，你跟我们摆摆，不急，你慢慢摆……

铃声摇响，饥饿的学生们出教室。我是最后一个离开学校的。

阳光刺眼，但空气仍然寒冷。我有些眩晕，腿脚发软。回到家中，我父亲正剔着牙，之后端着茶杯，准备出门。我母亲给我盛了一碗干饭，让我快上桌子去吃。桌上摆着四盘菜，萝卜干子炖腊膀、洋芋烧鸡、炒鸡蛋、蒜苗回锅肉。菜盆和菜盘都是我母亲前阵子买回来的细白瓷，又深又大，三四个摆上就是一桌。我的父母尽管已经吃过，而且饱嗝不断，但是菜盆和菜盘里还剩下大半。

这段时间几乎天天顿顿都是这么吃的。

我坐上桌子，拿起筷子，我在等着母亲的叮嘱。果然，她像以往一样，对我敲响了警钟。好生吃，多吃点，到了外头莫多嘴，人家问你一顿吃的啥，你就说红苕稀饭加酸菜。

我父亲突然大声咳嗽起来，这是信号，有人来串门。

来者打杵子，他和我父亲打招呼。我母亲以飞快的速度，从倚靠的门枋上弹起来，端起我面前的萝卜干子炖腊膀、洋芋烧鸡、炒鸡蛋、蒜苗回锅肉进了厨房，出来端着半碗酸萝卜和半碗不知何时炒得已经变色的都有点馊味儿的豆豉牛皮菜。

打杵子进屋，问我母亲，饭煮得有没有多的？我母亲说饭倒是有，就是菜不像个样子。打杵子就着酸菜和豆豉牛皮菜扒拉着米饭。他显然是饿极了。

你咋不吃呢？他问我。

打杵子的下巴和脖子上的燎泡早好了，却留下了紫红色的瘢痕。他飞快地吃完一大碗干饭，豆豉牛皮菜也被他吃见了碗底，他起身要去厨房，我母亲赶紧起来替他添饭。打杵子说，饭已经够了，我去舀碗米汤。我母亲说你坐着，我给你端来。打杵子喝了一大碗米汤，抹着嘴巴，问我母亲，有没有鸡蛋？我母亲诧异地看着打杵子，以为是他要吃。

我哪里有资格吃啥子鸡蛋呢。打杵子看着我说，何山马上就要毕业考试了，天天复习，用脑壳，营养还是要跟上。

我母亲开始骂鸡，说也不晓得那些野毛狗最近咋回事，下一个蛋就停几天。

打杵子说，他一个娃娃家，也吃不了好多蛋，一天有一个就可以保证跟上营养。

我母亲走到我跟前，凑在我耳边问，是不是想吃鸡蛋？只要你能考上初中，莫说一天一个鸡蛋，一天三个，我也想办法给你供上！

我突然觉得反胃，恶心，我呕吐起来。

我母亲把我送到村卫生站黄先生那里，黄先生给我开了十滴水和消食片。我母亲也认为我积食，她骂我，都这么大了，吃东西也不知道饱饥，好吃的东西以后还多呢，不是要胀死？

入夜，我开始发高烧，我本来想忍着的，我以为会很快死去，那才好呢。可是太难受了，头痛欲裂，口干，口苦，一睁眼，四周东西就飞一样旋转，我呻唤起来，但是并没引起我父母的注意，他们正在跟打杵子起争执。

打杵子说，你这样搞要不得，你咋个会是这样的人呢？师傅，几个钱就把你眼睛打瞎了吗？

我母亲说，打杵子，不是我说你，你这是管闲事。

我父亲粗大着嗓门，究竟是哪个在主事？你如果不听我的就莫搞了！

打杵子吃惊地叫唤道，师傅，这样的话你都讲得出来啊，你听不出来我说这些都是为你好呀？你是啥时候变成这个样子的呢？你咋个能被几个钱蒙住了心眼儿呢？

我张着起了壳的嘴唇，拼着力气叫唤，妈，妈。

开始我母亲并未理我，见我一直叫，她心烦了，冲进来，站在门口对我吼道，鬼把你搊着了？

我安静下来，打杵子也息了声。过了一会儿，客气地跟我父母道别，我父母都没回声，他悄无声息地离开了。

黄先生说我是重感冒，最好还是打两针，不然要耽搁念书。我死活不肯扎针，我父母也没坚持。

几天后，我觉得自己好利索了，我下了床，但是没有走出院子，因为出了院子门，就没有理由不背着书包走上大路，随同其他学娃子一起进校门。我不想念书了，这场重感冒算是给了我下定决心的机会。

但是我父亲还是觉得心有不甘，他说，是不是不想去念书了？

当时我正坐在墙角，拿着一根猪鬃，抓地牯牛玩。地牯牛会在墙边的浮土里旋出一个深坑，锅底形，只要有小虫子掉进去，它就会从隐藏的泥土里飞快地钻出来，捉住虫子，拖进泥土里。抓地牯牛要特别小心，这家伙长着尖牙，咬一口，疼痛难忍，跟马蜂蜇了差不多。

我觉得父亲的这个问题必须认真回答，我站起来，见他脸色并不那么难看，就说反正也考不上。

在我念书这个问题上，我父亲一直是有些矛盾的，他一方面觉得我成绩好，有面子，一方面又将我做的那些事情归因于我成绩太好了，书看多了，晓得的事情太多了，心里太复杂了。当看见我上学期考试拿了那么个糟糕的成绩，他显得既失落，又庆幸。所以，我估摸着，就算我真的提出不念书了，他和我母亲的反应也会像其他父母那样稀松平常，不太当回事。

我父亲叹口气，你前几天听没听到打杵子跟我们吵架？

我表示听到了一些。

他不是一直在给我做采买嘛，现在他有很多自己的想法，想要在一些事情上做主，这咋行呢，但是我觉得我离开他还不行。我父亲大约觉得跟我讲这些并不是很合适，就说，我的意思是我修完这个桥，可能还会去修其他地方的桥，我总不能一直请外人来经管我的账目吧！

我父亲的话激起了我母亲的兴趣和同感，她说账就是钱，管账就是管钱，人家给你管账，只会把你的钱往自家口袋里揣。打杵子现在虽然没有，但谁保证他将来不会呢？这个管账管钱的事必须得由自家的人来做，外人做得再好都不放心！

当时我心里说，其实自家人更不放心。如果我年岁再大一点儿，如果我能从父母手上搞到一笔钱，我会毫不犹豫地逃离这个地方，躲得远远的，远到谁也不认识我，不知我从何处来。

我父亲说，再怎么你也得把初中念了吧，学会咋个算账嘛。

我说我考不上的。

我父亲说，你在屋里又能做啥呢？说着，他忧心忡忡地离开了。我母亲站在一边伸手摸着我的脑袋说，大娃，你还是去上学，你就专门拣算术学嘛，不为你自己，也为你爸爸考虑嘛！你看他为了找个放心的记账人，头发都快焦白了！

我说我最讨厌算术了。

我母亲虎起脸，喊你念个书，咋个就这么恼火呢？去把背筐背上，割一背猪草回来。

我说我可能还没好利索，脑壳还有些疼，身上也有些发软。

我母亲不满地说，当年生你，头天下午我还在担粪水呢，你这点病算个啥？要死的人还要蹦三蹦呢！

我母亲挎着背筐，抱着我弟弟出门去了。我继续蹴在墙边抓地牯牛。我用猪鬃轻轻地在坑边拂动，地牯牛感觉有泥沙滚落，以为有虫子掉进了陷阱，飞快地钻出来。我拿小棍将它往外一扒，地牯牛感觉到了这力道不小，来了个厉害角色捣乱，慌忙将头脚蜷缩起来装死。我轻轻地拈起它，投进那只我从黄先生那里摸来的玻璃瓶里。没过一阵，我就捉了好几只，我觉得我在抓地牯牛这方面很有天赋，如果这玩意儿可以卖钱就好了，我肯定是远近有名的抓地牯牛的行家。

我突然发现身后站了个人，是打杵子，他笑眯眯地看着我，胳肢窝里夹着一个账本和两本书。他是来向我父亲告辞的。他说，我在成都找了个事情做，修飞机场，我们全家都去。

我对此并不关心，起码我不能表现出关心来。

我是看见你妈妈走了我才来的。打杵子拿出那两本书，崭新的，还散发着油墨味儿。我昨天专门在新华书店买的，送给你。

我接过书，油墨味儿可真好闻。一本叫《艾芜儿童文学作品选》，一本叫《淘金记》。打杵子的做法是对的，如果我父母在家，他们是绝对不会准许我收下的。他们不喜欢我看书，也讨厌我写写画画，他们认为如果我再看那些书的话，就算不会被教得更坏，也一定会像打杵子这样没出息。

我感激地看着打杵子，但是，他为啥要送我书呢？

本来是想等你考上中学的时候送你的，估计到时候我不在家里，就提前送给你。打杵子指着那两本书说，本来是想送给你文具盒和钢笔的，看见几个老师在买书，说这两个人都是咱们的家乡人，写这本《淘金记》的原来就住在土镇上头的那个安镇。

我说我不去念书了。

打杵子似乎并不吃惊，他说，我有些话想跟你摆摆。

搁在以往，我即便很想听他闲扯，也会故意表现出不肯或者不屑和他在一起的神情和态度。但是今天不一样，他送了我两本新书，而且他似乎对我不念书的想法很理解。

他拾了两根板凳相对摆着，他先坐，坐下后，探身拍拍对面那根板凳，等我坐下，他说，你想没想过，你不念书去做什么呢？

这个我还真没想过。但也不急，毕竟还小嘛。不念书了，家里一般会多喂两头猪，也可能会喂头牛，多养几只羊。农村的娃娃，只要长到能翻过门槛了，他们就不再是闲人，就得做事干活，尽可能地养活自己。就像老年人，只要不是老得躺在床上等死，你就得下地扯猪草、洗衣服、做饭、看娃娃。不是有句老话吗？老婆子割刺蒿，一天不死要柴烧。等到稍微长大，就得放下猪草背笼，拿上锄头，担上粪桶，和父母一起下地了。等到挑得动粪水了，能使牛耙田了，就到了娶妻嫁人的时候了。

如果你没想过，现在想想吧。打杵子说，你是想在这个秦村耕田种地一辈子，还是想跟你爸爸学个手艺，走村串户去挣钱？或者学个篾匠也不错，不像石匠那样总是随身带着那么重的行头把式，拿把砍刀和划篾刀，再有把锯子就可以了。

我不喜欢打杵子讲话的这个样子，装得像个长辈，语气像是教训。

其实我晓得你现在虽然没有想过将来搞啥，但是等你真正开始想的时候，你一定不会喜欢种庄稼的，种庄稼的人没人喜欢种庄稼，打石匠也不会喜欢打石头，你也不会喜欢篾匠。他停下来看着我，像在揣摩我心头的真实想法，他说，我觉得你也不喜欢秦村，不喜欢秦村人，包括我。可是，如果你不喜欢念书的话，你就只有天天待在这个你不喜欢的地方，天天跟你不喜欢的这些人在一起，天天做你不喜欢的事，见你不喜欢的人，听你讨厌的那些话，你为啥不想着离开这个鬼地方？

我看着打杵子，感觉不光自己的半边脸，就连半边身子都是酥麻麻的。这是从来没有过的感觉，这样的感觉真是有种说不清道不明的奇妙，似乎有什么东西正在我的身体里快速地苏醒。

现在你真有这么个机会，你咋能像坨臭狗屎一样把它丢掉呢？打杵子的两眼闪着明亮的光，我感觉自己被罩在里头，也在浑身发亮。

我嗫嚅道,我可能考不上,我除了会认很多字,其他的都差得很,我也写不好作文呢,一想到数学应用题头就疼。

作文作文,就是做文章,做文章就是吹壳子嘛。你看那些书,《三国演义》《西游记》《卖油郎独占花魁》……哪一本不是吹壳子的?只要会说话,就会写文章。而且你们学生写的作文都是有套路的。从现在起,你专门去挑那些作文书看,多看一阵子,你啥都会了!打杵子语速飞快,快得他都被那些话噎住了。他停顿片刻,缓口气,接着说,至于数学,那应该更简单了吧,考的总该是课本上教过的吧?没教的,总不会考吧?我问你,你的语文书和数学书加起来,总共有多少页?

我说了个大概。

打杵子笑起来,才那么点儿?你一天背十页没问题吧?

我想了想,觉得没问题。

就凭你的聪明劲儿,你要发点狠劲,一天一本书也背得下来!打杵子咬着牙根儿,发着狠劲说,你要想离开这个鬼地方,你就把两本书背下来,翻来覆去地背,翻来覆去地做题。

我不禁被他的目光照耀得透亮,浑身像是被点燃了似的发烫,身体里的什么东西正在苏醒,正在快速地生长。我突然发现自己已经变大变高了,高到我的目光都可以越过门口那些随风摇摆的树梢,可以看见整个村庄光亮的头皮。

打杵子接下来的话,我没有听得太真切,因为我已经飞越了秦村,飞越了土镇,我的世界突然变得如此开阔,几乎是毫无边际。他絮絮叨叨地讲着,嘴角边挂着两坨白色的泡沫。而我也在空中忘情地高飞,不知疲倦,浑身充满了力量。

第五章

1

在距离花荄镇三公里的地方,有个寺院,名叫"圣果寺",始建于唐代,里头可是出了个了不起的高僧——真歇清了。到中华人民共和国成立的时候,寺庙虽然破落,却仍然保持着数百亩的规格,一条护寺河流环绕整个寺院,茂林修竹,真是个清静之地。后来要建学校,选来选去,找不到合适的地方,就落脚了圣果寺。一来环境好,二来有那么多现成的建筑,学生进去就可以念书。于是,琅琅读书声,就替了千百年的梵呗之音。

这个学校,就是花荄中学。花荄中学出了很多大人物,将军、飞行员、外交官、科学家、诗人、作家、政治家……几乎每年都会有那么一两个功成名就的校友回到学校,在校长和他们曾经的师长、同学的陪同下,寻找当年苦读的痕迹。

我小升初的成绩在土镇排名第二,爱城地区排名第八,村小的学生能考出这样的成绩?爱城中学招生老师怀疑是号卷子的老师搞错了,又认为是我抄袭,出于保险考虑,他们将我的名字从"尖子生"名单上划掉,我就落到了花荄中学。

分班结束,老师们要搞一次摸底考试,相比以往,这次摸底考试搞得十分慎重。在我所在的班级,监考老师来了三位,其中一个还是副校长。

虽然我才到这个新的学校几天,但已经成了众人关注的对象。他们谈论我的各种传闻,而这些传闻,真不知道是怎么传到这个地方的。后来我才知道,是那些个土镇的学生。据说他们中有人受老师的指派,专门跑到秦村去了解我的事情。他们看我的目光就像看个怪物,尤其是那些女生,见了我都要绕着走,侧着肩膀,做出一副随时逃遁的样子,提防我会在她们猝不及防的时候吐她们一脸唾沫,尿她们一身。

我知道这次摸底考试非比寻常,充满恶意,他们早就将我划归到了"糟糕的""不学好的""浑蛋的""卑劣的"那一类,他们要做的就是用这次考试毫不留情地剥去我的假象,以此验证他们的猜测,实现他们的恶意,将我从他们的队伍里踢出去!

我绝不会给他们这个机会!考试和成绩是我唯一可以对抗他们的盔甲和武器。我尽力不让自己紧张,我必须好好利用这个机会,狠狠地抽打他们的耳光。

监考老师不停地凑到我身边,要看我如何作答。我扯了张演算草纸盖住我的卷面,我甚至用厌恶的眼神逼退了一位企图用指头挪开那张演算草纸的老师。

我早早就做完了试卷,但并没有提前交卷。铃声没有响之前,我一直在做检查。克制,准确,万无一失,这是我那天在近三个小时的摸底考试中所表现出来的状态和精神。

结果既叫他们瞠目结舌，也在情理之中。我是全年级第一，比第二名高出十分半，这是一个除我之外谁也不肯接受又不得不承认的现实。

不仅是摸底考试第一，期中考试也是第一，还有各种测试、单元考试，统统的，我都是第一。但是老师从来不给我安排任何班干部的角色，公开推选学科代表小组长也都没有我的份。我考出那么好的成绩，就像炙热的太阳一样摆在那里，他们不可能视而不见。所以，就像迫不得已的表态，他们不得不对我做出表扬，但是这种表扬却并不由衷，不是显得敷衍了事，就是言语眼神里流露出怪异的语气和意味，在我感觉起来，更像是冷嘲热讽和恶心的干哕。

尽管大多数同学对我充满敌意，但也有少数同学对我流露出同情。只是他们表现得很谨慎，就好像我带刺带毒，有如荨麻。他们和我的接触只是出于好奇，轻轻一触碰，就赶紧跳到一边。

回想那时候少年的我们，本该是轻狂放任、恣意烂漫，却一个个沉闷老到、寡苦无聊，所有人的内心似乎都灌满了生冷的戾气，不去期待鲜花盛开，不去呵护美好生长，而更专注于事物破碎，热衷于告密和造谣……真是令人不寒而栗。

第一学期眼看要结束了，我没有一个好朋友。这也好，我不用跟人说那些废话，不用成群结伙地去玩儿。我把全部时间都用在胡思乱想和学习上头。我采用的还是打杵子教我的办法，背书，翻来覆去地背。

期末考试我又是全年级第一。

这年过年，我没有看见打杵子。我悄悄去大石山看了，他家的门口长满了枯黄的野草，看样子他们已经很久没有回来过了。

我考那么好的成绩，我的父母并没有表现出什么高兴来。他们把我递过去的通知书顺手就放到了一边。我父亲遇到了大麻烦，让我母亲非常紧张和悲伤，她认定了我父亲会坐班房，动不动就哭，自问自答地说，以后咋个办哟……

我虽然讨厌学校，但是我更讨厌这个家。一开学，我就迫不及待地走了。

2

那个总是以十分之差排名第二的叫袁路。其他同学我可以不在乎，但是我却不能不关心袁路。我知道，袁路明里暗里都在用劲儿，他是肩负着某种责任和使命的，一定要打败我，一次次拼命，一次次失败。

袁路是二班班长，一进校门就当选为学生会副主席。这不奇怪，他的父亲是花荄粮站的站长。好些个礼拜天，我烦家里不清静，在学校里看书，偶尔去花荄街头闲逛，就时常见他。他和他的一帮子打扮时髦的朋友在一起，扛着鸟枪，到学校的林子里打斑鸠，或者骑着偏三轮呼啸而过。他并没有对我视而不见，除了远远看我，他还向他的朋友们讲过我的什么事。我预感到他会在某个时刻给我生点儿什么事，找人来揍我，为我高分碾压他出口恶气。

随即发生了一件事情，让我觉得自己真是小肚鸡肠了，同时也对他充满了感激。那天中午，我倚在河边那棵半死不活的老槐树上看书晒太阳,有两个特长生躲过来过烟瘾,他们一边吞云吐雾,一边谈着黄色小说里的细节。那时候,《曼娜日记》在学校里泛滥成灾,寝室里的同学打着手电彻夜抄写,而那些木架子床总是在寂静的夜里此起彼伏地吱呀乱叫。那两个特长生显得很苦闷,很焦躁,他们重新点燃一支烟后,话题换成了讨论学校里的女生,谁的奶子大?谁可能像曼娜那样骚……

他们接着讲出的话吓着我了。一个说有个女生对他有意思,另一个鼓动他下手。他们商量着要用安眠药把那个女生弄睡着,然后他们就可以为所欲为。那究竟是什么滋味?究竟有多舒服呢?他们弹出的烟蒂就落在我面前的一堆废纸片里,冒起了烟,跳出了火苗。我不能再装作没看见,我站起来踏灭了它。

两个特长生揪住了我,将我摁在那棵半死不活的老槐树上,我的后背被硌得生疼。我见过他们打篮球,技艺高超极了,据说他们已经被部队拿去了名字,等毕了业就前来调档案。

他们的力气太大了,像是要将我摁进树里。我叫起来。他们认出了我,松了手,他们显然对我早有耳闻,而且料定我不会告他们的状。他们嬉皮笑脸要我讲讲,办那事儿究竟什么感觉,有多舒服,还有那玩意儿究竟是怎么长的。我冒火了,忍无可忍,推开他们,冲他们吼道,回去问你妈,你妈有那玩意儿!

他们愣住了,大概没料到我会这样凶。我知道自己必须这样做,对待所有的欺辱,就算拼死也要奋力反击。这是一次次痛苦的经历总结出来的。所有欺辱人的家伙都是外强中干，如果第一回就让他们得逞，那么你以后有的是痛不欲生的时候。唯有拼死，来一个，你就狠着命跟这一个斗，来两个三个甚至更多，你也只逮住一个斗，一定要叫他出血，就算拼到打光满口牙齿，也必须咬上他一口！唯有残忍和凶狠才可以吓退他们，才可以叫他们明白你非但不好玩，而且还可能让他们沾上鲜血，赔上性命。

但是那天我错误地估计了形势。之前欺辱我的不过是秦村的侯云娃和黄刚他们，还有现今班上的一些同学，他们也在跃跃欲试，但是我们年龄身高都差不多，只要我一亮出尖牙利爪，他们多少还是有些畏惧。而眼下这两个家伙身高体重差不多是我的两倍。

关键时刻，袁路出现了，他站在他们跟前，什么话也没说，他们就放了我，悻悻地离开了。

袁路想给我讲点什么，但我没有理会他，我连句谢谢的话都没讲就走了。

第二天课外活动，袁路穿过热闹的校园，在距离我十多米远的地方，叫了我的名字，你去哪里？随即走到我跟前，问，你有没有时间？

我问，怎么了？

他说我想请你去看个东西。

我没有拒绝他，跟在他身后。他放慢脚步，等我走到他身边，他才起步。就这样，我和他并排同行。他竟然显得有些兴奋，但是在极力克制。他用有些夸张的声调，并且辅以手部动作，比画着跟我讲，他觉得这事有我参加一定很漂亮。

他说，只要是语文老师布置了作文，他都会去办公室找我的作文看，而且他觉得我是整个年级字写得最漂亮的……

他带我来到了墙报栏跟前，看那些高年级学生办的手抄报。他不停地问我，你看怎么样？他希望我就这些手抄报发表点意见。我说很漂亮，画漂亮，字漂亮，文章也漂亮。

如果我们也办一张，一定比他们的都漂亮！袁路两眼熠熠生辉，充满期待。

我接受了袁路的邀请。

为了表示祝贺，袁路请我到小卖部，美美地吃了几支雪糕，喝了两瓶汽水。我们打着幸福的嗝，坐在草坪上，商量手抄报的名字。

手抄报的名字叫《山与路》。

第二天，我没看见袁路。下课间隙，我去二班教室窗口往里张望，发现袁路的座位空着。我想他应该是有什么急事，而且我觉得他昨日办手抄报的提议只是兴头上说说，没准他早就忘到了脑后。

过两天我才看见他，他给我展现了他这两天搞到的好东西，一大摞纸，纸张很大，米黄色，很厚，像布一样有韧劲儿。他说这是他和他表哥在爱城印刷厂搞出来的。此外，还有几本书，《常用简笔画》《报刊题图尾花集》《漫画大全》。他说美术是我们的短处，但是有了这几本书，咱们的手抄报就可以想要多漂亮就有多漂亮了。他教我这么做，先选中要用的图样，盖上白纸，勾勒出来，覆在手抄报上，下面垫上一张复写纸，轻轻描上，然后上色，就这么简单！他拿出两盒二十四色水彩笔，说这东西不是印刷厂内部使用的。最后他给我亮出了一方印章，拿彩色笔在上面涂了墨水，让我伸出手，他在我手臂上摁摁，轻轻揭开来，是三个大字：山与路。

这就是我们的刊名，你看，怎么样？

我们开始分头组织稿件。说是组织稿件，其实也就是我们自己写。袁路准备写一篇文章，写一个成绩优秀的学生在学校因为一些道听途说的谣言所遭受到的不公平待遇。他指着我说，其实我写的就是你。

袁路认为，不仅老师，包括学校领导，都对我不公正。他说，现在学校里流传的那些关于我的不是鬼话就是谣言。谁小时候没玩过过家家？哪个小男孩小女孩没玩过亲嘴？就算那样，他们懂什么？那还不都是跟大人学的！

咱们这些学生，传传谣言，装装假正经也就罢了，老师咋个也那么不明事理呢？同学瞧不起你，原因其实很简单，既然成绩比不上你，那就找个什么把你比下去，既然你成绩好，那么去找个你不好的。归结为一句话，学习不能制胜，那就道德制胜！

我觉得袁路讲得真是太好了。我之前曾经苦思冥想过，虽然也想到了原因，但却没有达到如此透彻的地步。正是这番话，我对袁路刮目相看，他的学识和见解远非我可以比及的，他才是真正的第一名。袁路的这些话让我感动，让我更感动的是，他准备通过找老师辩论的方式为我寻求公道。如果这个方法不行，他将张贴公开报。他说，我不是你们一班的人，如果是的话，我会辞去班长的职务，因为这个职务非你莫属。而且我还要号召全班的同学自我反省，向你道歉，向你学习。如果我们学生都这样做到了，他们老师难道还不明白自己该怎么做吗？正因为我不是你们一班的，所以没办法采取直接的方式。我想，我该和你一起做点儿什么，可是做什么呢？我们应该发出我们的声音，我们要改变的不是你们一班，也不是我们二班，而应该是咱们整个学校，乃至我们的这个社会！就如我表哥所言，近现代所有的革命萌芽都是从一张报纸开始的。我们要在花荄中学进行革命，也应该从一张报纸开始！就像我表哥所说，在这张报纸里，不光要展现我们的才华，还要倡导一种新的观念，贯彻一种新的思想……要有启蒙，唤醒的作用！虽然我现在还不清楚我们倡导的观念和贯彻的思想是什么，但是我们可以去探索！

看着袁路熠熠闪亮的双眼，我虽然也很激动，但是，我更担心他会在他的文章里涉及那些事。

我说，虽然都是小孩子过家家的事，但是写出来，终归是不好的。

他说你放心，我晓得怎么写的。我肯定不会写得像《少女之心》那样黄色下流，我会写得很美，童年纯洁的友爱，干净得就像才出水井的清凉水。而且，我会站在我的角度来写，名字叫《我的忏悔》。

袁路说，构思是这样的——

我以优异的成绩考入了重点学校。一直以来，几乎所有的考试，只要有我在，那么桂冠就从来没有戴到过别人的头上。但是我却在这个新的学校遇到了对手，而且在所有的较量中都是失败者。

我立志要打败他，但毫无办法。

这个学生来自土镇，个头不高不矮，不胖不瘦，把他丢进人群里，他是那么毫不起眼。但是他看起来就像一辈子都没有遇到过什么高兴的事，而且时刻都是一副灾难即将到来的忧心忡忡模样。我知道。随着他进入校园的还有一些传闻。

我突然就意识到，我找到了打败他的方法。这个方法显然卑鄙无耻，但强烈的嫉妒心占了上风。这个办法，就是既然在学习上无法将他从飞快的奔跑中拖下来，那么就让那些谣言变成阻拦在他前面的绊脚石，变成压在他脊梁上的重负吧。

如果说之前的那些谣言只是柔风细雨，而经过我拾掇和孵化出来的谣言，将是狂风暴雨。我用小恩小惠收买了几个同学，四处放言，说他偷看女生上厕所，还和社会上的女流氓关系暧昧。所谓众口铄金，所谓三人市虎。到了后来，谣言会成为滔天的洪浪，老师和学校也不可能再坐视不管，他们开始着手处理。就算到最后发现一切都是谣言，他也会因为盘问、调查、辩解……而筋疲力尽，学习成绩自然一落千丈。

我吃惊地看着袁路。

袁路笑笑说，我还真想这么来搞你，可是我表哥说那样太无耻，而且就算搞下你，我也不可能是个成功者。真正的成功者，是除了乐见将众多失败者抛在身后，更重要的是和成功者结成亲密战友，携手并进，去实现人类最崇高的理想！

我再次感动，并觉得他的那位表哥可真是了不起。

在我创造出的谣言炸弹抛出后，不出所料，你被炸翻了。你遭到了老师们的调查。尽管调查表明你什么都没干，可是谁相信呢？反正你已经很脏很臭了，人们见了你，就像见了瘟神一样。你的成绩因为各种麻烦一落千丈,而且学校再也容不下你了。你离开学校那天,我悄悄在窗后目送你。你尽管穿着整洁,强打精神,努力做出不是那么容易被打倒、被摧毁的样子,但我却发现你面容苍白,双脚迈动无力,我知道,你其实已经被毁灭了。

我默默地听着。我隐约感觉到这一天距离我并不远,可能就在某个清晨或者黄昏,我真会如他所说,迈着无力的脚步,拖着体无完肤的身子,揣着那颗被痛苦和绝望击打得粉碎的心离开学校。

袁路说,从此以后,我就再没见过你。但是你就像影子一样跟在我身后,不管我在灯下复习功课,还是漫步在开满樱花的小道,或者是在骄阳似火的日子里从大学校长手上接过毕业证书……我都感觉到你就在我身边。

我那时候已经变成鬼了吗?我笑着问。

我不知道。袁路的样子可不像开玩笑,他神色严峻地说,一直以来我都感到不安,有时甚至恐惧,但更多的时候是愧疚。我不知道你怎么样了,我想去打听你,可是又觉得无处打听。其实也不是无处打听,而是害怕。你的不幸是我造成的,毁灭了你的同时也毁灭了我。

袁路沉思片刻说,大学毕业后,我被分配到一个大城市工作,我工作很卖力也很辛苦。其实我之所以卖力和辛苦,不过是为了让自己很累,倒床就可以睡着。这样做的目的就是为了忘记你,让忙碌的工作将你的影子从我的身边挤开。可是我越是这样,越是感到徒劳。这么些年来,你已经在我的生活里、在我的心里扎下了根,我除了接受这一切又有什么办法呢？因为我工作表现突出，做出了很大的业绩，短短几年时间我就当上了大官。谁都说我年轻有为，前途不可限量，而且我也娶妻生子，算得上事业有成，家庭幸福。更重要的一点是，我的愧疚感也正在慢慢消失，世界上那么多遭遇冤屈的人不都活得好好的吗？那些差点儿把我爸爸打死的坏蛋，他们如今不还坐在一张桌子上喝酒打牌吗？不还是喜笑颜开吗？所谓生死有命，富贵在天！况且我们做那些事的时候还都是小孩子啊，年轻谁不犯错呢？再说，我还决定再过一阵子准备上一大笔钱，带上丰厚的礼物前去看望你。如果你有困难，以我位高权重的身份是绝对可以给你很大帮助的。这样一想，我一下子就坦然了，生活也焕发出了从未有过的光彩。但是我却一直抽不开时间来看你，来完成我的心愿。直到若干年后，有当年的同学路过我的城市，他和很多同学一样，曾经在对你实施造谣生事的行动中可都是帮了大忙的，算得上我的哼哈二将，帐前先锋。多年来，一直有同学试图和我联系，要跟我走动，都被我拒绝，拒绝不了的我就躲藏。因为我知道只要和他们在一起，就会让我想起当年的卑鄙和阴险。现在我终于答应和老同学见面了，我们开始饮酒，谈各自的工作和家庭，渐渐地话题就开始转到了我们的同学和老师身上。我们讲了很多同学和老师的事，却独独没有提起你。很明显，我们是在故意避开你，我们都明白你是我们心头的伤口，都不敢去触碰它，怕那剧烈的疼痛无法承受。酒喝麻了，我实在忍不住了，问那个同学，可有你的消息。那个同学先是默不作声，而后大口喝酒，像是心头塞满了东西，需要让酒化作熊熊火焰和汹涌水流，烧毁它们，冲垮它们，他才有办法出声。他的神情让我陡然间紧张，害怕起来，我隐约感觉到了不祥。许久，他端起杯子跟我说，他很好，养鸡养猪，早就成了远近有名的万元户，而且娶了个漂亮的老婆，生了一双儿女，都那么漂亮，聪明可爱。

我松了口气，我说，你的想象力可真丰富，故事编得真好。

他看着我。

我说真的，我可真佩服你。

这不是我编的。袁路说，是我表哥。我讲了你的故事，讲了想收拾你的想法，他就站在我的角度讲了这个故事，从而让我明白了许多事。

我说你这表哥可真了不起。

是的，我也一直认为他了不起。袁路说，他文章尤其写得好，还发表过，他将来一定是个伟大的作家。

肯定，我说。

可惜他腿脚不好。袁路说，小儿麻痹症。我们家里都说，如果不是脚不好，他早就成了人中龙凤。不过他并不觉得有什么，他很乐观。

我没有告诉袁路，我是多么希望有朝一日可以见见他的这位表哥。

在随后的几个周末，我没有回家，一直待在学校和袁路在一起写文章，排手抄报。袁路是个追求完美的人，别说出现墨团，就算是随后检查出来一个错别字，也要撕掉重新来过。

3

就在我们的《山与路》在报刊栏张贴出来当天,爱城公安局破获了一起重大刑事案——印刷流氓小说案。案件的主犯叫王生,从犯袁路。

报刊栏那张《山与路》的手抄报面前站满了读者,有的手上拿着小本,正在誊抄那篇《我的忏悔》。

文章最后写道——

许久,他端起的酒杯又搁下,就像颤抖的手再也承受不住酒杯的重量。他说,他死了,离开学校的第三天,在挨了他父亲的一顿打后,他吊了喉。

如果不是在那个特定的年代,特定的背景之下,王生顶多就判个有期,无期都遭不上,何至于挨枪子儿呢?

自打进入校门,王生的成绩一直都是年级第一,他要以最优异的成绩来弥补身体残疾的不足,他想要证明自己虽然残疾,但学习无人能及。一个偶然的机会,他听到几个同学在背地里议论他,说他成绩好又怎么样,就算考到全国第一,平坦的大道上,他行走起来也是"路不平",不过是个能考试的废物。

上完最后一堂课,就该进入升学考试了。老师向同学们表达了祝福,正准备宣布下课,王生一瘸一拐地走上讲台,在黑板上他用他那极富个性的艺术字体写下一句话——决定你飞得多高,飞得多远的,不是你的双腿,而是你理想的翅膀!随即摔门而去。

此后，王生再未踏进校门，整日待在他家的书房里，拒绝老师和同学们的造访，也不肯走出家门，除了个别亲友，他不和任何人接触。

王生的父亲是爱城印刷厂的厂长，在他们阔大的家中专门有一间房子用来珍藏图书。这些书除了中外名著，还有不少线装本及民国初年的铅字版。王生发誓要写出一部让世界震撼的小说，从而使得自己的名字可以和雨果、鲁迅排在一起。为了实现这一了不起的愿望，他开始勤奋地阅读和写作训练。几年后，他写的一些文章轻松地就登上了报刊。他被邀请参加交流会议，有编辑和写作者慕名前来拜访，但是他对那些邀请信函和来访者嗤之以鼻，他说，能够与我对话交谈的作家不是已经死了，就是尚未出生。

袁路是表哥王生的信使，也是王生伸向这个世界的触角。外面发生了什么事，都是袁路告诉他的。除此之外，袁路也会带些好玩的有趣的东西回来给他。别看王生一副和外界老死不相往来的样子，其实他对外面的一切充满了好奇和关切。

这一回，袁路给王生带回来个小册子，也就是那个叫《少女之心》（也叫《曼娜日记》）的手抄本。他跟王生说，这东西在外头的青少年之间可都是传疯了，都抢着看，都抢着抄。王生看了几页就扔在一边，说这字写得也太臭了，这内容也太露骨了，而且毫无文采。袁路以为他不喜欢，就要拿走。但王生却让他留下，说如此露骨下流，毫无文采，竟然传播得这么凶，他倒是想好好研究研究。

袁路是很清楚表哥这个人的，他喜欢隐藏自己的情感，而且总是表里不一，在熟悉的人面前是一套，不熟悉的人面前又是一套；有人的时候是个样子，一个人在的时候又是另一个样子。

看完这一本，王生问袁路还能不能找到类似的东西。袁路又找到了《少妇的自述》和《女知青》。王生看了，说写得都不好。他瘸拐着，搬来梯子，小心地爬上书架，从最顶层取下几本线装的古书，翻开叫袁路瞧。这是古人写的情色小说，虽然也不怎么样，但是比这些玩意儿要好百倍千倍。他说，真是难以置信，这样别字满篇的狗屁玩意儿，竟然会被这样疯传，还有人熬红了双眼去抄。

袁路也是抄写者之一。就是这样粗鄙的东西，却为大家开启了一个隐秘的世界。

袁路嘀咕了句，你也写本出来看看啊。

多年以后，袁路用含混不清的话语告诉我，可能就是因为这句话，将他亲爱的表哥送上了不归路。

也就是袁路说了那句话的当天晚上，王生就开始了他创作前的准备。他要写一部前无古人后无来者的情色小说，他踩着梯子，将搁在书架顶上那些古人写的情色小说全部找了下来，还有一些民国时期的时调，他将从里头选出一些来用在书里，他觉得这将给这部情色小说增加与众不同的情调和韵味。

当太阳初升，金色的阳光透过窗户洒进阔大的书房，王生提起笔，在纸上写下《爱城尘埃》。这四个字，在相当长的一段时间，总是出现在各大报刊和广播电视的播音员口中，因为它是新中国成立以来大河两岸第一部黄色读物。而它的炮制者，通过大量的刻印，要让这棵下流的邪恶的毒草去戕害这世间怀着美好心愿有着远大前程的青年……

  半个月后，王生写好了这部小说。他自我感觉好极了，选了一部分叫袁路看，袁路看了也说好，还跟他要剩余部分，说要拿去偿还朋友们的人情，因为人家借了书给他抄，现在自己有了好东西，没有理由不借给人家去抄写。王生教育了袁路，说你怎么能分心去搞那些庸俗的事呢？你的成绩已经大不如以前了，你是不是甘心当老二？你为什么不冲往第一呢？袁路就是在这种情况下跟王生讲起了我，讲起了他的报复计划。就像袁路告诉我的，王生开导了他，建议他和我交朋友。袁路说一山容不得二虎。王生一笑，说孤掌难鸣，英雄际会才能成就天下霸业，既然你们二位都如此优秀，何不携手同行，成就一番事业呢？你不是一直想办手抄报吗？就将这张手抄报当作疆场，展现你们的才华，倡导你们的观念，贯彻你们的理想！

  而袁路办手抄报的想法也给了王生一些启示。他正苦于手上的小说完成，不知何去何从呢。投稿吧，谁敢刊登呢？拿给人家传抄吧，不是漏抄就是错别字满篇。那么精彩美妙的小说，被那乌七八糟的字糟践，王生想着就难受，更何况他们在传抄的过程中肯定不会署作者的名字，弄不好，还会冒名顶替。

  王生的父亲是印刷厂老厂长，对于报刊印刷，他可是从小就耳闻目睹。所以，王生列了两张采购单，一张是袁路办手抄报所需的材料，另一张是自己要用的，滚筒油印机、蜡纸、铁笔和装订机……

  我们的手抄报还没做好，王生的《爱城尘埃》就已经装订成册了。他看着无论是内容还是字体、版式都是那么漂亮的新书，嗅着那淡淡的油墨香，真是难抑心头的激动。他从角落里找出旧书包，背上刚刚印制好的三十几本《爱城尘埃》，第一次走出家门，来到大街上。

时值周末，袁路正和我在空空荡荡的教室里写文章，商量版式。

王生背着沉甸甸的书包，去了花荄人民台。人民台原来是个大戏楼子，但凡花荄有重大的集会活动都在这里进行。王生走到人民台后面的那棵据说有千年历史的老槐树下，打开书包。

书刚拿出来，马上就有人围上来。王生本来是想将那些书赠送给人们的，但是人家翻开书一看，二话不说，马上摸出钱包，递给他一张五元钞票。见他迟疑，以为嫌少，又摸出十元塞到他手上，匆匆而去……

只一会儿工夫，三十几本《爱城尘埃》就销售一空。回家的路上，他攥着那么多钱，感觉到一种从来没有过的成就感和使命感。这么些年来，在别人眼中，他一直被当成一个无用之人，而家里人也尽心尽力地照顾他，虽然考虑过他的生存之道，也不过是进福利厂、印刷厂，或者去小学校当个代课老师。现在，谁能想到他竟然靠着自己的书写和印刷，短短几天时间就赚了好几百块。

之后几天，王生几乎是没日没夜地书写和印制、装订。他又开始了一部新的小说创作，名字叫《绯红的村庄》。这部小说写的是女知青的乡下生活，比《爱城尘埃》增加了更多的性描写。

王生到死可能都没有过性经验，但是并不妨碍他在描写上的酣畅淋漓。只是在描写那些场景时，虽然着墨甚多，却并无细节，就算有几处也语焉不详。过来人一看，就晓得那不过是臆想的，捏造的。

不可否认，《绯红的村庄》有着一个精彩的但是令人悲伤的故事。故事主人公是一个叫小绯的女孩，因为父亲的历史原因，她急于改造成一代新人，主动要求下乡。可就在临行的前夜，她被一直交往但并未明确关系的男同学灌醉了酒，强行发生了关系。她虽然很痛恨同学，但却因为善良，不忍破坏他即将开始的大好前程。到农村后，她发现自己怀孕了。这简直是个足以毁灭掉她的消息。为了解决掉肚子里的胎儿，她向村里那位看似善良的赤脚医生求助，却没有想到这个赤脚医生竟然是个人面兽心的家伙。男同学去了部队后，对那天晚上的莽撞和对小绯造成的伤害悔恨不已。为求得内心的平安，他努力工作并得到了提拔，而且受到了首长女儿的青睐，但他心有所属，他趁休假之际，回城找小绯。赤脚医生在一次酒醉后，以炫耀的口吻讲了和小绯的事。别人都说他吹牛，唯独村长的儿子不那么认为，受村长儿子的要挟，小绯脱下了自己的衣服。前来寻找小绯的男同学意外撞见小绯和村长儿子在粮库里苟且，这让他很难受，劝小绯不要如此放纵自己。小绯将其一顿训斥，男同学悔恨难当，狼狈而去。小绯决定实施报复，她借村长儿子之手除掉了赤脚医生。男同学在与首长女儿新婚之夜，闻听了小绯被枪决的消息，他在完成和首长女儿的交欢之后，开枪自尽。

我惊异于王生对农村生活尤其是知青生活的熟悉。袁路说那个时候要获得这方面的材料和经验是很容易的。只要你在巷子口一蹲，农村里那些乱七八糟的传闻和知青故事，就是大家茶余饭后的谈资，只要长有耳朵，谁也不可能少听。再说，谁家没有几个下乡当知青的亲戚朋友呀。只是别人听了也就听了，不可能像王生这般有心，会原材料一样堆积在心里，需要的时候信手拈来，而且用得恰到好处。

王生换了个大书包，里头装了五十多本《爱城尘埃》和五十多本《绯红的村庄》，书包都快撑破了。沉重的负荷让他前行缓慢。他后悔自己当初为什么不花点儿时间学自行车。他一边缓慢往前，一边揩着额头的汗水，一边想着无论如何也得抽点儿时间将自行车学会。而且，学会自行车的好处当然不止在出行的负重和方便上，更关键的是，只要他骑上自行车，谁又瞧得出他的哪条腿长，哪条腿短呢？

到了人民台，他刚放下书包，还没来得及喘上一口气，就围上来两个人，问他，有书吗？他说有。那人问有多少。王生说两本。说着拿出《爱城尘埃》和《绯红的村庄》递给那两个人，还特意提醒封底有价格。

和上一批不一样的是，王生在这一回的印刷中特别标注了价码，人民币十元。后面还有一行小字，严禁抄袭，违者必究。

和其他购书者不一样，这两人拿了书却迟迟不掏钱，而且也并不急于离开，反而翻读起来。还有吗？他们问。就两本，王生说。那人踢了一下脚底下那只大书包，问，里头是啥？王生说也是书。那两人说，我们全要了，但是你要跟我们走一趟。王生说不包送。那两人说有车，说着他们摸出了手铐。

4

我已经接连两个月没回家了,我的生活费都是父母拜托路过花荄的人给我送过来的。那时候我们念书的伙食大都是从家里背米背粮,到学校后用饭盒蒸食。伙食团有好几口大蒸锅,每一口都有四五个人合围那么大,差不多一人深。你想吃稀,就往饭盒里多添点儿水,你想吃干点就反着来。也可以在里头放些红苕和芋头,或者花生和豆类。还有些家境差的,遇着青黄不接的时候铝饭盒里只有红苕芋头,这些同学都把饭盒捂得紧紧的,生怕被人发现。饭盒搁进以班级为单位的大铁笼子里,由伙食团的师傅们使用大铁钩子拎着放进大蒸锅里。等到开饭的时候,再由师傅们用大铁钩子拎出来,然后由各班选出的值勤员抬出来,大家排队领取。

蒸一盒饭,两分半的火票。

我是班上少数几个不从家中带粮食蒸饭的人之一,我的父母给我拿了足够多的伙食费,以至于我可以排在教职员的队伍中到专门的大窗口去打米饭,有时候是面条或者馒头包子。大窗口的菜品也丰盛,回锅肉,红烧鱼,哪样的口味都不错,就算是酸萝卜丁,也比家中的好吃。

这一次,顺道前来花荄的乡亲给我送来的不是现金,而是一袋大米。他揩着满头汗水跟我讲,你们家出事了。我说我晓得。他不好再说什么,叮嘱了句,那你好生念书,就走了。

如果我父亲真的去坐班房了,我是不是还能继续念书呢?我母亲肯定无力支撑这个家。她尽管也算能干,但大多表现在家务上头，最近这些年，她很少下地，就像村里人以羡慕的口吻打趣她的那样，她都不知道我们家的包产地在什么地方。我不想离开学校，倒不是我的思想和认识发生了什么转变，而是因为认识了袁路后，这个曾经让我无比讨厌的学校有了一些让我留恋的东西。再说，除了学校，我又能去哪里呢？

我在想是不是周末回家一趟，还没想出结果，公安就站在了我面前。紧接着打杵子和桃也来到了我们学校。那会儿警笛声还未从学校上空散去，飘移的云朵里还残存着余音。整个学校犹如沸腾的油锅，上课的铃声响了一遍又一遍，还是无法让兴奋的学生们那跳动的嘴唇完全闭合。

守门大爷一听"何山"的名字，顿时警觉起来，再一看打杵子身后那个腼腆的埋头绕着小辫的小女孩，马上就想到了可怕的事情，他拨通了校长办公室的电话。

打杵子先是被当成受害者，接着又被当成我的同谋，他费了好一番口舌，才讲清楚此行寻找我的目的，并再三向校长和老师保证，山是一个多么优秀的孩子，与那些所谓的流氓绝无任何瓜葛，一定是和他父亲一样，受到了不白之冤。

现在，打杵子的肩上又多了一份责任，替我申冤叫屈。而此前他已经替我父亲申冤叫屈快一个月了。他是被我母亲托人请回来的。他们一家人在成都一家皮鞋厂，工作都很轻松，打杵子负责分割皮子，有时候押送一下车，装卸一下货物。英子负责裁剪，她此前跟我母亲学到的手艺正好用上，而机器裁剪又十分省力，因此她干得十分开心。桃也在上工，往皮鞋上粘贴标签和装盒，工作也很轻松，加上她手脚灵巧，因此很得老板娘的欢喜，说如果不嫌弃的话，想让她做自己的儿媳。英子满口应承,却遭到打杵子的严厉反对。打杵子很严肃地告诉老板娘,贵公子还是另择佳人吧,他家闺女已经名花有主了,未来夫婿正在以优异的成绩就读于花荄重点中学。

在接到我母亲的求助后,打杵子毫不犹豫地就要离开,但却遭到英子的坚决反对。只是现在的英子又怎么拗得过打杵子呢?打杵子不止一次地跟英子说,如果不是我,炮都打你脑壳了。又说,你当初要弄死我,我都没说啥,现在你的一切自由都是我给的,你还讲啥亏欠呢?

老板两口子好言相劝,说既然是公检法在办他,多半已经坐实了,你回去又有啥用呢?打杵子说,那明摆着就是个冤案嘛,桥是承包给人家的,挣多挣少是人家的事!老板叹息说,现在很多道理和事情因为政策法律的不明晰,被搁在非黑非白的中间地带,那么是黑是白就得更上头的人说了算。如果你们上头没人,这事就不好办啰!

当初秦村动修桥的念头后,米三斤和玻璃猴子他们首先找的就是我父亲,说土镇表示将尽力支持,但是钱不多,主要还是靠村上集资。只是大家的口袋里都是紧巴巴的,也不可能挤得出多少钱来。我父亲说,修路造桥是大善事,只要有口饭吃,只要村上有这个决心,我就一定站出来撑这个头!就这样,我父亲承下了修桥这个事儿,但是却并未与村上、土镇有过任何书面的约定。

根据米三斤他们的计划,由于大家的口袋里都干瘪,一时也拿不出来多少钱,所以一切根据建设资金的缺口筹集,缺多少集多少,一次不行两次,两次不行三次……直到桥梁架设竣工为止。

后来我父亲在绵城争取到了资金,还一股脑儿全落到了他手里。这时候有人不安逸了,因为绵城来的资金很大,修建一座桥绰绰有余,那么当初集的资就应该退还给大家。米三斤和玻璃猴子他们也不高兴,绵城给了那么大一笔钱,我父亲心口子太厚,怎么能独吞呢?

我父亲当然有话要说。据他所知,米三斤和玻璃猴子动用关系,将土镇给秦村修桥的那部分下拨资金也争取到了,只是他们捂在自家的口袋里。这笔钱同样不是个小数目,拿一半就够退还大家的集资了,凭什么他们的眼睛也要落在绵城的那笔钱上?那可是他凭着面子要回来的。再说,这桥是他承包的,只要按期完工,质量没问题,赚多赚少又干别人什么事了?

为了消化掉那笔资金,我父亲要打杵子做假账。打杵子觉得这样不合适,不肯干。我父亲就找了我母亲娘家的一个什么亲戚,这家伙虽然懂点文墨,却根本不动脑壳,把一本假账做得惨不忍睹,比如,他竟然将煤炭写成五块钱一斤,几个石匠打牙祭,一餐可以吃掉五十斤猪肉!

就是这么一个哈浊浊的家伙,却也给我惹出了大麻烦。他被安排在我的房间里睡觉,不想着怎么好好做账,深更半夜爬起来到处翻腾,然后就找到了我的那些日记。这可让他饱了眼福。他回头就跟我母亲读了,专挑我母亲最感兴趣也最能激起她对我的痛恨的那部分读。不过我母亲那会儿虽然对我恨得牙痒痒,却有更重要的事情需要她去操心,就是那些账目。以她的话说,一定要把那些包摁平。

对于做假账,打杵子一开始就强烈地反对。他说,如果你真是承包,那么你的承包合同在哪里呢?这样的账目你又是做给谁看呢？他建议我父亲过得去就行了，钱是赚不完的，建桥剩下的那些钱，拿出来再干点别的什么，比如再修一座桥。可是这些话我父亲又怎么听得进去呢？在我母亲的怂恿下，他也觉得打杵子是见挣钱太多，没给他分点儿，眼红。打杵子叹息说，师傅啊，你也是英明一世，糊涂一时，你真以为你的口袋能装得下那么多钱吗？你难道就没有从我在大石山开打石场这件事情上头吸取教训吗？

村里有人把状告到了土镇。土镇新换了领导，找来经办人，问绵城的钱是咋回事，土镇拨款又是咋回事。一切搞清楚后，领导说，秦村修桥的资金，绵城都已经解决了，那么土镇划拨的经费就用不上了，就收回来吧！又问，桥都修好了吗？说修好了。领导说，既然修好了，那就清算一下，结余多少也该退还到账上啊，要用钱的地方可多着呢！

一切尽如打杵子所料。所以当麻烦不断袭来，而且已经演变成为足以毁灭我们这个家的灾难时，我父母首先想到的解决之人当然是打杵子。

回到村上，打杵子并没着急出面，而是让我父亲找到米三斤和玻璃猴子，他们几方对质，搞清楚我父亲撑头修桥究竟是怎么回事。米三斤和玻璃猴子面对我那哭哭啼啼的母亲和不尽忧伤的父亲讲了老实话，作为村上当时的考虑，确实希望他来承包，虽是口头协议，但从实际上来讲，账目是我父亲经管，招人用人也都是我父亲做主，所以形式上也相当于承包。根据这种情况，打杵子写了个情况说明，讲清楚那桥是村上承包给我父亲的，而不是由村上安排我父亲代为管理和修建的，然后要米三斤和玻璃猴子他们签字。但是他们死活不签。打杵子跟我父母讲，就算泼皮耍赖，抹喉上吊，你们也要让他们在上头签字。否则的话，师傅极有可能要去坐牢！

我父母听从了打杵子的话，大清早就跑到米三斤家去撒泼，半夜跑到玻璃猴子家觅死……村上几个领导被缠磨够了，万般无奈，只好签字。

我父亲拿着那张纸刚回到家中，公安就来了人。我父亲因为侵吞公款，被押解到土镇接受调查。

好在现在有了这张情况说明。打杵子跟我母亲说，罪是要受一点的，但是问题已经不大了，很快就会出来。

打杵子连更宵夜写申诉，到处投递，喊冤。一个礼拜后，我父亲被放了出来，但是米三斤和玻璃猴子却被抓进去，因为土镇下拨的那笔修桥资金被他两个二一添作五给揣进了自家腰包。

我父亲虽然回到家中，却始终有一种大祸即将再次临头的恐惧。他有太多讲不清楚道不明白的地方。比如，究竟是承包修桥还是代管修桥，一张情况说明能说明什么？还有那些假账究竟是出于什么目的？尽管土镇方面说了，只要他将没用完的钱全部退赔回去，这事就算过去了。但在我父亲看来，这分明就是一个圈套。他请求打杵子不要离开，只怕他前脚一走，他们就会再次将他捉进去，他已经将打杵子视为自己的救命菩萨。

打杵子放心不下皮鞋厂的妻女，而且他反对我父亲退赔的想法，说情况书上已经说明了你是承包工程，完工后的结余就是你理所应当获得的利润，凭什么退赔？我父亲说如果退赔真能让这一切麻烦都烟消云散，我砸锅卖铁也要求个安宁。

打杵子说，你这不是自己打自己耳光吗？

我父亲说，你说怎么办？我就听你的。

打杵子说这事儿麻烦，不是十天半月可以解决的，我先回去看看，将家里安顿下来再回来跑这头吧。我母亲说，你还是把她们娘俩都接回来吧，先帮帮我们，要是当家人进了班房，我们这个家就完了，你挣多少钱，我们家以后变牛变马加倍赔偿给你。

打杵子叹着气，回到皮鞋厂，跟英子讲，挣多少钱也比不得挽救一个家庭啊。英子不想跟他回去，说要回去你回去，我在这里做得好好的。打杵子说我不在你身边，不放心啊，你要跟别人跑了怎么办？英子冷笑说，你再这个鬼样子，那还不是早晚的事。打杵子虽然忐忑难安，还是决定再请假一阵子。

很久没有回土镇，桃想要回家看看。

父女俩离开成都后，他们先到绵城去找冷主任，想请他帮忙找点关系，就我父亲的事情打打招呼，尽快搁平。却没想到冷主任竟然已经被逮进了班房。冷主任的妻子一把鼻涕一把眼泪哭诉事情始终，说都是秦村的那个姓何的人没有良心，帮了他的忙，反倒被咬一口。原来我父亲被抓到土镇后，刚一过堂，嘴巴一松，就把什么都说了，绵城那钱是怎么来的，他和冷主任是怎么认识的，他拿了多少钱，又返给冷主任多少。

经查，冷主任还受了别的贿赂。全部加在一起，数量大得有些吓人。冷主任的妻子哭着说，现在正是"严打"，你回去告诉那个姓何的，这条人命就算在他的头上了。打杵子安慰她，"严打"的是刑事犯罪，这是经济问题，经济问题不在这回"严打"的范围中,你也别在家哭哭啼啼,赶紧找人找关系,要是等到判决下来,一切可都晚了。

打杵子带着桃来到花荄,要顺道看看我,却没想到我也被抓了起来。

5

学校本来是要将我开除的,可是凭什么呢?那么就劝其退学吧。刀队长说你们这样搞不合适也没有道理。校长说主要是影响太坏了。刀队长说,谁影响太坏?是何山吗?他影响了什么呢?调查已经出来了,这案子跟他没有丝毫关系啊,你们是没有听明白还是故意揣着明白装糊涂?

刀队长就是侦破王生案的负责人,个头高、细瘦,就像是害怕把自己显露出来似的,老是弓着腰,所以,都叫他"弯刀",我觉得这称呼挺形象。

弯刀的语气明显不高兴了,他已经不止一次地跟校长讲,这个王生案主要涉及的人只有袁路,和其他的学生没有丝毫关系。但是校长分明要在学校里掀起一场运动,将所有学生赶到操场,然后由他带队,挨个寝室和教室查抄收缴黄色书籍,还动员学生相互举报揭发,将看过和抄写过黄色手抄本的学生罗列在一张纸上交给弯刀,并邀请他们派警察入校进行侦查、甄别,该开除的毫不犹豫地开除,该送进班房的毫不手软地送进班房。一时间学校里人心惶惶,人人自危。

弯刀先前还好生跟校长讲话,说没有这个必要这样搞,只要没造成大的社会危害,而且学生嘛,教育为主的好,都是一群年轻人,要允许他们犯错误和改正错误嘛,何苦小苗儿才出头,就下狠心一把全割了?再说他们可都是你的子弟,你就不心疼?

校长放过了他们,却不肯放过我。

打杵子认为,只有弯刀可以帮到我。打杵子把我从爱城公安局接出来后,摸了五块钱递给我,要我带桃去街上买糖吃,而他还得折回去,再跟弯刀说点事。

我捏着钱,站在马路边上,桃距离我两三步远。我以为打杵子很快就会出来,等了好一阵,不见人影。我就在马路牙子上坐了下来。

桃也跟着在马路牙子上坐下,学我的样子,将两手搁在膝盖上。她比以前高了,头发又黑又长。她见我看她,一笑,低下头,小脸绯红。

你想吃糖你去买吧,我把钱递给桃。她没接,她说有钱,然后起了身,走了两步,怕我担心似的,扭头跟我说,我去买糖了啊。

桃买了很多糖,她抓了一小把出来,将剩下的全递给我。我不要。她伸出的手缩不回去了似的,僵在那里,一张脸通红。我说我最近牙疼,不敢吃糖。她说你不会总是牙疼吧。我接过来,就像个平常的物件一样随手放在身边。

桃在我身边坐下,吃着糖。糖是我们一直都爱吃的牛轧糖。她吧唧嘴巴的声音和过去一样响。

山哥,她喊我。

我看着她,她看着我的脚。我的脚上穿着我母亲做的布鞋,两只鞋的前头都破了,就快被大拇指钻出洞了。她说,你穿多大码的鞋?

我说不知道。当然,这不是哄她,是真不知道。除了一双又长又大、像两只拖拉机似的肮脏的白网鞋,我所有的鞋子都是我母亲做的,她擅长做各种布鞋,而且手脚很快,几天就是一双。只是她从不讲究鞋码,只说长短,短了?下回再长点儿吧。长了?就这样吧,反正你在长个儿。

你可能得穿三十九码的。桃认真地看着我的脚,说下回我给你带双皮鞋回来,你是要系鞋带的,还是懒式的?

我不知该怎么回答。

她笑笑说,我在皮鞋厂呢,切割皮子,踩线,上胶,我都会。她把脚往前一伸,我这才发现她穿着一双搭扣的红色皮鞋。这不是我们厂生产的,是隔壁那家,但我会做。

我看着她,我说,你一个月能挣多少钱?

她说,五六十块钱吧。

我脑子里飞快地盘算着,心想着她一个小女娃娃一个月都能挣五六十块,如果是我的话,百八十块钱总不止吧。我正胡思乱想着,桃说,你肯定闻不了那个味儿,皮子很臭的,还有胶水也臭,闻久了头晕,还想吐。

我说只要能挣钱。

你还是要好生念书,桃的语气就像长辈一样语重心长,有条有理。她说,你读书可以考大学,大学出来就是国家的人,想干什么就干什么,不管天晴下雨按月领工资,旱涝保收,体体面面。你要是不念书,就考不上大学,就成不了国家的人,就是那些有权有钱的人,人家想喊你干什么你就得去干什么,人家高兴骂你一顿你就得受着,不高兴骂你一顿你还得受着，想给你发几个钱你就只能拿那几个钱，你的脖子时时刻刻都捏在人家手里，没有一点点体面的……

打杵子出来了，弯刀送他到门口，看看我，跟他说，你放心吧。

回去的路上，打杵子跟我讲，那个校长可能是想借这个机会拿我来杀一儆百，不过不消担心，弯刀会亲自送你回学校。到时候啊，你直接到公安局去找他，他是个好人，对你有恩，你可要一辈子记得他，将来出息了，要买点好东西去看他，他喜欢吃烟。

所谓好事不出门，坏事传千里。回到家中，我母亲冷笑着，乜斜着我，你两爷子都是了不起的人呢，你老子在土镇坐班房，你更凶，班房都坐到爱城去了。真是应了那句话呀，不是一家人不进一家门！

我父亲坐在门角落里，吃着烟。看来他近来抽烟很厉害，指头熏得焦黄，头发蓬乱，青灰的一张脸笼罩在烟云里，眉头紧锁，愁云密布。

师母，你这话可没讲对啊。打杵子说，山是被冤枉的，调查结果出来了，没他啥关系。

没关系咋会进班房呢？拿那么多钱叫他去念书，他咋念的？跟着好人学好人，跟着师娘罡假神。我母亲难抑愤怒，咬牙切齿地要冲过来掐我。打杵子忙站起来劝住她，真的，没他啥关系，公安局那个叫弯刀的刀队长都讲了，还会亲自送他去学校，当着校长和师生的面给他道歉，给他恢复名誉。

他会到秦村来道歉吗？脸都被丢尽了！我母亲依旧愤懑难平。

打杵子拿出钥匙,递给桃,跟我说,山,你陪桃回家去看看吧,她胆子还像以前一样小。

我跟在桃身后。走在小路上,老远就看见大家好奇地张望着我俩,指指戳戳,嘀嘀咕咕。

桃低着头,我看见她后颈窝都红了。她的步子很快,她走路的样子很好看,身上散发着淡淡的香味儿,可能是香皂,也可能是洗发香波。

我没有随桃进她家的门,而是在院子里的那块磨刀石上坐下来。

你不能坐那上头,会长疮的。桃说。

我知道这说法就如同吃了鱼子不识数一样,纯粹无稽之谈,不过是大人们为了叫小娃儿们生活在规训和恐惧中,故意编造出来的。我没有理会,微皱眉头,目光忧郁地看着远方,我的样子一定显得很痛苦和深沉。

而我的父亲这个时候正在家中一边大哭,一边拿他的那颗头发蓬乱的脑袋撞墙,他骂自己该天打五雷轰,是天底下最没有良心的东西,害了自己也害了人家。

打杵子将冷主任被捕入狱的事情跟他讲了,讲了冷主任的妻女现在的惨状……打杵子说,我本来是不想跟你说的,可这种事情,我觉得你还是应该晓得。

我母亲上前抱着我父亲的脑袋,挡在他和那堵墙壁之间。你把脑袋割了又能咋样呢,事情都已经出了,再说光是你送那点钱就能让他坐班房吗?还不是被算了总账!

我那是送给他的人情啊,他帮我那么大的忙,就是个畜生也晓得感恩道谢呀!我父亲很快就从悲痛中缓过来,他挣开我母亲的怀抱，满脸泪水地看着打杵子，问，我现在咋个办？总得想个办法去救他呀！

咋个救？打杵子叹口气，现在，先莫要去想做对没做对，要晓得你自己都是泥菩萨过河了。以后人家来调查，来讯问，你就一定要想好，这句话该怎么讲，讲出去了有没有什么妨害，你自己取不取得脱手，还会不会给别人造成误伤，千万要脑壳清醒！还有，你过去已经讲过的那些事，如果对质的话，你该说记不清楚的就一定要说记不清楚，该说讲错了的就一定要说讲错了，你懂我的意思了吗？

我父亲和我母亲都一个劲儿地点头。

我在家里住了三天。这三天我连门都没出，和打杵子一起誊抄他起草的申诉材料。我说是不是可以用复写纸，这样可以加快进度。但是遭到了打杵子的反对，他强调必须用手写，让人家一看字就看见了真诚，再一看就看见了冤屈。

这三天时间里，桃一直待在我们身边，给我们端茶递水，烧烘笼。她总是微笑着，总是偏着脑袋看我写那些字，还总是将我写好的东西拿起来，怎么也看不够似的，翻来覆去地看。看久了，看多了，她也会提意见。怎么这个地方的字和前头的长得不一样啊？怎么这里少一个字或者多了一个字呢？我就拿过来看，跟她讲，这里我换了一个词语，把"恳求"换成了"恳请"，把"为民申冤"改成了"为民昭雪"……

桃听得很认真，大眼扑闪扑闪的，哦哦地点着头。打杵子在一边捏着笔杆子，笑眯眯地看着我们，很欣然的样子。

那两天我母亲变着方儿地给我们做好吃的。我记得曾经跟桃讲过，说我母亲做的油炸汤圆有多好吃，听得她直咽口水。我还曾向她许诺过,说我妈一旦做油炸汤圆,无论如何,我要请她到我们家里,要她美美地吃个够。

和那个年代几乎所有的农妇一样,因为物资的匮乏,一年四季肚皮都搂不圆,又有多少精力和材料在吃食上做花样呢?所以我母亲的菜谱注定了会是简单的,狭窄的。所谓好吃的,不外就是熬锅肉、炖肉、凉粉什么的。后来我们家有了钱,而我父亲也在外头见了些世面,吃了些花样,在他的指点下和要求下,我母亲的菜单上又多了几样,如凉拌白肉、酱爆肉丝……

就像所有的当家妇女一样,我母亲也有一份专属于她的拿手好菜——油炸汤圆。这个油炸汤圆因为做起来麻烦,对材料和火候极讲究,所以我母亲极少做。就算过年,也不见得会做一次。

这一回是我提出来的,我说妈,给我们做顿油炸汤圆吧。我母亲看了我一眼,虽未讲话,不过从那神情,我已经看出,我们有口福了。

桃坐不住了,她要去看怎么做的,看我母亲是不是需要帮忙。

做油炸汤圆,汤圆个头不能太大,以拇指大小最合适。炸的油温不能太高,太高了容易焦,还会爆炸,溅出来的糖稀粘到皮肉上,管保是一连串的大燎泡,所以火候极为关键。等到果子里的糖稀完全融化了,果子壳子一层焦黄,捞出来金灿灿的,十分好看,这时候作为一道菜是完全可以上桌得到赞美的。不过为了更好吃、更美味一些,还有一道工序。将白糖入锅融化,倒进刚刚炸好的果子里,快速翻动,等到果子完全沾上糖稀，出锅成盘。拈起一个，拉出长长的金色丝线，亮晶晶地随风飘拂，那浓郁的香味儿，叫人直吞口水。吃的时候可要特别小心，得放在碗中，稍微凉一下，用筷子戳烂再入口。倘若心急，搞不好在嘴里就炸了，那将是一场可怕的灾难。

我就要回学校了，我的父亲母亲，谁都没有跟我讲有关学习的话，连句嘱咐都没有。我的父亲不停地抽烟，大口喝酒，他像是要狠着劲地尽快地将自己弄死，好从痛苦中解脱出来。

一大早我们就出发了，我们在土镇分的路。我将去爱城公安局找弯刀。打杵子千叮咛万嘱咐，叫我一定要听弯刀安排，要受得了校长和那些老师的气，千万不要使性子，小不忍则乱大谋。

山哥，下次回来我就给你带双皮鞋。你还没告诉我你是喜欢系带的还是懒式的呢？

我说随便吧，都可以。

嗯，桃用力地点点头，和她父亲打杵子坐上了去绵城的车。桃要回成都，从绵城有直达成都的客车。送走桃后，打杵子除了寄出那些信件，还准备去找找绵城党政机关的一把手，当面将申诉信递到他们手中。

桃探出脑袋来冲我挥手。我没有将手从裤兜里掏出来，也没有正眼瞧她。但我觉得还是应该挥手回应，当我终于举起手来时，她已经缩回车里去了。车子一眨眼就不见了。我挠挠头皮，我在想，作为对她送我皮鞋的回报，无论如何，我也要将贝蒂从我母亲的柜子里摸出来，送到她的手上。

但是桃从此就从我的生活中消失了。

第六章

1

王生是在我们开学第二个月第二个礼拜天被执行枪决的。和他一起被执行枪决的还有两个人，一个是杀人犯，一个是强奸犯。杀人犯姓尹，安镇人，他的故事听来让人同情，但他杀人的手段却叫人不寒而栗。他刚结婚不久，老婆就被村长霸占了，这霸占可不是一天两天，也不是一年两年，而是二十多年。他有三个孩子，都已经结婚成家了，还都给他生养了孙孙。既然忍声吞气近三十年了，这都快进入老年了，土都埋在嘴皮上了，还有什么搁不下的呢？起因是他的小孙孙。小孙孙问他，爷爷，你是我的亲爷爷吗？他说当然是啊，怎么了？小孙孙说张爷爷说你不是我的亲爷爷，他才是。老尹想了想，说他搞错了，我才是你的亲爷爷，你的爷爷姓尹不姓张，记住了吗？小孙孙说记住了。正月初一一大早，老尹挨个亲了他的孩子和孙子们，给他们发了压岁钱，接受了他们的跪拜，高高兴兴地出了门。谁都没有注意到，他的裤腰上别着一把手锤。他径直去了那个张村长家，一家人见了他都很高兴，招呼他茶和烟。他说，老张我有个事情想跟你讲一下，咱们里屋去说吧。过了一阵，老尹在门口唤老张的女人，说老张喊你过来。老张的女人进屋，一会儿，老尹在门口唤老张的女儿，说你妈喊你呢……喊到最后一个，是老张的孙女。老张的孙女是个初中生，她不肯进屋，因为她看见老尹的脸上溅有鲜血，她被吓住了。老尹气喘吁吁地说，你来嘛，我这里有糖。他掏出一把糖果，递给那个女孩。手上的糖果被鲜血染得红通通的。那个女孩吓得赶忙后退，跑出了院子。老尹没有追，叹口气，在门槛上坐下，点了一支烟。那个强奸犯是个比王生大不了几岁的年轻人，虽然被五花大绑，还是可以看出他长得很伸抖。据说他父亲在外头做大官，他是名副其实的高干子弟，因为恋爱失败，回老家放松心情，拿糖果勾引了邻居的女儿。那女孩的岁数比他大，一直没嫁，因为没人要，傻乎乎的。两人正在搞事，被女孩的父母逮住了，要求他娶了她，否则就送他进公安局。那娃儿性子硬，说你就是把我杀了，我也不会娶她这个哈女人。"哈女人"是北县对脑壳有问题的女人的叫法，安镇和土镇一带都叫"瓜女人"或者"瓜婆娘"。女孩的父母又提出了个条件，说既然你不肯娶她，那么赔偿总是应该的嘛。谁知道开出的价码太高，人家不肯接受，还讲了些侮辱人的话，那女孩的父母气坏了，说好嘛，天堂有路你不走，地狱无门你闯进来！就带着那个女孩，呼喊了一帮亲戚朋友跪在政府门口喊冤。公安下来调查，那娃儿供认不讳。公安跟那娃儿的娘讲，快把他爹喊回来。那娃儿的娘说，娃儿爹忙工作，四个现代化建设。公安说再忙还是回来一下吧，见一面少一面。

那娃儿和他的娘有些被吓住了。公安叹着气说，现在是"严打"，你们咋个就不清楚形势呢？他们再想和那个傻姑娘的父母私了，娶人、赔钱两头都占，但是傻姑娘父母都觉得被侮辱够了，气够了，不肯再给机会，还放出话来，有本事去劫法场，我们这头现在只讲正义！

与杀人犯老尹和强奸犯高干子弟相比，王生的故事最平淡无奇。虽然一点都不刺激，但却是家庭和学校的活教材。那天参加公审公判大会的人中，几乎全都是学生。除了我们花荄中学，还有一中、二中和比邻的土镇中学、官斗中学。人民台前黑压压的全是人。在审判前的讲话中，一个领导特别提到了王生案，教育大家要树立正确的人生观、价值观，要五讲四美三热爱，要自觉地和一切淫秽邪恶做斗争，要提高警惕，不要被一些不良的社会现象蒙蔽了双眼，不要被诱惑、被腐蚀，因为那将是万劫不复的罪恶深渊，必将被社会所抛弃，遭到法律的严惩。同时，家庭和学校也要高度重视对学生的教育，对于有不良习惯的孩子，要及早发现，要严加教育，不能容忍，更不能放纵，否则，王生的今天，就是他们的明天。

除了三个名字被画上红叉的将押赴刑场的死犯，还有一大帮被判了有期和无期的人，他们和死犯相比，虽然也是五花大绑，但神态要轻松许多，有人还抬起头来张望下面的人群，寻找故交熟人。

当法官读到对王生的判决书时，大家的目光都投向我，他们要看我的反应。我努力让自己面无表情。

当法官用愤怒的充满正义的声音高呼出，将死刑犯押赴刑场执行枪决时,警笛声大起,整个会场就像炸开了的油锅。人们都跳上小板凳,踮起脚尖,看三个死犯像狗一样被拖离人民台,丢上卡车,押上刑场。

车子后面跟着奔跑的人群,他们要去看怎样炮打脑壳。我们学生早就被打了招呼,留在原地继续开会,有学生不老实,也想去看热闹,遭到老师的大声呵斥。

刑场在爱河的一片干河坝里,距离会场并不远,所以我们还开着会,刑场那头的消息很快就传了回来。三个死刑犯都补了枪,那个叫王生的命最长,挨了三颗子弹。

正开着会,有个老师挤向我,扯扯我的衣领。我在众目睽睽下跟在他身后,出了会场。

是弯刀找我,他关心地问我在学校的情况怎么样,校长有没有为难我,叮嘱我要合群,要搞好成绩,注意行为规范。他又问起打杵子的情况,我说我不知道,过年他都没回来。他问,有他的消息吗?我说没有。弯刀叹口气,摸出张字条递给我,说你看看吧,这是他写给你的。我以为字条是打杵子写给我的,但是一见那字,我就知道不是他,也不是袁路,而应该是他,王生——

致我从未谋面的朋友,我知道你不少故事,我喜欢你的善良和勤奋,我梦想与你相会畅谈……遗憾,只待来生。望你多加珍重,只管勇往直前,莫理会他人的偏见。须知两岸猿声啼不住,轻舟已过万重山。祝你勤奋再多三分,早日学有所成,五湖任你翱翔,四海随你驰骋。

见我看完，弯刀就要收回去，我只好递给他，没想到他竟撕扯成碎片，丢进一边的草丛里。

事先讲好的。弯刀看看散落在草丛中的碎纸片，说，别在乎这个，重要的是记在这里。他指指心窝，别辜负了他的最后一番好心。我点点头。本想问问袁路的下落，因为我听到了个传闻，说袁路喝"1605"死了。见有人叫弯刀，我就住了嘴。弯刀拍拍我的肩膀，说你回去吧。

我没有回我的座位，走了几步，我又折身回来，蹶在那片草丛里，将那些碎纸片捡起来，揣进口袋里。担心会有遗漏，我将草丛挨个又扒拉了一遍。

2

我以为拼起来会有多麻烦，就决定这个礼拜天不回家。没想到只一会儿我就拼好了。等到糨糊干得差不多了，蒙上白纸，将那些字小心地描摹下来，再压上一张复写纸，将字印写在几张厚纸上，裁剪去多余部分，做成几张书签，放在我的课本和复习资料里。

傍晚时分，同学们陆续返校。因为早饭和中午饭都没有吃，我饿得头发晕，正准备穿过田野去街上喝点儿烧稀饭。土镇的两个干部在秦村新任一把手米俊成的带领下，在校园门口拦下了我。他们问我去干什么，我说上街，他们说大家都在往教室里去，你咋上街呢？上街干什么？我说去喝稀饭。他们觉得奇怪，说这个时候去喝什么稀饭呢？我说花荌今天逢场，有的馆子稀饭煮多了，天气热，可能放不到明天就馊了，这个时候随便给点钱就可以喝个饱。

他们沉默了。

我看着米俊成。他是去年冬天才退伍复员的，本来是要进土镇纸厂的，土镇领导要他先把秦村的工作撑下来。自从被安排当了这个一把手之后，米俊成三天两头就往我们家跑，他不像别的干部总是一副板正的冷面孔，而是和颜悦色的，还会关心我们家的生产，叮嘱我要把心思放在学习上，千万不要因为这些事情影响了成绩。

我说，你们是来找我爸爸的吧，我没有见过他，他也没跟我有过任何联系。米俊成看着那两个土镇干部，等着他们下决定。你有没有收到你爸爸写给你的信？土镇干部问。没有，我说，他也不会写字。走吧，一起，米俊成说，我们也要上街。

他们没有让我去喝剩稀饭，而是带我一起进了馆子。他们点了凉拌耳叶、回锅肉、豆沙肚条和红烧鱼，还叫了啤酒。我让老板打干饭，米俊成说你先吃菜呀，我说我饿了，他说他们也饿了，中午饭都没有吃呢。原来他们一直守在学校门口，从早到晚，他们不知道从哪里得到的消息，认为我父亲会来看我，那就正好逮住他。

他们错了，我父亲一直没有跟我有过任何联系，他和打杵子一样，都杳无音信。

就在打杵子为了我父亲的事情四处奔走的时候，他在成都的老板突然来到秦村，带来了一个令人震惊的消息，他的老婆英子和隔壁一个皮鞋厂的工人一起失踪了，那个工人还偷走了一大笔现金。打杵子问,我女儿呢?厂长摊摊双手说,应该是和她妈妈一起走了吧。

打杵子跌坐在地上,抱着脑袋,过了一阵,抬头看着我父亲,说,我帮不了你了,我得去找她们。

打杵子走后的第三天,我父亲也离开了秦村,他带走了家中所有的钱,他给我母亲留下的话是,他要去帮打杵子找人。

据说他们在成都会了合,商量了一个往北,一个往南。是打杵子往南,还是我父亲往北?谁说得清楚呢?从始至终,我母亲都表现得很镇静。明眼人都晓得,我父亲肯定跟她有过一番仔细交代,他正好借这个帮打杵子寻人的机会,从那一堆麻烦当中脱逃。按照大河两岸的说法,他是去躲灾了,跑滩去了。

我一口气吃了三大碗米饭,给我舀饭的老板都笑了起来,说,你是周仓转世吗?几顿没吃了?我说昨天晚上吃过的。米俊成和那两个土镇干部正说着别的事,一听我这话都住了声,看着我。我打了个嗝儿,起身向他们道谢,说我该回去上晚自习了。

我正走着,身后传来一阵脚步声。是米俊成,他喊我等一下,他快步走过来,递给我一卷票子,说那是他们三个人凑的。莫要东想西想,好生念书。米俊成说,你正长身体,肚皮一定要吃饱。

开学以来,如何吃饱肚皮确实是件让我头疼的事。想我之前都是和老师一起排队在大窗口凭票打饭打菜的人,竟然会落到这种田地。如今我母亲只让我一个礼拜带六斤米,一天一斤，早上二两，中午和晚上各四两。菜是她给我做的豆豉，有霉味儿不说，还齁咸，装在敞口瓶里，一吃就是一个礼拜。如果油水像以往那样够的话，一个礼拜六斤米还勉强过得下去的，就因为肚子里没有油水，总是饥肠寡肚，越吃越饿，加上我不想周末回家面对我母亲那张焦愁的脸和无穷无尽的数落，这多出的一天，就只能在学校挨饿。

自从我父亲走后，我母亲就有了不想让我再去上学的心思。她总是唉声叹气，说那么多包产田地，她一个人又要带娃娃，还要经管家务，根本就莫办法。又拿我那些小学同学比，说某某担粪水跑得比大人还快，某某会耕牛还会耙田。我知道她在打启发，希望我辍学，但我就像没听见。她终于忍无可忍将我一顿臭骂，说我没良心，不晓得心疼父母，家里出了这么大的事，就晓得在学校鬼混。又尝试着跟我打商量，说我既然这么喜欢念书，而家里的情况又如此糟糕，是不是可以休学一年半载，等我父亲回来了再去念书。

我自然不会答应。

于是，我母亲就开始在我的生活上像个狠心肠的后娘一样克扣，她只准我一个礼拜带那么多米，吃她做的豆豉或者水腌菜，零花钱加上蒸饭的伙食费，一个礼拜从未超过两元。

其实这所谓的穷困潦倒，艰难度日，都是她制造出来的假象。她要我和她一起装穷扮可怜，似乎这样就不会有人追究我父亲了。但是我偏不听她的话，这让她对我又气又恨。我之所以跟她对着干，是因为我对她同样充满了怨恨——不知道在一个什么时间，她怀着极大的仇恨，将我搁在睡屋里的那些日记、书籍甚至作业本，全部丢进灶膛里烧了。当我质问她的时候，她冷笑着指着我的鼻子，警告我，家里的事情，你要再敢写到本子上，再敢在外头乱讲，我就死给你看！

我很明白，这一切都是父母的合谋。我知道我父亲离家外出时并没有带多少钱，钱都被我母亲藏在某处。如果我愿意，不出十分钟就可以将那些可能已经发霉发潮的钱掏出来，让它们重见天日。

过了一阵，米俊成给我送了一大口袋米来，说你要是大米吃腻了，可以拿去食堂换面条吃。我问他大米有多少斤，我得记下来，以后好还你。米俊成叹着气，这又不是我们一家子的，是咱们村几个干部给你凑的，你要真想还，那就把书念好，将来报效国家，建设家乡吧！

3

临近中考，绵城中学来了两个老师，动员成绩好的学生报考他们学校。绵城中学是大河两岸最有名的高级中学，创办于一九〇八年，前身是西北第二国民师范学校。据说只要进入他们的校门，就相当于一只脚踏进了清华和北大。我们毕业班的学生被集中在礼堂，听绵城中学的招生老师介绍他们学校的情况，随后他们还和各班的尖子生见了面。只是这个尖子生的名单里没有我。我预感到不对头。听说他们在校长办公室，我就去找他们。

在校长办公室门外，我听到校长正好提到我的名字。他说那个叫何山的，不出意外的话，可能还会高出你们的录取线好些分，只是我们学校方面不建议你们招收他……

我愣愣神，转头去了街上，拨通了弯刀的电话。弯刀说明天正好要去绵城，可以拐到学校门口带上我。

第二天，我比约定的时间提早了一个小时等在岔路口。弯刀问我是不是有些恨校长。我说我不明白他为什么要那样做，我真不知道我做错了什么，那么遭他的恨。我很伤心，流了泪水。

弯刀叹着气，说这是他的心结，都十多年了，他还是搁不下啊。弯刀说，他也一直觉得奇怪校长为什么那样对我，跟同事讲起这事，同事们告诉他一个关于校长的故事，他才明白原来一切皆事出有因。

十多年前，校长在北县一所学校主事，因为教学水平高，治校有方，被认为是教育界难得的人才。他的爱人，一位获得许多殊荣的英语老师，也同样深受学生爱戴。但是他们曾经无私帮助过的一个学生，却用残暴的手段摧毁了他们。那个学生因为家庭贫困，别说上学，连饭都吃不起。校长两口子认为这个娃儿成绩不错，聪明，不忍心看他辍学，就帮他缴了学杂费，还给他凑生活费。遇着家里煮好吃的，还请到家中做客。但这家伙却是个白眼狼，不，纯粹是个畜生。校长到爱城开会，他的爱人在办公室里批改作业，他们六岁的女儿在家害怕，下楼去找妈妈，恰好碰到那个男生。那个男生带她去玩儿，玩着玩着就起了歹心。他在校长家里强奸了那个小女孩，见她一直哭，害怕暴露，就掐死了她，然后装进校长的皮箱，塞在校长的衣柜里。孩子突然失踪，校长两口子发疯似的到处寻找。而那个小畜生也装模作样陪着抹眼泪，帮忙东找西找。终于找到了那个娃娃，校长的妻子当场就崩溃了，从此精神不正常，常年住在精神病院。前两年才死去。

你知道那个小畜生最后的下场是什么吗？弯刀问。

我说，坐牢。

案发时那个小畜生还不到十四岁，依照《中华人民共和国刑法》，不承担法律责任。弯刀说，出事七八年后，小畜生的父亲前来看望校长，向校长赔罪。校长不接受。小畜生的父亲跟校长说，我来找你不是祈求你的宽恕，我害病了，就快要死了，所以才来找你，是想跟你讲个事情，一命抵一命了，人死了，早埋了。校长向当年办案的警察说了这个事。于是我的同事带人去调查，找到了那个小畜生的坟。扒开一看，白骨一堆。问怎么回事。说是被活埋的，头脚倒置，因为他犯下了大逆不道的罪过。我的同事问都是谁下的手，无人肯讲，抓了几个回去调查，供出几个来，但是这几个人早就离世。

我听得背皮发凉。

弯刀看着我说，来之前，我还翻了翻那个案子的卷宗，说真的，你和那家伙的相貌还真有些挂像，而且你们的名字里头都有个"山"字。这可能是校长不待见你的原因吧。弯刀摇下车窗，凉风扑面，让人有些透不过气来。你也别往心里去，不要跟别人去计较，和他们遭受的不幸相比，你已经够幸福的了！

我终于还是问了袁路的情况，我说，听人说袁路喝"1605"死了，是真的吗？弯刀半天没吱声，都快到绵城中学了，远远地都看见校牌了，他才点点头，说，是的，"1605"，死了。

绵城中学在城郊的南山上,所以人们习惯上也把它称为南山中学。弯刀跟我讲,他当年考绵城中学,差三分,失之交臂。在学校门口,门卫拦住了我们的车子。弯刀亮出工作证。我们被请到了校长办公室。弯刀问,昨天到花荄中学招生的老师在吗?可否请出来说个事情。校长忙叫人去喊,过来一个,说另一个今天去了北县。弯刀跟那个招生老师和校长说,我们今天来主要是向你反映一个学生的情况。他指着我说,就是他,何山,昨天你在校长办公室已经听过这个孩子的名字了吧?

弯刀让我到外面去走走,去看看这个学校的环境咋样。环境当然好了,进门我就看见了林木成荫,楼宇成群,所有学生都穿着规整的校服,到处都是那么干净,不染一尘。

过一会儿,弯刀站在门口叫我。我快步过去,校长笑呵呵地跟我说,情况我们都知道了,你放心,只要你进得了录取线,我们一定欢迎。我说,听说考得好的,你们还免学杂费?

只要名列前茅,学杂费全免,在大河两岸,可是只有我们这个学校才有这个奖励政策啊。去年限额五十名,今年我们将放宽到一百名,另外还有适当的奖学金。怎么,你想争取?

我说,我就是冲这个来的。

能进入绵城中学的绝非等闲之辈。大家都很清楚到这个学校里来干什么。在这所学校里,你见不到拉帮结派,也见不到打锤斗殴。大家争分夺秒,一门心思扑在课本上的样子,谁见了都有紧迫感,都有放手一搏舍我其谁的冲动。学校还会抓住一切机会来制造这种时不我待的紧迫感。每个月都有一场考试，既有考试，就有排名，既有排名，就有奖励和惩处。

我显然是对自己过于自信了。我并没有高出录取线多少分，能够进入绵城中学，完全是依仗那次弯刀带我在校长跟前给他们留下了深刻的印象，如果不是校长叮嘱将我的名字从那么多上线学生中翻出来，第一时间录取，那么我极有可能被遗漏。

整个大河两岸的优秀学生基本上都会聚在绵城中学，不管我再怎么死记硬背，再怎么下功夫，每次考试，我的成绩都很难挤进前列。不过学校和老师还是给予我特别的关照，他们将我列入贫困生帮扶对象。绵城中学没有供学生自助蒸饭的大锅，它有三十多个舀饭窗口，每个窗口都有一位身穿白大褂头戴白帽的掌勺师傅。你递进去饭票菜票，他们递给你香喷喷的白米饭和油水丰盈的菜肴。他们不接受用大米白面换饭票菜票的做法，他们只收人民币。学校曾做过解释，说以前搞过尝试，只是那些大米和白面品质各不相同，出于质量和安全的考虑，他们建议家在农村的学生可以先把大米和白面拿到市场上去卖掉，然后拿着所得的人民币到伙食团窗口兑换票证。

说实在的，绵城中学提供的米饭、馒头、油条及各种菜肴，品质真是高出一般市面上所见。校长在大会上讲过，这个国家、这个民族的未来就全靠你们，我们会给你们最好的食物、最好的教育，但是你们要给我们国家和民族最好的成绩和最好的自己！

尽管有学校的贫困生帮扶资金,而且校长也格外开恩,解决了我的学杂费,我母亲也慷慨地将入学时每月十块钱的伙食费渐渐涨到了十五块、二十块,但我仍然每天都是饥肠辘辘的。这种饥饿不光是对大米饭和肉食的极度渴望,还有对异性的渴望。

"饥寒起盗心,饱暖思淫欲",这话我还在秦村小学的时候就听打杵子说起过,而且第一次听就理解了它。我不知道这饱一顿饥一顿的,我的身体为什么还这么肯长。夜深人静的时候,除了听见肚皮饿得叽里咕噜乱叫,我还听见骨节像玉米拔节似的声响。一米七五的个头,满脸的痤疮,胡髭清黑,阴毛乱蓬蓬的就像一团钢丝球。我知道男女间的那点事情都是怎么回事,但我不知道那点事情究竟都是怎么回事。我想知道,但我不可能有机会,我是那种一眼就可以看出来家境贫穷得糟糕透了的学生。

贫穷会被人视为一种可怕的传染病。我母亲曾经就打杵子的事儿讲过这样的话,穷人,莫要去惹,他晓得自己命贱,啥事都做得出来。更莫要走得太近,他们身上有不好的东西,比如懒惰、贪婪、馋渴……不然的话,他们也不会落那么穷。你走得太近,就会染上那东西。现在好了,别人看着我,是不是也会讲出那样的一番道理呢?就像她当初接触打杵子两口子一样,目的不过是为了赢取一个好心人的名声和满足自己的好奇心。

可是现在,我却遇不到一个像我母亲这样既有好心肠又有好奇心的人。大家都远离我,生怕我张口吞掉他们手中的鸡蛋似的,也有人明显地对我流露出讨嫌的态度,好像我不配与他们共存在这个胜境一般的校园里。我的出现让他们觉得大煞风景。有同学不无忧虑地跟我讲,你这样子往大学熬,是何苦呢?就算将来考上了,你又怎么熬得下去呢?对你来说,大学才是真正的苦难之地啊!

是的,别说在他们看来如此,我自己都觉得稍微出点儿差池就不可能在这里熬得下来。亏了米俊成,每个月月底他都会准时去我们家跟我母亲要我的生活费,然后给我邮寄过来。遇到我母亲不乐意或者装穷,他也会想办法先给我垫上。他曾经来学校看过我一回,鼓励我说,这是你改变自己命运的最好的方式,也是唯一机会。

如何使用那点生活费真是叫人头疼。我不敢把这点钱全拿来换成饭菜票,我还得预留上一点儿。因为我们的课代表们总是受领老师的旨意,一会儿要求统一购买这样的资料,一会儿必须购买那样的试卷。那种站在你面前伸着手,好像你慢一点掏腰包就会耽搁了他们多少时间的不耐烦的样子,真叫人鬼火乱冒。

年级号召给一个意外死亡的同学捐钱,班长扯着嗓门说,老师讲了,家庭贫困的同学就免了。他说这话的时候,大家都看着我。如果那是月末,我可能还真的只有算了,因为就算我再怎么硬性,也不可能拿得出来,那会儿口袋里唯一值钱的东西就是几张饭菜票。但是那天是月初。当登记本传到我跟前,我本来只想写两元,竟鬼使神差地写了"十元",随着十块钱摸出口袋,我在大家的惊奇中轻松一笑,就埋头看书去了。可是哪里还看得进去呢,我快速地盘算着口袋里还有多少钱,它们将支销何处。很显然,不管怎么盘算,哪怕是动用方程式和计算器，也永远会有一个巨大的窟窿眼摆在那里。我无法再在座位上清清静静地坐下去了，我去了厕所，狠狠地抽打了自己几个耳光，在心头千百遍地臭骂自己，刚刚干了件多么可笑多么愚蠢的事。从厕所出来，我没有进教室，我不想被人看见才挨耳光的脸有多红。

接下来，我倒没有继续在那个十元钱的窟窿眼里陷落。我在想那个意外死亡的同学，他的死亡与其说是意外，不如说是蹊跷。

那个同学姓洪，九班的人。"九"是极数，每个年级的九班，都是大家心之神往的地方，因为里头全是尖子生，进了九班就意味着你的胸口已经贴上了名牌大学的徽记，就意味着你将一飞冲天，一鸣惊人。因此，九班又被称为直升班、火箭班。九班的学生待遇与普通班大不一样，校长会定期跟他们开会，会为他们安排一些特别的活动，代表学校参加一些接待。而且，他们的住宿也不是一个房间几十个人，而是仿照大学的宿舍，一个房间只有八个人，房间里还有专门的厕所。

洪就死在厕所里。

学校对外的说法是洪深夜发病，到厕所呕吐，后来昏迷。等到第二天，上厕所的同学发现人已经死了。其实他真实的死因老早就传开了。因为学校以班为单位开紧急会，要求不传谣不信谣，以学校公布的消息为准，否则就是破坏学校声誉和形象。由此大家才在这个事件上噤若寒蝉，讳莫如深。

洪死于自缢，用的是不知道从哪里搞来的胸罩。他别住厕所门，脱了裤子开始打手铳。那个来历不明的胸罩，先前一定是在他手上,然后他把它扣在水管上,将脑袋挂进去。他可能是伴随着眩晕的高潮昏厥的。

半夜里同学上厕所,门不开,只好骂骂咧咧又回到床铺上。黎明时分,砸开厕所,发现他已冰凉。他那多病的父亲接受了因病死亡的说法。从此后,大河两岸的各级学校,宿舍里的厕所坚决不准上锁扣。

我在想,洪的那个弄死自己的胸罩是怎么得到的?如果肯有女人送胸罩给他,那么肯定也还送了他更隐秘、更珍贵的东西,比如爱情。

4

就在高考前一个月,我们正在教室里做试卷,这又是一次新的摸底考试。浏览了试卷,我感觉可以比上几次考得更好一些。我刚写上自己的名字,班主任就进来跟监考老师耳语了两句,因为他们的目光一直看着我,我觉得,我可能有事了。

米俊成把电话打到了校长办公室,告诉我家里出了急事,务必赶紧回家。因为电话是校长转述的,而他似乎没有细问,米俊成也可能没有多说。所以,家里究竟发生了什么事呢?我真的要赶紧回去吗?我懵懂地看着校长,就像是在等他给我拿主意。

赶紧回去吧,校长说。

我有些为难,因为马上就要大考了。而从近来的这一系列模拟、摸底和诊断考试来看,我的状况还很不错,如果保持得好，一定会有一所理想的学校在前面等着我。

还有什么比得上家里人重要呢？校长说。

我想，可能是我母亲病重，或者我弟弟溺水了。正胡思乱想，伙食团的人叫我，他们有车前往花荄拉大米，可以顺道将我送到土镇。上了车，伙食团的人跟我说，你娃要记得校长的好，我们本来是明天才去花荄的，校长喊我们今天就出发，目的就是为了送你。

到了家，我母亲好好的，正坐在门槛上削桃子吃。我弟弟拿着桃子往嘴里塞，红白的桃肉，黑乎乎的爪子，简直是鲜明的对比。那么脏的手，吃进肚子里不怕害病吗？我母亲怎么能容忍？

她正遭遇前所未有的悲伤，刚刚哭过，满脸的泪痕。一见我落屋，只望了我一眼，泪水便像泉水一样涌了出来。你爸爸不要我们了。她啜泣着说，他在外头安了家……你赶紧去把他找回来！

我母亲讲的，我当然听清楚了。但是这在我看来完全就是个笑话。我父亲到外头跑滩，然后在外头安了家？

咋个可能，我嘟哝道。

人都找上门了。我母亲生气了，抓起一只鞋子扔向我，还骂，打短命的，家都没得了你还笑！

我马上虎起脸，做出很严肃的样子看着她，但是心头还是忍不住想笑。我父亲，打石匠，远近有名的何师傅，秦村有名的道德模范，从来都是一副正直的仁义的面孔，他怎么可能在外头有女人。

然而事实摆在那里，尽管叫人难以置信。

几天前，一个模样实诚，打扮书气，看起来颇有点文墨的女人，抱着个小奶娃子，从土镇一路打听来到秦村。她先找到米俊成，跟他讲，她是何山的妻子，怀中的奶娃儿是跟何山生养的。半年前，何山突然不辞而别，她带着个奶娃无依无靠，只得按照何山之前讲过的这个老家的地址一路寻到这里。

　　米俊成吓得目瞪口呆。何山？你是何山的妻子？这是他的娃娃？短暂的惊诧之后，米俊成觉得这个女人可能搞错了。再一问，这个女人的确搞错了。当然责任并不在她，而在我父亲，他是用我的名字跟这个女人结识的。

　　女人姓万，重庆万县一个叫万家嘴的地方的人。我父亲在那里做石匠，在她家里暂住。女人是个回城知青，结过两回婚，过得都不好，发誓再也不找男人了。万认识我父亲一个月后就改变了以往的想法，因为在她看来，我父亲实在太优秀了。我父亲做事情工工整整，一丝不苟，他并不是沉默寡言，而是不喜欢像别的男人那样虚华浮夸，满嘴粗话。他说一是一，言语中肯中听，既文雅，还不失幽默。

　　万认为我父亲有大师风范，有大工匠派，他不光对身边的人是那般真诚实在，对自己手上的活儿是那样一丝不苟，连对手上的工具都是那般的充满敬意。你瞧他对那些錾子、锤子，干活之前恭恭敬敬地像请大人物一样从工具箱里请出来，做完活儿，认认真真地清理，抹得干干净净。万好奇地问他，这些玩意儿不就是工具吗？你这样做为啥呢？我父亲说没有它们的帮助，我就不可能吃上这碗饭，我必须好好对待它们，用这样的方式表达对它们的感谢和尊敬。

这么好的人，有家室吗？

曾经有。我父亲说，娶过一个知青老婆，年轻貌美，很有文化，而今父母平反昭雪了，当年的草鸡重新变回了凤凰，这日子就过不到一起了，就带着她的两个娃儿回了大城市。

这听起来很像个拙劣的故事，但在那时，在我们秦村，却流传甚广。一会儿说就发生在五道河，一阵子又说是温泉关的事。我父亲信手拈来的事，在一些细节上和万的某些遭遇有那么点契合。她当即就抹起了眼泪，为我父亲的悲惨不幸，也为自己曾经的遭遇哀伤。

万毫不隐讳地跟米俊成说，是她主动要求我父亲到她房间里睡瞌睡的。她说，你不幸，我也不幸，你晚黑儿睡觉脚冷，我晚黑儿睡觉脚也冷，今天晚黑儿我们就相互暖脚吧。

万刚进村委会办公室没一会儿，好奇的人们就尾随着她来了。米俊成起初还想这事关涉隐秘，想要关上门。万说没关系的，大家都是山的乡亲，都听一听我们的事吧，等等我还要请大家帮忙拿主意呢。她这么一讲，米俊成只能将大门敞开。不一会儿工夫，连窗口上都挤满了脑袋。后面的人听不见，就一个一个击鼓传花似的，将她的话往下传。

当她以极其平常的口气讲出邀请我父亲和她一起暖脚这番话时，大家在片刻的惊愕之后立即兴奋起来，一边以变调的声气感叹，这女人真是不要脸哟！一边又以极其哀伤的口吻悲悯起我的母亲来，哎呀，何师母这下可咋办哟？并且以极快的速度就这番不要脸的话进行添油加醋，使其变得更加不要脸，然后，就像一束束炸弹一样投掷到我的母亲跟前。

5

担心我母亲一时想不开做出什么事情来，几个好心的邻居主动要求留在我们家里陪伴她，她们拿各种言语宽慰她，给她递揩鼻涕抹眼泪的手帕，端茶送水，希望她看开一点，想着还有我和我弟弟。我母亲哭，她们陪着抹眼泪；我母亲长叹，她们短吁，这是历史悠久的秦村传统，无论是不可挽救的天灾、丧亡，还是人为的残暴和伤害，大家都会搁下一切是非成见，陪侍在受难者身边，共度艰难时光。

那位万县来的万姓女人在得知真相后，也陷入了哀伤。她没有流泪，也没有像我母亲那样对我父亲施以最难听的辱骂和最恶毒的诅咒。她显得通情达理和善解人意，说我父亲之所以这么做必然有他的难言之隐。而且她坚信我父亲是最深爱她的，因为他们曾经是那样的如胶似漆，恩爱情长。

万讲的每一句话都会及时得像拥有飞毛腿般的速度送抵我母亲，我母亲就像重遭一番轰炸似的，再一次翻江倒海地痛哭，万劫不复般地诅咒。

万坚持要来我们家，她说她是何家的媳妇，带着何家的子嗣，到了老何的家乡，自然是要进何家的大门。有人说，让她们两个见个面也好，当面把话讲清楚。米俊成立即识别出这句话的不安好心。

万被暂时安置在米俊成家里，然后，米俊成急匆匆地赶到我们家，跟我母亲商量这个事情该怎么处理最好。我母亲的处理方法很简单，也很粗暴。她要米俊成带上几个人将那臭不要脸的万姓女人狠狠地揍一顿,然后撵出秦村。米俊成严厉地批评了她,说你们可都是女人,咋不站在她的立场上去想想她有多可怜,带着碎娃儿,突然一下子就无依无靠了……

都是那砍脑壳的,挨炮火的,垫车轮子的,滚大崖的!他咋就这么坏哟,他咋干得出来这样伤天害理的事哟,他一定不得好死!我母亲又诅咒起来。

米俊成叹着气,跟我母亲说,你知道她是什么态度吗?

米俊成所说的"她"当然是指万。米俊成说,万其实也是受骗者,但是人家从始至终都没有骂过一个人,认为他之所以离开她可能也是因为迫不得已。而且她始终都在担心何师傅,担心他身体是否健康,是不是吃得好,睡眠咋样。我倒不是说你应该向人家学习,但你能不能理智一点,冷静一点,如果靠骂靠诅咒可以解决问题,那你就骂,你就诅咒好了!

米俊成说着站起身来,不耐烦地要离开。

把何山喊回来!我母亲说,喊他去把那个挨千刀的给我找回来!那个挨千刀的惹的祸,得由他来消灾!

何山马上就要高考了啊!

高考又咋个?家都要被人家霸占了,还考啥子?

米俊成心想,家里发生这么大的事,也理应让我知晓,虽然可能会有点影响,但又有什么办法呢。

我母亲态度坚决地要我必须去找我的父亲。我说还有一个月我就要考试了。我母亲说,那你就赶紧点!我说我哪里晓得他在哪里,我还得复习呀!我母亲再次哭起来,这一回的声气很大，悲伤得很彻底的样子。她边哭边骂，打短命的，养你这么大，一个家眼看就要散了，你咋跟你那个挨千刀的老子一样自私自利呢？考试考试，你就晓得考试，考上了又咋个？你连爹妈都不顾，就算是考上了，这个世上也不外乎是多个认字的畜生嘛！

米俊成站在一边干着急，可是又有什么办法呢，清官难断家务事。咳，如果真找不到的话，就赶紧回来，争取赶上高考吧。

我母亲关上门，要我弟弟滚上床去睡觉。我弟弟还想撒娇，我母亲早已失去了耐心，一耳矢抽在我弟弟脸上。我弟弟咧着嘴刚想哭，一见我母亲那凶狠的样子，吓得捂住脸，小嘴一瘪一瘪地进里屋睡觉去了。

我母亲坐在我对面，那严肃和慎重的样子像是要喊我开一桩婚姻大事。

这个事情我只有等没有外人了才能跟你说。我母亲讲话的神态以及言语拿捏的调子很像个经验老成的女干部。她说，我这当妈的并不是没有考虑到你高考的事，你回家之前我专门跟人打听的，高考也是可以复读的。

我母亲站起来，说，你跟我来。她带着我进到后屋，从鸡圈的灰堆里扒拉出个饼干盒子。饼干盒子鲜艳漂亮，嫦娥衣袂飘飘，头顶的明月如玉盘。我母亲拍拍饼干盒，它发出沉闷的声音。我母亲说，我有的是钱供你明年复读。

6

我母亲的一番话,让我觉得可能小瞧了她。

她说,本来有人提出是要出劳力帮忙去寻找你爸爸的,我们只需要管些盘缠。但是我咋个放心呢,这世间多的是看热闹和笑话的人,少的是真正帮忙的。别看他们嘴上讲得多实诚,巴心巴肝的样子,好像就算是上刀山下火海也要把你爸爸找回来,可扭头他们就不是这样子了。找一个地方躺一觉,反正有人出钱管吃管喝,再四处逛逛当旅游,反正有人支销路费。一番折腾下来,回家再讲讲这一路上的艰辛,我们世世代代就欠下人家的人情了。更有一点,他们找到你爸爸后,可能转头就会向人报告他的位置,等着来人抓他入牢坐班房,好去领赏钱。大娃啊,除了你,我是谁也信不过的!

你还小,等你长大点你就晓得了。我母亲双眼布满了血丝,满脸的焦愁和疲惫,两个眼袋肿得透亮,松垮垮的脸皮上尽是皱纹和黑褐的斑块。我的心头泛起一阵难受,觉得自己是应该好好地做点什么。我说,妈,我明天就去找他,老早就走。

我母亲有些感动,抓住我的手,想要将我拉入她的怀中,但她的手上并没有下多大劲儿,我的身体也分明不自觉地呈现出抵抗的姿态。

你光说一大早就走,晓得到哪里去找他吗?

我看着我母亲,她的神情告诉我,她手上有线索。

你得先去找到打杵子。我母亲说我父亲是打着去找英子母女的幌子出的门，所以打杵子多半晓得我父亲的下落。但是我到哪里去找打杵子呢？我母亲说打杵子每隔一阵子就会写信给村上的领导。自从换了米俊成，他写信就更勤了些。信的内容都一样，说如果桃回家了，一定记得通知他。我母亲递给我一张字条，上头写着打杵子留下的最新的地址和一个电话号码。

就要出发了，我母亲叮嘱我说，如果找到我父亲了，请他记得他们夫妻恩爱一场的情分，看在两个儿子的分上，早些落屋。如果他舍不得那个不要脸的女人生的那个娃儿，可以留在屋头，她会当成亲生的抚养。只要他肯保全这个家。说到这里，我母亲忍不住又哭起来。我心头一酸，也不住落泪，我伸开双手，拥住我的母亲，哽咽地说，我会把他找回来的。

我母亲就像一只风雨中飘摇的小船，终于泊岸似的，扑在我怀里，抽抽噎噎地哭起来，哭了好久，一边哭一边诉说自己命苦，养我们是多么不容易，跟我父亲吃了多少苦，没想到都快老了，还闹出这样的事情，叫她担惊受怕，也叫她脸皮丢尽。

听着听着，我就有些不耐烦了。她还在继续哭，叫我莫要怨恨我父亲，不管他做错多少事，他始终是我爸爸。终于哭够了，母亲离开了我的怀抱，抽抽搭搭地说，你找到他，先莫叫他回家，躲起来。

我不得不佩服我母亲的深思熟虑。只是自始至终她都没有叮嘱一句，要我注意身体，小心安全，只是叫我花钱省着点儿。

7

　　打杵子说，考学当然重要，但做一个有责任感的人更重要，只有对家庭负责任的人，对社会才有担当。这番话让我的不快和委屈瞬间消失，并立即觉得此番寻找父亲的行为具有一种自我挑战的光荣意义，而且我发誓要找到他，我的父亲，我要将他带回家，将这个迷失的丈夫，送入他妻子的怀抱。

　　只是打杵子并不知晓我父亲在哪里，因为他已经几年都没有见过他了，自然也无从联系。他沉默一阵后说，你去宜宾监狱看看吧，那个冷主任就关在里头。再过几天，就应该是冷主任的生日了，你爸爸每年都会在他的生日前后几天去给他送东西。我说了谢谢，就要挂电话。打杵子说你记一下我的地址，我刚在乐山落脚，三五个月不会走的，你愿意的话，就到我这里刹一脚。

　　我去了宜宾监狱，但没有见到冷主任。冷主任三个月前就被放出去了，他害了病，保外就医。我想我父亲一定是不晓得这个消息的，他肯定还会按时前来。

　　我每天从早到晚就守在监狱门口，揣着饼子和一大罐头瓶开水坐在那里，看我的辅导书，偶尔也做做练习题。监狱的管理干部好奇，来问我啥事情。跟我说，你这样子守株待兔不是个办法呀。你回家去吧，高考可是大事，耽搁不得。我打招呼下去，如果看见你爸爸来了，就立即叫他回家。

　　我又待了两天，这才离开。

接下来我该往何处去呢？我觉得应该回绵城，会不会有种可能，我父亲早就知晓冷主任被释放的消息了，此刻正坐在绵城冷主任家暄腾的沙发上，手里捧着香气四溢的茶水，向冷主任讲着歉意的话，透亮的玻璃茶几上摆着他赔罪的烟酒和补品。

那么红呢？红可能正坐在教室里，瞪着一双水汪汪亮晶晶的大眼睛，嘴角顶着红色铅笔头，专心致志地听着老师的新课。她还记得我吗？她还记得她送给我的那个芭比贝蒂吗？

我突然有些想桃。她怎么样了？谁知道呢。不过可以肯定的是，她一定不会像同龄人那样坐在教室里，她可能和那些差不多同龄的女娃儿一样，已经放了人户，或者身怀有孕也说不定。

从宜宾回绵城，可以途经乐山，但是要绕点儿路。我突然想见见打杵子。我的耳朵边一直是打杵子在电话那头欣喜的激动的声音，哎呀，是山啊，真的是山吗？我可以想象当我站在他面前，他所表现出的惊喜。他一定会倾其所有款待我，最好吃的东西，最好听的话语，要晓得这两样东西，他从来没有跟我吝啬过。还有尊重、鼓励和理解，他也对我很慷慨。而这一切是我现在最需要的。除他之外，我别想在这个世界上任何一处得到。

等我找到他时，他正躺在床上。别说递给我一杯热水，他连床都起不来——他被一群人揍了，受伤很严重。

那天他搁下我的电话后，感到莫名的哀伤和愁苦，一直以来，哀伤和愁苦从未离他左右，时时让他透不过气来。他知道彻底解决它们的办法，那就是带英子和桃回家。他也掌握了削弱它们的方法，那就是抽自己耳矢、痛哭和蒙头大睡，但这天的哀伤和愁苦就像汹涌的浪涛，完完全全地淹没了他。他像溺水者一样感到窒息，越沉越深。抽自己耳矢、痛哭和蒙头大睡根本不可能解决问题，他决定尝试另一个办法，喝一杯，让酒的烈焰来扑灭汹涌的哀伤和愁苦。

就我所知，打杵子的酒量并不大，几杯下肚就会让他像个红通通的火柴头。但这几天他却喝了很多。酒真是个好东西，他心头的哀伤和愁苦消散了，那些都快记不得的旧时光又暖烘烘地照在了他的身上，他也看见了花团锦簇的明天，明天，一个英俊的小伙子牵着桃的小手正笑盈盈地向他走来。他感到这个世界正向自己展现出从来没有过的美丽和温暖，为了表示感激，他向酒馆所有的食客敬酒散烟，他祝他们幸福，并向他们分享自己的快乐和喜悦。他说我老婆就要回来了，试问天底下的男人，哪一个会像我那样对她好？百依百顺，原谅她所有的过错，挣的钱一文不少地全拿给她花，她现在应该已经明白，这个世上谁是最珍贵的，谁是她最后的依靠。而我的女儿，她已经走在回家的路上了，她已经在门口了，她这不进门来了吗？

食客们前一秒钟还在为这个醉醺醺的家伙感到厌恶，下一秒钟就觉得这个酒鬼很有趣，很好玩。因为酒馆的门口真的就进来了一个漂亮的姑娘。大家哄笑起来，不怀好意地叫好。醉眼蒙眬的打杵子把那些取乐的哄笑和不怀好意的叫好统统当成了对他的道贺。他跌跌撞撞地走向那个姑娘，欣喜的泪水模糊了他的双眼，他伸出手，说，女儿啊，到爸爸这里来，让爸爸抱抱。那个姑娘被吓得连连后退。打杵子追过去，还拿钱给她，要她和自己一起回家。那个姑娘的家人和朋友闻讯赶来，他们将打杵子的举动当成是对姑娘的侮辱和侵害，他们要给这个可恶的不要脸的醉鬼以教训。食客们都说这个家伙是该好生收拾收拾了，借酒发疯，要搁在以前"严打"的时候，肯定是炮打脑壳！

在医院躺了几天后，因为没钱，医生再不肯下药。打杵子被好心人送回他租住的房子里。房东每天会来看他一两次，给他送点儿水和吃的，然后问他后事咋个处理，如果死了通知谁来收尸，骨灰又送往哪里。

如果换成别个，早把他赶出去了。见到我，房东松了口气，这下好了，总算来人了，哎，走之前记得把房租结了啊。

我说好。

打杵子被伤得很厉害，他都没办法说出一句完整的话，一张脸肿得像煮过火的猪头。我要把他往医院送，他不肯。我说我有钱他也不干，我说你要死了，桃回来咋个办？

一个礼拜后，打杵子可以下地了，我要带他回秦村，他不肯，他说除非桃她们回来。我说你守在这里，桃就会回来吗？她们是不是就在这某个地方？你有她们的消息了？

拐走英子和桃的是个江苏人。江苏人原本是要带着英子母女回江苏，也干做皮鞋的活儿，因为他们三个都有做皮鞋的手艺，招几个学徒，肯定不少赚。英子说，咱们终于走出来了，马上就要开始新生活了，庆贺庆贺吧。江苏人一高兴，就把酒喝大了，等到醒来，除了一身衣裳，英子什么也没给他留下。

旅馆老板报了警，没盘问几句，江苏人就露了马脚。

打杵子在成都拘留所见到了江苏人。

英子原来确实是想好好跟江苏人过日子的，她说只要你对我和我女儿好，别说开皮鞋店当老板娘，你就是让我跟你当个贼婆娘，我也愿意。但是这个家伙早就没安好心，他吃着碗里看着锅里，悄悄打起了桃的主意。

走在半路上，桃就跟她妈妈讲，叔叔给我拿钱。英子说好啊，他给你拿钱你就揣着呗，想吃个啥就可以买个啥呀。过了一天，桃又跟她妈妈说，叔叔又给我拿钱了。英子说，才给你拿了钱，又给你拿钱，这说明他喜欢你啊。英子见桃不高兴，问她怎么了，有人拿钱给你花，你咋个还不高兴呢？桃说，你以为他是白给我拿钱吗？桃涨红了脸，又羞又恼，讲不下去了。英子愣了愣，明白咋回事了，她把桃搂在怀里，说你莫讲了，妈妈晓得该咋个办了。

然后，英子就摆了那顿酒席。

打杵子听了气得搥胸顿足，要跟江苏人泼死泼命。警察拖住他，说当务之急，你还是去找你女儿吧，早点把她找回来！

打杵子心想，江苏人伤了英子的心，也应该叫她更加看透外头那些男人的丑恶，她多半在外头转转，很快就会回来。回秦村还是回成都呢？凭他对英子的了解，她厌恶秦村，可能会回成都。于是，打杵子就在成都等着。

皮鞋厂老板觉得打杵子这样不是个办法，说你还是去外头找找吧，成都这个地方，由我们帮你过问着，你定期打电话给我们，只要看见她们一点人影，我们就一定给你牢牢抓住，等你回来领人。

这时，我父亲也从秦村赶来了，说就算把脚底板子跑烂，也要帮打杵子把人找回来。

两个人拿着英子和桃的照片，从车站到码头，逢人就请人家看，见过没有？几时见过？哪里见过？然后根据得到的蛛丝马迹四处去寻找。开头那一两年，我父亲还会定期往成都的那个鞋厂老板那里打电话，请他帮忙给打杵子通报他的寻找情况和下一步的打算，后来我父亲打电话的次数越来越少，渐渐地失去了音信。而这个时候，打杵子的寻找也从原来紧跟线索，渐渐地变成了靠着梦境的提示和完全凭感觉。

在过去的秦村，大家对梦境历来都是很重视的。梦没做好的那一天，一家人紧闭房门，管他外头发生了什么事，那是绝对不会出去的。大到说女人看人户，小到出门是往南还是往北，锅里煮干还是煮稀，全都依赖梦的指引。但这一切都是秦村人的旧时传统，后来大集体，梦做得再不好也得出门去上工分，否则一家人年底就只有饿肚皮，至于出门往东还是往西，这得听干部的，至于煮干还是煮稀，得取决于米缸子。包产到户后，日子过得不像以往那样紧迫了，这种传统又有了些回归的趋势，比如在选择赶场时间上头和采买什么东西方面，或者出门的方向，提醒自己和家里人应该特别注重和警惕什么……打杵子是没有这种传统的。记得他还时常以此取笑大家，说一个梦就把你们吓成了这个屁样子。

据我所知，依靠梦境指引生活和人生，需要有一个完善的解梦理论和实践系统，不同的梦有不同的预示，你光晓得梦见大树倒了预兆着死人，可你知道会死哪里人吗？死什么人吗？这就得根据做梦的时间、树的颜色、树的品种、倒的方式——是砍倒的还是风吹倒的，是无声的倒还是轰然有声的倒，还有倒的方向，等等，诸多条件搁在一起，一番理论分析后，才可能得出最佳的提示，才可对你的生活和人生有用。那么打杵子是怎么做的呢？他的梦境里出现得最多的就是桃，他也只对桃出现的梦境重视。桃在梦里讲的什么话，穿的什么衣服，身处的环境，身边都有什么人，这一切就是他解梦的依据，并由此得出他将前往何处寻找的指引。比如梦里桃唱歌，唱的是天安门上太阳升，那么就预示着桃可能在北京。如果梦里桃正在吃大白兔奶糖，那么她就可能会在上海。如果桃在一条破烂的街道上，那么她就可能栖身在某个偏僻的小镇。如果桃身边的人讲的是河南话，那么她就可能身在河南……

只是在桃身边说话的人，总有你。打杵子说，我的梦里你们总是在一起的，我梦见你们小的时候，梦见你们长大了，还梦见你们老了的样子。

打杵子的话让我不好意思起来。我本来想告诉他，就我所知，活人出现在梦境，不管他们说了什么，做了什么，对指引生活来说，并无多大意义。依照传统，只有死人出现的梦境，才有预示未来、指引生活的功能。事实上似乎也确实如此，在东奔西跑寻找这些年后，打杵子觉得所谓的梦的指引就像他当年取笑的一样，完全没有作用，还不如靠着自己的感觉来得更可靠一些。所以，现在打杵子完全是凭着感觉找人了。他感觉到英子母女可能在某个地方，就前往那个地方。只是他除了感觉英子母女在那个地方外，还得考虑那个地方好不好挣钱，否则，他就算某一天强烈地感觉到英子母女在某个地方也无力前往。

我说还是回秦村吧,你这样搞,拼死拼活挣几个钱,全部浪费在了车轮上。我说浪费你不介意吧?不是浪费又是什么呢?你应该清楚,梦境和感觉都是不靠谱的东西,这使得你的寻找又忙碌又可笑,何苦呢?

其实我讲的这番话远没有桥说得好,远没有桥说得生动和实际。他是认认真真花了大半个晚上来规劝打杵子的,叫他放弃寻找,因为那毫无意义,因为英子母女似乎并不是受了蒙骗和拐卖,而是主动离开他的,讲得更无情一点,是觉得跟着他过不下去了,逃离他的!都这样了,你找她们还有什么意义呢?桥摊着两手,你还不如放弃寻人的这个想法。你只要放下,就柳暗花明,大路朝东了!你要不放下来,你就没办法开始你新的人生,只会像条四蹄深陷淤泥里的老牛,原地不动地惨死在那里。

其实这样挺好的。打杵子笑笑,他的眼睛虽然还没有完全睁开,眼球上像着了火似的布满了血丝,但看得出来,它们和以往一样,清晰地流露着对我的尊重、理解和欢喜。

有个事,他说。

我看着他。

桃早晚有一天会回来,她会回来看你!打杵子说。

这话来得实在有些突然,我有些慌张、羞愧和难为情。我尴尬地笑笑,咋会呢?看我?我有啥好看的呢?开啥玩笑哟!

会,她会。打杵子肯定地点点头,说,到时候你一定要跟她讲讲,我一直都在找她,一直找,一直找不见,但一直都在找。

第七章

1

打杵子半夜里就像深陷噩梦似的又喊又叫，两手两脚使劲扑打床铺，可把我吓得够呛。

不，不，你必须去，去！他大叫着。

我开了灯，他已经安静下来了，满头大汗，呼呼喘息。我做噩梦了，他不好意思地笑笑，指着一边的水瓶，你给我倒点水。

喝了水，他就要下床，要送我走。必须现在就离开。这么晚了，他这是要我到哪里去？见他跌跌撞撞的样子，我怀疑他是不是病又恼火了，神志不清？他在发高烧，就像是失去了方向感似的撞在墙上，砰砰响，差点儿跌倒。我忙扶他在床沿上坐下，发现他浑身就像着了火一般。他坐在床沿上稳稳神，定定地看着我，你必须得回去，现在就走，回去考试！

打杵子坚持要送我去车站，他对发烧满不在乎，说出去吹吹凉风就好了。于是我们出了门。街上空无一人，我们没有表，我们都不知道现在是什么时间。打杵子身体很不好，我们走走停停，他不时要扶着路灯杆歇一会儿，或者在马路牙子上坐一阵子。我劝他回去，他不肯，他要把我送到车站。他一再叮嘱我，不要绕弯了，直接回去学习，直接去考试，就算老天垮下来，也要等你考完试再说！

到了车站，一看鼓楼上的钟，才三点过一点。

起倒夜了。打杵子说，不过也好，就不急了嘛。

我们在车站前一家商店的门口坐下，那里有屋檐，遮得住露气。还有三个流浪汉也躺在这里，他们身下铺着的是草席和报纸。我们什么都没有。唯一讨嫌的就是蚊虫太多，等发现疼了，一巴掌下去满手鲜血。这个地方是这样的，靠江，挨水，最爱滋生蚊子。一个流浪汉坐起来，抓挠着身子，嘟哝说，你们赶车吗？他睁着惺忪的眼睛，捋起衣袖看手上的表，你们来早了啊，这才几点呢？

起倒夜了，打杵子说。

听老哥的口音不像是本地人啊，这么早赶车肯定是急事。流浪汉说。

爱城人。打杵子说，送侄娃子回去考试……

他们开始有一搭没一搭地闲聊起来。打杵子倚在墙角里，看出了他冷，那个流浪汉将一团棉被单子递给他。打杵子要将棉被单子给我，让我眯一觉。你回去就有一场大战，可得休息好！他说。我不肯要，但我实在太困了。不过我不想挨着流浪汉太近，他们身上有一股难闻的腐臭味儿。我站起来往外走了两步，坐下来闭上眼睛，两手不空地这里拍一巴掌那里抓挠几把。

小伙子嫌弃我们啊！流浪汉说，你还是坐过来吧，多几个人喂蚊子，你一个人也少挨两口嘛。

我当没听见，装作快睡着的样子。

那个流浪汉跟打杵子讲，这阵子稍微还清静，人不多，等到学生们考试结束了，这个地方就迎来了旅游旺季，到处都是人，人一多挣钱就容易，不管是捡啤酒瓶儿还是帮人带路，一天下来轻轻松松就可以挣到十几块钱。我听老哥你说出来找人，找谁？咋回事？

听打杵子讲完，那个流浪汉唏嘘一阵，要打杵子拿了照片出来看。天光昏暗看不清楚，那个流浪汉叫醒另外两个，问他们打火机呢。几颗脑袋凑在一团昏红的火光中，传看着那几张小小的照片。然后他们不无遗憾地说，虽说他们去过不少地方，但对这照片上的相貌确实没有什么印象。

可能见到真人了，一下子就对上了。那个流浪汉说，你不要去找什么活儿干了，也别住那么僻静的地方。你如果是诚心找人，就专心致志地去找人吧。挣啥钱呀？耽搁时间！搬到这里来，你只管睁开两只眼睛，一天见到的人，就比你过去一个月见到的人还多！

见打杵子犹豫，那个流浪汉说，你是不是嫌弃我们这样不好看？实话跟你讲，这可是时下最时髦的的生活！去年我们在西安，有几个外国人，那么书气，也跑来跟我们滚这个烂被窝。他们说，在他们那个地方流浪可是一件非常流行的事，是勇敢者才敢有的生活。他们觉得人就是那么回事儿，吃进肚腹的食物，看在眼中的人和事，脚下走的道路，除此外，还有啥是自己的呢？

打杆子稳稳当当地坐在那里，掩着流浪汉的破棉被单子，还接过来人家递给他的烟，火光映着他那透亮的眼睛，我想我大可不必再为他担忧了。

这时候另一个流浪汉趁热打铁般地讲了一番话，他说这是个概率问题，假如前提是你需要见够五千万人，找遍五百个地方才能够找到她们，那么问题来了，按照你现在的找法，你一年只能见够两百万人，找遍二十个地方，你需要找多少年？那么你始终在人口密集的地方，尽量去更多的地方，比方像我们这个样子，你一年可以见够一千万人，去一百个地方，答案又是什么呢？要不要把你的那个小伙计叫醒，让他帮你算算。

打杆子赶紧摆手，叫别打扰我。

远处的街道传来哗哗声响，扫大街的出来了。天开始见亮，蚊虫也渐渐少了，少了蚊虫的滋扰，我竟沉沉地睡着了。等到醒来，我不由得一惊。因为我面前坐着四个人，都张望着我。打杆子手里拎着一袋包子，而在他身边是那三个流浪汉。快吃吧，热的，打杆子将包子递给我，吃完就上车。他又将一张车票递给我。

我说，你咋样？还发烧吗？

打杆子摸摸额头，笑笑说，好像不咋烧了。

你放心回去考试吧，他呢，有我们照看着。你可一定要考上，将来当个大官儿。我们犯了死罪，你朱笔一批，给个死缓就成了！那个流浪汉打着哈哈。

我看着打杆子，你要跟他们去？

打杆子笑笑，我挨凶了，一时半会儿也恢复不过来，莫办法像过去那样干活挣钱了，就跟着他们去呗。

本来想把你也动员上的，你这个叔伯说你是个当官的料，也不耽搁你的锦绣前程了，快走吧，再不走，我们就要把你留下来啊！那个流浪汉推了我一把，看似开玩笑，我却感受到他下手的力道可不小，我脚下一个趔趄，站稳脚跟，有些愤怒地瞪着他。

在进站口，打杵子从口袋里摸出一只手表递给我，这应该就是刚才那个流浪汉手腕上的那只。我跟他买的，以后慢慢还他钱。打杵子说，我觉得你需要这个。

我接受了它，把它捏在手里。的确，我是需要它，我要知道现在是几点钟，赶到爱城将是几时。我捋起衣襟，往手表上啐了点口水，细细地将它擦了一遍。银色的手表锃亮，还那么新。我将它戴在手腕上，手上顿时沉甸甸的。我晃晃手腕，就像不光自己的手腕，就连人生也拥有了分量。

我推开窗户，银色的手表在晨光中晃动，就像一抹耀眼的日光。

好东西呢。我的邻座说。

我看着他。

他指着我的手腕，表，英纳格呢。

我笑笑，清风习习。车子启动了，风太大。我将窗户关小了点儿，那抹阳光再次闪耀。我将双手抱在胸前，那抹日光仍旧明明亮亮地在眼前晃动着。一低头，我就可以看见这个世界的准确时间。英纳格，一个很好听的外国名字。这个外国名字证明了它的血统和暂时无法确定的价格。我在那抹晃动的明亮的光亮中胡思乱想，那个流浪汉是怎么得到这样贵重的手表的？打杵子又是以什么样的价格得到它的？我想，邻座大概马上就会忍不住问我，卖吗？我亮出手表问他，这个吗？他说，对，卖吗？然后他开出一个大价钱。我需要钱，因为我身上没有几个钱了，这两个钱不知道能不能撑过三天考试。但我并不为邻座开出的大价钱所动，我的确是太需要一块手表了，我需要这个世界为我提供一个准确的时间，以便于我可以将自己的肉身和灵魂搁置在那个精确的位置上。

2

考点并不在我们学校，而是设在绵城机关小学里。这是这么些年来我第一次进入市中区。

为了更好地利用时间，老师希望大家都住在宾馆里，伙食统一，以确保大家吃好休息好，以饱满精神迎接大考。登记到我跟前，我说我不住宾馆。老师说，你还是住吧，你缺课这么久了，抓紧时间把课本都遛一遍，跟同学们集中一起也好相互学习，而且宾馆距离考点非常近，出门就几百米。我笑笑说，谢谢老师，不用了。老师看着我手腕上那刚刚用牙膏擦洗了一遍的崭新锃亮的手表，笑着说，我还以为你是为钱考虑呢，你住哪里啊？我说我住亲戚家里。

我又怎么不是为钱考虑呢？我口袋里的两个钱只能让我有两个选择，回学校或者住小旅馆。回学校住，虽然远点，要转好几趟车，会耽误很多时间，可是能为我节省下住宿费，我可以在这三天的时间里每顿都吃饱肚皮。但是现在，时间对于我来说却是更宝贵的东西。选一家价格便宜的偏僻幽静的小旅馆，可以让我免受饿饭之苦，也可以有充足的时间看书学习，如果我愿意，我还可以利用一点时间去找找冷主任，万一他知晓我父亲的下落呢，我也好等考完试将我父亲的消息带回给我母亲。

我住的小旅馆在一家巷子最深处，出巷子拐几条街道就是我的考点。这家小旅馆叫"惠安旅店"，价格确实低廉，但是并不安静。可能就是因为它偏僻得近乎隐蔽，所以这些入住者们个个都不像是正经人。在这一群住客中，有两个假药贩子，一个扒手，两个做"金圆券"的骗子，还有一个脂粉很厚的长发女人。长发女人住在我的隔壁，男人们从她房中进进出出，他们的呻唤声夸张得像是炫耀。

我必须要换房间。我跟老板说了我选择入住这里的原因。老板是个好心人，说你住那间是最好的，你等一下，我帮你打个招呼。他叫住那个女人，细细，你莫假叫唤，喊跟你办事的人把嘴巴也闭紧点，莫要影响学生娃休息。他还戳了扒手一指头，那家伙正瞟着我手上的英纳格手表，老板说，这是个学生娃，表是借来考大学用的。

只一天时间，大家就和我熟识了，以各种方式表达着他们的好意。刚刚做成功一桩"金圆券"生意的骗子给我送了些水果。假药贩子送给我一瓶根据他祖传秘方自制的药水，声称可以消暑，对蚊虫叮咬也有奇效。两个扒手为了庆贺再一次成功逃脱，买了卤肉和啤酒，邀请我和他们喝一杯。劳逸结合嘛，放松放松，他们说。老板拿了个碗来，将那些卤鸡爪卤猪头肉一样给我扒拉了点儿，将碗塞给我，进屋去吃，莫要听他们的鬼话，要考试，哪里能喝酒哟，得时刻保持头脑清醒！那叫细细的女人给我的东西最多，糖果、水果、饼干。她挤眉弄眼地跟我说，好生考哟，大学生，等到考完我好生犒劳你！老板说，人家看得上你？尽做春梦！细细说，白送又不花一分钱，未必然他还嫌塞牙呀。老板说，你讲真的？细细哧哧笑，当然讲真的喽，我还没尝过大学生是啥味道呢。老板往地上啐了一口，笑骂道，真是人不要脸鬼都害怕！我一张脸滚烫，就像快熟了。老板将开水瓶递到我手上，莫听她的，好生考，考上名牌大学了，啥样的都有，还瞧得上她？

我尝试着去找了冷主任，他原来不是建设局的嘛，那么我就去建设局看看吧。到了建设局，一问三不知。令人惊喜的是当年红带我买糖的那个副食店竟然还开着，只是换了老板，而且店面也装修一新，里头的货品比原来也多了许多。

我在街头漫无目的地走了一阵，看看手表，时间不早了，我得赶回去吃点东西，再翻翻资料，强迫自己入睡，迎接明天的考试。明天是最后一天，历史和地理，这两科都是我的优势。

我去得很早，本来成竹在胸，却成了一脑子的乱麻，因为我看见了红。时隔这些年，我还是一眼就认出来了，那是她，可以确定那就是她。她的神情很冷漠，不像我们这些考生既兴奋又紧张。她之所以引起我的注意是因为她的手臂上戴着一圈黑纱。

一阵激动之后，我快步追上她，喂，请问你是红吗？她看着我，怎么了？她并没有立即认出我来。但是片刻之后她的眼神就告诉我，她知道我是谁了。当我激动地告诉她我是山时，没想到她却摇摇头说对不起，我不认识你。我说我是山啊,秦村的。她冷冰冰地打断我的话,对不起,我不认识你!然后快步走开了。

我呆呆地站在那里,看着她的背影。

她撒了谎,她的神情分明表示她认识我的,她知道我是山,她只是不想承认。为什么会这样呢?她臂上的黑纱为谁而戴?是她父亲不在了吗?如果她父亲不在了,我父亲会去吊唁吗?

我强迫自己专心致志,要将自己像刀子一样切入试卷中,可这根本不可能。我就像掉进蛛网中的虫子,悬浮在那个闷热的考场里。

考试结束的铃声敲响,试卷还没答完我就飞奔出教室,以最快的速度跑到校门口。我想再见到她,就算她继续装作不认识我,我也要死乞白赖地尾随在她的身后,问她是否见到过我的父亲。

但我没有见到她。

我溜达遍了整个考点,挨个看张贴在考场上的考生名字,也没有找到"冷红"。她换了名字,可能不再叫"红"了。

下午我早早地守候在校门口,还是没有看见她。下午的状态还不错,之前背的知识点似乎都蒙准了。我已经对见到红不抱希望了,却发现她就站在早上我见到她的那个位置上。她虽没有四处张望,但很明显是在等我。我走向她。她看了我一眼。我说红,我是山。她说你考得咋样。我说不太好。她说你找我什么事。我说我想问你看见过我爸爸没有。她说我怎么会看见他呢。我说你爸爸生日的时候,我爸爸每年都会去见他的。红说那你得问我爸爸见到过他没有。我说那就让我问问他吧。红说行,我带你去见他。

红带我上了公交车,换了几趟车,我们出了城。我们虽然坐在一起,却并无交谈。我想跟她说话,但是她却始终望着车窗外,也始终面无表情。

我们下了车,开始步行,我纳闷,她的家咋住这么远啊。前头的岔路口出现个指路牌,上头写着"绵城殡仪馆",我有些明白咋回事了。看她,她还是面无表情。

这是我有生以来第一次进到殡仪馆里。我紧跟着红,倒不是害怕,而是对这个地方陌生,生怕一不留神就走丢了,把自己掉进某个深不可测的缝隙里。而且我觉得在这样一个地方,应该紧紧地随在红的身边。

我们进了停尸间,有个师傅认得她,问,考完了?红应着声,摸出张纸递给那个师傅。师傅随手递给另外一个人,继续问红,你还要不要再看看他?红说不用了。师傅说,你先在这里等着。

师傅推着一辆车出来,上头躺着一具尸体,盖着白布单子。红走过去,握住那尸体的一只手,护送在车旁,一起向火化车间走去。

行了,你就在这里吧。师傅说。

红握住那只手不肯松开。师傅叹着气,娃儿,松手吧,时间不早了。

红松开手,哇的一声大哭起来。她跪在地上,双手撑在地上,号啕不止。我站在她的身旁,不知该怎么办是好,我想扶她起来,可是又觉得她似乎应该继续跪着。那么我呢,我也在她身边跪了下来。

过了一阵，师傅出来了，将我们扶起来，说，你们去外面等着吧。

红停止了哭泣，她摸出一把零碎的票子，埋头在角落里细数了一遍，来到服务部，递上票子，指着一个骨灰盒。然后在人家的指点下来到一个窗口前，那里有几个人正在将一个白铁皮撮箕里的骨灰往口袋里装殓。

我爸爸跟我说了很多话，他从来没有提到过你爸爸去看过他。红说，每年我爸爸过生日我们都会去陪他，我们也一直没有见到过你爸爸。

我说，你妈妈呢？

她在医院里。

我说，她生病了吗？我可以去看看她吗？

红摇摇头，不用，她很好。

窗口探出个脑袋，用含混不清的声音喊道，冷华的家属。接着，递出一只铁皮撮箕，里头盛放着骨灰。我也是第一次看见骨灰并不全是灰，而是有许多大大小小的块状的骨殖。我上前牵着口袋，红端着撮箕，学刚才那几个人的样子，将骨灰倒进口袋。

骨灰滚烫。

红的眼泪又出来了，她咬着嘴唇，抬起衣袖揩了一把。她没有哭出声，只是泪水流淌得很厉害。

我们上了车，见红抱着骨灰盒，车上的人纷纷让开。一个老头站起身，扯扯红的衣襟，指着座位，让她坐着。红说了声谢谢，坐下，紧紧地将骨灰盒搂在怀中。她望着窗外，泪水无声地流淌。

车进了城，又该换乘公交了。我要跟着红，她摇头说，你别跟来了，你走吧。

我只好不动。

谢谢你。说着，红上了车。9路车，起点南山公交站，终点绵城师范，当中有三十多个站名，红会在哪里下呢？

我知道，如果我坚持一点，红会让我陪在她身边的，她可能从来没有像现在这样需要有个人在身边。如果我想要找到她，也不是一件很困难的事，我们这个考点的考生来自三个学校，打听一个人，也费不了多少时间和精力，况且，她臂上的那圈黑纱就等于是个标记了。

只是，我为什么去陪她呢？我找到她又能做什么呢？她的球鞋都洗白发毛了，都什么天气了，她还穿那么厚。她数那把零碎的票子的时候，指头不住地哆嗦，我的心也随之颤抖。我担心钱不够。当然，我的担心是多余的，她早瞧好了价钱，也早做好了准备。

公交车摇摇晃晃远去。我们还会相见的。我们不会是对方生命中的匆匆过客，我们还会走到一起。我们是一片土地上的两棵树，随着我们的生长，我们的根须终究会盘结在一起，我们的树叶也会飘落在一起，有意无意都是天意，是我们的宿命。我觉得红和我一样，我们对此都很清楚。

3

回到旅馆已经很晚了，大家还都坐在院子里看电视。考得咋样？老板问我。我说还行吧。还行，不能是还行哟，你可一定要高中状元啊！老板见我神情不好，关心地问咋了，烤焦了？

我说不是。

细细说连考三天肯定累坏了嘛。

扒手说人家都累成这个样子了，你还想打人家主意。

细细说累着了就正好放松放松嘛。

细细今天显得与往日大不同，穿着不暴露，脸上也没有擦那么厚的脂粉，平平常常，就像邻家的大姐。我要上楼去，老板叫着我，莫忙，先把饭吃了。我说不想吃。老板说那咋行，大家都等你半晚上了，一番心意，你怎么能不领情呢？假药贩子说这个事情我们都计划一两天了，每个人都掏了腰包的，为的是向你表表心意，恭喜，祝贺！我看着大家，大家都笑眯眯地看着我。老板说，都还站着干啥呢？搬桌子嘛，端菜拿酒嘛。

秦村的小碎娃儿还不会走路，就会先学会了喝酒。这是因为大人们在喝酒的时候总喜欢拿筷子头蘸了酒往娃儿嘴里送，为的是欣赏碎娃儿那古怪的表情，好逗弄大家开怀大笑。久而久之，碎娃儿也就习惯了酒的辣味，而且还咂摸出了滋味，一筷子喂进嘴里，会吧唧小嘴，一副意犹未尽的样子。而且大人们总爱讲一句话，"不让娃儿学会喝酒，他长大了就不会给你买酒喝"。所以，尽管我从未认认真真地在席桌上喝过酒，而这天晚上也是第一次正正经经地端起杯子，但我就像相逢知己一样立即就喜欢上了它，还表现出了让他们惊叹的好酒量。

先是白酒，然后啤酒。

我接受大家的恭贺，也端起杯子向他们表示敬谢。秦村有句老话，"兔子是狗撵出来的，话是酒撵出来的"，还真没错，这天晚上我讲的话的体量，远远超过了过去小半年。我讲到我父亲跑滩的事，讲了他和那个万姓女人的事，讲了我被迫中断复习出来寻找我父亲的事，讲了下午和红一起去殡仪馆的事，记得我说，总有一天，我会去找她的，她也等着我去找。我们是一条河流中的两条船，现在我们错过了，看起来越走越远，其实越走越近。因为这条河流，它是个环形。都还讲了什么呢？我不记得了。我依稀记得我哭了，好像是为了红，又好像不是，但确凿的是吐了。

当我醒来，我正躺在床上，太阳晃得眼睛都睁不开。细细推门进来说，哟，醒啦！

我见她盯着我忍不住想笑的样子，觉得诧异。垂眼一看，发现自己赤身裸体，不着一纱。我慌忙扯了被子盖住自己，细细咻咻地笑，说，不嫌热吗？

我两眼四处搜寻我的衣裤。细细说，在外头晾着呢。她在床沿上坐下，拿起床头一杯水递向我，我摇摇头，她捧起杯子小口小口地啜着水，那书气的样子倒像是在品酒。我看见她手腕上亮晶晶的，那是我的英纳格。她晃晃手腕上的表，你送我的，我不要，你非得送，说是给我的定情之物。你还说一定要娶了我呢！怎么？不记得了？她吃惊地看着我。

我目光慌乱地看着她，我的确不记得了。只是经她一提说，似乎还真有那么回事。因为热，因为窘迫和羞愧，我浑身大汗淋漓。

后悔了？想要回去吗？她把手腕递向我。我没有伸手过去，我紧紧地扯住棉被。

她从床沿上起身，我以为她这是要走，却见她关上门，闩上门闩，拉上窗帘，又坐回到了床沿上，而且腿一收，就蜷上了床。我紧张得要死，心扑通乱跳，都快从嗓子眼儿蹦出来了。

她取下表，抓过我的手给我戴上。我是个把日子过得像个烂泥浆的人，就算这是块金表，也踩不准时间的。还有，以后莫要轻易地送女人东西，更不要乱许愿，要晓得，她们可是最容易认真的，而且一旦认真起来最不好收拾，晓得吗？

我点点头。

真乖，她顺手刮了一下我的鼻头。我缩了一下脑袋，看着她，感觉自己已经没有之前那么紧张了。只是，随即的一个举动又让我的一颗心悬在了嗓子眼儿上。她的手伸进了被窝，摸到了我的皮肉，我禁不住一阵战栗。你就不嫌热吗？她眨巴着一双贼亮贼亮的眼睛，你身上都跑水了。

我呼呼喘息着，僵直绷紧的身子在她轻轻的抚摸下，化冻似的开始活泛起来。我脑子一蒙，心一横，一把抓过她来，将她抱在怀里。她就像被吓了一跳，哼了一声，摊开身子，说，这就对了嘛。

细细让我叫她姐。我想晓得她的名字。她说细细。我说真名字。她笑起来，你要真名字干啥子？真要跟我结婚呀？在这个旅店里，只有你配有真名字，我们不敢说，怕辱没姓氏！

我躺下呼呼喘着粗气，细细倒了些水，抽了条毛巾给我擦洗身子。毛巾有些烫，但细细的动作格外轻柔，先是轻轻触碰，再慢慢下力，使得那滚烫的感觉就像透过裂缝的浓烈阳光，淌进皮毛之下、骨肉之中，我不由得呻唤起来，感到灵魂都在战栗。擦洗过后的身体，无比清爽和轻盈，一阵细风拂动窗帘，小碎花飞舞，我感到浑身的汗毛都在扑扇翅膀，要带我再次高飞。

纠缠了一个上午，我的羞耻感已经荡然无存。我也知道，这是细细也是生活对我的最后一次恩赐，出了这个院门，我绝不可能再有机会像今天上午这般放肆挥霍，我要利用这最后一点时间满足我对生命的好奇。

我要一点一点打开它，要舒展开它的褶皱，我要让我的双眼划向它更隐秘的深处，感受它透明的汹涌，它危险的湿滑，它肿胀的丰盈……但它卷曲的凌乱而长的毛发严重地影响了我继续探索和寻找下去的欲望，我突然感到恶心。

细细探起头来看着我，问，你怎么了？

我说我饿了。

细细开始忙碌起来，她给我取回晾晒在外头的衣服，又去外头一家小馆子给我端了蹄花饭回来，还给我削了水果。

临出门她塞给我一沓钱。拿着，她说。见我不接，她往我衬衣兜里一塞，快步回了她的房间，门碰得老响。

这一切去得竟然这么快，显得果决、无情。

我在楼道里呆呆地站了一阵，下了楼。假药贩子正拿着水管子，帮那两个扒手冲洗身上。他们一身泥污，臭烘烘的。老板叉着腰，问，咋个回事呢？

妈哟，追得太紧了，不往下水道里跳，你是根本不可能跑脱的！

我想跟他们打个招呼，道个谢。但是他们都只是瞟了我一眼，用对待陌生人那样冷淡的目光。倒是老板给我点了一下头，只是他的眼睛马上又落在了那两个扒手的身上去了，口中叫道，后颈窝那坨黄的是屎吗？

4

回到家，我向母亲讲了此番寻找父亲的结果，着重讲了钱的去路。我说打杵子伤得很重，我要带他回来，他怎么也不肯，如果不给他留些钱，他只有饿死。伤那么重，半年也不见得好，挣不到钱，还得吃药、吃饭……

我母亲一把捉住我的手，亮出了那款手表。她看着我，眼中闪过一道冷光，是拿去买了这个东西吧？

我说不是，这个表是打杵子送给我的。

你给他钱，他给你表。我母亲冷笑一声，有啥区别吗？

我说，他并不知道我给他拿了钱，他如果晓得，肯定也不会要。我把钱悄悄放在他的枕头底下，这个表是他送我到车站的时候，跟人买的，然后送给我的。

你不是讲他连吃药都没钱吗？还有钱买表？

我只觉得很沮丧，无语，我决定不再申辩解释。爱怎么想，就怎么想去吧。而我母亲显然也不想在这个事情上跟我多费口舌，她的样子就是看穿了一切，而我的表演在她锐利的洞察力之下，不过是小碎娃儿把戏，她都懒得去戳穿。她嘴角流露出一丝嘲讽的笑，说，你是不是还去参加了考试？

我说是。她一副"我就晓得"的神情。她的嘴角又流露出一丝嘲笑，外头兜了一圈就回学校去了吧？我回答了"是"之后，就拿冷冰冰的目光迎向了她，我要以此表明态度，既然一切都在你的预料之中，都在你的掌握之中，那么，你想怎么样那就怎么样吧！

我早就该想到你会是这个样子。我母亲的语气里并没有失望的怨恨，反倒有那么一点不出所料的得意。

真是匪夷所思，这才个把月，她怎么变成了这个样子？她的脸上没有了原来的悲切和哀伤，反而洋溢着骄傲和自信。

这骄傲和自信从何而来，都是谁给她的？如果说是那个万县的万姓女人给她的也不为过。不过要更准确一点的话，这自信和骄傲来自她自身，来自她的觉醒和敏锐的洞察，来自她对自己力量的发现和完美的展示。

就在我走后不几天，我弟弟肚子疼，她带他去黄先生那里拿药。黄先生说，你再早一步就跟她撞上了。我母亲没好气地说，咋个，她也要死了吗？黄先生叹口气说，那个娃儿也不好，害口水疹。

我母亲一愣，问黄先生，真是口水疹吗？会不会是湿疹呢？黄先生说湿疹口水疹，我还是搞得清楚的！

我母亲如释重负似的轻叹一口气，在一旁的长板凳上轻松坐下，跷起了二郎腿，抱着膝盖，一摇一晃地问黄先生，你看清楚那个娃儿没有？

黄先生不解地看着我母亲，不明白她这是怎么了，一副似笑非笑的表情，盯着他，等他答话。如果你看清楚了，那你再看看这一个。她指着蹾在地上捂着肚皮哼哼叫唤的我的弟弟，你看他们两个长得像不像呢？

黄先生搞不明白我母亲这是怎么了，愣愣地看着她，你在讲啥子话呀？

我讲真话。我母亲的样子并不像是开玩笑。

我看不出来，黄先生说，我又不是看相的，只晓得拿药。

有啥看不出来的，眼睛眉毛嘴角角，额头下巴耳窝窝，不像就不像，挂相就挂相嘛。

黄先生就像遭到戏弄似的，有些不高兴地说，我没得那个本事，也没得那个义务。

我母亲收敛了脸上那似笑非笑的笑意，板正面孔跟黄先生讲，黄先生，那你跟我讲娃儿得口水疹是咋回事。黄先生说，娃儿得口水疹嘛，是因为爱流口水嘛。我母亲问，为啥爱流口水呢？黄先生说，长牙就爱流口水嘛。我母亲又问，那么，娃儿一般多大开始长牙呢？黄先生说，早的，得一岁，晚的，就要一岁半……

我母亲坐不住了，按捺不住激动似的站起身来，手上比画着。她说，那个死婆娘不是说，昨年跟我们屋头在一起的嘛。脚冷，裹一床，相互捂脚，那就肯定是冬腊月嘛，怀胎十月，长牙一岁，这个时间咋对得上呢。摆明了那个碎娃儿是别人的种嘛，咋可能是打石匠的呢。

黄先生转动眼珠子，突然眉毛一扬，向我母亲伸出了大拇指，赞叹道，没看出来啊，你这个脑壳比玻璃猴子的还亮堂啊！

我母亲让人去将米俊成请来，经她一讲，米俊成恍然大悟。不过担心万是不是记错了时间，他需要再询问一番，万一那个奶娃儿提前就长乳牙了呢。黄先生做了保证，说他当医生也这么多年，还没见过三五个月的娃娃长乳牙的，而且那娃娃皮色囟门老辣得很，不像是几个月大。

米俊成叫上村里几个干部，要万将与石匠的事情从头到尾再讲一遍。万说，不是已经讲过几回了吗？米俊成摸出本子来说，上两回大家都听在耳朵里，这回是要记在本子上，所以你还得尽量细致点。

这回讲的和前几回讲的并没什么出入。米俊成叫人拿了印泥来，让万先签字再按手指印。万有些迟疑，不明白米俊成他们为什么要这般郑重其事。等万签了名摁了指印，米俊成将本子重新翻开一页，说现在我们还有几个问题，请你认真如实回答。第一个问题，你怀里的这个娃儿是打石匠亲生的吗？万说是。米俊成问，啥时候生的？现在几个月大了？万愣住了，她已经明白是怎么回事了，支吾了一阵，说，四个月大……嗯，几月几号的呢……

我母亲冲了出来，指着万破口大骂，你这个娃娃才四个多月大？你欺辱我们秦村男人都是瓜娃子吗？女的都是瓜婆娘吗？都长牙了才四个月？你这是哪里跑来的？敢诬陷我们家打石匠！你是不是把他害死了，又跑来图他的家产？

我母亲一把将那个娃娃从万怀中夺走，塞到身边的人手里，扑上去对着她就是一顿拳打脚踢，外带一通毫无章法的抓、拧、挠和掐，蓄积了这么久的愤怒，在这一刻终于得到了爆发，她就像失控的熊熊烈焰，就像翻滚的开水。

万在这猝不及防的击打之下根本没有还击之力，她只能嗷嗷叫唤，哭着喊着呼救。但是大家都后退两步，冷冷地看着她。现场的情形告诉她，她不可能得到什么同情，更别说帮助。一切都是她咎由自取的。场面完全在我母亲的掌控之中，她成了我母亲砧板上的一块肉。

我母亲收起了她的利爪，她双手叉腰，铁塔一样耸立在万跟前，仿佛一道她此生不可能迈过去的坎。我母亲喝骂道，你啥时候把石匠害死的？尸骨埋在什么地方？

就算是到了现在，我也不得不佩服我母亲在那时所表现出来的心机。她给万制造了一场巨大的危机和恐惧，并成功地将其孤立，使其内心和肉体陷入绝望与疼痛之中，而唯一能拯救自己的只能是示弱和坦白。在这乘胜追击的过程中，我母亲还不断地释放那看似可以吞噬一切虚假的恶狗，让万在逃避中抖搂真相，这叫声东击西，也叫欲擒故纵。

我母亲坚持声称，万害死了我父亲。这可是要命的指控。万急于脱身，不停地辩解，讲事实，摆道理，提供准确的时间和地点，以及证人，要以此摆脱指控，尽快回到安全地带。

她说她并没有加害我的父亲，我父亲是在一种好好的状态下离开她的。这种好好的状态，只是他的身体而不是他的心情，他当时的心情很不好，因为他们发生了一场激烈的争执。

5

我父亲一到那个叫万家嘴的地方就引起了大家的注意，因为他手艺精湛，很能挣钱。能挣钱的男人身边是不会缺女人的，更别说挣钱的孤身男人。

万是我父亲在那个叫万家嘴的地方找的第五个女人。

万家嘴那地方，因为搞移民开发，弄了很多工地，搞了很多建设，这就需要大量的司机和匠人。这些司机和匠人白天忙着干活挣钱，到了晚上终于闲下来了。男人一旦闲下来就不会想啥好事情，更何况还灌了一肚子的烧酒，口袋里还有几个散碎银子呢。

在万家嘴，除了工地多，酒馆多，还有茶馆多。这些司机和匠人下了工地，先上酒馆，等烧酒上了头，色瞻上了胆，就前往茶馆。茶馆并不单纯地卖茶，还内设有录像厅。移民开发区相当于"特区"，所以别的地方须得十点过后才可能放映港台三级片和欧美片，而这里只要天擦黑就可行了。而且外接喇叭老远都可以听见那摄人心魄的呻唤声。男人只要一听见心头马上就乱，那脚就不听话了，拐着弯儿就要往里去。

在这样的茶馆里欢聚着不少女人，她们在昏暗的录像放映厅里，在那些男女交媾的音画之下，袒胸露乳，浑身散发着劣质香水味，给男人们端茶递水，跟他们要烟要酒，和他们打情骂俏，抠猫打爪，半开玩笑半认真地就对好了眼，讲好了价钱，然后从茶馆里钻出去。性急的随便找个地方就把事情办了；不急的，而且肯再额外出点钱的，就跟着女人到她们的出租屋里，顺道买上一点酒菜，再一起对饮两杯，说说话，从从容容地办事，像模像样的一夜到天明。

因为我的父亲是大师傅，有着不可挑剔的手艺和比一般人要高出不少的工价，日子自然就过得讲究。他是为数不多的租住房间的匠人之一。房子里干干净净，有烧水的炉子，洗脸和洗脚总是分开两个盆使用。没洗的衣裳叠在凳子上，洗干净的衣服挂在墙壁上。炉子旁有干净的碗筷和一只砂锅，遇到下雨天不能上工地，就为自己炖上一锅猪蹄。砂锅旁边油盐花椒和味精一应俱全。出门的时候他会给自己的房门上一把永固牌黑铁大锁。

我父亲的讲究还表现在喜欢去那些当地人开的只面向当地人的饮食店，吃用当地人方法炒的熬锅肉和石磨豆花，喝当地人小灶酿的烧酒。他点的菜总是那么精致，刚好够吃，绝不浪费。喝酒也是那么节制，小酌浅饮从不见醉。大家都看出了他的书气和匠气，绝不拿他和那些浑身臭烘烘的只会使蛮劲的苦力相比。他也时刻展现自己大匠师傅的风范，他会出钱请小卖部老板拿几个糖果，塞给对他笑的小娃娃，也会邀请老者共饮一杯。所以，我父亲的讲究还表现在他对待这个地方和这地方的人的态度上。他不像那些外来人对眼见的一切都想使气，充满了嫉妒和愤恨，诅咒这个地方什么东西都贵，见了外地人总想使奸诈。我父亲就像回到了故乡一样，对待这个地方的一切都表现出了难得的久别重逢的热情，树苗折了他会绑扎一下，扫帚倒了他会弯腰扶起来。他觉得这个地方的人民并没有大家想象中的那么快乐和富足，虽然国家是给了不少钱，但是祖坟被挖，总会在心头留下一个到死都不可能填平的深坑。

吃完豆花，我父亲在付完账后，跟店老板说，你们磨子啥时候得空，我想帮你錾一下，磨齿磨平了，都不肯出豆浆了。老板惊奇地看着我父亲，不相信他还有这个本事。结果老板对我父亲佩服得五体投地，请他吃烟喝酒，就此成为无话不谈的好朋友。

豆花店老板说，在外这么苦累，你还是莫要委屈自己。

我父亲叹息。豆花店老板说，那些大匠人小师傅都在找女人耍小姐，你咋没动静呢？你是不想还是咋的？我父亲说不是不想，是嫌脏，万一中标了，十天半月就莫想上工，挣不了钱不说身体也跟着倒霉。

豆花店老板说，我给你介绍个干净的吧。我父亲端起杯子，爽快地应声道，那就道谢啰！

豆花店老板给我父亲介绍的那个女人，是他馆子里头帮杂的，家在一个偏僻的山村里，他们还沾点亲。女人的丈夫去年在外做工带伤了，回来一直在家休养，每个月都需要一大笔医药费。他们扭扭捏捏在一起没过多久就开始相互嫌弃了。我父亲嫌弃她放不开，每次都遮遮掩掩像犯了多大罪过似的，事后还会哭泣和忏悔。而她呢，嫌弃我父亲太抠门儿，像她这样的一个良家女人跟人办那些事情，理应是该得到一个好价钱的，但是我父亲还不如录像厅那些嫖客大方。

在万家嘴，我父亲不仅为当地居民錾磨盘，也为他们搬迁的新坟箍坟苑、砌堡坎，他越来越受到当地人的欢迎，和他们的关系也越来越融洽。

就在他和豆花店那个帮杂的女人分开不久，有一个开小吃店卖馒头和花卷的女人跟了他。这个女人非但不贪他的钱，反而时常倒贴钱给他买好烟好酒。这个女人是真心想要跟着他过日子的，对他们的未来都规划好了，开一个像样的馆子，我父亲就不用去上工了，专心在店里当老板。当我父亲犹豫再三，将自己的真实情况讲出来过后，那个女人马上就翻了脸，说他诚心欺骗她，她叫来了一大帮兄弟姐妹，这一回我父亲可算是吃了大苦头。幸亏豆花店老板等几个朋友帮衬，他只是钱财遭了大殃,身上倒是连点伤疤都没留。

　　第三个女人是我父亲的一个工友的女人。这位工友因公死亡,是我父亲帮忙操持的后事。从在医院里抢救到火化,到等赔命钱拿到手上,前后两个多月。那两个多月里,那个女人就住在我父亲的出租屋里,他们像一对夫妻一样进进出出,我父亲搁下手上的工作,尽心尽力地照料。那位工友死后,为他清洗遗体,换寿衣,进火葬场,请道师做法。为了给工友多争取几个赔偿,不惜和老板拍桌子摔板凳。而那个女人,也把亏欠丈夫的体贴和温存全都给了我父亲。

　　那个女人走后,我父亲失魂落魄了好一阵子,说这段时间活得最像个男人也最像个丈夫。而这个女人这一走,让他的日子出现了个大窟窿,这辈子也不可能再填得起来了。

　　可是没过多久,我父亲就又领来了个女人。这个女人起码小我父亲一多半,长相也很好看,就像港台明星。她漂亮、年轻,就像一朵雪白鲜嫩的荷花,但是她却差点儿要了我父亲的性命。

　　我父亲把这个小女人就像小祖宗一样供奉着,她要什么就买什么,要新衣服就买新衣服,要鲜花就买鲜花,进了馆子好吃的好喝的由着她点。好多人都看不顺眼,因为这个女人吃鸡肉不吃鸡皮,腊肉炒蒜苗只吃瘦的,肥肉咬下来吐桌子底下喂狗,雪白的奶油蛋糕,她大块大块地丢在地上去招蚂蚁。他们说我父亲,哪里有你这样宠女人的?我父亲打个哈哈,她喜欢嘛!

　　这个看似年轻美貌干净鲜嫩的女人,很快就狠狠地给了我父亲一拳重击。

我父亲先是排尿不畅，接着下腹胀痛，随即转入高烧恶寒，硬撑着到医院门诊部，一两个小时之后，就再也没有那个本事将自己的肉身硬撑到住院部那洁白的弥漫着消毒水味儿的病房里去了。淋球菌感染引起的肾盂肾炎和前列腺炎就像一拳重击，其打击力度和摧毁程度，不啻迎面而来的火车。我父亲还不相信是那个女人带给他的灾难。他说她怎么没事。医生只是苦笑，可能是男女有别吧，也可能是个体差异吧，谁晓得呢。

我父亲只找了四个女人，前后不过一年多时间，就将自己的名气搞得比那些要了上百个女人的还要大，他的故事讲起来是那样可笑，又让人深感同情。

从死亡门槛走过一遭的我的父亲，决定从今往后再不找女人，认真工作，将损失的钱都挣回来，老老实实生活，尽快将那些可笑的遭遇丢在简简单单的日子后头。可是他刚恢复体力，才拎起手锤没两天，就有个女人表示看上他了。这就是万。

万可是这一带有名的正经女人，有文墨，生得也书气，晓得她故事的人都感叹她命不好。她结婚，离婚，又结婚……一次次地被骗。而这一回，她被骗得极其惨重。那个长相俊美、满嘴甜言蜜语的男人卷走了她所有的赔款和安置费，还将原本属于她的刚建好的房子也给贱卖了，她除了那个嗷嗷待哺的奶娃儿什么也没有，走投无路，她找到我父亲。

出于同情，我父亲让她进了屋子。起初的日子他们过得好好的，我父亲除了嫌那个奶娃儿太吵影响他休息和万总是跟他要钱外，一切都还觉得不错，万办那些事总是很用心思，总会让他感到快活。我父亲在经历病痛折磨之后，对于办那种事是很有点心理阴影的，他感到恐惧。他很感谢万，认为她对他有再造之恩。只是他越来越受不了，因为那个娃娃越来越吵，而万要钱的次数也越来越频繁，开口也越来越大。

在遭遇一次次欺骗后，万大概在预备敲响我父亲的门之前就做好了从此要做一个精于算计的女人的准备。她精心地准备了一桌菜肴，让我父亲邀请他的好朋友前来参加宴饮。在整个酒宴的过程当中，她周到、体贴地照顾客人们，温情地注视着我父亲，只要他讲话，她都表现出认真聆听的态度，然后表示赞同和肯定。通过一些不经意的举动来传递她对我父亲无微不至的照料和呵护，诸如为他揩去嘴角的汤汁，将剔除毛刺的肉鱼夹到他的碗中。每一个有幸参加宴饮的人，都感慨我父亲不晓得哪辈子修来的福气。她还会时常去我父亲的工地，为我父亲送茶水，送雨伞，送感冒药，对每一个跟我父亲打招呼的人，她都要晓得名字，然后牢牢记在心中，下一次相见，她老远就向人家热情地招呼。她以各种方式渗透进了我父亲在万家嘴的工作和生活中，一直发展到后来我父亲路上跟谁讲了什么话，工地上与谁发生了什么样的争执，口袋里有几毛几分，她都一清二楚。

但是她不晓得我父亲口袋之外的钱都藏在哪里，有多少。她想方设法都没有从我父亲口中套出实话来，她决定到万家嘴的银行和信用社去查询，还在屋里翻箱倒柜。这让我父亲感到可笑，又感到害怕和愤怒。于是她决定跟我父亲摊牌，你不跟我讲实话，分明就是不在乎。我父亲说咱们本来就是碎娃娃玩过家家，你要我咋个在乎？万说，你这没良心的，这些日子我对你咋样?

我对你有没有良心,我说了算数吗?还不都是钱做主!你对我咋样,还不也都是钱说了算!

万心一横,要打出最后一张王牌,说你老家是爱河土镇秦村吧?你家有个老婆和两个孩子是吧?你如果不讲老实话,我马上就去土镇,你别以为我找不到!她甩出一张字条,上面画的是一张线路图,还标注着在哪里搭乘几点的车。她说我两三天就到了,我先去土镇公安上检举揭发你,说你欺骗良家妇女玩弄感情,乱搞男女关系,然后再到秦村跟你的女人和娃娃讲你的丑恶嘴脸,讲你怎么勾引女人,怎么和那些婊子胡搞,怎么染上花柳病,还差点儿因此一命呜呼!

万的话就像一柄锤子,我父亲被锤得扁扁的,像张破烂的白铁皮在风中簌簌发抖。万以为我父亲被吓住了,不由得感到得意。这么些年来,还是第一次有男人在她面前簌簌发抖。在此后几天,万更加紧锣密鼓地紧逼,她都写好了揭发信,还四处收集我父亲欺骗良家妇女乱搞男女关系的证据……

我父亲终于示弱了,叹口气,不就是钱嘛,何苦这样搞呢?

万松口气,还不都是你把我气的嘛。

我父亲跟万讲,这么些年来,他挣了不少钱,除了吃喝和一部分用在女人身上,最大的一笔,就是花去救命了。不过他还存了一些,足够万把娃娃养到上小学。

万很激动,你都给我,自己不留点吗?

我父亲豪爽地说,一文不留,全给你!

万高兴得眼泪都快出来了。

我父亲端起酒杯子,大气地说,对于我这样的男人来说,酒嘛,水嘛;钱嘛,纸嘛!

6

数月之后,"酒嘛水嘛钱嘛纸嘛"这句话在大河两岸就像口头禅一样,被各行各业的男人们念叨,以此表明他们是怎样看得开,怎样的洒脱。

而我父亲,在讲了那番话的第二天就突然消失不见了。

虽然在万看来他走得那般突然,其实他将自己的离开安排得是那样妥帖。就在万步步紧逼的时候,他有条不紊地处理着自己的事物。房屋转租给谁,铁锤、錾子转卖给谁,几号几点谁骑车前来接他去车站。在几乎所有的男女纷争和纠缠中,女人的表现从来都是愤怒过余,而智商不足。

心有不甘的万在懊恼一阵之后,踏上了前往秦村的路。她大概永远也不会想到会被这般羞辱殴打,以至于身心俱碎。

万被米俊成送出土镇的那天中午,我的母亲顶着白花花的太阳去我们的田地里巡视了一番回来,大汗淋漓、又渴又饿地站在院子门口,接过我弟弟递过去的蒲扇,扯开衣襟,往湿透的衣衫底下扇风。凉风上身,她感到一阵透心的舒坦。这一刻她下了个决定,要换一种活法,而这,则是万的故事给她的启发,也是我父亲对她的刺激。

他都做得出来初一,我为啥做不出来十五呢?我母亲本来有些佝偻的身子慢慢伸直了。她冷笑一声,说,酒嘛,水嘛;钱嘛,纸嘛……

第八章

1

母亲拎出水桶让我把里头的鱼处理了,鱼很多,大半桶,都是些杂鱼,鲫鱼、麻条子,还有泥鳅和黄鳝,有的死去多时,眼珠子都浑浊了,有的像刚出水一样鲜活,手上不下力还抓不住。

处理完这些杂鱼,母亲让我去代销店打些散酒回来,她塞给我一个五斤装的塑料桶和一卷钱,让我再买一斤鱼皮花生和五包雪竹烟。

还买什么?

母亲没开腔,进了里屋。

我闻闻手上,一股子鱼腥味儿。见洗衣台的盆里有清水,一边还有肥皂,就打了肥皂细细地搓洗。一低头,我看见洗衣台下的洗脚盆泡着一堆衣裳,拎起衣角一看,是条男式裤子和两件汗衫子。洗脚盆旁边还有一双沾满黄泥的解放牌黄布胶鞋和一双塑料拖鞋,瞧那尺码,怕有四十三四,跟我父亲的脚码差不多。

代销店刚刚装修过，雪白的粉墙上贴了许多港台歌星画报。货架是新做的，上头摆得琳琅满目，一台收录机搁在一旁的书桌上，搭着条崭新的钩花罩布，半掩的流苏下面，仓盒里的磁带转动着，喇叭鼓膜振动，正播放着一首好听的曲子——

尘缘如梦，几番起伏总不平，
到如今都成烟云。
情也成空，宛如回首袖底风，
幽幽一缕香，飘在深深旧梦中……

一个穿着漂亮的姑娘正趴在玻璃柜台上，舔着指头翻看小虎队的画册，听见动静，她抬起头来，我心头噌地弹出一声高音。说是被惊艳住了也一点儿不夸张。她的脸庞是那样粉白红润，就像是刚被摘下树的水蜜桃，明亮的大眼，精巧的鼻子，如同就要开裂的豆荚般的红红的小嘴。她绝不是秦村人，秦村这个土地上生不出这般亮净饱满的姑娘。

你做啥？她问。

我将酒壶拎上柜台。

她冲里屋吆喝道，打酒！

门帘一掀，米二福从屋里钻出来，他见了我倒不觉得意外，一笑，一点头，接过酒壶问，好多钱一斤的？

但是他的样子却让我感到惊讶，他穿着一条时下流行的阔脚牛仔裤，但是裤腿儿却熨烫着如刀锋一般的折线，脚上是双黑色的凉皮鞋，裤间的皮带宽阔，皮带扣闪亮，裤腰里套着一件阔挺的粉红色衬衫，一条猩红色的领带就像勇士的宝剑般举在胸前，三七分的发型，头发光亮，就像秦村人爱讲的那句话，"蚂蚁拄着拐杖都站不稳"。这会是那个臭蛋米二福？他干净整洁得让我感到滑稽。

啥时回来的？他把酒壶递给我。

我说才拢屋。

找到了吗？他抓帕子揩去洒在手上的酒水。

我摇摇头。

还要点儿啥？他问。

我说鱼皮花生一斤，五包雪竹烟，再称半斤糖。

那个女人也来帮忙，她关小了音量，问我，雪竹烟几包啊？我说五包。她拿出一条烟，一折两半，又问，你是不是还要称糖？她的声音轻柔，是那样的好听。

我付了钱，拎着东西准备出门，见米二福凑在那个女人的耳边悄声讲了句什么。那女人眼睛一瞪，就像受到了惊吓，她看着我，流露出怪异的神情。

刚进院门口，我就看见洗衣台跟前站着个宽大的背影，正弓着身子搓洗衣物。他像是刚刚才洗过澡，头发湿漉漉的，赤裸的上身也水光光的。他扭过头来看了我一眼，热情地招呼说，回来啦！

我嗯了声，觉得这个人怎么有些面熟，以为是请来帮忙干农活的，也没多想，拎着东西进了屋，将烟酒搁在桌子上，顺手给了我弟弟几颗糖。

一大盆软烧杂鱼，一盘鱼皮花生，一盘炒茄子，一碗酸菜洋芋丝，一碗青辣子熬锅肉，桌上已经摆满了。我母亲还是坐在她原来那个位置上，靠近门边，起身就可以去灶房，我父亲的座位上坐着我弟弟,我还是老位置,还有一方,除了碗筷还摆着个酒杯。

吃饭了!我母亲冲着屋外吆喝道。

来了,来了。那人屁颠屁颠地进了门,在我旁边局促地坐下。

要喝酒自己倒。我母亲拿筷子戳了一下面前的酒瓶。

你不来点吗?那人说。

不想喝。我母亲说。

还是喝点嘛,喝点酒啥都不想,心情放宽。那人站起来去给我母亲拿酒杯,看他那轻车熟路的样子,他在这个家里已经不是一两天了。这阵子你也累,喝两杯,舒筋活血。他一边说着,一边给我母亲倒酒。

你也来点吗?他晃动酒瓶,问我话的样子,仿佛我是个无关紧要的客人。

我摇摇头。

这鱼烧得真好吃,我是第一回吃到这样好吃的鱼呢。那人说,我还说这样的小猫鱼逮回来只有拿去喂猪了,没想到你竟做出这样的美味。

我母亲抿口酒,夹起一条鲶鱼,用筷子将我弟弟的碗划拉过来,将肉扒拉到他碗里,再将碗推回去,好生吃,有刺就吐了。

过几天我再去下头那一截河沟看看,里头的鱼应该比上头的还多。那人说,下回你烧鱼的时候喊我一声,我要学一手。

我母亲没有理他,喝着酒,一只脚踩上了板凳,半个身子趔着,那样子有些像街上开馆子的老板娘。我已经认出这个人是谁了,心头觉得真是怪异,他怎么会出现在我们家里,他怎么可以出现在我们家里,而且还跟我们坐在一桌,一个碗里夹菜，一个瓶里喝酒。

那个人开始跟我母亲喝第三杯酒了。我从未见过我母亲这样喝酒，踩着板凳头，像个大老爷们一样，抿得吱吱响。

那个人一边喝着酒，吃着菜，一边给我母亲讲他这一天的工作和下一步的想法。坝底下那块大田里的秧苗焦黄了一片，可能是被火风燎了。那块烂泥田里的秧苗有些坐蔸，可能是肥大了，明天上午我去弄点柴火灰撒一下，看改得过来不，实在不行，恐怕就要买点农药喷一下了。玉米地我也去看了，有钻心虫，农技员说了个好办法，就是往喇叭口里放药。我准备用甲胺磷拌点黄泥巴面子，等玉米苗子的喇叭口都开了，就往里放，一颗苗子捏一小撮。

我母亲不时鼻子里"嗯"一声，表示在听。偶尔也会给两句指示，你看洋芋苗子打蔫了没有？打蔫了的话就把洋芋挖回来，我看见都有人垒苕厢了。那人赶紧应声，说洋芋苗子还没有完全打蔫，也不着急挖回来，等它在土里培一下，长得老辣些，这样挖回来的也不容易烂，搁得久。苕厢嘛，也不着急垒，万一遇着下暴雨，容易毁平。等过一阵子红苕苗子完全长起来了，垒一厢，栽一厢，担粪水一淋，肯定长得好得很。

他们就这样谈着田地里的庄稼和农活，轻松平常的语气自然让我想起我母亲和我父亲的深夜谈话。他们慢慢地喝着酒，吃着菜，闲散、自然、温和、从容……外头还亮堂堂的，距天黑尚早。

我不愿意像个多余的人坐在这样的场合里，我想去田野里走走。我正要下桌子，我母亲突然叫着我说，既然回来了，这个事情就跟你讲一下。我看着她。我要跟你爸爸离婚。我母亲坐回身子，端正地看着我，以此表明这件事情并非玩笑，而是正经事，需要我也正经对待。我虽然觉得吃惊，却并没有表现出来。我想她更需要看见我在这事情上的冷漠和无动于衷。但是，我还是盯了那个人一眼。那人有些慌张，嗫嚅说，这样对你们一家人好，可以保证不受损失。

我母亲看着那人说，你给他讲讲。

那人说，这个事情还得谢谢米俊成书记，应该请人家到屋，好好敬几杯酒，表示一下感谢。我母亲说，请他了嘛，他不来得嘛。那人说，那是山没有回来嘛，山现在回来了，可以出面办这个事情。他的目光从我母亲的脸上收回，笼罩在我身上。他说，你爸爸修桥那个工程款的事，原来上头定性的是诈骗和挪用建设资金罪，这属于刑事犯罪。那么公安局就可以将你爸爸当通缉犯缉拿。逮捕归案后，由检察机关提起公诉，法院定罪判刑。一般来讲，除了退赔诈骗和侵占的资金外，还要缴纳一定数额的罚款，刑期呢，按照那个金额可能是五到十年。现在米俊成书记出面帮忙，让这个案子变成了个经济纠纷案。当初你爸爸虽然和秦村的干部没有形成纸面上的合同，但是有口头协议。在这个口头协议里，对桥的样式、桥长、桥宽和动工、完工时间以及质量等，都有明明白白的约定，当然还包括修桥的资金来源和使用，也都讲得好好的。只是谁都没预料到你爸爸会从绵城争取到资金。所以在这笔资金的使用上就有了纠纷，而解决这个纠纷的办法就是打官司。米俊成书记的意思是由村上来向你爸爸提起诉讼，但是土镇方面不同意，因为上级批示他们是这笔钱的监管方，不过米俊成书记还没松口，他还在争取，只要是他争取到和你爸爸诉讼的资格,那么这件事情就好办多了。

我很纳闷,这个人,他咋这么清楚,就像他在直接和米俊成经办这事似的。

我们探讨过。那人腼腆地笑笑说,我的一个同改在没有进去之前就是个律师,什么法律都精通,他干活手脚慢,我时常帮他,他就老跟我讲法律上的事,说我以后出去也用得上,就算用不上也可以当趣事一样听。而且我们每个月都会有几天来学习法律,只有学法才会守法,才不会犯法。有我那个同改的帮忙,每个季度的评比,我都是学习先进。

那人得意地笑了。

跟你爸爸打官司的这个主意就是他跟米俊成讲的。我母亲拿起筷子在空中戳了那人一下,她的神情竟然有种毫不掩饰的得意和炫耀,仿佛是她慧眼识珠,或者给了那人灵感。那人就像蒙召恩宠一样,向我母亲露出卑微的讨好的谄媚的笑脸,说还不都是你教导得好呀!

教导?我被这个荒诞味十足的词语刺激得差点儿呕吐。我看着我母亲,她的神情表明这话她很受用。就像是作为对这种讨好的谄媚的奖赏,她以故作的漫不经心的语气丢给那人一句夸奖,你还是可以,不光在里头学会了咋个当个好人,也学到了些有用的东西。

我母亲显然是一定要将我拉进这令人厌恶的游戏中,她说我们家的人不是那种吃了菌子就忘记疙瘩的人,大娃你还是要记住这些,莫得他出这个主意,你爸爸现今都还是罪犯,人家随时都有那个权力逮捕他。现今嘛,只有法院有权力传票他了。

我说,你要离婚的主意也是他出的吗?

我母亲说是的呢。

我冷笑一声,看着那人说,你确实了不起啊,变聪明了呢,不再是以前那个只晓得使敌敌畏害人的蠢货了。

2

在搁行李的时候,我就觉察出这间房子不再只属于我了,它还属于另一个人,因为床下有两双鞋,墙上挂着衣服,床上的被子叠得整整齐齐,是那种罕见的"豆腐块儿",有棱有角。而且房子里呈现出一种从未有过的整洁和规整。

吃过饭我就进了屋。

沈二仙打着手电出了门。我想他是另找住处去了,但似乎不是,他跟我母亲说,去看看秧田里的水。

我母亲来到我房间门口,跟我说,你不要闩门啊。我没理她,她明显是喝多了点儿,身子老往墙上撞。她本来是想跟我再说点什么的,但不至于看不出我的愤怒和羞恼,悻悻地离开了。

我将床下的那两双鞋和墙上的衣服收捡起来,团成一团,扔到了院子里。整个过程我的动静很大,充斥着挑衅和发泄。我期待我母亲来迎战,哪怕是她一点点阻挠,都将遭到我的无情痛击。

但是她始终未出声,她像是已经醉过去了,睡着了。

我并未闩门,我只是狠狠地摔上,巨大的声响和撞击将屋瓦上的尘埃都抖落下来了。

我躺在床上,连日来的劳累和紧张,和今天所经历的这些屈辱和愤怒,让我很疲惫,我感觉马上就要睡着了,但我还不能睡,我在想着应对之策。如果那家伙胆敢进入房间,胆敢躺在我的床上,我将用什么语言和行动来驱赶他呢?如果动手,他会反击吗?别看他唯唯诺诺的样子,可他是那样壮实,驯服的皮肉里潜藏着疯狂的力量,卑贱的神情下闪烁着阴险狡诈的利齿。

但我还是很快就睡着了,这真让人感到羞耻啊。

更让人感到羞耻的是当我一觉醒来,发现屋子里的灯光亮着,身边有个人。尽管睡眼蒙眬,我还是一眼就认出来了,是我母亲。她侧卧在我身旁,宽大的白汗衫底下,奶子就像黏稠的液体一样淌出身体,而那肥厚的肚皮更是冲出汗衫的束缚,在席子上摊出多大的一堆,红布裤衩半挂在壮硕的大屁股上。她睡得很香,嘴巴微张,涎水长流,鼾声如同规律的浪潮,在这个房间里一波一波地涌动,在明亮的灯光底下,泛着毫无廉耻的波光。

我不敢想象,如果我的父亲晓得沈二仙正躺在那原本是他的睡房里,他的床上,他会怎样?如果打杵子晓得了呢?而这件事情在村子里又是怎样的影响?我以为自己会一直睡不着,我坐起来,倚在床头,看着摊卧在我身旁的占据了大半个床铺的我的母亲。结果我再次不知羞耻地睡着了。等醒来,外头已经大亮。我母亲还在酣睡中,睡姿未变,变的只是个方向。

我出门去,我想去我家的包产田地里看看,从昨夜我母亲和沈二仙的谈话中,表明沈二仙在我们家的主要作用就是耕田种地,属于相帮雇请的性质。我母亲一直在抱怨家里的农活多,无人耕种,她还动过要我休学回家照顾田地的心思,我没答应,这可能正好给了她雇请沈二仙的机会。但是现在我回来了,我已经下定决心留下来照顾那些田地。这个决心虽不太由衷，但我必须如此，让沈二仙失去继续存在我家的必要。

一旦进入炎热天气，人们就会在天蒙蒙亮就出门。早玉米正在长苞出穗，中道玉米正在拔苗长节，晚玉米才破土出苗，更需肥料滋养。麦收了，土地空了，正好刨地起厢垄，准备栽种红苕。因为贪恋清晨的这份清凉，没人舍得回家去吃早饭，能多干上一点是一点，到了上午十一点，酷热的日头已经不允许再干重活儿了，这才回家去，早饭午饭一顿吃，然后脑袋上扣顶草帽，去田里看秧水，和几个人在树荫底下扯扯闲条，讲讲趣事。

不管春夏与秋冬，农村的活儿没有一件是轻松的，所谓"条条蛇儿都咬人"，而夏日的活路，不管是抢种抢收的节气性劳作，还是施肥间苗的大田管理，哪一样都是造孽活路。对于这些，我很小的时候就知道了。

我们家的玉米长得很好，叶条黑绿，这可是生长旺盛肥力充足的表现。我去了水稻田，老远就听见水响，沈二仙从水沟里支起身，他手里拎着个盆子，一身泥污，脸上湿漉漉的，一半是汗水，一半是泥水。他讨好般地对着我笑，田里有些缺水，天气太热，前天才戽了的，又干了……

秧田里已经有了一指厚的水印，刚刚戽进去的水，正缓慢地四处洇散。见我把目光移向别处，他弓下身子，又快速地戽起水来。一盆一盆的清水越过大半人高的田埂，倾进秧田里，一阵晨风吹过，绿茵茵的秧苗翻卷起波浪。

我没有回家，我在半道上遇到米俊成，他热情地跟我打招呼，一件事情一件事情地表示着关心。他是真正地关心而非好奇，想知晓每一件事情的细节，对我在每一件事情上的态度都表示理解。这让我很感动，所以当他邀请我去他家里的时候，我有种求之不得的喜悦和感激。

米俊成也告诉了我发生在我家里的事，他很清楚我想知道什么，对什么最关心。

沈二仙还在班房里的时候，就往秦村写过几封信，是写给打杵子的。正是因为写给打杵子的，米俊成才拆阅的。沈二仙在信中向打杵子表示悔恨和歉意，希望得到他的宽恕。这几封信的字都极漂亮，一看就不可能出自沈二仙之手。而且言辞恳切，都是书面上的讲法，所以，看起来虽然语句感人，但总给人一种虚眉假眼的故作。

见到沈二仙的时候才晓得，写这封信是他一个同改的主意，也是他代的劳，因为沈二仙帮他办了不少事，而他总想为沈二仙做点什么。

沈二仙站在米俊成跟前，说他是真心诚意向打杵子忏悔的，一想起当初打杵子对他那么好，比亲人还亲，而他竟然还害人家，心头就难受。如今听说打杵子家破人亡，简直是痛不欲生，真恨不得以死谢罪。沈二仙拿出一沓钱来，不多，就几百块，要米俊成转交给打杵子，也算是一点赔偿。米俊成说我没办法给他，再说，未经他同意我就收下钱，真不敢做这个主啊。

沈二仙说这钱是他在班房里干活挣的补贴和奖金，积攒了这么些年，就为了有朝一日送到打杵子手上，求乞他的原谅。

米俊成还是不肯帮这个忙，说你还是亲自送到他手里吧，当面道歉，当面求乞原谅。你既然改造得这么好，以后还可以继续做朋友嘛。

沈二仙说怕是没这个机会了，他准备远走他乡，死在哪里，死在哪一天，他也没办法讲清楚。因为他已经没有家了，他那个装神弄鬼的老母亲在他坐牢的第二年春天，去给人家下阴司，结果落进了沼气池死了。而他的房屋和名下的山林都被他的侄子给霸占了。他进屋没半个小时就被打了一顿。沈二仙亮出身上的伤痕让米俊成看，我侄子讲了狠话，我要是再敢回去，他就打断我的腿，他是完全做得出来的，他是个狠人。

沈二仙要在秦村住两天，因为他看见打杵子家的房屋有些地方的瓦梭了，檩子被雨沤烂了，他要修缮一下。他去了我们家，想请我母亲给他一些帮助，比如在这两天里让他有顿饱饭吃，有口热水喝。他说跟打杵子打交道那阵，打杵子一直都在夸奖师母和师傅，说他们是秦村心肠最好的人，没有他们两口子的好心肠，就没有他在秦村的立足。

我母亲哪里受得了这样的话，她和我父亲也真是登对，都是那般爱面子，听不得谁恭维和奉承。所以我母亲二话没说，就让沈二仙住进了家里，除了留他食宿，还帮他四处借梯子，打听谁家有瓦要出卖。

沈二仙用那笔钱买了瓦，买了些木料，将打杵子的房屋捡了漏，将朽烂的檩子和椽子换了。他还剩余一点钱，要拿给我母亲当他这些天的伙食钱。我母亲说，看你之前做啥都是贪生怕死的，咋现今干活这样实诚，肯下力气呢？太阳那么大，你都还在房顶上，晒得都掉皮了，为啥呀？沈二仙说，我在里头学的嘛。我母亲看着他手上的票子，拿啥伙食钱啊，你收起来，帮我做几天活路就是了。

就这样，沈二仙在我家里住了下来，而且并没有离开的意思。

你们家也需要这样一个帮手，米俊成说，那么多田地，你爸爸杳无音信，你可能马上又要去念大学，你弟弟还那么小，你妈一个人是盘不动的。

我说我可能考不上。

你的意思是考不上就留在家里干农活？米俊成看着我。

我说我是有这个打算的。

米俊成摇摇头，你快打消这个念头吧。他们活在这片土地上是因为无可选择，我之所以留在这里是因为责任，你还有别的选择！

我沉默不语。

米俊成的爱人是土镇街上的人，居民户口，人并不是很漂亮，但是看起来很书气，稚雅，清亮脱俗。她端出早饭，油亮亮的稀饭，洁白的馒头，鲜灵灵的红油拌黄瓜。她以一种愤懑的语气说，但凡是有点法子，就莫要想着回到秦村这个鬼地方来，看见啥都够了！

秦村人都晓得，米俊成两口子这两年一直在闹矛盾，他的爱人嫌弃秦村不肯回村里住，叫米俊成别干村干部的活儿，而且还放出话来，如果米俊成不回镇上工作就别想她给他生娃娃。村里还有人断言，他们两个很快就会离婚。但是从这天早晨我的观察来看，那纯属无稽之谈。首先，不管是秦村谁家女人，都不会贤惠到给自己的丈夫准备那么精致丰盛的早餐。其次，他们相互一对眼，那眼中的坦诚和理解的富足程度完全超过了秦村所有夫妻的总和。更关键的是这天早晨米俊成还给我分享了他的一个幸福，他的老婆已经有孩子了，他说，可能会为了孩子离开这个地方。

现在你有两件事情要考虑。第一件事，如果这回没考上，那就再回一趟炉。这一回你可要专心致志把自己锻造成一把将来能解决一切问题的金刚钻！我们不讲奉献国家造福社会那样堂而皇之的大话，就说你们家吧，将来一定会有很多麻烦事，会有这样那样的问题，而你，你是解决这一切问题的人。就像通常说的那句话，父母不努力，孩子没出息。同样，反过来，孩子不努力，父母坐等死！你要成器成才！这样，你才可能拖拽着你未来的小家庭和你现在这个千疮百孔的大家庭前往幸福之地。这是做男人的担当！第二件事，你要代表你爸爸好好打这一场官司。

我犹豫了一下，告诉米俊成，我的母亲正准备向法院提起与我父亲离婚，我父亲已经杳无音信这么些年了，完全符合失踪人口的标准，法院会判同意离婚的。离婚后，我父亲当年干过的事情，欠下的债务，就与我母亲没有任何关系了，所以不管土镇与我父亲怎么打这个官司，都不大可能给我们家带来多少实质性的损失。

这个主意又是沈二仙出的吧？米俊成问。

我说是的。

他倒是越来越聪明了，米俊成笑笑说，希望他不要聪明过头哇！

3

我并未想过要离开家的，只是我在这个家里越来越找不到主人的感觉，发现自己其实是多余的，而且我也越来越讨厌置身在这样的环境里。所以我决定出走，能不回来就不回来。

本来我是很想承担一些事情的，做做农活，扯扯猪草。我甚至在我睡房的角落里支起了两根长板凳，铺上了门板，做了个简易的床铺，主动将我的被褥搁在上头，以此表明我将栖身此处，将床铺让出来给沈二仙。沈二仙对此倒是很感激，执意要去睡门板，让我睡床铺，说我这么堂堂正正的大学士，怎么能睡在门板上呢。而他什么罪没遭过呢，曾经被铐在牛肋巴椅子上三天三夜，站不能站，蹲不能蹲，更别说躺下了。我母亲觉得可笑，说这么大一张床，再来个大男人也躺得下嘛，何苦往门板上瘫。

沈二仙说大学士一个人睡惯了，就让我睡门板嘛。

我母亲说，你晚上睡不好，白天怎么干活？

沈二仙的神情就仿佛我母亲说到了点子上，不过他还想再坚持一下，门板上没问题，就算你扔给我个扫帚，我也保证睡得好，不影响白天干活。

我母亲端走了长板凳，那张门板失去了支撑，被靠在墙上，一种随时可以倒扣过来的不稳定的状态。

既然话讲明了，我母亲那天晚上回到了她的睡屋，沈二仙在床边站了一阵，一脸的尴尬和歉意。我刚背过身去，他沉重的身子就压在了床上。

记得有一回老师在做考前动员的时候引用了那首有名的《悯农》，用"锄禾日当午，汗滴禾下土"来佐证农民伯伯的艰辛，叫大家明白一餐一食来之不易。这句诗当然是表明农民耕种的辛苦，其实里头也包含有耕田种地的常识。除草当然是日头当午最好，杂草被铲除，在烈日下很快就被晒蔫儿枯干了。如果是阴天或者雨天，哪怕是露水未干的时候，它都有可能还会残活下去，野草杂草的顽强生命力一直叫庄稼人头疼。弄死杂草，叫土地里除庄稼外干干净净，光辛劳不够，还得太阳来帮忙。

等到太阳晒干露水，我下了玉米地，我准备用三五天时间将这块地里的杂草铲除干净。我知道我手脚不熟，担心误伤玉米苗，所以我下手很慢，尽量稳准，我想，过一阵熟能生巧就好了。就在我渐入佳境的时候，被沈二仙叫停了，他笑眯眯地说，大学士你快回去休息吧，你那双手生就是拿笔杆子的，可不是拿锄头的！有什么问题吗？我看着他。我可是一棵玉米苗都没有碰着，那些铲除的杂草很快就枯萎蔫儿了。

这些东西都是故意留着的，沈二仙进地来，抓起那些被我铲除的野草，这个是花油菜苗，这个是狗儿蔓，你看啊，又鲜又嫩，可以当菜吃了。花油菜苗是你妈妈专门撒的种，狗儿蔓倒是野生的，你妈妈的意思是等过一阵它们长大些，扯回去喂猪正好。

这时候我看见我母亲来到地边，她虽没有讲一句话，但那种神情，我可是瞧够了，也受够了。

更叫我难以忍受的是他们仿佛有着永远也说不完的话。他们的交谈可以在任何场合下进行，如果是在饭桌上共同进食时的摆条，或者院子里相处的闲说，临出门时的叮嘱和请示，一切都还好理解。那么一个在外头吃烟，一个蹲在茅坑里拉屎呢？如果是深夜里一个躺在这边房间的床上，一个躺在那边房间的床上，中间可是隔着一间宽阔的堂屋呢，这一切是不是就更加怪异可笑了。很多时候感觉他们的谈话纯粹是为了谈话而谈话，完完全全地无话找话说，只为验证彼此的存在？确立某种关系？沈二仙会把一个他已经讲过好几遍的趣事再一次讲起，连语气词和表情都懒得换一下，而我母亲还是会和前几次那样乐不可支，并且再一次发表她的看法，沈二仙也必然会奉献出那种犹如醍醐灌顶的醒悟感和无限钦佩之情。我母亲有时候也会将她已经讲过好几次的事情像晾晒那永远也不可能晾晒干的衣服一样，重新抖搂在沈二仙跟前，而沈二仙总会毫无保留地拿出所有的热切，期待我母亲的真知灼见。沈二仙还会拓展话题，就像有经验的老师那样，根据学生的学识能力和理解程度抛出一些问题，让我母亲来作答，他会在一些关键点上予以引导和提示，不管回答如何，他都热切地回应，跷大拇指、激赏、赞扬……看起来是那样夸张和愚蠢，但却总是可以激励我的母亲更加卖力地分析、阐述，表达自己的看法。沈二仙的神态举动也由原来简单的跷大拇指、赞扬，变成了更为复杂的深受教育、倍感振奋、大梦初醒和如饮甘露。如果见我母亲稍显力有不逮，他会以一种并不是太粗鲁的方式截断我母亲的话，摆出自己的意见和看法，而他的意见和看法带有明显的缺陷和错误，这马上就激发出我母亲的敏捷和辩欲，对沈二仙的错谬之处毫不留情地指出来，那恳切真诚的态度，简直就是对好为人师这句话的完美脚注。我见了真是觉得可笑至极。感觉沈二仙其实是位道行很深的耍猴人，而我母亲则是那只可笑的猴子，他就用那么点儿廉价的掌声，就将我母亲逗弄玩耍于股掌之间。

之前的诸多事情都表明我的母亲并非蠢女人，她远比这秦村大多数女人都要聪明，我很难讲她是不是对这种游戏的方式和目的心知肚明，但她的表现却是越来越依赖，越来越上瘾。

这种无话找话的谈话越到后头越是旁若无人，我忍无可忍。

当他们在饭桌上激烈交谈的时候，我可以选择愤而离席。当他们一个在茅坑内一个在茅坑外还在继续交谈的时候，我可以啐口唾沫走得远远的。那么他们的交谈在深夜呢？因为正值深夜，极其安静，而他们出声又都会考虑到对方的倾听，所以极其大声，他们的话题正当而严肃，都是迫切需要解决的事关耕种收成和荣辱得失的大事，比如稻田里即将肆虐成灾的螟虫，某人的含沙射影和指桑骂槐，应对土镇诉讼的一些关键性问题……这个时候，我将怎么办？我的痛苦无以复加，我绝望地离开床铺，打开房门，坐在院子里。他们的交谈并未因此受到任何影响，而黑暗中那些如同鬼魅般的饥饿的长脚蚊和露水蚊，终于有了人生目标和终极信仰似的，立即疯狂地向我这温暖的肉体扑来，那种空气都站栗起来的嗡嗡声，叫人不寒而栗。我调动身体所有的敏锐感觉，一有触碰就立即拍打，但那令人头皮发麻的刺痛还是叫人防不胜防。我除了回到房中，继续忍受那不可忍受的深夜谈话，还有什么选择呢？只能走出院子，将那令人恶心的对谈声抛在脚步声后。在黑夜的寂静乡村，踩着爬上叶尖的露珠，像条丧家之犬般漫无目的地奔走。

人一旦动起来，蚊子就无法将长嘴扎进你的皮肉，但是露水和夜气会上你的身，让你浑身变得湿漉漉的，像是塞满疲惫和困顿的沉甸甸的口袋，你会越走越慢，双脚不由自主地折回来时的路。等你站在家门口，发现他们终于停止了交谈，而此刻，他们那此起彼伏的鼾声又成了你新一轮的憎恨和厌恶！

真正迫使我下决心离家远去并且发誓不再回来的，是米二福送请柬那天。

米二福才离开学校没多久，就有媒婆上门槛了。谁家养姑娘不希望嫁到米三斤家呢。说了许多门亲事，总是没有搞成，原因出在米二福身上。米二福生得高高大大，壮壮实实，加上在农机站正学着一门手艺活儿，前程远大。等到一接触，往下一细说，才发现米二福竟然那般邋遢，那一身的味儿，让姑娘想喜欢都不敢靠近，捏着鼻子，躲得远远的。米三斤两口子看到了危机，他们要米二福好好收拾，好好打扮，拿了很多钱让他去置办新衣裳，可这些并不是解决问题的关键，关键是他不洗澡，他怕水。

有关米二福怕水有很多传言，说哪怕是开水倒满一点，他都会感到恐惧。

不过大家也都看出来了，在米三斤和小舌头两口子的努力下，米二福其实也在慢慢地改变，他的衣服越穿越伸抖，脸也越来越干净，身上的气味也不似以往那般重了。但问题并没有得到根本性的解决，很多时候米二福还是老样子，倒是他的对抗理由越来越堂皇了，搞到机修这个活路咋个讲干净嘛，才洗了又要往车子底下钻！如果我是镇长书记坐主席台，身上肯定要多香有多香！

米二福的这个对象叫肉肉，"肉"在土镇的发音是"如"，所以唤起来并不觉得多怪异，反而显得亲近。肉在代销店当售货员，第一天上班，就被街头闲逛的米二福看上了，然后米二福的父母托人去说亲。肉的父母亲听说了米二福的家境条件，对这事很重视，再一打听说米二福是个连脸都洗不干净，浑身臭如大粪的家伙，马上回话说他们家女儿还小。话回到米二福耳朵里，他并没有放弃，而是主动出击。当米二福在肉身后按响喇叭开门走下时，肉那少女之心一直幻想着的白马王子立即有了具体的形象。米二福当时的样子，任何一个熟悉他的人见了应该都会感到震惊。他一身笔挺的西装，发型时髦，一手叉着腰，一手扶着车门，一只脚踩在地上，一只脚踏在车门槛上，脸上露出腼腆而自信的迷人微笑。他和他的那辆轿车相互辉映，透露着富贵逼人的气息。

上车吧，我带你兜兜风。米二福说。

肉绯红着脸，犹豫片刻，大大方方地上了车。肉嗅着来自米二福身上散发的令人迷醉的香气，不好意思地说，我听说你从来不洗澡。米二福并不否认，那是以前，来接你之前，我第一回站在水龙头底下，我怕没洗干净，又喷了些香水。肉说，你为啥不洗澡呢？米二福说，我一沾水，就会想起我哥哥，眼前就是他溺水的样子，不过以后我会洗的，你要嫌我没洗干净，我就再去洗。

肉说，本来是有个人一直在追求我的，我之所以上你的车，是对你好奇。哪有怕水怕到不洗澡的男人呢？听你刚才那么一说，我挺感动的。以后我不会逼迫你洗澡，别太臭就行，做人嘛，重要的是心头干净！

米二福感动得泪水汪汪。

当日在代销店因为光线和视角原因，我并未看清肉的腰身，现在她缓步进入我们家院落，我一眼就瞧住了她隆起的小腹。

我母亲忙着给这对新人端来两根板凳，但他们并未分开坐，板凳虽短，他们坐下后却还余下一截。米二福跷起二郎腿，肉紧紧依偎着他。米二福简单介绍了他婚礼的规模，有多少厨师，准备宰杀多少头肥猪。我母亲听得啧啧咂舌。米二福郑重地向我发出邀请，要我当他的伴郎。只是，他说，你有西装吗？我说没有。他问，你可以去买一套吗？我笑着说，你报销吗？你报销我就去买一套。他打着哈哈说，你们家搞那么多钱，未必然连套西装钱都舍不得出吗？我冷言道，就算钱再多，我也不可能因为别人结婚而专门去置办一套西服嘛。

场面顿时陷入了无声的尴尬。不过这是片刻的事情，因为沈二仙从外头回来了，一身泥水，拎着盆子，扛着锄头，看样子他又去戽水了。他进到院子里，一见我们的神情，也搞不清楚发生了什么事，小声嘟哝了句什么，怯怯地顺着墙边走到洗衣台，放下盆和锄头，蹴在地上撩起水来洗脸。

我这个老同学硬是会开玩笑。米二福打了两个哈哈，发着干笑，要以这种干瘪生硬的方式打破这难堪。肉看着米二福，报以甜美的一笑。两人从板凳上站起来，米二福一手插进裤兜，亮出铮亮的金利来皮带头，他向我伸出手，做出不计前嫌的大度神态，笑着说，早点来吃酒啊，到时候我专门把咱们班同学安排在一起，那些教过我们的老师，从一年级到毕业班的都会过来！

我捏了捏他的指尖，好。

米二福从肉手中接过请帖，递给我母亲，呵呵笑着说，婶子，你带队，一屋人都早点过来。

我母亲连声应着，要得，要得。她已经快速地从心头和脸上抹去了刚刚的不快,即使到现在,她仍然讨厌人家说她有钱,总认为那是没安好心的前奏,倘若是别人讲出刚才那番话,她必然会不依不饶扯上一阵筋筋绊绊的,但这是米二福。米三斤一直认为他丢官被处理是我父亲和母亲祸害的,不止一次地在公开场合对我父母进行谴责,说他们没有良心,而且将他们列为秦村第一号坏人。如今米二福亲自登门请去吃他家喜酒,不能不说是一种示好。

我母亲满脸堆笑地要将这对准新人送出院子,却见米二福走向沈二仙。走过去,还摸出烟来,沈二仙,抽杆烟。

沈二仙受宠若惊一般手忙脚乱,他在裤子上蹭干净手上的水,小心地接过烟,就像雷管一样捏在指间。面对米二福送来的火,一番点头哈腰后,才噘着嘴巴将烟头迎上去。他美美地吸上一口,犹如垂死之人终于获得一口空气似的,脸上堆满了重获新生后的感恩戴德的谄笑,一个劲儿地躬身道谢。

这可是喜烟哟。米二福说。

祝贺!祝贺!沈二仙那样子简直就像是只叩头虫。

吃喜酒你要来嘛,米二福说,你就不需要送礼了,来吃来喝就是了。米二福也给自己点了一支烟夹在指头上,回首潇洒地冲我们一指,你们一起来嘛,反正你们现在实际上跟一家人一样,还故意分啥里里外外嘛。

4

我跟我母亲说要出去一趟,需要些钱。她进了里屋,过了一会儿递给我一点钱。我说那个洋娃娃呢,你给我捡到什么地方去了？她没有答话，我进了她的睡屋，我以为知道在哪，翻了个遍，不见。我母亲不知道啥时候跟过来了，她站在我身后。我说，你是给我烧掉了吗？我母亲一语不发地从衣柜里扯出一团用塑料袋包裹的棉花，解开扎在外头的布绳，抓出芭比贝蒂丢在一边。我捡起贝蒂，塞进我的背包里出了门。

我赶到学校，说成绩要过两天才能查到。我住进宿舍的那天傍晚，意外地获得了一份不错的工作，在一家叫"城市科技信息公司"当秘书。城市科技信息公司就开在学校附近的一个居民区里，每日里会从邮局收到数百封来信和汇款单。老板是个戴着高度近视眼镜的老师模样的中年人，他会仔细地拆阅那些信，并将汇款单归类，来信除了希望获得某一类致富信息和资料外，还随信夹寄两元、五元、十元人民币，最多的似乎有五十元的。老板将金额写在信封上，然后将信件交给我和另外一个怕有六七十岁的使毛笔的账房先生，我们根据来信的要求，从那一大摞印有"养猪快肥法""金银萃取术"等资料中找出对应的所谓的技术信息资料，折叠好装进信封，填上回信地址和名字，拿糨糊糊上口子，再贴上邮票，就算完成了一单活儿。

来信也有希望获得交友信息的，男求女，女求男，年龄、文化程度、地区……爱好大都是"文学"。我们除了需要将来信者信息详细登记造册，还需根据其交友要求，从已登记在册的信息中找出符合他们所要求的，五元钱的三位，十元钱的八位。

这样的工作对我来说就像玩儿似的，我手脚很快，账房先生夸奖我的钢笔字写得好，问我想不想跟他学毛笔字。我说用毛笔写字太慢。慢不好吗？他问，你为什么想着要快呢？

账房先生取下老花镜，眨巴着一双小眼睛，笑眯眯地看着我，他的眼神颇有深意。

成绩终于出来了，在录取线上。我的前途顿时一片光明，我似乎从此有了前路的方向。我想把这个好消息告诉惠安旅店的那些朋友们。尤其是要跟细细讲讲，我觉得他们一定会为我高兴，而且我也预备好晚上买些酒菜，请大家喝一杯，好好庆贺一下。

可是当我进入巷子，却见惠安旅店房门紧闭。我透过门缝往里瞧，里头空无一人。莫不是都出门了？都在睡觉？我使劲推，推不动，低头一看，脚下一把黑铁大锁。我搞出的响动惊扰了墙头的一只黑猫，它发出一声叫唤，慢慢抬起头，用那鬼魅的异色双眼瞄了我一下，爬起来伸个懒腰，摆动那长长的腰身，滑进一条墙缝里，不见了踪影。

我站在被房脊遮挡的投在巷子墙上的半幅阳光中，四处张望，突然想起曾经在《聊斋》中见过的场景与此何其相似啊。落难的公子走投无路，突然看见前头有些许微光，走过去，原来是一处旅店。里头歌舞酒宴，甚是热闹。落难公子受到大家的热情款待，并与一位美貌女子缠绵欢娱，其情其景甚是难忘。

数日之后，公子赴京赶考，连中三元。回乡报喜，途中，公子备下美酒佳肴和一肚皮的感激之情前往旅店，却见残垣断壁，枯藤昏鸦。唯有清风依旧，落霞依然。公子恍恍惚惚，不知今夕何夕，似梦非梦……

下部

第九章

1

马上就要进入新千年了,所有人都在做着迎新的准备。似乎随着新千年的到来,他们将从此改头换面,开始新的人生。

这里头自然也包括我和我的朋友树。

我在想,并非所有想要开启新人生的人都会如愿以偿。上帝这个老东西嗜赌,他总是微笑着引诱你以掷骰子这种最简单也最粗暴的方式参与赌博,而且他还并不急于告诉你结果,总是等到你得意忘形的时候出其不意地摊开手心告诉你,这就是赌注,这就是你的烂牌,然后攥紧手心,不容丝毫犹豫不留丝毫情面地拿走你的尊严、你的生活,甚至你的小命。

输赢是多大的概率呢?我只晓得我和树都输了。我还好点儿,而树连翻本的机会都没了。

树并不是我真正意义上的朋友,因为他年岁大我许多,我对他更多的是崇敬,而他对我则更多的是爱惜和提携。他曾经是蓉妈妈的同事,他们在一个办公室里待过几年时间,在我和蓉的关系确定上，他确实做出过相当大的帮助并自认为取得了不错的成效，但他永远也不可能知道，蓉妈妈对他怀有很深的成见，并且准确地预测出他可能的命运。

那会儿树和蓉妈妈都在爱城报道组，树特别爱跑，十分热衷于写稿子，也很善于表现自己，但并没有得到怎样的重视。在一次酒宴上，树谈及自己当年的努力，十分感慨，说他是整个报道组最卖命的一个，而且稿子一篇接着一篇地上中央级报刊，蓉妈妈也表示认同。树喝了一些酒，有点过了，悲叹时运不济，小人当道，自己都这把年纪了还没有混出一个多大的名堂来。你看你，他指着蓉妈妈，当年端茶倒水的小女娃子，现今可是喉舌主管，你可要记得照顾我们这些老同事哟！

回到蓉家，蓉妈妈毫不客气地给我讲，我很不喜欢你跟树来往，他不是吹嘘自己是爱城一支笔吗？不是自视清高吗？你看他灌点猫尿的鬼样子！如果说虚情假意恣横放纵是文人的通病，那么这些毛病落到他身上就成了癌症。我申辩说，我跟树的往来并不深厚，只是业务上的交道，他是爱城作协主席嘛，手里有些文墨资源。只是他听说我和蓉的关系后，走动的次数稍微多了点，也因为他老跟我说和你是老同事嘛。

蓉跟我讲，她妈妈讨嫌树是有原因的。那会儿他们在一个办公室，树曾经骚扰过她。一想起他伸着爪子摸过来的鬼样子，她就犯恶心。我说，这都多少年过去了。蓉说，对于女人来讲，被性骚扰这事，就算过去八年十年，就算是临死到棺材口了，也是没办法放下来的，终会恶心，一辈子不轻松。当年树不过是趁着蓉妈妈趴在办公桌上午休，偷偷摸了一把她的屁股，现在见了他，她都有种忍不住上去唾他两口、撕扯他两把的冲动。

女人最不能容忍的事有两件，一是性骚扰，二是被爱的人背叛。蓉说着看了我一眼，令我觉得她的话里有话。

我和蓉相识于四年多前。我能从一个小小的记者成为一个举足轻重的部门主任，自然是全靠了她，因为她的母亲，我的准岳母大人，曾任爱城宣传部部长，而今她高就到了绵城，继续担任要职。

蓉曾跟我讲过她母亲对我们未来的规划，她不希望我搞什么新闻报道，也不喜欢我在文艺方面表现出什么兴趣，她希望我可以有点政治抱负。下一步她会先让蓉离开爱城，让我们在绵城安家，稍后她会让我进入绵城的党政机关，在她的直接关心和帮助下尽快成长为一位优秀的青年领导干部。

这是她讨厌我和树往来的原因吧。怕我受了树的影响也去搞文艺？我说，我恐怕还真的受到他的影响了，我竟然有想写小说的冲动，而树早就断言，假如我写小说，一定会是个优秀的小说家。

那么你想不想知道妈妈对树的断言？蓉说她妈妈认为树是个表面风雅清高的正人君子，其实骨子里极其卑贱恶劣，自认为聪明无人能比，实则是愚蠢至极，在人前和善恭谦，背后暴戾凶残。他的整个人生都是在蓄积恶意，像个残暴凶狠的收藏者，等到某一天，他再也拖拽不动那些罪恶，铺散暴露出来，只怕会让所有人都感到惊愕和恶心。

事实证明蓉妈妈是个伟大的预言家。

为了给蓉和她外婆践行，蓉妈妈特意将她的几个姐姐和弟弟召集回来，聚在一张大餐桌上，除了恭祝她的母亲旅途愉快，还顺带公布了我和蓉的婚期——新千年的劳动节。

面对一大桌子的好酒好菜和大家的祝贺祝福，我确实表现得有些心不在焉。这被蓉妈妈看出来了，她说，虽说外婆不是第一次去海南，但就数这一回她不放心，所以才叫蓉陪着去。如果不是看着年底了，她就帮我打招呼，也叫我一块儿去。我笑着说就算领导批准了，我也走不掉，手上一大堆事啊。蓉妈妈说，是吗？只有当家才晓得油盐米贵吧？说到这里，她再次向大家宣布了个好消息，我马上就要从原来的部门主任升任为副台长了。这个好消息让我吃了一惊，因为之前从未听到过风声，而从蓉的神情来看，她显然是早就知道了。

你的部门主任是你们电视台内部任命的，并不享有组织级别，而电视台台长却是正儿八经的领导干部。蓉妈妈说，明后天组织部就会过来考察你，你就专心致志地应对好这头吧。

事后我才知晓，蓉妈妈和爱城组织部的领导在一次会议间隙的闲谈中聊起各自的子女，蓉妈妈说起我和蓉，说准备将婚期定在新千年五月一日，那位组织部领导不无遗憾地说，假期他们全家准备外出，无法到场祝贺，不过他会将一份特别的礼物送给我们。这份特别的礼物就是我的电视台副台长的任命。

蓉妈妈并没待多久，有个重要接待需要她出席一下，她叮嘱了蓉一番，又安慰了老太太，进洗手间整理了一下妆容，在秘书的陪侍下和我们的注目中，走出了房间。

我也准备走了。

蓉送我到门口,这才表现出她的不高兴来。真不晓得老太太怎么会突然就来了兴致,说这阵子阴寒,想去海南晒太阳,还点名要我陪着。蓉说,妈妈才说了你的工作安排的事,我咋能在这个时候回绝她呢?我说老太太让你陪着,这可是好事,把她陪高兴了,你自己也要玩尽兴!蓉噘着嘴说,人家不是舍不得你嘛,又要分开一阵子。我叹着气说,你妈妈啥事都为我们考虑着,样样都安排得好好的,她忙,没办法在她妈妈跟前尽孝,那咱们就多做一点喽。蓉很高兴我如此理解和体贴,说无论如何,她也会在千禧年前赶回来,和我一起喜迎新世纪。

回爱城的路上,局长给我打电话,问我在哪里,能不能过去喝杯酒,他正和几个主要领导在一起,正说起我的一些事。我说不行,蓉的外婆想去海南晒太阳,在给她钱行,不敢走开,走开了老太太会不高兴。

我并没有回单位,我去了安镇。水昨天下午给我打电话,说她马上就要回去了。我问她,回去了还会出来吗?她说她可能会去广州。我说,你现在在哪里?她说在客运站,马上就要上车了。我说,你后天走行吗?明天晚上留给我!她想了想,说,一千块。我说行。

我在安镇和水独处了一夜。这一夜我们都当成享有对方的最后一夜,彼此都显得有些疯狂和贪婪。水之所以卖力,是出于感激,她大概很少遇到像我这样的不讨价还价的客人。而我只想让她开心,因为只有她开心,她才会配合我,给我想要的东西。

我带着疲惫的身子和满足的心情离开安镇,回到爱城已是中午时分。这天晚上我睡得很沉,以至于蓉给我打电话都没听见。早上起来正洗澡,蓉又打来电话了,问我昨天是不是喝醉了,咋没接电话。我说早睡了,这几天太累。蓉问我今天怎么安排的。我说要下乡。蓉说你可能下不了乡,今天组织部的人要过来考察你。

刚到办公室通知就来了,说组织部的人十点过来。我将升任副台长的消息很快就传遍了电视台,同事都前来表示祝贺和要酒喝,我说行,五一节谁也跑不了。

我没等来组织部的人,却等来了派出所的。

先是水打电话,我说,你不是走了吗?她说有点事没走成,现在在爱城,能出来见见吗?我说不能,我没空。她说真的有急事要见。我说对不起,我不能见你,你走吧。我挂了电话。

和所有人一样,当新世纪到来,我也做了改变的计划。况且我马上就要结婚,就要有家庭,有妻子,还可能有孩子,必须要狠下心肠,将我身体里的另外一个自己驱赶出去,杀掉它!我深知它的龌龊、阴暗、邪恶和歹毒,我也知道它的毁灭能力。但是似乎又做不到,它是我的一部分,驱逐了它,我也将无家可归,杀死了它,我也将死去。我对它深恶痛绝,又愤恨自己的无能为力。曾经有那么一阵子,我陷入了可怕的抑郁之中,甚至想到过自杀。所以,我决定将它深深地隐藏起来,如果能够做到,我希望是埋葬!

电话再次响起,是水刚刚打来的那个号码,我刚接起就传来个男人的声音,你出来一下吧,我在你单位门口。我脑子快速地转动，心想，这是遇到敲诈了吗？水伙同社会上的人对我进行要挟？电话里大声说，我是安镇派出所雷警官。

2

我跟组织部的人说，我在乡下，老百姓的事，紧急情况。组织部的人表示理解。他们先跟我单位上的人座谈，等我回来可以去组织部直接找他们。我一番感谢。组织部的人很客气，说你情况紧急嘛，大家都是为人民服务。

到了地方后，雷问我怎么回事，我只能照实说，雷啧啧咂舌，说你这么优秀的人，要身份有身份，要地位有地位，前途无限，按理是不缺女人的呀。你咋混去找鸡了？我只能以羞愧和悔恨面对。有些人的口味儿就是鬼迷日眼，我们搞这个行当的，啥没见过啊。雷哼哼笑着，在我面前的桌子上坐下，取出一支烟叼上。这事儿难办了啊，咳！他长叹口气，你也看见我们来接你的那辆车了，又破又烂，都没钱进维修厂，坐在上头跟拖拉机似的，有什么办法呢，单位穷，比不得你们电视台，播个广告就三万五万。这样吧，你就帮我们这穷单位一把吧，把车维修好。当然你也忙，修，还是我们自己去，账单呢，你买一下。

我说，多少钱？

两万。

我说，刚刚你还不是说一万吗？

那是先前嘛。雷笑笑，看着桌子上的手机，希望别再来电话，我们宿舍的水电线路可是老化得有些严重啊！

电话还真响了，是蓉妈妈。还没等我应声，她就是一通呵斥，质问我究竟去干什么了，那么重大的事情，怎么可以当成儿戏呢。

你的岳母，雷悄声问。

我点点头。

雷一把拿过电话，啪地合上盖子，你这老丈母娘是干啥的？咋这么凶？

我苦笑着说，在这大河两岸，没人敢这样挂断她电话。

这时候驾驶员叫雷出去一下。过了一阵，雷进来抓挠着头皮说，恐怕咱们宿舍水电线路老化的事情，还真得麻烦你了啊！

在送我回爱城的路上，驾驶员对我不无同情地说，只怪你运气差，撞上了雷。这家伙对于犯花花事的人绝不手软，而且不择手段，瘦狗也要炼三斤油呢！这下终于逮住你了，他心里可是美开了花呀。你呀，就自认倒霉吧，花钱免灾，吃一堑长一智，从今以后长个记性。想那事儿，花点时间培养几个情人，保险，还方便。可是到底划不着啊，摊上雷这样的狠角色。不过你也放心，绝不会给你留底子！我叹着气说，这个雷的口子开得太大了，我这工作才没几个年头，又准备结婚，新房还是丈母娘那头一手办的，他就算逼死我，我也拿不出来四万块钱呀！驾驶员瞟了我一眼，你可别灰心，雷既然开口跟你要这么多，他就算准了你拿得出来，而且你也远远地超过了这个价码。

我苦笑着望着窗外。

你呀，最好按照他的要求办，别讲亏钱了，你要把他惹毛了，恐怕你就真的完了。驾驶员说。

我不想搭话，这家伙表面上关心我，不过是唱双簧，口气温和，却尽是硬话。

车到爱城，我在广场上下了车，然后坐了个三轮赶往爱城刑侦大队。在去年春天的一次采访中，我见过弯刀一面。那是这么多年后我们第一次见面。见到我，他特别高兴，他腰背弓得很厉害，都快佝偻了。当时他有些忙，我们并没有说上多少话，后来我很想请他吃饭，邀请过两回，都给他拒绝了。

弯刀不在刑侦队。一个宣传干事问我是谁，找他什么事，我说了和弯刀的渊源。他跟我讲弯刀在医院，我问他怎么了，他说住院。

宣传干事说弯刀是肝的问题，他并不建议我现在就去医院看望，说弯刀现在肯定没时间，手上有个大案子正加紧侦破。他说你没看见，这里的人都急匆匆的吗？都在往医院赶呢，开会，汇总情况，就要关门放狗了。

我想了想，问干事，弯刀和雷的关系如何？干事很警觉，说，怎么了？你惹着雷了？我说是亲戚的一点小事。干事说，别人在雷跟前好不好使我不晓得，但是咱们弯刀在这大河两岸可是神一样的存在呀，只要是他站着，局长都不敢坐着。

干事热心，帮我找了顺路车一道去医院，中途我下了车去买了些礼物，都是些营养品，看包装就应该是很贵的那种。

车上我听他们讲前阵子发生在弯刀身上的一桩事。弯刀在华西做检查，半夜里肚子饿，在小酒馆吃东西，听几个小青年吹牛皮。那天下雨，阴冷，酒馆里烤着白炭火，虽然潮湿却很暖和，电视机里播放一部电视剧，讲的是一个男人怎么和几个女人纠缠不清。于是，一伙无聊的家伙都羡慕那个男人，转而羡慕一起喝酒的一个男子，因为他曾经也要了好几个女人，而且一个比一个漂亮。一直喝着闷酒的另一个人直嗤笑，说那些算什么，都是别人耍剩下的烂货，有本事整新鲜的去。看得出来他们对这个家伙多少是有些惧怕的，但都喝了酒，言语也不拘束，说肯定嘛，你有钱嘛。他说，凭钱耍女人有啥本事？再说有钱就能耍到女人？你拿一沓票子到那没开苞的女娃儿跟前试试，看人家稀罕不稀罕你那臭钱？大家故意装作纳闷儿。他也故作玄虚，说老子耍女人，老的不要，难看的不要，只耍处女，只要毛都没登齐的，白白净净，处女血像樱桃汁一样！

　　这个时候，弯刀叫老板，说你给我拿瓶啤酒来。老板拿了瓶啤酒过来，要给弯刀开。弯刀说不用。他拎着啤酒走到那人跟前，照直了往脑袋上挥去。那家伙被砸得鲜血直流，晕头转向。弯刀说莫法，我最近身体不好，不然也不使这个手段。等到警察赶来，弯刀亮出警察证，指着趴在地上的那家伙说，弄进去好好审审，小齐庄的事，平乐镇的事，还有三道堰的事，多半就是他搞出来的。弄进去一审，DNA一比对，这家伙还真是小齐庄、平乐镇和三道堰一系列强奸杀人案的畜生。这个家伙，只对十多岁的女娃子下手，虽是流窜案，但却预先踩点、跟踪，犯完案子快速逃离，反侦察手段极高，给案件侦破带来了极大的难度。却没想到几个地方的人累死累活了好几年，弯刀趁着看病间隙，吃碗牛杂汤的工夫就把案犯给生擒了。据说公安部的领导都亲自打来电话表示祝贺，弯刀说有啥祝贺的，死那么多人，还是怪咱们没出息！公安部的领导还想跟弯刀讲点啥，弯刀说有啥安排你直接跟我这头当官的讲，我这里不空，有个棘手的案子，刚冒了点儿头，就把电话塞给了别人。

我在病房里看到了弯刀，他在发火，说都这个时间了，碰头的事不是说好的吗？人却不齐！他摔了药碗，骂了粗话，说老子都是拿这最后一口气来办事了，他们还好意思耽搁？

弯刀面色蜡黄，形容枯槁，头发全白了。他亲手接下我的礼物，还打趣了一句，你娃咋买这么金贵的东西？是起坎了吗？"起坎"是大河两岸的土话，有一夜暴富的意思。我看着他的样子，心里真是难受，不觉润湿了眼眶。

你请了我好几回喝酒，硬是不得空，不过也有个侥幸，想等身体好些，你的酒我还是想要吃一杯的。谁想这病越来越厉害，占了上风。这辈子怕是吃不成你的酒了。我说弯刀，莫讲这些，现在医学发达得很，脑壳掉了都安得上。我故意想诙谐点，不愿见面就沉重，更何况这一大屋子的警察，个个都是咬铜吃铁、缉凶拿贼的狠角色。弯刀拍拍我的肩膀，轻叹一声，你是专门来看我，还是有啥事儿？我说我也是才晓得你害病的事。弯刀说好嘛，你等一下，我先办点事，然后我们两个慢慢摆，我有个想法是刚刚见到你才冒出头的。他叫了个人来，让那人陪我在外头坐坐。电视台的，何山，有名得很。弯刀说，过两天喊他给我们整一盘，我们都要好好亮个相！

都说好，整出来肯定好看。

3

会议开完,弯刀已筋疲力尽,医生等着给他打针,他的几个兄弟也都让他歇息歇息再说。但他执意要先见完我,而且还让大家都出去。

你是不是闯了什么祸?

我犹豫着,在这样的情况下跟他讲这些脏事烂事揩屁股的事,真是有些难以启齿。

我笑笑说,没什么,就是来看看你。

真的吗?他一脸虚汗,都没那个力气拿起毛巾揩一把脸。我要上去帮他,他摆摆手,虚弱地说,才见你第一眼,我就看出来了,你小子惹了祸。

泪水模糊了双眼,我哽咽着说对不起。

听完我的事,弯刀神情严峻,许久才说,你不应该是个做啥事都不考虑后果的人呀。

我哀叹一声,不知该如何回答。

就在我跟弯刀讲那些事的时候,我的手机不停地抖动。先是蓉妈妈打来电话,接着是蓉,我用短消息回复她们说正在采访,可她们还是一个电话接一个电话地打来。我只能任由电话在口袋里嗡嗡抖动。我怎么会没考虑后果呢,我只是侥幸,以为计划周密,万无一失。现在事情正在不断地恶化下去,我已深陷泥淖,就算弯刀能一把将我拽起来,我也没办法再继续装出一副干净的样子,我已一身泥污,浑身臭味儿,而且蓉妈妈肯定已经闻到什么了。她一直都不那么赞同蓉和我交往。就如她所言,如果说我还有一点什么让她喜欢和欣赏的东西,那只能是我作为乡村人的淳朴和实诚。而这两样东西我有过吗?我是不是有过,别人是不知道的。现在可以保证,他们知道我没有了,我有的只是虚伪和道德败坏。

我有些后悔告诉弯刀这些烂事,我应该讲啥事没有,晓得他害病,专门来看他,我怎么能让他为我操心呢?他都这样了,我还拿这样的脏事烂事来恶心他。我应该呈上礼物,感谢他曾经的帮助,表示一直都记得他当年的恩德,而且始终堂堂正正光明正大,如他当年所叮嘱的那样好好做人。这样他肯定心情宽慰,颇为欣然,何至于现在这样眉头紧锁,以悲悯痛惜的目光注视着眼前我这个不争气的东西呢。

我可能真的做错了。正确的做法是,像个成器的人那样,以骄傲的身姿离开弯刀的视线后,赶紧去借钱,去告贷,准时足额地缴清那笔钱,尽快回到正常的生活轨道上,更加卖力地工作,寻找一个合适的时机,向蓉忏悔自己的罪过,求乞宽恕并勇敢地承担她和生活的责罚。或者,什么也不说,就当从未发生过。

但现在,我却如此不道义地将我濒死的恩人拖入这样的烂事里头。

我说,叔,这事就不劳你操心了……

弯刀看着我说,你刚叫我什么,叔?你还是第一回这么叫我吧?

我想了想,的确是。那回他送我去绵城中学,见完校长又带我去吃饭,等到事情办完又送我回花荟中学,在校门口,他跟我亲热地挥手说再见,那时候我真忍不住要跟他喊"叔",到嘴边还是吞下去了,换成了"弯刀"。那时因为我觉得自己不配跟人家亲热,现在当然也觉得不配。只是再不喊,似乎就不再有机会了。

那个打杵子现在咋样?弯刀问。

他在坐牢,我说。

咋回事?

我大致讲了下。打杵子跟几个人搞诈骗,先前也不过是在旅游景区卖假黄金制品和名表,引诱人家上当,赚了不少钱。搞了一两年,一伙人心口子也越来越厚,就开始设局。搞什么国民党在大陆的"复兴资产"和"金圆券",愚弄了一帮人,其中有个有点钱的老年人,不晓得怎么把人家搞死了。

弯刀叹息说,他看起来可是个聪明人啊!

我苦笑说,上瓜当的不都是聪明人吗?

医生又进来了,还有弯刀的家属和他的几个兄弟。你先回去吧,弯刀对我说,明天这个时候你过来一趟,我们几个就节目的事情好好议一议。都走到门口了,弯刀叫住我,那个事情你就别管了,该干什么干什么去,好好考虑工作上的事,明白吗?

我跟蓉妈妈打电话,我编好了应付的内容,可是她已经不接电话了。我跟蓉打电话,她的电话一直都在通话中。等终于打通,蓉的语气很平静,就像什么事也没发生过,因为她什么也没问。这不是个好兆头,这太反常了。

我和蓉走到一起,是因为她喜欢我的复杂,而我喜欢她的简单。那会儿我在电视台新闻部,她在爱城日报记者部。

跑时政新闻的时候我们总是出现在一个会场，彼此早已算得上熟悉，但并没有多少交道，那个时候的我对这个世界充满了警惕和敌意，而且早就知晓她的来头，理所当然地认为她是爱城的公主，我们之间的距离岂止沟壑，简直是天壤。因此我对她也算是毫不在意。

相比党政口，我对群社口熟悉得多，偶尔所得的群社口的报道，远比精心采编的党政口的新闻要出彩。而我显然也对观众的口味一清二楚，晓得他们更喜欢什么，更想得到什么。所以，当我申请从党政口到群社口的时候，领导二话没说就同意了。没想到蓉也跟着从时政到了群社。于是我们总是出现在同一个事件里，比如，刘女士意外找到她十二岁时的救命恩人，某家的猫一窝生了十三只崽。遇到这样的事件，蓉总是表现得惊惊乍乍的，像个少见多怪的小女生。而我的表现则老到世故，冷静得近乎无情了，由此我们的报道总是呈现出两个完全不同的结果，或者说两种完全不一样的形态。她的报道是表面表象的，因为人家说什么她就信什么，这样的东西由于缺少思考和探索的环节当然来得快，转眼就见了报。而我总是不着急，我在抽丝剥茧，我在激浊扬清，我要让子弹飞一会儿，我要尘埃落定，我要真相。真相是刘女士找到的那位救命恩人是她的生父。那年她害病，因为缺钱，准备放弃医治，有人送了一大笔钱，并在她的病床前照顾了一个礼拜，等到她转危为安才离开，而且从此再未出现。她一直寻找，却不知救命恩人姓甚名谁，身在何处。直到现在，救命恩人意外出现。这里头有诸多看似正常却不太正常的疑点。当年看似无钱可治，但提出放弃的是她的父亲，而就当时的情况看，他们家并没有被逼迫到山穷水尽的地步。那位拿出那么大一笔钱的救命恩人，她的父母怎么可能不记得人家姓名和家住何方呢？捐出那么大一笔钱，又为何还要在医院里陪护到转危为安才离开呢？既如此牵挂，又何苦几十年不复相见？而此番相见，竟然是刘女士的父亲病故后三个多月。真相就像一场狗血剧，说穿了挺没意思的。但过程却让人饶有兴趣且欲罢不能。而某家的猫下十三只崽则更加可笑，分明就是无聊之人为了吸引眼球，故意搞出的骗人把戏。

你是故意和我作对是吧？蓉打电话问我。

我说不敢。

作为党和政府的喉舌，联系人民群众的纽带，爱城电视台和爱城日报社发出的所有声音理应高度一致，可以一事两表，但绝对不可以唱对台。然而由于各自领导诉求不一样，更由于广告市场份额的原因，明争暗斗一直存在。党政口的声音必须一个调，那么群社口就不见得了。那阵子我的那些报道可是为我赢取了不少好名声，他们说我的报道无疑是打向报社的耳光。话虽然有些夸张，却是事实。

幸好是蓉，换着别人，报社的领导早就收拾到她头上了。蓉请我喝咖啡，我说喝不惯。茶呢，她问我。我正迟疑。给个请教的机会嘛，她说。我说好吧。

你似乎从未正眼看过我。刚刚落座，蓉就这么说。我们也算是见过好几十回的面了，会场上，会场下，还有街头的偶遇，在我的印象里，你的确从来没有正眼瞧过我一下。她探长身子，把一张脸迎向我，动作和语气都有些夸张，但不失为一种小女生的可爱。

我有些慌张，看着她。她白净，丰腴，双眸明亮，嘴唇红润饱满，牙齿洁白，头发乌黑亮净，就像由一位经验丰富的艺术家精心雕琢出来的堪称完美的艺术品，因为质地金贵的原因，更因为技术精湛的原因，纯净得没有一丝一毫的瑕疵。因此，无论她的外在还是内在，都洋溢着一种凡夫俗子高攀不上的高贵气质。

你脸红了，她的声音里有一丝哆嗦，由此也暴露了她的大方和镇定也不过是表面硬撑。

你也脸红了，我说。

她竟然慌张起来。

我突然意识到生活在我们面前可能新开了一扇窗。哦，这不是可能，而是确定。因为我们的眼中都闪过了一道奇异的光。

我妈妈昨天晚上专门调看了你近期的节目。蓉说，我也把你的节目翻来覆去地看了好几遍，我到现在都搞不明白，你是怎么看出来刘女士的救命恩人是她生父的，还有那猫是假的。

我耐下心思跟她讲。我说咱们说说那只不合理的猫吧。猫生五六只尚且属于正常，十只呢？超越常识了！那么又是怎样的无聊之徒出于怎样的目的将两窝或者三窝猫硬生生地勾兑在一起呢？你应该听说过鲁迅先生的一句话吧，我向来是不惮以最坏的恶意来推测中国人的。蓉发出一声悲悯般的叹息，老天爷啊，你都经历些个什么呀。

敏感、机智、广闻博学和对基本常识的掌握与尊重，这一切新闻从业人员的优秀素养都是蓉自认为不太具备的，而于我却是那么丰富。这本来也属于她妈妈欣赏的品质，却因为蓉意欲和我更进一步，被她质疑为内心阴暗和心怀叵测。

在别人身上是优秀的品质，在他身上不是。蓉妈妈这样跟她的女儿讲，他可能会是个好记者，但绝对不会是个好丈夫。你真的要跟他在一起？那你真可能从此永无宁日。因为你每随他往前一步，都会是种冒险！天知道他的人性里头都潜藏着什么，又会给你带来怎么样的伤害！

她讲的这些，热恋中的蓉怎么可能听得进去呢。面对蓉的坚持，蓉妈妈并非像天下其他母亲那样在一声叹息之后就是祝福，她还有选项，那就是尽量把握在手，让事物发展进入她想要的轨道和速度中去。蓉离开报社去了她并不是那么喜欢的团委，而我也从社会新闻部记者飞快成长为副主任。

必须承认，我的每一点进步都离不开蓉妈妈的关心和帮助，鬼知道她在我的周围安插了多少耳目。一个实习的小女生不过是给我多买了几回奶茶，这本属于办公室前后辈之间正常的交流，竟被她认为我们是在玩暧昧。如果不是，为什么偏偏是她给我买，而我也只肯喝她买的呢？这种义正词严的计较在蓉看来都觉得可笑。确实小题大做了。蓉说，这算什么嘛，谁在实习的时候没有讨好过前辈呢？哪一个前辈又不是乐享其中呢？难得蓉如此理解，但我仍觉得有些冒火。

你别在意。蓉嘻嘻直乐，你不觉得好玩吗？我要把她办的事都讲出来，你怕只有两个选择，气死或者笑死，你选择哪头呢？

后来又发生了一件事，这件事情差点儿摧毁我和蓉的关系。有个医院院长跟我打过几回交道，感觉甚好，在采访之后安排我们去了一家卡拉OK厅，还请了几个漂亮女孩陪着一起喝喝酒，唱唱歌，聊聊天。

这事让蓉妈妈大为光火，将我一顿训斥，还制造压力，要处分那位院长和随同一起的人员。我知道一切皆因我而起。我跟蓉讲，大家都在往东去，我做不到独自往西。我们一帮人不单单只是业务上的关系，还是朋友。不是朋友的，通过那一场酒、一场卡拉OK也成了朋友。现在在你面前只有一个选择，请你妈妈别监视我，我做不到她要求的特立独行，我除了是她女婿，我还有其他的社会身份。否则，咱们就此别过吧！

蓉先是认为这事太好笑了，见我不像是开玩笑。她紧张片刻，让我做个保证，就是永远别做对不起她的事。我信誓旦旦。她说好了，有了这个保证，我想我就有了对付她的盾牌了。

母女俩整整三个月没有说话。

此后也不知道是蓉妈妈放弃了，还是故意在放长线钓大鱼，我感觉越来越自由了。在谈及婚嫁之事时，蓉妈妈希望我能将我的父母请到城里，或者她亲自登门拜访也未尝不可，两家老人在一起说说儿女大事，就像传统表现的那样。

我断然拒绝。

蓉妈妈也没有坚持。其实根本不用猜测，她肯定不止一次前往过秦村，可能虽未和我父母当面交谈，但对于我以及我父母的事情她怕是早就知道得一清二楚，所有的一切尽在她的掌握之中。

4

午夜时分，安镇派出所的雷带着他的驾驶员在东风广场的夜啤酒摊子跟前，将四万块钱欠条和我的供词还到我的手上。

这不合规矩，但是弯刀打了招呼。雷晃晃手上的啤酒，你吹一个，我有几句话讲。

我一口气干了瓶啤酒，瓶口儿朝下，向雷亮了底。

雷抡圆了巴掌，狠狠地给了我一耳矢，一声清亮的响声引得食客们都望向我们。

你还是人吗？弯刀都成那个鬼样子了，都死在门槛上了，你还忍心去找他？你要再不学好，再对不起弯刀，老子整死你！

雷站起来，往桌上扔了几张钞票，吆喝了声结账！吹着口哨扬长而去。

我撕掉供词，心头一点也轻松不起来。我知道，从雷挂掉蓉妈妈电话的那一刻，我就应该知道，事情一定会往着最坏的方向发展。我要了啤酒，一直喝到清洁工人的大扫帚在屁股后面哗哗直响，空酒瓶在地上翻滚，响声一片。

我摸出电话，手机已经没有电了。

临近中午，我从昏睡中醒来，开了机，给蓉拨通电话，她没有出声，我说对不起。她挂了电话。过了一会儿，传了条短信过来，三个字：为什么。连标点符号都没有一个。我捏着电话，反复看那三个字，为什么？为什么？我在这三个字面前是那样的茫然和无力。

在被雷挂断电话之后，蓉妈妈，这个有着卓越领导才能和组织才能的老宣传部部长，拨通了爱城移动公司老总的电话，请他帮忙查一下一个叫何山的通话清单。随后，她从通话记录中挑选出了几个号码，通过移动公司老总拿到了机主信息。

其中就有水和雷。

蓉妈妈大致预料到发生了什么事。她拉开抽屉拿出药瓶，先吃了降压药，然后吃了哌克昔林，在屋子里兜了几个圈儿，最后拨通了爱城公安局政委的电话。

政委问，供词呢？

雷说，还给山了。

政委问，钱呢？

雷说，一文未取。

政委说，这不符合你的规矩啊！

雷说，弯刀打的招呼，要死的人，我总该给个面子吧！

政委没了言语。

雷说，事情搞到这样子，麻烦你亲自跟弯刀讲一下，他说了要我把事情兜住，我兜住了，但是被你多管闲事戳了个窟窿眼儿，让他别赖我就行了。

蓉在医院里躺了三天，堕胎。

出院时，蓉给她妈妈提了个要求，想去见见那个叫水的姑娘。蓉妈妈吃惊地看着她。她瘦了一大圈，脸色青白，没有血色，而且不知何时竟然生出了斑，长出了疮。蓉故作轻松地笑笑，再过两天这个世纪就完了，见了她，这一页就翻过去了。

政委问雷把那个叫水的女人怎么处理的。雷说送回老家了。政委问老家哪里。雷说大山里头，一个叫土门的小镇。政委说好，你陪个人，去土门见见她。

雷一路上都在揣摩蓉此行究竟是什么目的。

而这一路上，蓉始终都在闭目养神，车窗外透过来的阳光映在她的脸上，她呈现出一种病态的洁净和安详，像风雨过后浮在水面上的荷瓣，像穿过长长廊道前往墓地的圣母……

那天土门逢场，街头人来人往。水家里开了个副食店，她的父母忙着给人打酱油，舀散酒。水半躺在门口的椅子里，嚼着口香糖，半眯缝着眼，望着房檐外的天空，而垂在椅靠后面的那只手上夹着一支香烟，烟云之下的手指呈焦黄色。她轻轻一抖烟灰，将烟嘴撮进薄唇间，吸一口，徐徐喷出烟雾。

蓉走近了看她。

这是个典型的小乡场上的"街女"，矮小的身材，但四肢格外发达。细眼，淡眉，薄唇，因为水质不好，也可能是吸烟太多，牙齿有些黄褐。面颊的肤色质量太差，根本没有丰润的青春色泽，这可以归罪于低劣的化妆品和放浪的夜生活的损毁。

5

我不知道那些认识我的人知道我的丑事用了多长时间，我只知道陌生人也很热衷于对此事的摆谈，这些摆谈的人虽然一个比一个讲得还像是亲眼所见，但却很少有人能准确地说对我的单位和名字，这也注定了他们口中的事情更加古怪和荒诞，而且越到后来越是不堪入耳。不过这所有的版本中，"我"的形象是高度一致的肮脏、恶心、变态和忘恩负义。

因为公安那头没有出具任何东西，所以单位也无从给我惩处。公安局政委看望蓉妈妈的时候叹着气说，咋整呢？事情闹到这个样子，如果不做出点什么措施来，只怕没法对这个社会交代呀！蓉妈妈说算了吧，屎已经这么臭了，再挑，就更臭了。

尽管单位找不到明确的依据对我进行惩处，但对我进行新的工作安排已经成为迫在眉睫的事情。他们坐了一屋子的人，要跟我谈话，问我究竟发生了什么事。我说没什么事。那么外头那些传言和说法又是怎么回事？我从包里摸出一页纸来，这是弯刀给我的建议，他说在这节骨眼上，你是应该主动拿出点姿态来的。

弯刀认为我可能患有心理疾病，他希望我能正视这个问题，并且勇于承担后果，更何况眼下这种后果的严重程度和我实际所承受的并不对等。你已经很幸运了，他说，不管前进一步看问题，还是后退一步，一切对你来说都够宽容的了。

弯刀说，在对你的单位和组织的情况汇报方面，你不要明确你都犯了什么错，也不要认可那些对你的指责，因为你一旦承认和认可就形成了证据，依据相关法规你必须承担实际的责任，但是这个责任你承担不起，那会完全毁了你！你在内心要清楚你所做的这一切有多么恶劣和可怕，你要拿出个态度来，在你可接受的范围内，最大限度地自我责罚。

首先，我说，我因为一些不合适的做法和行为给单位声誉造成了不太好的影响，也辜负了领导的器重，现在看来我也不合适继续承担目前的职责和工作，我请求辞去主任一职，并申请调离岗位。而这可能也是领导找我谈话的最终目的。他们大概以为会需要很多口舌才能达到的结果，没想到我开口就实现了，他们很满意，他们说，你想调整到哪个岗位呢？

我说，龙隐寺差转机房的老陈不是要退休了吗？

领导们面面相觑。

弯刀说，你最好安静下来，像老僧参禅那样，面对自己的内心，搞清楚都发生了什么事，为什么会发生这样的事？这其实是一个自我治疗的过程，也可能是你能给自己最好的最后的机会。你必须利用好这个机会自我拯救，你已经站在罪恶的门槛上了。如果你觉得困难，就去看看心理医生，寻求专业的帮助。不管怎么样，你都要清楚地记得罪恶的定义和公序良俗的边界，纵使你的内心有无数丑恶念头在万马奔腾，也不可在行为上有半点逾越。而且你要尽一切努力做到，一旦有违背社会公德和公序良俗的念头冒出来，你都要警惕，并且赶紧地坚决地竖起围栏，毫不犹豫地掐灭它！这对你来说将是一场持久的战争。但你必须果断勇敢地做那胜利的一方，因为你输不起。一旦输了，你输的将是自由和尊严，那可是比生命更宝贵的东西。明白了吗？如果你不明白，那么我索性把话给你讲清楚一点，如果你无法做到道德高尚，那么起码做到自我善良，不要对这个世界造成伤害。你知道人与畜生的最大差别是什么吗？人有人性！人性里头天生也有一些恶，但是人能用自己的意志力将这些恶紧紧地封锁在欲望之下，不使它们像毒蛇一样被放出来，懂吗？

6

老陈的退休办下来了，他值了二十多年的机，对这份工作厌恶了二十多年，现在就要离开了，却突然恋恋不舍起来。这可是个好地方，可以喂鸡喂鸭。你瞧，我还开垦了那么大一片菜地呢！

菜地里萝卜、白菜、葱苗、蒜苗，绿茵茵的一大片。鸡鸭在空地里踱着悠闲的步子，扑扇翅膀，欢快鸣叫。老陈开始屠宰它们，制成腌腊，挂在通风处。别看他一刻不停地做着工作移交，对下山生活进行着细致周密的规划，但实际看来，他并没有真的打算离开。他装了两大纸箱的腌腊，又装了两大蛇皮口袋的蔬菜，兴冲冲地下了山，很快又兴冲冲地上来，跟我说，领导已经同意将他返聘回来，继续干这值机的老本行。

那么我呢？

老陈并不希望我留在上头。我想进菜地看看，他大声嚷嚷，要我赶紧出来，别踩坏了那些菜。他买了一纸箱的小鸡苗回来，嫩黄黄的，叽叽乱叫，怕有百十来只，关在小杂物间，开了取暖器。我开他玩笑，我说小鸡多少钱一只，我也想买几十只回来。他一下子紧张起来，说混在一起不好分。还劝我，说别指望在这上头打长期主意，你那么好的文化，到这儿守机房太可惜了，等风头过去，还是回去继续当领导吧！他取下几只腌腊鸡鸭递给我，走吧，回去收拾过年，这里有我，你不用操心，要你出面的时候，我打你电话。

我没要他的鸡鸭，反而给他买了两条烟。老陈抽烟很厉害，早上起来一根火柴，烟屁股接烟头，一直到躺在床上，烟就像他嘴上长出来的器官。你是个好人！老陈说，只是运气不好！睡女人，这里头学问可大着呢。你年纪轻轻的就在这上头栽了跟头，真划不着。走吧，等空了，我带你去龙隐寺找老和尚给你念念佛，保佑保佑，保证你这辈子既不缺女人，又不出事！

刚到医院门口，就接到树的电话。树问我在哪里。我说在医院。他说，你怎么了？我说身子有点问题。他说，很严重吗？我说不是很严重，泌尿系统有点小问题。

弯刀搬到了顶楼，那里更大更清静。他的病也引起了上头的高度重视，要将他转院到成都华西，他不干，他要留在爱城，做完最后一桩案子就可以摊开双手啥也不再管了。因此上头只能依从他，尊重他的选择，但做了批示，不计一切代价延长他的生命、提高他的生活水平。

我跟弯刀说，我想好了怎么弄这个事情。弯刀看着我。我说，干脆拍个纪录片吧，主角就你、我、他，只是，可以确定是他吗？

弯刀想听听我的详细计划。

弯刀此前跟我讲，出于安全考虑，当然也是因为不喜欢上电视，所以不管是破了大案还是受了表彰，他都不愿意接受记者采访。现在眼看自己不行了，突然觉得还是应该给这个世界留下点影像，而眼下他正在操持的这个案子倒是很有那么点意思。如果上电视，相信大家会因为案情的离奇曲折，不会讨厌他长成这副鬼样子。

我很感激弯刀的信任，只是一时还没有想好这个事情该怎么具体来操作。等案子破了，出个新闻，那也太简单了。拍一个类似于《法制时间》《今日说法》的东西，又觉得很多东西难以呈现，而且这样的节目播出范围太窄，除了爱城电视台播一下，能不能上绵城电视台都难以敲定。

我想做成一个细致的作品，表现我们，看见我们的时代、生活和思考，以及欲望、恐惧和罪恶，还有正义、善良和秩序。因为片子时长不限制，可以保留住我们的一切细节。片子完成后，不局限于在电视台播放，也可以在电影院、互联网播放，如同电影作品一样独立存在。

你这想法很好，弯刀鼓励道，只是得小心谨慎，千万别把煮熟的鸭子给我整飞了。

我跟领导要了两台摄像机，我说想拍个纪录片，领导没有多说话，只是提起要人的时候，他迟疑了。我说给个实习生就行。他说那你去叫一个吧，我从门外吆喝了声，杨。

杨原来在我的部门，沉默寡言，不爱说话，但是人勤快，办事踏实。去拿机器的时候，说只有 M9000。杨瞪大了眼睛，嘟哝说，拿这么个耍玩意儿拍什么纪录片。我说可以了，咱们在磁带和用光上讲究一点就行了。我跟杨做了简单的交代，我说M9000可能真是最好的选择，机器小巧轻便，你用脚架固定一个，另一个拎在手上当游机，画面尽量做到稳当就行。注意别逆光，逆光是这种小玩意儿的死穴。另外，尽量靠近人物，因为我们没有专门的收音师，只有靠机器的录音系统。

最后我对杨讲，你只管拍，什么也别问，什么也别讲，你能做到吗？杨点头说，这个机器的录音效果不是很好，恐怕我会将镜头尽可能地往前。我说那就往前吧。

画面可能会因为镜头太靠前而出现畸变，杨说。

这本来就是一个畸变的故事，说不定这也会成为一种外在的内容表达。

使用金属带吧，索尼刚出来一种，金属涂层技术是眼下做得最好的。杨说。

当我带着杨拎着一台摄像机，背着一台摄像机，走进其香居茶馆，出现在树跟前的时候，他一愣，这是搞啥？树见杨二话不说就架上一台机器，推到全景上，又拿了另一台机器夹在胳肢窝里拍摄起来，因为不明白咋回事，难免慌张起来，哎，哎，这是搞啥呀？树要起身离开，我在他跟前的椅子上坐下来，拿起水瓶给他的茶杯续上水，又端起面前属于自己的这杯大大地喝了一口。

这之前树给我打了好几个电话，催问我到哪里。他把见面的地点约在河堤上的大河茶楼，那里可以看见三江汇流，景色好，因而人总是很多。我觉得还是安静些好，便于拍摄和收音，就说其香居吧。他又提早到了，打电话催问到哪里了，茶泡好，又搁凉了。

被镜头对着，树始终不安。我跟树说，我要拍部纪录片，记录我在这个世纪的最后几天，片名我都想好了，《爱城表演》。

爱城表演？这不是我小说的名字吗？

我说是。

树若有所思，我觉得这个名字并不适合你的片子。

我说先就这样，等拍出来，根据情况再重新命名也不迟。

这倒也是。平常我们搞创作就是这样，在动笔的时候，立意本来是那样的，可是在具体的写作过程中因为受这样那样的影响，起初的立意就变成了一个动机。人物不再受你的控制，他们似乎找到了自己的个性和命运，故事发展也只能按照他们希望的路子走，这个时候的作家反而成了受他们控制的傀儡。不过，成熟的作家并不会因此而慌张，因为他手里掌握有幸福和悲伤的定义，清楚假丑恶的底线在哪里，知道真善美是孕育一切价值甚至是崇高信仰和完美理想的母体，他以公平为最高法则，认为勤劳就一定会有收获。

树讲这段话的时候，我一直以真诚的目光注视着他的双眼，频频点头表示这番话不光听得认真，而且说到我心坎里去了。我需要这些，我说，《爱城表演》这部片子也需要你这样的本色。

树很高兴，他已经不再拘谨，在镜头跟前完全放松下来，而且从他的举手投足和一些细微的小动作可以看出，他是特别注重自己在镜头里的表现的，正一点点地往自己设定的角色形象上走。

他为自己设定的角色是个什么形象呢？我感觉他是想好了的。比如他放缓了说话速度，注重话语的抑扬顿挫，言语的字斟句酌，神情、眉眼等，完完全全就像一位被强烈的舞台灯光穿透了的修养极高的知识分子。

不对，我说，这不是我想要的。

他吃惊地看着我。

你不要想到这是在镜头下，你要无视镜头的存在，该是什么样子就是什么样子，本真，自我，拒绝表演！我的话叫树不高兴，他说，怎么了？我历来都是这个样子呀，我从来都是这么说话的呀！

我注视着他的双眼，他的眼中透露着真诚、和善和宽容。我不好意思地笑笑，说，可能是我自己的原因吧，我也是第一次这样被镜头笼罩在下面。尽管时刻提醒自己要自然、本色，可是有时候还是有意识地要藏起一些东西来，将自己伪装成为另外一个样子。

树又流露出一种若有所思的样子。

我突然意识到，他这不是若有所思的表现，而是走神，是被某种隐形的力量拽向某个隐秘之处——就在滑落之际，他于恍惚中猛然意识到那里是万劫不复的深渊，被巨大的惊惧的力量揪住脖子扯了回来，原神归位……

唉。我叹口气说，我从未想到过自己会如此被人注目，名字和故事被如此频繁地提及，成为街头巷尾茶余饭后的谈资。他们在谈论我的时候都谈到了些什么呢？他们讲我那些故事的时候都讲了些什么呢？

他们讲的肯定不是真实的你！树说。就在他们得意扬扬地以为剥去某人的伪装，以为走进了所谓的内心，其实那不过是一个专为他们而设置的密室。真的！很多你自以为掌握的真相，不过是只为囚禁你而设置的樊笼！树说到这里，身子往椅靠上一仰，双手一摊，尽管我们此前交往得并不多，但我一直是这样子的，本世纪最后这几天里也是这个样子的，新世纪开始还是这个样子。之前我还在想，如果你的纪录片想要追求什么效果达到什么目的，需要我怎么来演一演，我可能还真没办法做到。既然你追求的是本色，是真实，那对于我来说就容易多了，而且我也乐意成为你这片子的角色。

这个时候，这部片子才似乎算是真正地开场了。

在短暂的寂静之后，我们开始了各自的角色。我们相会于此是因为我们是朋友，我们之间有着过往，有着知己体贴，是最能出戏剧效果的角色搭档。

的确，树准确地找准了自己的角色定位。他说，我觉得这事还没有到山穷水尽的地步，如果你愿意，我想尽绵薄之力，当一回热心肠的艄公，将你这艘倾覆的感情之舟搬过来，让它继续航行！说到这里，他的手一挥，有种不遗余力的意味。我可以找蓉妈妈谈谈，蓉是很听她妈妈的话的。感情有着强大的销蚀能力，只要爱上你，她就会将自己雕刻成你的样子。你们不光有着共同的呼吸，还有着共同的影子，哪有那么容易说结束就结束的呢？往往这所谓的结束，不过是一个段落的休止音符，片刻停顿之后的目的是换个气，为往下一个高潮部分递进做准备。就像有句话讲的那样，后退是为了前进，低潮是为了高潮。如果你能对蓉做到触及灵魂的忏悔，能通过某种行为表示你将痛改前非，我相信她是会原谅你的，只要你这里没有问题，她妈妈那头的工作，我保证做通！

我摇摇头。

怎么？你是要放弃？树表现出吃惊的样子。

我说，我是没有资格谈什么放弃的。我是说，你讲那番话是因为你对她们完全不了解。蓉美丽、善良、宽容，她可以宽宥这天底下所有的罪，但独独不能让她原谅我这一分罪过。她不会原谅，也不能让她原谅！至于你说的她的妈妈，你不是曾经与她共事多年吗？那你是真的对她不了解，无论是工作上还是生活中，抑或信仰和理想，她都是一个追求相对完美和绝对正确的人。在我和蓉认识之初，她对我的判断都是很准确的，她本来可以阻止这一切的发生，避免蓉受到这样的伤害，但她在蓉的坚持下，在不知是怎样的痛苦中做出了放手的选择。而眼下蓉被伤害得如此之深，几近毁灭，你觉得她还会再度容忍吗？姑且不说她现在有多么痛恨我，只怕她对自己也充满了悔恨，后悔当初没有狠下心肠，伸过手来，把她女儿细嫩双手呵护下的那棵苗子拔掉，这样也不至于让它长成伤害她心肝宝贝的恶之荆棘。

我在说这些话的时候，树十指相交，两根大拇指快速地绕着圈儿。他在等我话语落音，然后会插话进来，他还想在这个事情上对我进行一番规劝，而且他似乎也早已准备好了，将如何在蓉妈妈面前进言。我没有给他机会。尽管这部纪录片讲的是我们的生活，但他才是这部片子的真正主角，相信观影的人们更感兴趣的是他，而不是我。

所以，我话题一转，随即指向他。我说树，你跟蓉妈妈在一起工作了几年呢？他略一思忖，回答了我。我说，你们的同事感情真如你口中讲的那么好吗？他显然不明白这话的意思。我说，就我所知，蓉妈妈对你的印象并不好，有好几次，当我在她面前提起你的时候，她都是很不屑的表情，这不应该是老同事应该有的态度啊！你们是不是在共事期间因为什么事情闹得不开心过？而这事应该不是什么小事。否则时隔多年，她也不应该是那样的态度，完全一副还在耿耿于怀的样子。

没有啊，树一副惊愕和茫然的样子。我们在一起共事的时光确实是很愉快的。此后我从事文学创作，每有作品发表，我都会将杂志送到她手上，她总是为我高兴，表示她为我骄傲，并祝愿我有更多更好的作品。

而且，我还有一事一直很纳闷。我说，你知道我们之前曾经有一段时间往来很密切吧，我还真的差点儿在你的鼓励下开始写小说，还都有了要拜你为师的计划。但是我们慢慢就疏于了联系，像如今这样密切地交谈似乎不再有过。你知道为什么吗？

为什么呢？是工作太忙的缘故吗？

是因为蓉妈妈告诫过我，要我远离你。她认为文人的虚情假意和恣横放纵的这类小毛病本无可厚非，但是落在你身上就成了癌症。她认为你谦卑、和善、儒雅和清高的表面之下隐藏着……呃，怎么说呢，我实在没办法在你面前说出那样的词语，我真不知道她是凭什么如此断言的，我只能理解为她的偏激和促狭吧。不过作为准女婿，我是没办法不在老丈母娘面前表现出听话的样子的！

　　树面色煞白，他甚至连讪笑都做不出来。他捧起茶杯，一连喝了好几口茶水，终于有点缓和过来了。他勉强一笑，不无痛苦和失望地说，如果她这么说的话，真是一种悲哀呀！

　　我将目光移到刚刚续满的水汽升腾的茶杯上，我必须避免和他目光接触，我深知我无法从他的双眼抵达他的灵魂，但是他可以从我的目光中轻易地捏住我内心那秘密的翅膀。

　　树放下茶杯，叹口气说，她怎么讲得出那样的话？她凭什么那样评价我？真是匪夷所思！真是不可理喻！虚情假意？恣横放纵？

第十章

1

弯刀认为我的某些做法可能稍微激进了些,他要我可千万别低估自己的对手,就已获得的证据,基本上可以判定那就是一头伪装得十分完美的恶狼,如果被他嗅出危险的气息,做困兽斗怎么办?来个鱼死网破怎么办?可千万别一不留神就成了牺牲品。是啊,他还有什么凶残的事做不出来呢?

我说我已经非常注意了,因为你已经知道发生了什么,对他的角色已有判定,所以你可能觉得我的那些言语和动作会让他有所察觉,会对他产生刺激,会暴露计划。当然,就算有,也在情理之中。心中无凉病,不怕吃西瓜,作为他来说,早已是杯弓蛇影、草木皆兵了。但我们也不要忽略一个事实,那就是他自诩聪明,以为一切都在掌控之中,如果不是他这种自信,你以为他还能在人前做到如此坦然吗?

见弯刀仍然一脸的不放心,我起身倒了杯水端到他跟前。我说,就目前的状况来看,他对我是放心的,因为在他心目中我既幼稚又天真,可能还挺傻。弯刀拿起桌子上的药瓶,取出两片药丢进嘴里，接过水杯，喝了一口，你凭什么这么觉得？

我转述的那番蓉妈妈所说的话极大地刺激了他。因为深居简出，因为一直生活在揣摩和侥幸中，他大概很少接触外界对他的看法和评价，而自尊心又让他对此十分在乎，所以他要在镜头中用自己的一番表现——用"表演"这个词语可能更接近他的真实目的和实质行为——来让外界重新真正地认识和衡量他。因此，他给自己的角色定位是思想和才华等高的气质不凡的在大河两岸艺术界独领风骚的但被严重忽视和低估的小说家，而他与我的角色关系，他将通过一番努力，往我的人生导师或者人生摆渡者方面发展。道理如果通过故事的方式讲出来，更能让人接受，而幸福的颜色通过苦难的灰黑与寒冷来反衬会更加明亮。作为一个写了这么多年小说的人，他很清楚一部纪录片如果能像故事片那样充满矛盾情节和事件冲突，将会更加引人入胜，所以他乐意在与我的往来中展现他言辞的机锋和人格的魅力，他已经为这部片子预设了很多场景。

弯刀脸上担心的神情终于消散了，他又吞了几粒药片，要我接着讲。我手上的摄像机发出咔嗒一声响，绿色录制指示灯熄灭。我起身换了磁带，坐回到刚才的位置上，镜头对着弯刀。那台固定机位的摄像机架设在角落里，镜头稍高，是一种俯瞰的角度，以全景方式照着病房。出于保密考虑，医院这部分的拍摄由我独自进行。拍摄的磁带交由弯刀他们保管，因为里头涉及大量的案情讨论，在没有定案之前，丝毫不可泄露。

他有一部小说集正在印刷厂印制，小说的名字就叫《爱城表演》。因为印刷厂单子多，说只有元旦过后才可能印得出来。他给了一笔急件费，要人家这几天赶紧印出一两百本来，因为他已经将新书发布会和研讨会定在了本世纪的最后一日。不管是对他来说，还是对这部片子来讲，这一天都是一场重头戏。

看来他已经入戏了，弯刀提醒说，还是那句老话，别掉以轻心，你面对的可是穷凶极恶的杀人犯！

2

去年五月三日傍晚。宜宾长途汽车站。车进车出，人来人往。一辆从绵城始发的大巴车缓缓驶进车站，售票员不停地叫嚷，车未停稳不要起身。她的警告并不起作用，长途颠簸和劳顿，所有人都心烦意乱，急切地要离开这樊笼式的车厢，钻出去，双脚踏在大地上，舒展身子享受自由。所以当车子刚进站门口，大家就迫不及待地从座位上挣起身子，抓取行李架上的箱包口袋，往门口拥挤。

当一切安静下来，司机师傅将车开进停车位，筋疲力尽的售票员在稍事休息后开始打扫卫生，为明日大早出车做准备。她意外地发现了一个旅行包。这是个崭新的山水牌旅行包，链子上还带着个精巧的小锁。这谁落下的？这么粗心大意。售票员拎起旅行包，倒也不重。她下了车，往问询处走去。旅客把东西遗落到车上的事时有发生，等到发现少了东西，他们赶回来，车站的人就会告诉他们，如果车站里捡到的话，一般会放在问询处。

问询处的人要售票员做个登记，他拿出个登记本放在桌子上，再丢过去一支笔，说，班次号、捡到的时间、物品种类……记清楚！

售票员急着回家，没想到还摊上这么个麻烦事儿，叹着气说，锁着呢，我咋知道里头有什么东西啊。

问询处的人走过来，指头拨弄了一下那精巧的小锁，说只好钳开看看了，万一里头装的是易爆的物品咋办？售票员眉毛一扬，你可别吓人啊。问询处的说，以防万一嘛，再说要是里头装的什么食品，三五天没人取，臭了也挺麻烦的。说着，他们找来钳子，轻轻一下，锁就破坏了。

吱一声，拉链拉开，一股腐臭味儿扑出来，他们不约而同地捂住了鼻子。

包里就一团用白色塑料布包裹的东西，透过外层的塑料布，可以看见有粉红色的液体，就快要渗漏出来了。什么东西会这样包裹？问询处的人将那团东西拎到室外，几个工作人员围过来。拿来剪刀，小心地剪开塑料布，一股浓烈的恶臭。

好像是肉，有人说。

不是好像，真的是肉。

随着塑料布被层层割破，一滚子肉，白花花的。

好像是……大腿！有人惊呼道。

同一天，南充高坪汽车站问询处，一只崭新的山水牌旅行包被以同样的方式钳掉小锁，打开拉链。

三天后，绵城刑警队的兄弟决定还是要将这事情告诉弯刀。弯刀此时正在北京街头,他刚从医院出来,专家给出了权威意见,手术风险说大不大,说小不小,成功与失败的概率均为百分之五十。术后将近一年的化疗和放疗,复发率也为百分之五十。

我数学从来就不好,考试全是凭直觉蒙,百分之五十的百分之五十,答案是多少呢?弯刀正琢磨,电话来了。

三天前的事,咋现在才给我讲?

你不是在害病嘛,不想打搅你呀!

不想打搅我,你还给我打电话?给我订明天十点后的机票!

为啥不早点呀?

我明天要看升旗仪式。

升旗仪式啥时候不可以看呀?大家可都等着呢!

你懂个屁!弯刀知道,如果明天再不去看升旗仪式,他就没这个机会了。每当听见国歌奏响,国旗升起,弯刀的心中总会涌起一股难以言表的激动情绪,总有想要哭、想要流泪的冲动。从小他就敬仰英雄,最喜欢看的电影永远是战争片,他喜欢看英雄陷入绝境,而后凭借机智和勇敢绝处逢生,大获全胜。看见坦克轰轰隆隆从广场开过,看见仪仗队整齐划一,他的身子就会绷得笔直。多少年了,他一直想着要到天安门广场观看升旗,也不知多少次出差到北京,可都没能如愿以偿,因为总是想着还有下一次。

这次不看,就不会有下一次了。弯刀已下定决心,这病不治了,他可没时间躺在病床上,他也不敢在那输赢各一半的赌注上压上这条苟延残喘的性命,他更不敢想象那化疗的药物注入身体后，脑袋还能不能保持现在这样的清醒，直觉是否还在，敏感是否依旧？他要把这剩余的时间和全部的精力拿来破这个案子。

恶鬼又出现了，钟馗，你还在等什么？狡猾的狐狸再次现身，老猎人你凭什么不赶紧追击？这一回你休想跑脱，老子可是以命相搏了！

弯刀依靠在天安门广场的一棵松树下，在等待升旗的这段时间里，再次将九年前的那桩案子从头到尾捋了一遍。

九年前，弯刀奉命调任绵城刑警大队担任重案中队中队长仅三个月时间，就接连破获了两起旧案。一为出租车劫杀案，一为爆炸案，还搂草打兔子，协助禁毒大队逮了个毒枭，正踌躇满志，摊上了分尸案。

成都货运站的工人在装卸从西安运来的玉米时，意外发现了一团包裹物，打开，是两块人体组织。而河南一家货运公司的工作人员在对承运的货物例行检查时，也发现了一包散发着恶臭的东西，打开，同样是一块人体组织。接着山东一家货场也发现了人体组织。

三条线索，三处追查，DNA检测结果同属一人，女性，四十多岁……但却没有办法拼组成一具完整的尸体。还有的呢？是已经被遗弃在了不为人知之处，还是继续在路上飞奔？公安部成立专案组，要求各地公安机关严查货运，希望还可以找到其他尸块，以为将尸块找齐，拼装完整，案件也就可以顺理成章地得以告破。

后来又陆陆续续发现了几块尸块，但仍不完整。和这一时期发现的其他亟待告破的大案相比，这起分尸案在警界的影响倒是格外大。各地的刑侦专家拿着情况通报材料，都表现出了浓厚的兴趣，一个个绞尽脑汁要从中发现点蛛丝马迹出来，因为这才是最考手艺的案子，它就像一个数学猜想，一个等待被验证的物理学假设，实际上，它更像是一个谜语。

弯刀认为自己是最有能力破获它的人。事实上他也做到了。他认为尸主是被杀害的，然后分尸，凶手不可能四处抛尸，而是找到一个点，这个点的下面，是南来北往的火车道。那么，这是个什么点呢？一处高架桥！

数学从小就很糟糕的弯刀，通过彻夜不眠地计算，终于算出了几路货运列车交会通行的那个点，果真是一处高架桥，它竟然在绵城境内。

弯刀的推算得到了刑侦专家们的一致认可。因为抛尸地点在绵城境内，而弯刀又踏出了侦破此案重要的第一步，于是这个案子就落到了绵城刑警大队重案中队，落在了弯刀头上。

因为案子影响太大，上头领导希望限期破案。在动员酒宴上，有些兴奋过头的弯刀在酒精的刺激下误估了形势，夸下海口说三个月破案，并立下军令状，三个月破不了案，从哪里来就回哪里去！

准确的抛尸地点和时间，弯刀将这当成让凶手清晰成像的快门和焦距。

弯刀判断：案发现场和抛尸点的距离不会超过三十公里。以抛尸点为中心画一个半径为三十公里的圈，细查这个圈中的失踪人口，然后顺藤摸瓜，凶手也就自然而然地浮出水面了。根据调查，三十公里的范围内，这期间有三桩失踪人口报案，但条件都与尸主特征不符。

弯刀将范围又扩大到五十公里……

虽然领导再三挽留，弯刀还是要坚持履行"从哪里来就回哪里去"的诺言，固执地回到了爱城公安局，并拒绝担任局级领导职务，继续留在刑警大队队长的位置上。在告别绵城重案中队的兄弟时，弯刀说，这案子在我手上没有被破获，估计接任的兄弟也难。不过凭我的直觉，那家伙绝对不会歇手，他肯定还会再干，到时候希望我们的运气好点。不过天网恢恢，疏而不漏，主宰这个世界的毕竟不是邪恶，而是正义、正气！

3

初升的太阳照耀着鲜艳的五星红旗，天安门广场金光灿烂，弯刀意外地没有落泪，也没有多少激动。他十分平静，感觉自己仿佛是一粒金色的种子，在这温润的土地里就要生根发芽。他的心头萌动着一种奇妙的感觉，他能听到遥远至太古的宇宙之声，能洞察到身边万物的丝毫变化……

领导打电话问他动身没有，弯刀没有直接回答，只说你放心，这案子我能破。弯刀在脑子里已经勾勒出了那个家伙的模样——一个有点文化的人，总是自命不凡。也就是说，凶手是个自命清高的知识分子，在人面前总是一副温文尔雅的样子，做事极讲条理和规矩。

在案情分析会上，弯刀进一步说，虽然这只是我的直觉，但给我直觉的是他的手段和手法。他指着尸块上的切口说，从这些切口，这下刀的位置，简直看不出来慌乱紧张，是这般的有条不紊，章法讲究。如果对人体结构熟悉不到一定程度，是干不出来这样的活儿的。那么，他是不是有过从医的背景呢？站在高架桥上，通过交错纵横的铁道线将尸块抛向东西南北，从这一做法可以看出这个凶手还挺富有想象力的，这可不是一般人的脑壳想得出来的。如果说上一回的做法是隐秘而不想为人所知，那么这一次将尸块通过人员密集的客运站四处分散，那就带点炫耀的心思。这个家伙，如果这一回不把他抓住，肯定还有下一回。而下一回他多半会将尸块放进托盘，高高地举在空中……

专案组设在绵城公安局刑侦大队重案中队，但由弯刀具体负责。在大河两岸，有这个资格和能力的，除了他还能有谁呢？

死者为女性，身高在一米六二左右，体重五十五公斤左右，年龄二十七八岁。在死者左胸位置，有一块皮肉被挖去了，切口整齐，留下一次性打火机大小的坑凹。

弯刀将手下兄弟分为两队。一队重点排查失足女性失踪信息。弯刀判定死者是个混迹于不良场所的女人，而且有些年头了，她左胸上被割去的那块皮肉的位置上应该是有个刺青的，凶手担心这个刺青会暴露死者信息才割去的，凭借这些，找到她虽有难度，但不能说没有机会。另一队人马则投入到九年前的那桩案子上，继续查找失踪信息。一个四十多岁的女人，一个在这个世界上存活了四十多年的女人，就这样没有了，却没有半点动静，这太不正常了。如果没有报案，那么就是她身边的人故意隐瞒不报。和她有过来往的人，近十年不见，且毫无音信，只要有人提说，他们也会觉得诧异，很容易形成讨论和关心的话题。所以，除了在失踪人口中去找，还要四处出击，通过社区和一些可以动用的组织、机构进行排查。这是一项看起来非常复杂的工作，但要是肯下心思，想象力稍微丰富一点，也并非没有切入口。首先这位四十多岁的被害者，她是个女性，她就有可能是位母亲，是位妻子，所以别把她当具尸体去找，而要考虑到她的社会身份，那可能就容易点儿了。

我问弯刀，你凭什么判定她就是大河两岸的人呢？她有没有可能是从这里路过的或者在这里短暂居留的呢？

直觉来自经验。弯刀说，如果说她是从这里路过或者说是短暂居留，被害的原因可能多半会是因财因色，比如抢劫，比如强奸。凶手在作案的时候有着较强的偶然性，案件带有较强的突发性质，案件性质会决定凶手在分尸和抛尸方面的特征表现，而强奸和抢劫违背了凶手的身份背景，一个把毁灭隐藏犯罪事实做到如此富有想象力和表现力的家伙，是绝对干不出强奸和抢劫这样的事情的。

为了节省时间，我大胆地近乎冒险地让他们将排查进一步锁定在一个特定的范围内。弯刀说，我认为凶手是知识分子、教师、医生、媒体工作者、文化从业者……而且我认为被害者是凶手的妻子，因为凶手的分尸抛尸行为并不单一地只是为了掩藏其犯罪事实，还带有某种情绪的宣泄，是一种潜意识的具体表达。他在杀害妻子后，一定编造出了无懈可击的理由来掩盖妻子消失的事实，而且获得了理解和认可。在这个编造的理由里头一定是靠着堂而皇之的道德感来支撑的。所以，尽管他的社会生活关系和生理欲望需求需要一位女性填补被害者的位置，但他绝对不敢冒险让一个女人登堂入室进入他的生活，因为那会让他原来以某些道德成分构建的妻子"离开"的理由被质疑，使得那个已经被理解了的"离开"的事件突然被强化，被关注，因而形成话题，成为舆论，从而变得让他无法控制。所以他会极力压抑，不让自己的社会生活中出现不该出现的女性。他可是时刻都在提醒自己，"鳏夫门口的是非和寡妇一样多"，但是生理欲望又让他备受煎熬，于是他只能通过隐秘的方式来进行解决。他的知识分子的身份使得他不大可能像个社会闲散分子那样频繁地出入那些场所，他需要一个固定的性伴侣。第二个被害者的年龄，从另一个方面印证了我的判断。第二个被害者近三十岁，这个年龄操持皮肉生意会面临一个现实的尴尬，也就是人老珠黄。年龄决定了她们在那些场所里丝毫不占优势，如果说有的话，那就是价格便宜。她们也早就厌倦了被挑挑拣拣，被嘲弄被嫌弃，她们更喜欢以勉强过得去的价格将自己的日子出租给别人。起初，凶手和被害者对他们的交易都很满意，他们在一起一定有些时间了。至于凶手是因为什么动机起了杀机，不外乎这么几点，一是被害者发现了凶手的什么秘密，进行要挟。二是凶手对被害者厌倦了，她让他感到恶心，他把她杀掉，当作一种自我清洁行为……

这时候外出调查的伙计回来报告说，电费单子查到了，符合判断。

有人问，可以收网了吗？

弯刀想了想，等重头戏演了再说。他看着我，明天，是吧？我说，是的，明天上午九点半在其香居举办树作品《爱城表演》的新书发布和研讨活动。弯刀说，好，该干什么，你们那头就干什么。他看着刚进门报告的那几个伙计，跟他们讲，去申请一下，明天九点半，带领勘验组入室查看，重点是下水道，有必要的话，化粪池也打开，一定要找到东西！

活动九点半进行，十一点的光景将是活动最重要的环节。他们建议这个时候动手，就像一部戏的高潮。我不同意，我希望活动完结，送走客人，犹如一场戏的落幕。作为这个片子的编导，我当然握有决定权。但明日之事非同小可，一个罪大恶极的杀人犯即将落网，代表正义力量的公安干警前后辛勤工作了近十年时间，他们早就摩拳擦掌急不可待了。

我觉得这样的画面很有冲击力，它既可以表现出我们人民警察打击犯罪的强大力度，也可以体现出天网恢恢疏而不漏的正义威严，同时一把撕下他的伪装，让那丑陋的罪恶嘴脸暴露在正义的阳光和人民面前，这是多么大快人心的事啊！

我说，如果不是出于这个片子需要，你们大可在今天晚上就将他逮起来。如果是出于这个片子考虑，那么我们就得对影视节目所秉持的精神予以充分尊重，首先一点，就是对人的尊重……

弯刀摆下手，打断我的话，你说怎么办就怎么办吧！他看着他的几个伙计，指指我说，你们就听他的。弯刀就像被噎住了，突然捂着胸口，喘不过气来的样子，身子往边上一侧，哇的一声呕吐起来。我忙去扶住他，一股血腥味儿弥漫开来。他吐的是血。医生闻讯赶来，一看情形紧张起来，赶紧准备急救。弯刀摆着手，趁着呕吐间隙说没事。他想硬撑起身子来，但根本没那个力气。他的身子发软，直翻白眼，片刻之后,他就失去了意识。

深夜两点的样子,抢救结束,弯刀暂时没有生命危险。但是大家都知道,他熬不过这个坎,他的亲友和爱城、绵城公安局的主要领导都陆续赶到了医院。

在向辛苦的医生和护士表达了慰问和谢意后,绵城和爱城两地公安局的领导也专门向我表达了谢意。他们说,你是弯刀的好朋友?我说他是我的恩人,也是我的人生导师。他们说弯刀很欣赏你,也很信任你。我说我一直心怀感激。他们问了这个片子的构想,叮嘱我一定要多给弯刀一些镜头、一些画面,一定要拍好,表现好!

我说纪录片忠实于生活,而弯刀的生活如此精彩,这部片子一定会因为他在里头而大获成功的。

领导说,有什么困难和需要,就请跟我们讲。

我说没有困难,也没有需要。

然后领导开始召集专案组的人问询案情,得知一切都将在明天落下帷幕,领导们很高兴,要他们在这最后关头一定要把事情办漂亮。否则,咱们就太对不起弯刀了啊!

送走领导,我爬上医院住院部的楼顶,拍摄沉睡中静谧的爱城。这时我收到了蓉的短信:你爸爸来了,住在新房子里。

4

我父亲是前两天才听说我的事的。都说好事不出名,坏事传千里,几乎天下所有的丑闻都生就了一对隐秘的翅膀,只是两天前才传到秦村,速度之慢,还真是不可思议。这些年来，秦村走出了很多人，他们改变着秦村，也改变着这个社会。米俊成，绵城俊成食品公司总经理。黄刚，土镇医院院长。侯云娃，经营着一辆从爱城至土镇的班车。米二福，大河两岸有名的沙班舵爷和金班老大……

听到消息后，我的父母极度震惊，他们不敢相信。恰好米俊成回去给他的父母上坟，我父母一直对他很是恭敬，而且极其信任，就去问他。是不是真的，你们打一下他的电话不就知道了吗？我父亲颤抖着双手，拨我的电话，可是无人接听。见我父母焦急万分的样子，米俊成说，他专门问过爱城的朋友，好像是有点什么事，但绝对没有传说中的那么严重，不是强奸，也没有被收监，可能是生活作风出了点小过错吧。

刚参加工作那阵子，我和米俊成走得比较近，他也给了我不少帮助，尤其是资金上。但后来发生的一件事情，他决定疏远我，因为我让他失望了。那个年代，不管是谈生意还是交朋友，最好的接待并不是桌上的酒宴如何丰盛，而是在酒宴之后如何请生意伙伴和朋友去潇洒一把。所谓潇洒一把，无非是找几个漂亮的小姐先唱歌，后夜啤，再胡搞一气。这几乎是盛情款待中的标配。那天晚上米俊成领着他的生意伙伴去了一家偏僻的卡拉OK厅，因为据说这里的小姐年龄小但是懂事，关键是某个大人物有股份。米俊成给他的伙伴们做了最好的安排，就回到了车上打瞌睡。米俊成绝对是个对家庭和妻子无比忠诚的人，始终坚持着自己的原则，坚守着自己的底线。他虽然对这些深恶痛绝，但是生意要做，况且大趋势如此，内心无比郁闷，也只好一声叹息。就在他瞌睡沉沉的时候，意外地看见了个熟悉的身影。那就是我。我是骑着一辆摩托车悄悄来的。我挑选了好一阵子，终于寻到一个比较中意的。我跟老板提出要带她走，但是那姑娘有点儿害怕。老板说，他经常来，舍得出钱，你就放心吧。我让姑娘坐好，正要出发，米俊成下车拦住了我。我很尴尬，米俊成很愤怒。他说你太让人失望了，你怎么跟米二福一个鬼样子了？他仰天长啸一声，回到车上，门摔得整个车子都在发抖。此后，他坚决地不肯再理会我，甚至正眼也不瞧我一下。

我的父母决定来爱城看我。他们开始了一天的准备，他们是老早就想着来爱城找我的，只是一直下不了决心，这下是非来不可的时候了。可就在刚要动身的时候，我弟弟出了事，他偷了米二福的瓜子金。这可是要死人的事情。闹腾了一阵，我弟弟让我父亲将瓜子金还了回去，但事情不可能就这么结束。唯一能让事情结束的只有我了。

于是，我的父亲带着一堆事情站到了我的跟前，两眼巴巴地看着我，不安地搓着手，就像是他做错了什么。

你是怎么找到这儿的？我看着他，这使得他更像是犯了错。

新房子是蓉妈妈送给我们的婚房，因为我工作忙，装饰和物件购置都是蓉在操心。自然，钱也是她出。

在蓉和她外婆去海南的前夜，在这张宽大松软的床上，我和蓉还做了爱。蓉做爱挺讲究的，完全没有我这种"哪里逮住就哪里发财"的草率，经过几次反对和纠正，我也只能识趣地依照她的规矩来。她是一定要在床上进行的。她会先洗浴，喷上香水，穿上薄纱细绸的裙衫，让曼妙的身体若隐若现，还得放上柔和的音乐，将光亮调到朦朦胧胧。早上醒来，正胡思乱想一些事情，突然感到她的拨弄，这是少有的事，让我陡然间产生新奇的异样感觉。蓉凑在我身边，轻轻咬咬我的耳垂。我不免惊奇地看着她。我们在一起已经有点时间了，很少在早晨来过。清晨醒来，晨勃意味着元气充沛，意味着新的一天做好了准备，它精神抖擞，像一位勇猛的战士一样渴望得到鼓励和冲锋。偶尔的那么一两次，这位勇猛的战士得到了新的一天的奖赏。就这一两次，也让蓉惊诧和难以忍受，仿佛这是一个荒唐而无礼的行径，她的理由很简单，甚至不能被称为理由，她说，你不觉得这很奇怪吗？没刷牙，没洗澡。我看着她，你确定吗？蓉点点头，咬着嘴唇。当我听见音乐响起，闻着她身上的香水味儿，看着她身上的薄纱睡裙，才猛然意识到，她早做好了准备，而这一切，不过是将黑夜的那一套翻版到了清晨。

床铺和我们离开时一样整洁，只是瓶中鲜花枯萎了，床头上摆着的我们的合影不见了，我拉开衣橱，我的西服还挂在里头，但她的睡裙衣衫包括高跟鞋、化妆品什么的都不在了。除此之外，一切照旧，并没有改变。

餐桌上摆着几样菜，还有一瓶五粮液。大半个晚上，我父亲就坐在餐桌前，不时抿一口小酒。他已经喝下去了小半瓶，那几样菜，他一口没动，他大概以为我很快就会回来，一直等着。

我父亲有我的电话，但是没有蓉的，他都从来没见过她，压根儿都不知道蓉在哪个单位。回看他整个寻找我的过程，感觉像是充满恶意的恶作剧。感谢蓉，她以难得的最大的善意，将这一切恶意挪到了温情脉脉的阳光底下，让我父亲没有掉进尴尬的寒凉中,而是让他感受到了温暖,看到了希望。

黄刚说,米二福好心安排我送你,你还不放心?

我父亲犹豫不决。

黄先生帮腔,你就让他送你嘛,他办事你还不放心吗?

于是我父亲就坐上了黄刚的车子。

他们先到电视台。电视台的人说,已经好些天没看见人了。黄刚说,既然找不到你家大娃,那就去找你的大儿媳吧。我父亲说算了嘛,不找了。黄刚却说既然我应承了要帮你找到你家大娃,那就一定要找到他,万一他俩在一起呢。他们来到蓉上班的地方也都说好几天不见她了。黄刚说,那咋办?她的公公来了!人家一听说,都凑过来看。我父亲尴尬极了,因为他知道在那被传至秦村的丑闻里头,他的儿子是怎样一个忘恩负义的家伙,也得了怎样一个咎由自取的下场,怎样被他儿媳的娘家人撵出了家门……我父亲哀求黄刚,说赶紧开车走吧。黄刚说,这么多人帮你找你儿媳,人家就快要通知到了,你急啥嘛!我父亲看出了黄刚的用意,要他打开后备厢取出东西,要离开单位大院去车站。但黄刚就是不肯。而这个时候,有人给黄刚说了个电话号码,让他打打看,看人家肯不肯出来见这个老公公。

黄刚打通了电话,扯着大嗓门说,我是秦村的,是何山同一个村的,他爸爸来了,找不到何山,你在哪里?快来接你家老公公!

蓉很快就来了,开着车,微笑地向黄刚致谢,并将我父亲扶到车上,然后载着他来到了新房。在新房里,蓉给我父亲沏了茶,开了电视,让他休息,然后联系我。联系不上,那时候我在拍摄，关了机。我父亲说时间还早，他可以赶到车站，就要起身离开，但蓉不准许，说你走了这么远，一定累了，先住下休息，等到明天再说。

随后她去了菜市场，买了两样熟食回来，又做了几样菜。她微笑着跟我父亲讲了她和我的事，说你可能都听说了，很遗憾没办法再走到一起了，不过并没什么，大家都挺好的。她指着餐桌上她做的那两样菜，要我父亲尝尝咋样。我父亲听话地拿起筷子吃了两口，连声称赞好吃。蓉心满意足地笑了，开了酒，给我父亲斟满酒杯，让我父亲慢慢吃喝，不要心急，困了就躺床上睡觉，她会继续联系我。

5

你是上辈子积的德啊！我父亲嘟哝着，打量着房屋里的一切，那细密瓷实的目光，像是在将这屋子里的一切细细抚摸。我父亲也算是见过世面的人了，什么故宫，什么黄金马桶……他可都见过。但是那都跟他有什么关系呢？而这里，这阔绰亮堂的房间，这比脸还干净、比心还温暖的地方，本来是他儿子的家啊！但是现在，我们两个置身在这里却都显得局促不安，因为它也跟那些黄金马桶和故宫一样，和我们没有丝毫关系了。

我们尚且能栖身这里，只能感谢蓉的善良和慷慨。

女人的心都很软的。我父亲继续嘟哝。这些年来，我父亲在我面前没怎么说出一个完整的句子，一段完整的话语。他总是嗫嗫嚅嚅，还没开口，就先捧出一张笑脸，话说半句，就呵呵出声笑，再说半句，再笑，一副生怕没有讨到我的好的样子。他很明白，我的一切并不需要他来添言搭语，该怎么做我比他再清楚不过，他已经在我面前失去了一位父亲的权势和威仪，丧失了一位父亲指引和指导儿子生活学习的资格。但作为一位父亲，他似乎又必须尽到某种责任。所以，他只能以这种方式表示着自己的关心。

我父亲希望我在蓉面前告饶，请求她的原谅，哪怕是下跪磕头，哪怕是剁指明志。他以为蓉是我母亲那样的女人，他以为一个男人只要肯像他那样卑躬屈膝，洒几把悔恨的眼泪，就可以洗刷掉过失，就可以换回资格去重新获得。

我笑笑说，你快休息吧，这马上就要天亮了，躺床上去吧。

我的话我父亲不能不听从，尽管我现在的情况在他眼中可能已经算是糟糕透顶了，起码那些有关我丑恶行径的传闻是这么讲的。但他在我面前，还是无力做出任何对抗，哪怕是片刻迟疑。生活将他揉碎搓烂，他早已失去刚性，加上对我的深深歉疚，所以，他现在听话得就像个受尽打骂和欺凌的忧心忡忡的孩子。

就算是客房的铺陈，也都是蓉所能想到和找到的最好的，意大利 GEVEN 家纺的床上用品，美国 BENTLEY 白橡木的家具……

我父亲站在床前，疑畏不前。我都没有洗澡，他说。

我说上床睡觉吧。

他的屁股挨到床沿。我都没有洗脚，他说。

我说没事。见他迟疑，不肯脱鞋。我蹲下去给他解鞋带。棉鞋，我母亲的手工。他就像受到惊吓似的双脚踮起来，我自己来，我自己来……他终于躺到了床上，扯了棉被，掩住身子。我说你莫要想啥了，好生睡，好生休息。他说，要得，你也早些睡。我去给他倒了杯开水，搁在床前。他就像受宠若惊似的，又要爬起来客套，答谢。我伸手做出不要起身的手势，他已经拱起来半个身子，又听话地塌了回去。

我掩上门，来到饭厅。

我给自己倒了杯酒，品尝了蓉做的菜。菜的分量不大，很精致，油是上等的橄榄油，肉是雪花牛肉，装盘是景德镇的骨瓷……这符合她一贯生活风格，细致，讲究。那不输大饭店的味道让我真是大吃一惊。如果没错的话，这可能是她人生中的首次烹饪，是她第一次拿出手的菜品。

她一直前行在当一个好妻子和好母亲的路上。和她刚认识那阵，她连燃气炉都不会用，剥个蒜皮都会把手指搞伤。

几杯酒下肚，我突然有种想要大哭一场的冲动。我给蓉发出短消息，我说，你做的菜很好吃，谢谢！她没有回。我意识到我刚才的话太厚颜无耻了。我又发去短消息，我说，让我爸爸在这里暂住两天吧，等我空了就给他找宾馆。

她还是没有回复。

我去洗了澡，然后换上那套新西装。今天是个重要的日子，是今年的最后一天，也是本世纪的最后一天。不管是对于我还是对于我置身的这个世界，这一天都值得慎重对待。

我的动静可能惊醒了我父亲，也可能他根本就没有睡着。我推开门缝，见他坐在床沿上，一只手端着水杯，一只手掌心里握着几粒药。我说，你咋不睡？你这是怎么了？害的什么病？

睡不着啊。我父亲苦笑着吞下药丸，说老毛病了，高血压,心里也有点儿不舒服。他看着我一身崭新,问,这么早,你都没睡呀?

我说我要去拍个片子。

你这么忙……我父亲慌不迭地要起身,他的样子像是要赶紧给我交代几句,也趁这时机离开,以避免给我造成耽搁。

我拦住他,我说,今天这个片子非常重要,我必须全身心投入,不敢有任何分心,你啥也不要讲,等我忙完回来再慢慢地给你摆,行吗?

我父亲点点头。我将那枚晶亮的钥匙递给他,说这是这个家的钥匙,只此一把,在家里待着,啥地方也别去,没事儿就睡觉,看电视,冰箱里还有面条和鸡蛋,饿了将就着对付一下,等我回来。我比出一根指头竖在我们中间,以此告诉他这是件重要的严肃的事。

他说好,好。

我要出门去,他也跟过来,我做了个让他止步的手势,他听话地收住脚站在那里,一种担心父母不再回来的小孩的眼神,巴巴地看着我,脸上堆着讨好的笑容。

我拉上门,在门口待了一阵,下了楼。

街上除了几个小吃摊,都还没开门。我走到一个小吃店前,买了笼包子,叫人家冒了碗米粉,又要了两个包盐蛋,拎着,飞快地往回赶。

当我敲开门,父亲见我,一脸惊喜,说你这么快就回来了。我将饭食从塑料袋换进碗盘,摆在餐桌上,招呼他赶紧趁热吃。

我都还没饿……

我说你赶快吃吧,吃了想出去走走也行,只是要记得回来的路,还有带上钥匙。

我又匆匆出了门,我父亲在我身后嘟哝说,我一个人也吃不完这么多啊。

有家副食店开门了,我去买了盒烟。

空气清冷,起了薄雾。我给杨打电话,叫他带着摄像机赶到东风广场。他很快到了,跑前跑后地拍我,我抽着烟,走过东风广场,穿过长长的水门街,走进窄窄的洗衣巷,上了爱城河堤。河堤上有人跑步,有人打拳,有人遛狗。河道里有人不顾寒冷,在手忙脚乱地起昨夜下的粘网和地笼。

6

走到竹林寺河段,我给树打了电话。尽管他素来都有早起的习惯,但是听声音,此刻他似乎才从睡梦中惊醒。

哦,是山啊。

我说,今天这么大的事,你还睡得着啊?

他说刚弄了一夜的材料,一个上午总得拿话来讲啊。刚说眯会儿,你电话就来了。好了,我起来了。

我说我马上就到你楼下了,烧壶茶吧。

家里乱糟糟的,我马上下来,陪你一块去吃早餐,有家米粉店,味道不摆了。

我说我有点事儿想跟你说说,我还是到你家里去吧,带着摄像机呢,片子也需要你家里的场景呀。

他犹豫了下,说,好吧。

竹林寺是座始建于唐代的寺庙，早于爱城建城，历经数次焚毁，却总能在一片废墟中重建起来，直到最后一次。最后这一次是，寒冬腊月，几个等待渡河的生漆贩子在庙门口的河坝里烤火，不想引燃了做柴火生意的货棚子，火势借助风势，火苗子一下上了天。一阵狂风过来，火星子漫天飞卷，瀑布一样落到了庙里，顿时八处冒烟，十处起火……这场大火烧了半个爱城，不下百人葬身火海，史称竹林寺大火。

经此大火后，竹林寺就只落得个地名。它的原址上建起了爱城糖酒公司、烟草公司、食品厂、供销社和物资仓库。中期，几个单位拆除物资仓库，建了职工宿舍楼。后来又将食品厂夷平，建了商住楼，而这一片，也就成了住户较为密集的居民区。

树就住在那被起名为幸福大院的商住楼里，他早在门口等着我们了。六楼，他说，要不还是出去喝早茶吧，你们也懒得爬。我扬扬手上的吃食，这是我刚刚在一家小吃店买的，米粉、包子、油条、豆浆、盐蛋。你硬是考虑得周到啊！树要接过我手上的东西，我不让，说油，沾一手，懒得洗。

树的家可不小，三室两厅，露台和阳台都很大，栽满了绿植。

我将吃食拎进厨房，树清洗着碗盘，我们将那些用塑料袋分装的包子、米粉一样一样地换进碗盘里。树不停地感慨，说只能将就了，家里没女人，乱糟糟的。我说你没到我住的地方去看呢，和你这个雅居比较起来，那简直就是个狗窝猪圈啊！

树看着忙前忙后不停换着机位的杨，说，既然要拍片子，为了好看点儿，咱们何不到阳台上去吃早餐呢？

阳台是封闭的，下层是磨砂玻璃，上层虽然是透明玻璃，但贴着玻璃纸。贴墙是一排发财树、平安树和幸福树，看样子经管很用心，而且有些年头了，这些树都生长得很高大，树叶茂盛。

莫法，农村出来的，对这些从泥巴里长出来的玩意儿天生有一种奇妙情感，就愿意在上头花时间。树笑着，将绿植掩映下的那张小玻璃桌子上的书本收了，拾掇了把椅子过来。

他觉得油条、米粉什么的摆在一起，虽然这顿早餐看起来很丰盛，但是太实在了些，没什么情致。他去厨房的泡菜坛子里摸了些酸菜出来，嫩白的仔姜，鲜红的灯笼椒，翠青的豆角……放在一个盘子里，往桌子当中一摆，这一桌子吃食顿时活色生香起来。

咋样？他很得意。

我说你太会生活了，一个人还整这么漂亮的泡菜，真是舍得下功夫啊。

生活是门艺术，更是一门哲学。树坐定身子，拿起筷子，像教鞭一样指指点点。他说，生活的本质是残酷的，这其实是生命本质所决定的。生命并不是一个向上的过程，尽管它是以向上这种形式表现的，但实际上，它是一种不可逆转的堕落，注定消亡是它的宿命。所以，要平衡生命这种注定消亡的宿命感所带来的消极，就必须给自己的生活注入一种快乐机制。快乐是个过程，也是个结果。如果你将快乐当成结果的话，那么你的这个结果的过程也是快乐的。

他用筷子夹起一块鲜红的灯笼椒，就像这盘泡菜。老早以前，我就对能在早餐或者说深夜的独酌时吃上这样一份美味的赏心悦目的泡菜充满了渴望，这渴望就是我的快乐。于是我冒着严寒，奔赴于各个菜市场，去寻找那些本不可能在这个季节里出现的蔬菜，鲜嫩的仔姜，鲜嫩的红辣椒。功夫不负有心人，我竟然找到了。于是，我开始制作盐水，购买泡菜坛子，整个过程耗时又费力，虽不至于有多辛苦，但麻烦是显而易见的。我很清楚，这是为了那美味的赏心悦目的泡菜所必须付出的代价。想到这里我真是很高兴，一点都不觉得麻烦，反而唱起了小曲儿，哼起了小调。如今，在这样的清晨，和我最喜欢最欣赏的朋友山，来共同分享这赏心悦目的美味，原来那简单的快乐就成了一种值得永远记忆的回忆了，就升华为一种意义了。

你是把简单的日子过成了一部意义丰富的小说啊！我叹着气说，我呢，把日子过成了一本烂账！

树就像是受到了提醒，突然记起来，你不是说有什么事要跟我说吗？看你一夜没睡的样子，什么事？

我说我父亲来了。

树看着我，他不明白我这话什么意思。

我说，我已经有好几年没见过他了，他是听说我的那些丑闻过后，专门过来看我的。我突然发现，他竟然是那样苍老，我从来没跟人讲过他，就算是跟蓉谈恋爱的时候，她那样好奇，我都没有跟她讲过多少我的父亲。在这样的早晨，我突然有种想要讲讲他的冲动。

谢谢你对我的信任啊，树放下碗筷，做出了洗耳恭听的样子。

第十一章

1

我念书的地方在成都,每个礼拜六晚上,我都得乘坐夜行火车赶到绵城。在城市科技信息公司继续之前我的工作,到第二天凌晨,简单吃点东西,喝点热水,打个盹儿,继续工作。中午老板会过来检查我的工作,顺便给我捎一点饭菜。短暂休息后,我会一直工作到夜里,老板有时间会过来看看,给我结算一下收入,然后我再赶黎明的火车回成都。

老板一直对我很好,为了我,他辞退了那个账房先生似的老头,还给了我公司的钥匙。我只要得空,就可以随时过来工作。我很珍惜这份工作,尽管辛苦,但却是我最后的保障。这样的工作我持续了一年多,越到后来,来信越少,而且公司接连遭到查封。终于有一天老板跟我讲,算了,你懒得跑。

此后半年时间,我的日子过得异常艰难。我不得不将那块英纳格卖掉,可惜并没卖出个什么好价钱,因为是冒牌货。

尽管我和同学很少打交道,但我的窘困境地,同寝室的几个还是都晓得了。他们谨慎地向我表示着同情，出门吃东西偶尔会叫上我，他们在外吃不了的剩菜剩饭也会带回来。我不能拒绝，就算他们偶尔流露出厌恶，或者说嘲讽，我也不能。越是饿得晕头转向，我越是清楚维护自尊的代价和结果将是什么。我必须要去相信他们的善良本意。生活已将我逼入绝境，我已失去了据守的地盘，没有多余的选择，毕竟是他们在给我吃食，向我展现了最大的诚善和耐心。我知道他们也没办法做出什么选择，我已成为压在他们良心天平上的一个砝码，他们带回的食物，不管是已经有点霉馊的味道，或者混乱得像一团猫食，但确实对我饥饿的肉体有用，也喂养着他们的良心。我并非心安理得地享受这一切，我也在力所能及地给予报答。我用言语感谢他们，时刻做出顺从的样子。我一直没有放弃拼搏奋进，我的学习成绩始终在全班名列前茅，这是他们对我唯一在乎和敬重的地方，否则我在他们眼中连条狗都不如。当然，除了在他们面前恭顺地示好外，我也承包了寝室所有的清洁，还帮他们洗臭袜子和肮脏的裤头。这对我也有额外的好处，就是可以顺带使用他们的洗衣粉和肥皂。

有一回我吃了他们带回的东西又吐又泻，还发高烧，浑身冷汗，肚腹痛如刀绞。他们全都吓坏了。我被送进了医院，在医院住了一个礼拜。我拒绝老师要安排人去通知我的家人，我始终坚持这不过是食物中毒，尽管难受，但并无大碍，不过拉拉肚子嘛，没什么了不起！老师跟我讲，根据医生的判断，他们怀疑是同寝室的同学对我做了什么。我坚决予以否认。我说我们亲如兄弟，不过是点小毛病，大可不必草木皆兵，杯弓蛇影。我不能对这个世界产生乱七八糟的怀疑，我更不能去指控什么，我已获取了那么多，如果不是我同寝室的兄弟们，我怎么可能坚持到现在？穷困至极的人，不能愚蠢到对这个世界心存恶意。我同寝室的兄弟为我支付了医药费，他们轮流照顾我，就像孝顺的儿女。老师要给我换寝室，我坚决不同意。我发现，同寝室的兄弟们已经完全将我当成个易碎的玻璃器皿一般，小心谨慎地和我相处。尽管表面看来，我们和过去并无多大差别，但实际无论内容还是形式上都和过去发生了重大的改变。他们开始变得沉默寡言，进出都是轻手轻脚的，我还给他们洗内裤和袜子，只是他们不再像过去那样心安理得，而总是回应感激和客气，他们也给我带吃食回来，但不再是剩菜剩饭，而是专门的小灶伙食。

后来他们都陆续搬了出去，我知道，他们是因为受不了。但我从未对此表示过歉意。只是从离开宿舍后，他们就跟我的关系与距离越来越远了，他们拒绝对那些好奇的同学谈论我，有人提说我的时候也叫他们神经质般紧张。再后来，他们干脆就像不曾认识我，但路遇的时候，他们还是难以避免地一副惊惶的样子。

从那时到现在，我们再无任何联系，我并不是要去追溯什么同学情谊，我只是想讲一件事情，就是我当时很痛苦，而事实确实很危险，我差点儿死去。我们都很清楚发生了什么。是我的坚强没有让他们崩溃，否则他们将从此改变命运。我之所以始终坚信我能挺过去，是因为我已经经历了那么多的苦难和折磨，我对自己的能力深信不疑。无论多大、多么深重的苦难和折磨，咬咬牙，都是可以熬过去的。再大的痛苦，只要与时间相加，都将会等于生命的幽默小品。

后来的情况有了一些改变，我能吃饱肚皮了，也能穿上漂亮的衣服了。除了做校外辅导老师，假期我还回到了惠安旅店去帮忙。惠安旅店的住客全都是生面孔，但表情眼神和之前的那些人还是一样的。老板当然还是那个老板，保持着一贯的善良和狡黠。他并不欢迎我到旅店里帮忙，因为我将来是要成为国家工作人员的，将是有身份有头面的人物，所以从现在起就应该注意一下体面，而他的旅馆总是被派出所和居委会查处整顿，是远近有名的黑窝子、脏窝子。

我说，我也想到其他的地方去帮忙，可他们都没有你对我这么好。他默认了这一点，叹息说，我这人年轻时什么坏事脏事都干过，一半的时间都是在坐牢，随着年龄越大，不知道为什么，当年恨得咬牙切齿的东西，突然就恨不起来了，而且最受不了的就是娃娃哭泣、老人受冻和读书人挨饿。每有新客入住，他都会指着我跟人家讲，这是读书人，正念大学，是八九点钟的太阳，你们都把自己的那些脏事烂事在他跟前收敛一点，要是把人家带坏了，就是下十八层地狱，也赎不回罪过。我受了那些人不少恩惠。但老板不准我接受他们赠予的物品，他冲他们叫嚷，想当善人，就莫把偷的、摸的和骗的东西拿来送人，拿钱！钱这东西最干净，里头没得恩爱情仇，也没得怨恨和良心。

旅馆里来了两姐妹，她们跟我都有点意思，老板狠狠地训了那两个姐妹，也教训了我。他说，你们两个卖货，卖东西就好好卖，咋啦？献爱心啊？肉身布施啊？有点职业精神好不好？还教训我说，念书跟坐班房一样，都属于改造。念书的目的是叫自己看清楚世界,坐班房的目的是叫自己看清楚自己,它们最相似之处就是熬!不能太舒坦,太舒坦了就容易钻到享乐里面去了,出不来。不然班房咋个会有高墙电网,学校咋个会有考试门槛呢?一个出不来,一个进不去,讲究的就是要你懂得什么是限制和规矩。明白吗?你是学生娃,就不应该贪图这些,但人都有七情六欲,实在想那事咋办?总是憋着也不是个办法呀。所谓欲念欲念,不就是一念吗?欲望欲望不就是一望吗?我虽没念过大学,但我估计大学跟班房的手法都差不多。老板举起一只手,伸出巴掌,再轻轻一握,向我比出个拳眼,说,你们大学生总不会笨到不知道自力更生吧,如果不会我现在就教你,简单,一下就是一念,一上就是一望!

2

树大笑起来,我也大笑起来。我记得老板当时很正经地跟我讲,你既然懂,我就再教你一句,能自己解决的就一定不要去麻烦别人。

树再次大笑起来。

这一回我没笑,我轻轻叹口气说,讲这么细,只为下一句话,整整五年多时间里,我从来没有回过一趟家,也从来没有人来找过我。开始的时候,我的确是在躲避他们,我很担心他们会在某一刻突然出现在我面前,向我咆哮,向我抱怨,给我甩一堆麻烦。但这样的情况一直没有发生。当我工作后,拿到了第一笔工资,我突然对过去的生活感到一丝依恋。我开始想我的父母亲，想我的弟弟，想现在他们都怎么样了。

我又领到了第二个月的工资。我去了那个叫"夜不收"的小餐馆，买了一瓶酒，点了几个菜。那位如同有着传奇故事的老板在灶膛前油煎火爆，浑身都快被汗水湿透了。一群刚从工地上下来满身泥污和臭汗的民工在我一旁坐下，一边喝着泡沫丰富的啤酒，一边看着路上的小车和衣着鲜亮的城里人，眼神疲惫而迷茫。我和他们不一样，和这小餐馆里的所有人都不一样。虽然置身这个地上淌满污水的小餐馆，我却是真正属于城市的，就在不远处的光鲜亮丽的街头，那高耸的办公大楼里，有一张我的办公桌。我可以跷起二郎腿，就着香气扑鼻的茶水，翻阅那些报纸，在重大的国家和国际新闻里头度过一天。我的工资每月都会涨一些。我不像那些刚参加工作的人老是嫌工资少，够了，足够了，相比我每月的付出，它们实在太多了！

人只有站在了岸上，才有资格评论水浅水深。我想起很多事和人，我不由得感怀莫名，流出了眼泪。

我因为工作突出受到了隆重表彰，得到了一笔奖金，还像结婚的新人一样披戴上了红绸和红花。我在掌声中走上主席台，握着领导细软的手，心中突然升起了一种渴望——回家，回秦村。

又过了很长时间，我才踏上回秦村之路。我以为，除了回忆，我已断了和秦村的所有瓜葛。这里的一切，不管是干旱，还是暴雨滂沱，不管诞生了多少新生命，还是新添了多少个坟丘，都不再与我有任何关系，高兴了我就去这片土地上走走，不高兴了，我抽身而去。

我在村委会下了车，其实前面道路还宽阔，车子完全可以开到家门口。现在我已经想不起来当时在村委会下车是出于一种什么心理。可能是因为出发时我什么也没买吧，到了离别多年的家门口，突然想到还是应该买点什么，总不能空手而归吧。

走进代销店，我一眼就认出了米二福的女人肉。她还是那么白皙好看，微微腆着肚皮。就像命中注定一样，他们的第一个孩子也溺死水中。代销店里的样子和当年没什么区别，只是收录机换成了彩电。

你要买点啥？肉并没有认出我。

我说，米二福呢？

她说出车去了。

倒是一个前来打酱油的进门就认出了我，哟，这不是山吗？我也认出了他，他跟我们家沾点亲，似乎曾经还死乞白赖地央求我父亲收他为徒。我冲他笑笑，摸了烟给他发，他说你爸刚才还在黄先生那里呢，给你妹妹拿药。

我妹妹？我几时有个妹妹了？我父亲回来了？又是几时回来的？

有人把我回来的消息告诉了我父亲，他很快就出现在代销店门口。米二福也回来了，见到我做出很亲热的样子，问，刚才那辆红色的桑塔纳是你的车吧？我说是单位的。米二福在我肩膀上拍了一巴掌，你娃现在混得好啊！

前来看热闹的人很多，我父亲抱着个娃儿站在我跟前。我都有些认不出他来了，他竟然这般枯瘦，头发都快掉光了，脸上一种悻悻的笑容，投向我的目光畏畏缩缩，躲躲闪闪。我叫了他一声，爸。他被吓住了似的，没敢应声。有人提醒他，说你大娃喊你。他就如大梦初醒般，轻轻一声，哎。接着说，回来了啊。我说，嗯，回来了。我两手拎不住这许多东西，他腾出一只手来接，我递给他一个袋子，他很感激我没拂他的意，能让他帮忙。他说，走，回去了嘛。我说好。

我父亲走前头，我跟在后面。他怀中那个女孩三四岁的光景，看着我，很懂事的样子。我父亲把脸靠在她的身上，使劲蹭了蹭。他一定在流泪，泪水糊眼睛了。那个女孩扯起衣袖，给他擦拭着泪水。

到底是一家人啊，有人感叹。也有人嗤了声，不以为然。他们的表态都是有道理的。在他们眼中，我们家的状况有如一团乱七八糟的稀泥，散发着说不清道不明的古怪气味儿。我不知道秦村有没有别的夫妻像我父母过去那样一进入深夜就开始了说长道短，如果有的话，那么我父母的那些烂事丑事，就一定是他们口中被无数次咀碎嚼烂的东西。

我父亲是我大学毕业那年腊月回的家。那个万县万家嘴的万姓女人的把戏轻而易举地就被我聪明的母亲识破了，对此不光我母亲自鸣得意，秦村人也深表钦佩。但现在我父亲就像是出于某种报复目的似的，真的抱着一个孩子回到了家里。他跟我母亲说这个孩子是他的，她叫玉。我母亲嘴里发着冷笑，眼中却淌着热泪。这个名字对于母亲而言是有着特别意味的，她在怀着我弟弟的时候，浪漫地跟我父亲讲，如果是男娃你就起名字，如果是女娃，我就来给她起名字。我父亲说，你打算起个啥名字呢？我母亲说，玉。

玉，就如同命中注定的薄情和背叛，被我父亲抱到了她跟前。我母亲感受到了他深深的敌意和报复的快意。我父亲冷冷地看着我母亲，他没有表现出丝毫愧疚和悔恨，他已熟知了一切，觉得毫无必要。

沈二仙从外头回来，此前他一直在地里劳作，他要将那片地深翻一遍，准备来年春天栽种辣椒，因为根据我母亲的预测，明年的辣椒将有个好价钱。此刻正是饭点，他又累又饿，在院子里就嚷嚷，今天晌午你给我这个老长年吃点啥呀？一进堂屋，就见我父亲和我母亲像两尊石雕般僵硬在那里，便悻悻地退了出去。他没法在院子里待下去了，但是他又无处可去，就又回到地里。

那年我就回来了一趟，我父亲说，只走到土镇。

我晓得，好多人都说看见你了，我不相信，觉得他们可能是看错了。就因为这个，这个……

我母亲说不下去了。

就因为这个，法院驳回了我母亲的离婚请求。而我的父亲，他当时的状况一点都不好，一身的病痛，不名一文。他是走投无路才想着回家的，想要得到我母亲的宽容和庇护，他累了，病了，走不动了，终于想到该回家了。但是家已经不是他想象的那个样子了。我父亲真正体会到了什么叫走投无路，什么叫有家难归。他心灰意冷，折身而去。

后来的事情他没有多讲。只是说有个开批发店的女人见他可怜，收留了他。病好后，他就留在店里，帮忙上车卸货，夜晚守店，像长年一样帮人家。再后来，那个女人有了娃儿，说是他的，他不睡仓库了，搬进了女人家。再后来，女人生病，胃癌，割去了大半个胃，又说转移到了肝脏。

埋葬了女人，我父亲带着这个叫玉的孩子回到了秦村，站在我母亲跟前。我父亲没有丝毫歉疚、悔恨和抱怨，他很平静。多年来的夫妻生活，他似乎对我母亲接下来的反应了如指掌。而我的母亲，她也从我父亲的神色里看出来了，他虽离开秦村多年，但只要他的双脚一踏上秦村土地，他就像那浑身绒毛的蜘蛛，任何一处细微的颤动，都能准确地判断出落网的虫子是只体态丰盈的蛾子，还是子弹般通体闪耀着金属光泽的甲壳虫。他就像那四肢轻盈鼻头尖锐的看门狗，任何一处声响和异味儿都能成功地感知出那是盗贼的图谋不轨还是醉酒主人的踉跄而归。所以，只一对眼，她就放弃了任何隐瞒，自然也没有必要做出理直气壮的姿态，他们都在对方面前显露出了这些年痛苦日子积累下来的无奈和隐痛。

我母亲说，也不晓得你照镜子没有，你看你呀，咋都老成这个样子了呢？也不知道在外头都受了多少苦累、遭了多少冤孽哟！我父亲深以为然地叹口气，看着我母亲，说，你也是呀，你还是要少吃那些乱七八糟的药，女人家的身子，到底不如男人家遭得住整啊。

我母亲面色由白转红，由红转青。她听得出来，我父亲这话里头还包含着一丝不甘心的挑衅意味，这是他作为曾经的一家之主，作为曾经的打石匠大师傅那点残存的自尊心在作祟。我母亲没有选择针锋相对，她退守其次。她是聪明人，她知道，在道德的征伐面前，无论女人占据多高地位，拥有怎样坚固的城池，大战最后都将是丢盔弃甲、一败涂地的失败者。

在不久后米俊成宴请我的酒宴上，并未受到邀请的米二福和黄刚贸然闯入，而米俊成显然有意让我们忘记少年不快，毕竟是一起长大的，一个地方出来的，希望大家都好好的，一起面对更加美好的未来。但是米二福和黄刚趁米俊成外出接电话之际，故意闲扯似的，聊出了我母亲因为乱吃堕胎药而差点儿命丧黄泉的事。米二福重重地拍着我的肩膀，语重心长地跟我说，山啊，你可要记得黄先生的好，如果不是他搞得快，你就没有妈啦！当然你也要记得我，如果不是我以最快的速度开车把她送到医院，你也没妈啦！也就从那天起，我立下誓言，永远不再和秦村人同席，我要和秦村渐行渐远，永远不给秦村人在我面前共叙情谊、回首往事的任何机会。

我的母亲眼巴巴地看着我父亲，你想咋样？她的眼中含着泪光。她本来有理由，而且有胆量在我父亲面前像探照灯一样打亮双眼，洞穿他的虚弱和可怜，她毫无必要做出可怜妥协的样子。不管咋说，这个家我还是守住了的，它始终都还是姓何！我母亲哽咽着说。我父亲长叹口气，做出一副心肠一软的样子，说，是我不好，我对不起你，对不起这个家啊。我母亲嘤嘤哭泣起来，我父亲走到她跟前，拍拍她的肩，好了，我回来了。

我母亲适可而止地收了声，看着呆呆地站在一旁的娃娃，一双不住淌泪的眼睛虽然没有往我父亲脸上望去，但她那不停耸动身子抽噎的样子，还是分明希望我的父亲能跟她有个说法。我父亲说，大人作孽，娃娃受累。这娃儿命硬，奶都没吃几口，竟然活下来了。你莫要嫌弃她，给她口吃的，给她身穿的，让她有机会长大成人，我呢，后半辈子会把你当观世音菩萨供的！我母亲再次哭泣起来。我父亲把娃娃抱起，推向我母亲，玉，喊妈，这才是你的亲妈。玉怯怯地喊了声。我母亲犹豫许久。玉在我父亲的激励下不停地喊她，声音越来越大，我母亲终于将玉搂入怀中，号啕大哭起来。

我的父母就这样和好如初了。开始几天，我弟弟对这个从天而降的妹妹还怀有敌意和歧视，不过他从小就是个识时务的人，很懂得见风使舵和见好就收。我父亲始终没有在他面前流露出他一直担心的父亲该有的严厉和暴力，而是时常讨他欢喜似的给他零花钱，还默许他打牌和抽烟，而那个孩子，在他面前总是表现得像个乖巧听话的小天使，这既让我弟弟的自尊心得到了满足，同时也触动了他心底最柔软和悲悯的部分。他们越来越像一对亲兄妹，难分难舍，处处牵挂。

在对待沈二仙的态度上，我父亲相比我弟弟在对待玉的情形上，颇有几分相似。最开始的时候，我父亲只是不准沈二仙进我们的家门，这多少让村里的一些人失望，他们觉得我父亲是一定会提上菜刀或者拎上钢钎和沈二仙来上一番生死对决的。他们太想当然了，这样的情形只可能出现在当时流行的港台剧里，在现实生活中，或者说在秦村的现实生活中，那是绝对不可能发生的。生活的教训和苦痛的经历，让每一个秦村人在面临非黑即白、非左即右的选择时总会找到让人更为慨叹的答案。

我父亲虽然拒绝沈二仙再进入家门，但却为他开启了另一扇大门，那就是打杵子的家。这天底下除我父亲之外，似乎再也没有人有这个权利这么做。他虽然没有解释，甚至都一言不发，但谁都理解得出来，这样的做法里头有着无可辩解的正当性和合法性。不管当初秦村人对于我们家的事（尤其是我父亲和我母亲与沈二仙之间的事）充斥着怎样的鄙夷、奚落和嘲笑，事情越往下发展却越让他们感到匪夷所思，不仅在情理之中，而且还呈现出一抹让人不得不予以尊重和理解的亮色来。首先，我父亲和沈二仙同时出现在一块田地里，春风荡漾，禾苗生长茂盛，不管是下种、除草还是浇灌，他们都步调一致，默契配合。接着，他们从无言无语、从不交谈的场面，发展到你一言我一语的相谈甚欢。而时间仿佛只是短短的几天，或者就那么一瞬。再然后，我父亲和沈二仙坐在土镇街头的馆子里，像一对难兄难弟似的推杯换盏。尽管村里人还是在背后嘲讽、嗤笑、猜测，洋溢着那种充满秦村味道的乡村式酸腥腐臭，但一些言外之意，却又流露出了羡慕。他们中间没有出现刀子和棍棒，没有出现口角和闹药，有的只是猪头肉和烧酒，茂盛的庄稼和秋天的丰收，还有相敬如宾的规矩。

　　自从我父亲回来后，沈二仙就再没有进过我们家的大门。我不知道他们是否就此有过约定。那道大门门槛，一定在他们三者之间有着特别的意味。沈二仙尽量不让自己往我们家的这个方向来，遇到耕作、收获或者别的什么事情，他们会各自相继起身，几乎在同一时间到达目的地，完工之后又同时离开，沿着各自来时的路径，消失在秦村人好奇而多事的目光里。

　　所有的收成都储存在我们家里，沈二仙挑着沉重的担子，将麦子、油菜籽、稻谷、玉米、红苕、洋芋送到院子里，水都不会喝一口，气都不会喘一下，抽了扁担就走，头也不会回一下。每隔一阵子，我父亲就会取出一些粮食来，粗细搭配，送到岔路口。他刚放下担子，沈二仙就到了，两人默默地烧完一支烟卷，各分东西。

某一天，米二福突然有了惊人发现似的，问大家，你们看见沈二仙买过油盐酱醋没有？大家说，这个你最清楚啊。没有，沈二仙从未有过任何采购行为，他的吃穿用度，一瓶醋、一包盐、一包烟、一匣火柴，都是我父亲操办的。因为不光他居住的打杵子家的房子里没储存有一粒粮食，他的口袋里也没有揣一分钱，他把所有的气力都用在了我们家和打杵子家的田地里，他实际上就是一个没有报酬的只管吃穿和寄身的长年。

除了耕田种地。沈二仙把剩余的时间都用在了打杵子的房子上头。我父亲拿钱让他去买了瓦。瓦在温泉关。沈二仙一担子一担子地挑回来，再一片一片地换到房顶上去。他还去我们家的山上砍了树木，借了锯子和斧头，改了椽子，锛了檩子，将那些日晒雨淋腐朽了的全都替换下来。当一切做完，都以为他找不到别的事了，他又从当年打石场里挑拣出石片石块，就像城里贴地砖那样，镶嵌起了打杵子家的院子。条条块块，不仅光洁，还有着漂亮的图案，一时吸引了全村人都去看，都说真没想到，这沈二仙还有这样的手艺。有人说这可不是一般的手艺，还得看你是不是有那绣花的功夫和耐心。这话说到点子上了，要晓得那些石块石片大小厚薄规则不一，要叫它们铺出一个平面来，可真得讲究本事，而要铺就这偌大一个院落，更得需要时间。

瞧瞧沈二仙，他不慌不忙，不紧不慢，他是那样用心，乐此不疲，似乎只要给他时间，他完全可以将打杵子的这几间房屋打造成王宫宝殿。

3

我看着树说，你听我讲了这么多我父母和沈二仙的生活，可听到里头有几处提到我？我的话叫树有些茫然，但一转念他就明白了。他真是个聪明人。他说，你的意思是你并没有出现在他们的生活里。

我说是的，不管他们的生活从混乱走向有序，还是从有序走向混乱，我始终都没有在里头。我一直都是局外人。我努力做一个不折不扣的局外人，他们也努力将我当成一个局外人。从那天我离开秦村，我就从他们的生活里消失了。或者说，他们将我故意遗忘了，隔离了。即使我父亲回来之后，他也似乎并没有将我记起，如果不是村里人偶尔提及，就仿佛我从来也不存在过。你说，为什么会这样呢？

树叹口气，我也是从乡村里出来的，虽然不敢说熟知乡村，但晓得乡村的人情冷暖，人性复杂。千百年来，乡村人虽不吝气力，勤劳笃行，但难改看天吃饭的命运，什么淳朴善良，什么民风醇厚，当饥馑到来，那些道德规栏根本不堪一击，为活命易子而食，为几个钱典妻租妻，为有后借种生子，兄弟阋墙，父子反目，药杀病母，老父投山，哪一样不是轻轻巧巧就做了呢？咱们大河两岸时常骂那些不讲道理的人为棒老二。你晓得棒老二什么来头吗？那可都是些淳朴善良的百姓啊，白天种地，晚上伸手往锅底摸几把，再往脸上抹几把，拿根棍棒就出去了，衣裳都懒得换，打闷棍，下黑手，祸害的都是最熟悉的亲戚朋友啊，因为只有他们才最熟悉路径，晓得粮食银钱藏在何处！咳！树不堪回首似的长叹一声，说，乡村的日子并不细数，只以节气论之，加上偏僻封闭，诸事仅存记忆和口头，又不上书，而口头热衷于流言，记忆又选择性遗忘、遮蔽、蒙混、含糊。千百年来，乡村始终都是那副老板眼啊。耕种方式从未改变，生活方式从未改变，民国的子孙和宋朝的祖先一个鬼样子，正因为如此，历朝历代，乡村的人都生活在金字塔的最底层，像柴草一样被刈割，像牛羊一样被宰杀，为驱动这个社会向前发展提供着最基本的燃料和养分。因为沉溺于相互折磨和彼此取乐，他们就像丧失痛感甚至知觉的奇怪的群体动物，对于从上而下的鞭子和灾祸，哪怕是遍体鳞伤、粉身碎骨也顶多只是点口头抱怨，顺从服帖地表示认命。但对于来自乡邻和亲人间的一句闲话和鸡毛之争可以不惜以命相搏……这些愚昧无知无痛无痒的命如草芥的人啊，历经那么多的兵燹之灾、屠戮戕害和天灾天祸，非但没有灭绝，反而呈现出越来越旺盛之势！这是为什么呢？这是因为他们秉承的是一种最原始的最简单的自我快乐原则。一切都为了最基本的生存愿望，而且，他们总能从苦难和毁灭的废墟中爬出来，躲避道德和规训的责罚，轻易地寻找到使自己欢喜的东西和继续下去的理由。

你是说他们的反应是出于本能。

其实那也是一种自我保护。他们不是忘记你了，他们可能时时刻刻都在想着你，之所以不提及你，是因为你成了禁忌。这是现实与良心交战的结果，事实上，他们时刻都在饱受着折磨。

我说可能吧,可能真如你所言。当我出现在家门口,我母亲正端着一撮箕鸡食,听到她的呼唤,那些散落各处的大鸡小鸡就像听到了集结号的忠勇将士,兴奋地咯咯叫唤着,争先恐后地前来向她也向它们的食物报到。我母亲一眼瞥见了我,她真像是受到了惊吓,手里的鸡食撮箕掉在地上,她后退两步,转身进了屋。屋里传来她的哭声。

从我父亲的眼神中,他是希望我走进母亲的卧室,去喊她一声,安慰她两句的。但他没敢明确表示。他站在我身边,脸上始终挂着讨好的笑。他的嘴巴似乎一直在动,嗫嚅着,我却听不清他在讲什么。但如果我需要,只消看他一眼,他保证马上就会跟我说话。

我母亲还在哭,声音竟然越发大了。我听得出来里头有邀约和胁迫的成分,我也清楚她的打算。她是希望我进屋去,去喊她一声,妈,我回来了。然后,她触景生情似的放声大哭,声音里夹杂着伤心和高兴,充斥着一个母亲的无奈和牵挂。当我再喊她一声,妈,我回来了。她会抱着我,蹭我一身泪水和鼻涕。在继续的大哭中,还会混杂着对我的抱怨和自我辩解。她会抱怨我为什么这么狠心肠,连招呼都不打一声,就一跑这么多年,其间也不回家,也不给屋里一个信儿,她这个做娘的虽然没有做到多好,但毕竟生养了我一场啊!她很会哭诉,这么些年她有多苦,农活多累,身子还有病,是生养我的时候从月子里头带来的,如果不是想到要见我一面,她早就去死了。现在好了哟!她一定会如同哭丧一般长声夭夭地哀道,现在见你长这么大啊,也有出息了啊,一颗操碎的心啊,终于可以放下了哟！死到眼门前啊，也不害怕了哟！

我不去理会，我的注意力放在我弟弟身上。那时候他还是个乖巧的小男孩，他怯生生地看着我，从我手里接过那么多的糖果，有些不敢相信似的问，都是给我的？我说都是给你的。他说，那我就随便吃哦？我说随你的便！他一下就觉得我亲了，畏怯也不在了，马上就显露出一个男孩子该有的活泼和无畏来。我说，你是不是没有念书了？他说念啥子书嘛，老师啥都不教，就晓得打人，一天下来又是少林棍又是武当拳，自己也累得半死不活的，造孽得很！

念书不行，惹是生非的，一天挨老师的打！我父亲佯装着怄气的样子，指着我弟弟说，你要是有你哥哥当年那样听话，老师咋个舍得打你？

我哥哥听话吗？我弟弟看着我，又看看我父亲，他的眼中没有疑惑，而是狡黠。这家伙脑瓜子好使。我父亲就像受到要被揭穿老底的威胁似的，悻悻地说，你娃挨打也是活该！

我说，你这么点儿大，不念书又干啥呢？

随便干啥也比念书有意思嘛。我弟弟说，那些老师他们能教啥嘛，自己德行坏，还想带好学生，咋个可能嘛。跟着好人学好人，跟着师娘罡假神！那个赵老师以前光打我，刘土娃放个屁自己都承认了，他还硬往我头上栽，将我一顿饱收拾！他啥东西？喊我们前头背诵课文，他跑课堂后面去摸女生的小包包，一天天摸，几个月下来，就把人家的小包包摸成大奶奶了。那天他还要打我，我指着他的鼻子说，姓赵的，你个老杂种，今天敢把拳头掟子往我身上安，我就要你吃不倒台！老子马上跑教育局去告你，告你摸女生，你莫以

336

为我像他们一样好欺负！后来他喊我进屋子里说话，我不干，我怕他整我。在学校门口，他说要给我二十块钱和解，我说一百元，一分不少。他说只给这一回。我答应了。最后又去要了他两回！

那个赵老师被逮了，我父亲说。

他把王晰娃的肚子日大了，咋个不逮嘛！我弟弟叫嚷着，他显得很兴奋。

我的母亲还在哭。我叹口气，我说，妈是不希望我回来吗？我父亲被这句话吓坏了似的，咋呼道，咋可能嘛，你不晓得她有多惦念你，多想你呀。我说，那她在哭啥子嘛？我父亲冲进屋子里，过了一阵，哭声没了，我母亲也出来了，现身在我面前。她的两眼红肿，委委屈屈，伤伤心心，又要哭，泪水长流，但没怎么出声。过了一会儿，她完全没了哭的意思，开始做饭，但很少说话，有点儿恍惚。

吃饭的时候，我父亲开了一瓶我买的酒。我说你们喝，我不喝。你不喝酒了吗？我母亲看着我，仿佛在她的记忆里，我是很能喝也很爱喝似的。我说工作以后就不喝了。她哦了声。我父亲客气地要给我倒一杯，说，烟搭桥，酒引路，你在单位怎么能不喝呢？看这样子我是必须喝点儿的。倒不是我父亲劝得有多坚持，而是瞧那情形，我如果不接受这杯酒的话，他们就不好意思往自己面前的杯子里倒，就会让这好不容易等到的团圆饭失去了某种氛围而突然不和谐起来。我说好吧，就当团年嘛，喝一杯吧。我这话让我父母很高兴，也很感动。我母亲又淌眼泪了，她现在真真切切地像个可怜的老妇了。

我弟弟也要喝一杯。他率先尝了一口，称赞这酒味道不错，因为不是那么杀喉咙。他问我喝没喝过茅台。我说喝过。他直咂舌，听人讲，茅台会像蜂蜜一样挂杯呀？我说，从没见过像蜂蜜一样挂杯的茅台，只喝过跟这酒差不多的茅台。

我和弟弟闲扯的时候，我母亲和父亲一直在做着一些准备，他们要在这样的场合下跟我讲一番话，这番话将有一些解释和陈述，这番话将如同一个小节，如果我再无异议的话，那么生活将开启新的篇章。在这新的篇章里，我将不会再缺席，没准儿他们已经给我安排好了新的角色等在那儿呢。

大娃啊，你说，这么些年，你咋都不回来看看呢？是我母亲开的头，她可能觉得，较之我父亲，她更有理由来开这个头，并且讲出这样的话。你就不晓得我这当妈的有多担心你，多想你呢。她作势又要哭起来。我端起杯子，叹口气说，喝酒吧，讲啥呢，我这不都回来了吗？

我父亲觉得，作为丈夫，他是有责任为自己的妻子帮衬几句的，同时也公开认个错，顺带讨好一下她，以获求我母亲和这个家庭对他更多更大的宽容。他说，都怪我不好，一直在外头躲来躲去，弄了不少麻烦，让大娃觉得待在这个家里丢脸，才出去的，才不肯回来的。只是你咋个也该给屋头来个信嘛，你妈生养了你一场，你是她身上掉下来的肉，十月怀胎，母子连心。

我放下酒杯，可能放得有些重，我的父母都被吓了一跳似的惊慌失措起来，他们看了我一眼，又慌忙别过眼去瞧着别处，面露哀伤，做出呆愁的样子。我原来一直没想明白，我这次回来是干啥呢。不是因为担心我母亲才回来的，应该也不是回来看我父亲的,那么我回来干啥呢?为了制造和应付这样的局面?

妈,这么些年没回来,没给家里打招呼,是我不对;爸爸,你回家也快两年了,你咋就没想到过要来找找我呢?

我们晓得你一直在那里,也晓得你一直都过得好好的。我父亲说,前两天,有人说还在电视上看见过你戴大红花呢!

我紧握酒杯,真有种哭笑不得的悲凉和哀伤。我拿过酒瓶,先给父亲和母亲的杯子倒上,弟弟将杯子推过来,我又给他倒上。最后,我给自己倒上。我端起杯子,我想清楚回来干啥,这是我的家,我时常都梦见它。我强忍着鼻头的酸楚和心头的梗堵,不让自己掉泪,我笑笑说,不管咋说,一家人,总算在一起了嘛,相当于团圆嘛,来,我敬爸妈一杯!

我父母迟疑了一下,慢慢地喝了那杯酒。我弟弟之前就像有种不好的预感似的,一脸的担心,现在他仿佛看见了云开雾散,终于放心了,一口喝掉杯子里的酒,说,哥,我们啥时候去你那里耍?

4

听到这里,树发出一声轻叹。

我们吃过早饭,又等着杨吃了。我帮树将碗筷收拾了,放进厨房的水槽里。树说丢那里就是了,不用管。我坚持清洗收拾了。我知道,就这么丢在那里,不会再有人来管它们。而他这一生中将不会再有机会洗碗刷碗,今天不仅在这个房子里所干的每一件事,乃至于出门去所遇到的任何一件事,在平日里都极为平常的事,对于他而言,都将是最后一次,所以这极具意味。见我两手不空地清洗着碗筷,他过来说,看你僵手僵脚的样子,就知道没干过家务,还是我来吧,你呢,接着讲吧!

我说其间我母亲还有些不甘心,她要在我为什么离家出走、为什么不回家、为什么在一些事情上不跟她打招呼上继续唠叨,好几次,我忍无可忍地真想冲她叫嚷,告诉她我为什么要离家出走,告诉她我是怎样挨饿又怎样差点儿死去,但我终究忍住了。事已至此,她已苍老成那个样子,也没有必要再知道。所以,每当她唠叨的时候,我都端起酒杯说,喝酒吧!你说,她为什么还要在这事情上纠结呢?她难道真就一点儿也不清楚吗?

还是那句老话,出于良心和道德安稳的需要!树一边刷碗,一边给我做着分析。他说我的父母并非对自己所做的一切都表示认同,基于生活的无奈或逼迫,他们那样做自有其理,但也不是只有选择甲而放弃乙一个选择。为了说服自己,他们需要理由。他们也并非不清楚他们所作所为会给你带来怎样的后果,他们可能因此时刻都在遭受良心和道德上的折磨和谴责。但人性本能,他们不愿意背负如此沉重的罪过,如果他们没有意识到他们早已不是尽职尽责的父母,他们又怎么可能在你获得成功的时候不来找你共享胜利呢?因为他们不自信,不确定。你的成功和胜利里面有他们的奉献和努力吗?如果有的话,会有多少呢?你是最清楚这本账的,他们是盈还是亏?他们倒不是主动放弃了亲情关系的互动,只是犹豫着不知道该怎么办。你觉得你是他们生活的局外人,他们也觉得自己是你生活的局外人。如果你们的酒还在喝的话,相信再有几杯,情况会好很多。树笑起来。

我说是的,你看得可真准。

几杯酒之后,我的父母终于消掉了心头的块垒。他们勇敢地承担起了父母的身份和责任,我也坐回到了当孩子时的那个矮板凳上。酒可真是个不错的东西,它在我们这个差点儿就要破碎得五花八牙的家庭里激起了欢乐的浪花。玉抱着一块大骨头啃得满脸油光,我弟弟一张稚嫩的脸被酒醉得像一朵盛开的大红花,他望着我们的父母,嘿嘿直乐,看着我,嘿嘿直乐,不停地问我城里的新鲜事儿,求证他所听到的各种稀奇古怪的传闻。

我的父母关心地询问起我的具体工作,每月的工资、待遇福利,并不时传授两句为人处世、待人接物方面的人生经验。叮嘱我,千万不可对外头的一些事情掉以轻心,对单位上的人哪怕是最亲密的同事也要提高警惕,害人之心不可有,防人之心不可无哇!他们还列举了村里的可恶之人,这些人和这些人的祖宗都在什么时候,以怎么样的方式整过我们和我们的祖先,所以,无论他们现在还是将来怎么求乞我,我都不应该予以帮助!

他们自然也要问起我的婚姻问题。当得知我还没有这方面的打算时,他们既表现得像是松了口气,又像是急不可待。他们说你可千万要眼睛放亮点,莫要找到身上有隐疾的女人,那可是贻害千年,不得伸展啊!我母亲还要我洞悉那些隐藏疾病的女人,比如一定要看眼睛亮不亮净,一定要先看看父母,因为有些疾病是遗传的,所谓买牛要看牛母子,逮狗要看狗母子嘛!

我的母亲看着我说,你现在有出息了,但要争取更大的出息!因为你的弟弟还指望着你呢!我父亲生怕玉被遗忘似的,还有你妹妹哟。他们说,将来随便让他们搞点什么,只要不落在农村就行了。农村太苦,没个手艺的话造孽得很。

我看着我的父母,真是难以将他们现在这个样子和当年那远近有名的"何师傅""何师母"联系在一起,或者,他们一直都是现在这个样子,只是那时候稍微年轻一些。

你看你的父母肯定觉得陌生得很吧?树说着,为我斟满面前的茶杯。我们再次置身在阳台上那绿植的掩映之中。树为我泡了一壶上好的红茶,还说冬日里最好是喝红茶,对身体有诸多好处。

茶很香。

时候尚早。

我说是的,我觉得他们很陌生。我非但对他们亲近不起来,反而感到有一些厌恶。我很清楚,那不是恨,那是厌恶,包括对我的那个弟弟。他嬉皮笑脸地跟我讲,将来你给我个收税的干部当就是了。收回来的税,我拿一半来给你买茅台,买那种可以像蜂蜜一样挂杯的茅台,你随便喝!

我母亲呵呵笑着跟我父亲说,你看,你看,到底是亲生的兄弟呢,晓得相互偎顾呢。

我弟弟跑到外头呕吐去了,他像只胃痛的狗一样,弓着身子,嗷嗷呻唤。但表现得却像个老酒鬼一样,单手把着墙根,牢牢地支撑着自己,摇摇晃晃,就是不倒桩。我站在院子里,做着深深的呼吸。他吐够了,巴掌抹着嘴角的涎水,摇摇晃晃地走过来,问,哥,要不要得嘛?我说,什么要不要得?他说给我个收税的干部当。我说,你还是去学打石匠的手艺吧,那更适合你呢。

这天晚上,就像当年一样,我悄悄地离开了家,离开秦村,连夜步行到了土镇,然后打车回到爱城,回到单位。坐在我的办公桌前,喝着茶水,翻着报纸,我感到生活是那般惬意舒坦,我下定决心要更加卖力地工作。尽管我已经很清楚,我绝不可能再回到秦村,回到那片土地上,我早已离它们远去了,但我还是感到深深的忧惧。

一年后,我父母带着我的弟弟和玉,挑拣了一个很不错的时间来到爱城,找到我。他们给我带来了很多东西,米、面、油、蛋,还有活鸡活鸭。我收下了这些东西,放在值班室里。我带他们去了爱城饭店。踩在松软厚实的地毯上,他们都有些步履不稳。

他们也是第一次见到那么大的餐桌和那么精致的餐具,不停转动的桌子让他们十分恼火却无可奈何。在喝了几杯酒后,我的母亲有些上头,终于忍无可忍地拍着桌子问服务员,这菜能不能别让它动来动去!

酒是茅台,喝一杯,服务员倒一杯。

吃过饭,我的父母要走,但表示可以让我弟弟在爱城耍一阵子再回去,说他都念叨这么久了,希望他能在城里学会一些规矩。我跟他们讲还是明天回去吧,因为住宿我都安排好了。他们没有怎么拒绝就答应了。他们很想跟我在一起,因为除了那些米面油蛋,他们同样也准备了很多话,在等待时机说给我听。我带他们去了房间,爱城饭店最好的套房。

我提醒我父亲和弟弟抽烟要特别注意，引起火灾自然是要倒大霉的，但如果将地毯烧个窟窿眼儿，赔的将不止一条肥猪钱。

我母亲表示没有必要住在这里，可以住进我的家里。我说房子太小。我母亲说小也没啥，挤一挤，也就一个晚上。我说挤不下，太小了，我一个人住都嫌太小了。我母亲用半信半疑的眼神看着我，又和我父亲对视。他们都不相信。我只好实话实说，单位安排了一处职工宿舍，两室一厅，住着我和另外一个同事。房子在一楼，耗子和偷油婆横行，通往化粪池的管道老是堵塞，所以厕所时不时地就会溢出，因此，一听到楼上冲水我就很紧张，他们刚拉出来，就从我们这里涌出来，有时候半夜被臭醒，一屋子的大粪。

我弟弟一阵干哕。我怕他弄脏了地毯，忙扯着他，将他塞进卫生间。

我的父母听得面面相觑。

我说这还不是最令人难受的，在我们顶头的二楼住着个老职工，五十多岁，有精神病，据说是什么谈恋爱惹起的。原来和他住在一起的还有他的父母，但他发病时将父母砍成了重伤，在精神病院待了些年头，现在被安排在了我们楼上。

你说的是不是老付？树问。

我说是。

这个人的情况我是很清楚的，他曾经可是大河两岸有名的诗人啊，创作的诗歌现在还被一些艺术院校当成教材呢。毕业于著名大学，谈过五次恋爱，三次被背叛，两次被抛弃，一辈子都在爱，一辈子都在被伤害，焦虑没有得到释放，又怎么不崩溃呢？唉！树叹息一声，这是个可怜的人啊！

我说他会彻夜不睡觉，不是通宵朗诵诗歌和呐喊呻吟，就是在屋子里捶打墙壁和弹奏某种乐器，或者在楼上楼下的过道里游荡。有时候，他也瞪着两眼，长时间地呆立在他的阳台或者某处。

你怎么不搬出去？要是他犯病了，冲进来把你伤了怎么办？我母亲两眼泪光，她这是在真真切切地担心我。我说我不能，因为住那里是单位领导希望我住那里，我还被安排了个任务，就是看住楼上那个人。我父亲一声长叹，问我，今天吃这儿住这儿，花费大吗？我说没什么，这么些年了，就当我孝敬你们吧。

沉默许久后，我父母准备跟我讲点什么，但已经拿不准讲这些还合不合适，所以两人你看我一眼，我看你一眼，犹犹豫豫。但我不准备给他们机会了，我说晚餐已经安排送到房间，明天早上八点半会有车来送你们回秦村。我嘛，我现在需要回单位赶个材料，然后和领导一起连夜送往省城。

他们要跟你说什么呢？你怎么不听一听呢？树问。

你以为他们会给我说什么呢？

我说，我并没有去办公室赶材料，自然也没有往省城去，我独自一人在"夜不收"喝了一斤半散酒，就是那种北县山里人用苞谷酿的玉米酒，度数高，冲劲儿大，每一口喝下去都像是吞了一颗火炭，然后回到屋里，闷头一觉睡到第二天下午。

我去了爱城饭店，服务员说他们老早就走了，连早餐都没有吃，也没有用我安排的车子。就在我回到单位的时候，老远就看见了我的父亲。他坐在门卫室门口,我的母亲和弟弟带着玉回去了。那些鸡鸭什么的,都还被塞在角落里。门卫向他抱怨鸡鸭的臭味儿,并跟人打听到我并未去省城——

你们晓得在爱城饭店住一晚上要多少钱吗?他一面这么孝敬你们,一面却又躲着你们,为啥呢?恐怕你这个当爸的要思考一下哟!门卫说,你莫怪我说话太直,何山这个人我们上下都是很清楚的,是个很不错很有前途的年轻人!有他这样的儿子,你要骄傲!

那天下午我在单位整材料,我父亲去了农贸市场,将带来的东西卖成了钱。这是我的安排,我说你不去卖,就只有我去。晚上,我父亲和我住在那间房子里。那天晚上老付吟唱了一晚上的诗歌。因为同事不在,我住他的房间。我刚卧下,我父亲突然出现在门口,说,他会停下来吗?我说不会。他说念得还是很好听的。我说,以往他一直都是在这边窗口朗诵,真不晓得今天晚上怎么改地方了,要不,你睡这个房间吧?他笑笑说,我没嫌他吵,我听得惯,认真听还挺有意思的。我说是的,他朗诵的都是他自己写的,他的东西都很押韵。他说是的呢,押韵的就好听,不过不像做歌堂的四言八句。我说,他那可都是诗啊!我父亲接不上话了,一下子沉默起来。这是我和我父亲两次见面,一来一往,说话最多的一次。

我父亲站在门口,并没有回他房间睡觉的意思。我只好趿拉上鞋子,我说你要睡不着的话,我把电视给你打开。他说不看电视。我抓抓脑袋,我说,要不我带你出去找个小酒馆喝一杯?他说酒就不喝了,都这个时候了。又不喝酒,又不看电视，又不睡觉，那要做什么呢？我父亲犹豫一阵，嗫嚅着说，我们想把屋头的房子换了。

我说好啊，想换你们就换呗，只是莫指望我，我才工作，啥都没有，紧得很。

你妈原来倒是有那个想法的，想指望指望你，我说不要去打你的主意了，才工作，手上不可能有什么钱，将来还要在城里安家的呀，嗨！她总是觉得外头的日子好混得很呀。你那天讲的话很对，我听着就是那个道理，在乡村里手一伸随便东西薅两把，丢锅里一煮，就是顿吃食。在城里，啥子都要花钱的呀，不往肚子里吃，往外屙，也是要交钱的！我父亲的话虽然说得很有趣，但我并不想听。我进了厕所，出来见他还站在那里，问我，你觉得那个房子该咋个修呢？你有啥子想法没有？我说没啥子想法，你们想咋个修就咋个修吧。

你就不回来住吗？

我尽量让声气平和，让表情平静。我说，不。

我父亲并不感到意外，但还是有些失望。

你妈和我都想讲一些话给你听，上回想讲，结果你半夜就走了；这回想讲，结果你还是走了。我们晓得你不想听，我也跟你妈讲了，你不想听，我们以后也就不要再讲了。我父亲顿了顿说，你不想听那些话，我就给你讲点别的事吧，你可以当成趣事听听，了解了解嘛。

我想，我父亲多半会说打杵子。是的，他说起了他。他说打杵子跟人搞上了行骗的勾当，炸金花、耍人人宝、卖劳力士手表、卖假银圆……后来搞抢劫坐了班房。在几声叹息和沉默片刻后,他又讲了村里的一些人的事。有的听着有趣,有的听着可悲。他说,黄先生的妹妹,就是嫁到乱石垱的那个,在米二福家把酒喝多了,不知怎么回事,脑壳伸进坛子里去了,拔不出来,想把坛子敲碎,可是又赔不起,因为那只坛子是米家祖上传下来的,是清朝康熙年间的古董宝贝。他还说五道河有个年轻人跟杀猪匠的女人好上了,正在屋里鬼混,杀猪匠回来了,那家伙光着身子从后窗往外跳,结果一屁股坐在了刚出生的笋子上,坐进屁眼儿里。等到人们发现他,他已经被笋子举到天上去了……说到这里,我父亲笑起来,因为那场面他也见了,可能他觉得很滑稽。

我说,有个事情,我倒是一直想问你。

我父亲看着我,脸上的笑容就像深秋的凉席一样被卷了起来,他大概觉得我问的这件事很严肃,所以不由得紧张地流露出一丝将接受审判似的惶恐来。

我说,那个冷主任在宜宾监狱的时候,你是不是从来就没有去看过他?

去过两回,后来就没办法去了。我父亲说,没钱,他那么造孽,都是我害的,我没有那个脸皮打着空手去啊。

我说,他死的事情你晓得吗?

我父亲看着我,像不敢承担责任似的,不敢说知道,也不敢说不知道,最后,他还是摇摇头,说,不晓得。

我说,我晓得。

我讲了考试那天遇见红,一起去殡仪馆火化她父亲的事。讲完过后,我也没看我父亲的表情,一抖手腕儿,看了看表,说,你早点儿睡吧。我顺带打了两个哈欠,前一个有些装的意味，后一个却是从身体里泛出来的，不可控制的悠长。我是真的困了。老付还在吟诵他的诗歌，从那头的窗口转到了这头。我躺上床，灭了灯，片刻之后，我父亲的房间也灭了灯。

第二天我起得很早，想带父亲去外头吃早餐，但是他早已离开，床上没有一点温度，他可能彻夜未眠，也可能根本没有挨床。想想当时，我到底还是残忍了些。

我正洗漱，随着下水管一阵哗哗响，我忙跑向厕所，准备拿墩布将厕所口堵住。但已经来不及了，一坨一坨的大便和粪汤泉水一样从便池里往外涌。

5

你这是楼顶，应该从无这样的经历和担忧。

树说是的。不过所经历的恶心的事情恐怕远胜于你的便池冒粪。

我说时候不早了，咱们慢慢地往那头去吧。

树说好。起身就要走，我看着他，下巴颏指指那一摊茶具，我说，就不收拾了？他说晚上回来再收拾吧，你要愿意，晚上我们还可以到这儿继续吃茶喝酒。我说还是算了吧，来我帮你。我只摆了个样子，他出手了，我就站到了一边。

树一边收拾，一边跟我讲这套茶具的金贵和趣事。可惜这茶盏，只剩两个了。他说。

还有两个呢？我问。

掉地上摔碎了。树叹口气。

我说，谁这么不小心啊？

树苦笑一声，懂它的才晓得它的金贵，不懂的，就只当它是普普通通一元店的货。

我说，那你为什么不都收藏起来，还拿出来使用？

树说，如果束之高阁，就失去了我当初买它的初衷了，它也丧失了最应该表达的功能。

我说，你都还有什么好东西，带我去看看。

树说，我不是个喜欢收藏的人，所以也没有什么好东西。我所谓好的东西，也无非是些高山好茶和陈酿好酒，都不是什么稀缺东西，随处可以买到。如果真有什么好东西，也就是这些了。他带我进了书房。他的书房可真大，四面墙壁全是书架，里面挤满了书。因为不通风的缘故，屋子里一股霉味儿。一张不大的书桌摆在房子正中，四个角上摆着四盆绿植，书架上摆着几盆吊兰和绿萝。看样子它们很喜欢生长在这里，都垂到地板上去了。置身这样的环境，总是感到有些怪异。

我说了这怪异的感觉，感觉这里像是进行某种仪式的地方。你就是在这里写的《爱城表演》吗？站在这个屋子里，我怎么有种不安呢？

树双手抱肘，做出一副沉思的样子，看着他四壁的书，那样子更像是在聆听什么。是的，他脑袋微微偏着，神思专注，是在聆听。你听到了吗？他问我。

不知怎么的，我后背一凉，心头一毛。我故作镇静地摇摇头。

我听到了。他说，这里大约有六七千册书，有一部分是我拿工资买的，但绝大部分都是人家送的。当年我搞新闻报道，五一煤矿和丰收酒厂这些企业倒闭了，要处理资产，请他们管事的吃了两杯酒，他们就将这些书废品一样送给了我。我就找木匠做了书架，给了它们一个这样的安身之所。这些书都是有生命的，每本书的背后都站着一位作家的身影，书页里隐藏着他们的灵魂和秘密。我平常一个人最喜欢做的事就是紧闭房门，坐在这屋子的中心，聆听书中人物在书页中絮语叨叨，有的绝望哭泣，有的欢欣大笑，有的饱食打嗝，有的饥饿呻吟。很多时候，我还可以看见书中人物和他们的创作者挤出书页，在这屋子里烟絮一样飘来飘去。你说这是个做仪式的场所，没错！我聆听他们的声音是一种仪式，而我的创作就更是了！

我有些听不下去了。置身在这样的屋子里，不安的感觉越来越强烈，我竟有些上不来气，感到窒息难受。树正讲得兴头叨叨，突然察觉到没有我的回应，扭脸看我，问，你怎么了？你好像不舒服，脸都苍白了。我捂着胸口，我也不知道怎么回事，出不来气，可能是这屋子不通风的缘故吧。

我让树坐到桌前，做出写作的样子，让杨好好拍拍，以后做片子用得着。

而我，走到阳台上，推开窗户。寒冷的空气灌进我的胸膛，我一下子觉得好受了许多。

他们在书房里待了许久，我去催促的时候，树还站在梯子上，做出一副在浩瀚书籍中寻找某个释义的样子。

出了门，树将钥匙插进锁孔，拧上两圈。抽出钥匙握住锁把手使了下劲儿，锁把纹丝不动，他才离开。因为我事先跟杨有过交代，所以他将这个细节很认真很全面地拍了下来。下了楼梯，站在楼下，树回头仰望着他的房屋，像在和那紧闭在厚厚窗帘后面的谁做着道别。他的目光移过窗户，望向空中。

今天的天气真是不错，满天的霞光。我说，这让我想起我父亲离开我房屋的那天早晨。他幸好早早走了，倘若晚点儿，置身在大便喷涌的他的长子家中，他该是多么恐惧和悲伤啊。

找人收拾干净房子，已是半晌午。因为一屋子令人恶心的屎尿臭味儿，喷洒了空气清新剂似乎不怎么管用，就听从一位邻居的建议，去中药店买了陈艾和陈皮，燃了一盆子滚滚浓烟，放进屋子里，然后紧闭门窗。浓烟从屋子门窗缝隙里挤出来，像传说中的好名声一样，在院子里袅袅飘散。受这香味儿的吸引，一贯昼伏夜出的老付站在阳台上，赤裸着身子，腆着肥大的肚皮，在金色阳光的照耀下，浑身散发着珍稀动物般的光泽。

这天晚上我听到了敲门声，我以为是同事忘记了带钥匙，便大声嚷嚷着，你都不晓得今天发生了什么。一开门，是我父亲。我父亲很疲惫，说话的嗓门都喑哑了，声音没了底气，很虚。我给他端来水，他说还没吃饭呢，两顿没吃了。我说，你去哪里干啥了？咋不吃饭呢？他说，走迷了，我从来没见过那么大的坟场，差点儿都赶不回来了。

坟场？哪个坟场？你在搞啥呀？

我的同事回来了，为了感谢我这一天的辛苦，他去买了烧腊和啤酒，请我和我父亲吃喝。我父亲吃了很多，酒也喝得很伸展，吃饱喝足就上床睡觉了。

　　我难以想象和父亲同卧一榻的感觉，我估计只要一挨着他，或者他一挨着我，我肯定就会不可抑制地浑身僵硬。我曾经跟我的同事睡到过一张床上，感觉很不好，他老是东摸西摸，让人浑身起鸡皮疙瘩。我去了办公室，在沙发上半梦半醒地睡了一宿，回到房间，我父亲又早早走了。那天晚上我以为他会回来，等到半夜也不见他，他究竟干什么去了呢？

　　直到三天后他才回来，面容憔悴，像刚从一场灾难中出逃归来。他说我总算找到他了。我说，你去找谁了？我父亲叹口气，说，一个老熟人，帮过我，想当面道个谢……

　　我有种不好的预感！

　　树突然停住脚步，这个时候，我们已经到了其香居门口。我说，怎么了？他龇龇牙花子，说，今天好像有什么大事要发生。

　　我笑了，指着其香居门口那刚刚被老板拎出来摆放好的指引牌，上头写着：热烈欢迎参加"树先生作品《爱城表演》新书发布会暨研讨会"的嘉宾，请入内——

　　我说，这不早已发生了吗？

6

　　九点刚过，各方人物就纷纷到场了。不能不说树的面子够大，爱城四大班子都来了领导，虽说是副手，但却难得如此整齐。爱城宣传部的领导几乎全部到席，还有爱城公安局局长竟然也不邀而来，这多少叫树感到意外。我建议树还是更改一下他的主张，宣传部和文化局也来人提出这个建议，但是树却坚持他的决定，由我出任主持的角色。

尽管我在开场就要求每位嘉宾的发言不超过五分钟，结果还是大大超时。大家都对树不陌生，虽然对他的作品和创作都谈不到三句话，但却有大把的言语来肯定和赞扬他这个人。大家在讲的时候，树始终双手合十在胸前，微躬身子，满脸谦卑的微笑，不住地表示着由衷的感激之情。

我怎么看，怎么觉得残忍。这简直就是一场闹剧，一场充满恶意的嘲讽。我为自己作为编导者深深地感到不齿。太卑鄙了，太恶作剧了，我将在此后如何去面对这些被骗者呢？我严重不安起来。

树先生用这样一部大作向本世纪告别，去迎接新世纪，真是充满了良好的寓意啊。他是我们爱城文化和文学工作了不起的践行者！本次活动既是爱城文化和文学事业的一次文化和文学盛宴，也是我们一个丰收活动，更是一次播种行为。相信在明天，当新世纪的曙光照耀爱城的时候，我们广大文艺工作者们会创作出更伟大、更优秀的作品，无愧新时代！

领导在继续慷慨激昂地致辞。

有人感叹这活动的规格太高了，你们看，这都来了多少台摄像机啊？当成国际新闻拍了！

在进入下一个研讨环节时，树似乎已有所察觉。他不停地将注意力投向爱城公安局局长，他之前就已经感觉到纳闷，说他怎么来了，又没邀请。我说可能是顺道过来看看吧。他怎么会在这里待这么长时间呢？谁都知道一位公安局局长的忙碌，而且又在这节骨眼上——本世纪最后一天，即将大假，各种安全检查和保障……他怎么会稳稳当当地将屁股粘在那个座位上这么长时间呢？别人鼓掌他也鼓掌，只是鼓掌并不如别人那么热烈，而只是象征性地略表一个意思而已。他的目光始终笼罩在树的身上，别说是树，任何人被这样一个人看久了，可能都会心头发毛。

公安局局长终于走了，有人过来在他耳朵边嘀咕了句什么，他瞧了一眼树，就起身快步地走了，谁也没打招呼，连文化局局长追上去相送都没赶上。而树那本被当成纪念品送出的《爱城表演》，就像遭到遗弃似的被撂在座位上。事后我才知道公安局局长离开是因为弯刀又出状况了，正被一群专家和护士团团围住，进行紧急抢救。

研讨这个环节就是爱城文学爱好者们的表演时间了。大家的发言争先恐后，起先的两句话总是些向树表示感谢和钦佩，接下来就是明显的自大和炫耀、卖弄，他们讲着自己的创作心得和成绩，提到不知从何处得来的外国作家的作品和名字，以及对一些文学概念进行似是而非的阐述和解释。声音总是很大，生怕引不起大家注意似的，这就造成了一个气氛热烈的假象。

作为本场主角，不管是谁的发言，树都应该做出认真倾听的样子，并且在神情态度上予以积极回应，但他却越来越不在状态，他开始坐立不安起来。

而作为主持人，每人发言后我都要按照惯例加以概括，并将话筒传到下一位的手上。听他们讲了那么多，感觉他们并未真正读过《爱城表演》这本书，我认为出于片子的需要，也作为本次活动的主旨，是应该谈谈这部小说的。我没有交出话筒，而是握紧了它，我希望它能像缰绳一样，将处于不安的树拉回到他的小说里，回到他该存在的状态里，再回到原定的计划中。

我说，《爱城表演》这部小说集收入了树先生近年来发表在各大文学刊物上的优秀中短篇小说，其中《爱城表演》给我的印象最为深刻，尤其是最近这段时间，当遭遇了一些事情后，当感到自己愧对生命中诸多人和事后，我突然意识到，我之前可能并未读懂这部小说，或者说并没有领悟到这部小说隐藏在文字和故事背后的深意。

我这样一个位卑言轻的人来主持这样一场大员云集、高手林立的被称之为"爱城文学创作和文化发展的重要标志"的活动，显然不够斤两，更何况我现在还一身臭名声，形象坏透了，站在这样的场合中就更不合适了。我是心怀感激来谈这部小说的，感谢树创作出这样的小说，感谢他给了我站在这里的机会，也感谢大家的宽容。

那么，《爱城表演》这篇小说究竟讲了什么呢？我大致复述了这篇小说，故事很简单。

因为历史原因，高级知识分子某女嫁给了小厂工人某男，两人都对生活充满了感激。时光荏苒，知识分子某女成了著名的专家。某一天，女人发现自己竟然白了那么多头发，也陡然发现，自己这所谓的幸福生活是如此贫瘠，只是生儿育女，只是相敬如宾，从来没有过爱情。她决定在黄昏到来之前去疯狂一把，追求爱情的幸福！但是又觉得这样会对不起丈夫。她问丈夫可曾从她那里得到过爱情，丈夫说得到了，他很满意。女人很惊讶，因为自己从来就没爱过他呀，他从哪里得到的爱情？她帮丈夫分析，发现丈夫实际上也跟她一样。她鼓励丈夫去寻找自己的爱情，并声称她还可以帮他创造机会。丈夫只是笑笑。女人找到了爱情，对方是她的研究生，很英俊。就在幸福像鲜花一样盛开的时候，她病倒了，丧失了生活自理能力。她感到震惊、恶心，继而是沮丧、颓废。她开始怀疑是丈夫害了她，而且似乎也有证据证明。但是随着进一步发现，她那所谓的证据，纯粹只是一种疑心。丈夫尽心尽力地照顾她，她很感动，为自己误解丈夫而歉疚，为自己之前的自私行为而羞愧。

突然有一天，她从丈夫的行为上发现了异样。随着更进一步调查，自己落得如此下场确然是丈夫下的毒手。但是，如果将丈夫抓捕，谁又可以做到像他那样如此完美地照顾自己呢？可能一年都活不出头。她责问丈夫为什么要这么做。丈夫不置可否，只说他的人生愿望就是永远和她在一起，唯有死亡才能将他们分开。她开始犹豫，是让丈夫受到法律惩处，为自己讨回公道，还是在他的照顾之下苟延残喘。回想这些年的病榻生活，似乎是她人生中最平实和真实的时光。

她最后还是选择了让丈夫得到审判，为自己讨个公道。然而根据调查，她的所有指控都不能成立。而丈夫离开的这段时间，她的生活糟糕透了，毫无质量，毫无尊严。她开始想念丈夫，也发现自己的怀疑和指控完全是执念，执念太久，成了劫。丈夫获得自由后，第一时间奔向她的病床，她就像走丢的小孩终于看见父母一样哭起来，钻进他的怀里，连声说对不起。此后的几十年，他无微不至地照顾她，她像个婴儿一样听话。他们甚至成了某种夫妻生活的典范，成了对爱情的诠释。

他患了癌症，不日就将死去。在死之前，他决定告诉妻子一件事情，并向她忏悔。因为她的病确实是他下的闹药。她并不感到意外，她看着丈夫准备在那里的汤药，说，我还知道你从来没放弃给我继续下闹药，每当我的身体往好的方面恢复一点时，你就给我下一点闹药，将我继续拽回到原来的状态。现在你也要走了，还等什么呢？丈夫说，这碗药是干净的，我什么都没放。妻子说，我放了。

那么我想请问树先生，你在小说结尾给我们留下了一个谜语，或者说是一个选择。那碗药真如丈夫所说是干净的吗？妻子曾经在对丈夫的诅咒中说过，她要摆脱他的照顾，宁愿自己像一坨狗屎一样孤独地死去，她为什么会在碗里放药呢？

是不是一碗干净的药，这得看你怎么看。你说得对，那是个谜语，也是个选择。同样是个选择也是个谜语的还有妻子是不是真的在自己的药碗里放了闹药。这个选择应该由我们来做。树深吸了一口气，说，我们也不要忘记了，如果她能给自己的药碗里放闹药，她为什么不能往丈夫的药碗里放闹药呢？

我的心头一惊，是啊，书中最开始就曾经交代过，妻子曾经是化学系高才生，她根据自己的症状就曾经怀疑丈夫放的闹药是重金属。而医生在对丈夫的癌症进行检查时，也曾有过疑惑，短时间不应该出现如此严重的原发性癌症啊。医生要深究下去，被丈夫拒绝了。那么，他对这一切其实早就心知肚明？

但是树已经不想回答任何请教了，他完全不在状态了，他的状况越来越糟糕。

时间指向中午十二点。是时候收场了，我向与会者宣布，会议安排有宴请，请与会的领导和参会的作家移步爱城饭店，酒是二十年地窖陈酿，不醉不归。

有不去参加酒宴的，都来跟树打招呼，合影纪念。树强打精神和他们一一握手道别。爱城文化馆的刘馆长过来问树，你是不是不舒服？咋个看起来好像很累的样子。我帮树搭话，我说他因为这个活动前后忙了很多天，又没休息好。刘馆长一边忙着招呼客人们，一边叮嘱树，喝点水，缓口气，赶紧过来接受大家的祝贺酒。树口中应着好，脸上勉强挤着笑。他没有离开场子，甚至连向外移步的计划都没有。他似乎已经清楚场子外等待他的会是什么了。而待在这里，还可以享受最后的自由。

除了我和杨，以及把守门口各处的便衣警察，场子里已经没有别人了。有服务员要进来收拾，被便衣挡在一边。树坐在椅子里，端起水来喝了几口，他的手哆嗦得很厉害，杯子和牙齿磕碰得咔咔直响。几台摄像机在转动着。这样也好，树放下杯子看着我，面色煞白。因为皮肉抽搐，他的脸都有些变形了。活动终于结束了，我一直想办这样一个活动的。树的声音有些走调，他说，好了，终于办成了。树要起身，我说，你再坐会儿吧。

那就坐会儿吧，树说，有烟吗？

我们都抽着烟。

我不知道树那被一团浓烟笼罩着的脑壳里头在想着些什么。这么些年来，他没有理由不去设想可能的结局，就像往天上扔出一个东西，无论扔得多高，也无论扔了多远，那个东西一定是会掉下来的。这个天空底下没有侥幸，也没有幸运，种瓜得瓜种豆得豆，这是必然的因果。这话是弯刀跟我讲的，弯刀还说，这天地间有一种向上的力量，这种力量就是正气和正义，使历史前进，社会进步，使一切真善美都能得到成长和赞美。这样的道理，树会不知道吗？如果不知道，他怎么可能写出《爱城表演》？他是用什么东西来驱动他的小说的？他可能只是没有想到自己的命运篇章会在这样的情形下画上句号。这应该是他曾经无数次拒绝然而又十分期盼的结局。或者他现在根本就没有办法去想，因为他的思绪此刻乱成了一团糟，毫无头绪，又或者他已经被罪恶之火燃烧殆尽，生命只剩下一堆冰冷的惨白的灰。

树抽完了一支烟，烟云在他面前有如风中雾霾，很快散尽，露出一张被虚汗完全湿透的煞白的面孔。他笑笑，看着我，目光冷郁，有些瘆人。你知道吗？树说，这个天地间有一种神秘的力量，无论这个世界怎么毁灭和堕落，它都会——树丢了烟蒂，伸出了颤抖的指头，指向上头，戳戳，说，就像是某种生长……他找不到话语来表达想到的意思了，语塞了。

我点着头，我说我知道。

树扶着椅子，站起来，两腿晃得像筛糠。便衣警察向他走过来，挡在他面前。他立住脚步，喑哑着嗓子，像跟老熟人打招呼，哦，来啦。

然后伸出手。

他们都走了以后，我又在场子里待了几分钟。尽管我是编导，早就预知了这一切。但当它真正发生时，我还是感觉恍然如梦。

有人过来跟我说，快走，弯刀快不行了。

7

弯刀转动脑袋，他在寻找什么，眼睛眨巴着，微微地呼吸着。他在等待，大家都知道，所以都很着急。爱城公安局局长打过去电话，问，情况怎么样了？那头回答说，来了，来了！

片刻寂静之后，大家听到了咚咚的脚步声急促而来。预审科的几个人穿过人群，走进病房，来到弯刀跟前，打开卷宗，展开签着树名字、盖着他指印的供词材料，哽咽地说，供认不讳！

弯刀嘴角抽动一下，露出个微笑，闭上了眼睛。他走了，表情平静，嘴角挂着微笑。他长长的身子，笔直得像把剑，五十多年的锤炼，饱受病痛的淬火，如今正在快速冷却。

这个世界从此再与他无关。

这天晚上的《爱城新闻联播》和《绵城新闻联播》同时播报了九年前高架桥分尸案和去年绵城汽车站碎尸案成功告破的消息。画面是树在其香居被戴上手铐和押向警车以及他在预审室交代案情的场景。树的样子颓废沮丧，模样猥琐。不过短短几个小时，命运就发生了如此毁灭性的改变。曾经激扬文字、口若悬河、眉飞色舞的大作家、大才子，转瞬就成了人人诅咒、恶心和憎恨的杀人恶魔，这个世界所有的美好和善意早在他举起铁锤的那一刻就灰飞烟灭、荡然无存了，只剩下地狱的白色灰烬和灰烬上空翻滚着的硫黄浓烟。他正在弥漫着白色灰烬和硫黄浓烟的地狱里鬼魅一样游荡，他的灵魂全是罪恶的疮洞，像一片轻薄破烂的沾满血污的肮脏的布片，在地狱寒冷的风中簌簌抖索。

终于可以睡个好觉了。树说。

什么意思？记者问。

罪有应得嘛！他身子一顿，像是用了大半个身子的气力才叹出那一声。他抬起头，目光空洞地望向屏幕。

我心头一震，觉得他这一眼是看向我。

我是在殡仪馆的办公室里看到这条新闻的。

掐了树的画面，主持人还播报了编后，讲了弯刀他们侦破此案所付出的努力，讲了弯刀因为此案积劳成疾，牺牲在工作岗位，讲了法网恢恢疏而不漏……

在办公室吃完泡面，我来到灵堂，今天晚上，在本世纪的最后一夜，我将在此陪弯刀一起度过。前来守灵的人很多，大都是他的战友和同事。雷也来了，远远地跟我点了一下头。

杨打来电话，说现在正在我家里。我说你把电话给我父亲。我跟我父亲说，这个人对我非常重要，我得陪陪他。我父亲连忙说着好，还要我放心，他会好好地等我回来。早两天前杨就给我讲，他的同学要来看他，还要上千佛山，去迎接新世纪的第一缕曙光。我说是女朋友吧，他笑笑没有否认。树被戴上手铐的时候，杨惊愕得都忘记跟进镜头了，好一阵子才回过神来，才意识到我们在干什么，我们都干了什么。他再看我的眼神就变得复杂起来。我找间隙跟他说了情况，表示了歉意。我说本来是在开始就想将一些事情告诉你的，但是不知道这事的走向是个什么样子，而且也确然是出于保密和安全的需要，希望你能理解。他说倒不在意这个，只是在想，在树先生跟前都是怎么做到的？还有这部片子，将怎么表现它的客观？我说，命运早就写好了脚本，而我们只是尽量做到别太走样。

那么，你的这个片子，将用什么画面来结尾呢？

我说了两个结尾的打算。新世纪钟声敲响，弯刀灵堂里的化纸盆里的纸钱燃着熊熊火光，燃烧后，灰烬飘起来。还有一个，新世纪的曙光照耀在爱城上空，天空中飞过一声悠扬的鸽哨。

杨知道，不管哪一个结尾，他都没办法陪女朋友一起辞旧迎新和沐浴在新世纪的曙光中了。他要回去跟女朋友见个面，安置一下。我要他顺道去看望一下我的父亲，带他去住宾馆。杨很快就回来了，竟然带来了他的女朋友，一个身材小巧眉眼精致的女孩。我说，你怎么带她来这里？那女孩说，你是担心我害怕，还是担心我会影响到你的工作呢？杨说她叫夏，学剪辑的。也算是同行。夏大方地伸出手。她的手小巧，很柔软，很温暖，看得出来她很兴奋。杨大概已经跟她讲了怎么回事，她一定觉得刺激极了。

杨说他本来是要送我父亲去宾馆的，刚走到楼下就碰见了蓉，问怎么回事，他就将事情大致地跟她讲了下。她要杨去忙，而她又将我父亲带回到楼上。

你是不是给她打个电话？杨关心地看着我。

我没有打电话，将手机调到了静音，我回到灵堂，和赶来守灵的弯刀的侄儿侄女们一起，跪在他的儿子身边，一起磕头、敬香和烧纸。很多人都认得我，见我如此，难免不感到惊愕。雷跟我说，看不出来你娃还蛮有情义的嘛，刚才是真磕头呢，梆梆响呢。弯刀要是在天有灵的话，一定很欣慰的，觉得帮你这娃，值！

弯刀早留有遗言，要求不停丧，不搞追悼会，死了趁热拉火葬场一把火烧了，骨灰撒爱河里头算事。出于片子的需要，我有意跟他就这事聊过。他说，人死灯灭，有啥意思嘛。你看我，他苦笑着指着自己说，你看这病把我搞成了个啥鬼样子，活着一口气上街都会有人怕得尖叫，以为见了鬼了！死后一口气不在了，那鬼样子就别说多恶心、难看和恐怖了，何苦摆在那里还去成为别人的噩梦呢？莫要吓人了，早点推炉子里化成灰，不起坟，不树碑。我说，为什么呢？他掩住嘴，像个淘气的小孩似的咻咻笑，说，我是担心有人往我的坟堆上撒尿，往我的墓碑上吐唾沫。我说，咋会呢？弯刀说，你都不知道我送了多少人上刑场，抓了多少人坐班房！

弯刀的遗言并没有被执行。他是英雄，他必须享受一个英雄应该享受到的荣光，而这个社会也必须给他一场英雄的葬礼。

新千年元月三日，弯刀的葬礼在爱城烈士陵园举行，我带着父亲参加了安葬仪式。我的父亲依照秦村的传统，向这位英雄行了三跪九拜的祭礼。事先他就曾表示过要这样，我说不必，你年岁这样大，行这样的大礼，会让在场的人觉得突兀。我父亲说，咋个觉得那是人家的事，而他必须要去参加葬礼的，也必须要行这样的大礼的，因为这个人配得上，而他也会因此而心安。

我父亲的举动的确让人感到惊诧,但他的通白让人明白了因果,并由此对我和我父亲多了几分同情、理解和敬意。从烈士陵园出来,我父亲就要去汽车站,他要回家,因为他已经圆满地完成了此次爱城之行。

8

我父亲此番爱城之行最重要的一桩事,就是希望我可以出面拯救我的弟弟。我弟弟偷了米二福的瓜子金。当然,他过高地估计了自己,他不可能吞得下去,所以很快就将瓜子金还给了米二福。但是米二福并不肯就此罢休。我弟弟害怕,就藏了起来。

他藏起来是对的。我父亲说,如果他落到米二福手上,下场恐怕会很惨。你不晓得米二福有多凶,有多狠,他是真的敢把人往死里整呀。

我怎么可能不知道呢,我早有耳闻了。风闻米二福抱上了绵城某个大领导的大腿,拿下了大半条爱河的开采权。爱河出金沙,安镇籍著名作家沙汀在他的不朽名著《淘金记》里头就有详细的描述,说曾经有人在沙子里淘出了门闩子那么大的金块。为了掌握采金权,夺取金脉,地方军政、土匪袍哥、地主豪绅和大小金班……明争暗斗,上演了一出出闹剧丑剧。那个年代淘金,全是人工刨挖,撮箕担沙,篾斗摇门。而现今淘金,用的可是挖掘机和抽水机,几天工夫就直达之前人们想都不敢想的老河床的黄泥底板。门闩子大的金块没人见到过，但是有人见到过米二福就像掏零食一样，从口袋里抓出一大把一大把的瓜子金。

黄金自然惹人眼，那河沙、卵石和人头石也是很值钱的，所以才有"图不了金子图沙子"的讲法。而淘金挖沙这个行当门槛低，只要有人手有气力，下了河坎，就是包赚不赔，就可以一本万利。所以，一进入枯水期，河坝里到处都是淘金挖沙的，到处都是大坑小坑。后来大吃小，只剩下二十多家。再拼拳头刀子，剩下了五六家，到了最后，就只剩下了米二福。

说有一家死活不肯离开那个坑，米二福就往里头丢石头堆沙子，硬是将人家活埋了啊。我父亲呻唤道，要是你弟弟落到他手上，保不齐也是这个下场的。

我没有说话。

我原以为我父亲急吼吼地赶来纯粹只是担心我，却没想到，前来爱城是另有目的。

肉的弟弟你总是见过的嘛，人称黑龙，就因为你弟弟偷瓜子金的事，他也被剁去了两根指头呢！我父亲惊惶的样子，明显带有夸张的成分。那可是肉的弟弟呢！何况米二福一家人还记着陈年仇恨呢，又咋个不会下死手呢？我说米二福这个人，我从小就知道他，虽然可恶，但还是讲规矩的。弟弟那么大的人了，难道不晓得别人的东西不能动吗？他跟着米二福屁股跑，他们跑的就是江湖啊，江湖就是个讲规矩讲道义的地方。

我也一直在说，再多的金子那也是人家的，千万莫伸手，可他还是没听。我父亲叹息着，抹起了眼泪。

我说好了，空了我就跟米二福打电话。

你什么时候有空？你弟弟等着你去救他呢！我父亲着急起来。我看着他。我父亲缓口气，说，刚出事那阵子，我就叫他躲到爱城来，就算米二福再凶再狠，他也不敢不给你面子，只是没想到，刚过两天就听说你这里出事了……

我苦笑着叹口气。

前两天听你的那个学生杨说，这阵子你在跟刑警大队的大队长拍片子。你跟他们关系好，你让大队长先给米二福打个电话，压他一下。然后，你再给米二福亲自打个电话。要是你能把大队长和米二福都请到一起，摆点酒，让大队长帮你调停一下，米二福虽然凶狠，也是个很精明的人，他不给你面子，总不敢不给大队长面子吧！你说是不是？

瞧我父亲讲这话的麻溜劲儿和他眉眼顺畅的样子，我真是不得不佩服他的心机，是多么江湖老到和圆滑世故啊。我压住火气，我说你听说的那个大队长已经死了，这两天我都在他的丧礼上，给他守灵，烧纸。别的事情，我还没那个精力，也没那个心情去经管。

人都死了，又不沾亲带故，这头可是你的亲弟弟呢，踩着肩膀下的地呢！我父亲嘀咕道。

我一下子火了，我说，人死了，就可以不管吗，是不是？就是人走茶凉的意思？不沾亲带故，就是可以忘恩负义？你想不想知道这个大队长都对我做了些什么？对我意味着什么？当年学校要开除我的时候，是他亲自把我送到学校！校长打招呼不叫绵城中学录取我的时候，是他开车亲自送我去的绵城中学！他教我做人道理，教我怎么活下去，活成个人样，如果不是他，只怕我早就像条疯狗一样死掉了！

我父亲愣住了，片刻之后，他嘟哝道，咋都没听你说起过呢？咋从来都没听你讲呢？

我苦笑着说，没听我说过？我说给谁？讲给谁？谁在听？

我父亲很惭愧。过了一阵，来到我跟前，跟我讲，他要去参加弯刀的葬礼，他要给人家磕个头。

到了车站，我买了票出来，见我父亲被几个人围住，神神秘秘的，要将他往人少的角落里带。我走过去问他们干什么，那几个人不甘心地散去了。我问父亲咋回事。我父亲说他们想骗我，我又咋个可能上他们的当呢，他们耍的把戏，我早就经见了，什么金圆券，哄鬼！

临上车前，我父亲说他在我床上的席垫子底下放了张字条，上头有个地址是打杵子的，沈二仙去找他都三个月了还没消息，如果有时间，让我设法打听一下。我听得如坠云雾，我问，沈二仙去干什么？要我打听什么？

我父亲说，半年前村上收到打杵子写来的一封信，说他已经从班房里出来了，住在河南新郑的一个地方。他来信想了解一下可有他家英子和桃的消息。村上干部将信交给我父亲。我父亲写了封信，讲了秦村的情况，还将沈二仙修缮一新的他的房屋拍了张照片寄过去，要他回来开始新的生活。三个多月前打杵子回信了，说他害病了。要我父亲将房屋卖了，把钱寄给他，他好治病。我父亲本来是想亲自去看他的，沈二仙说还是他去，如果打杵子病还不好，他可以留下来照顾他，直到好了，就将他带回来。

沈二仙带了不少钱。我父亲说，搞不清楚他是被人抢了，还是和打杵子咋个了,没了音信,真是好叫人着急。但是眼下又出了这么些事,我又怎么走得脱呢?我父亲说。

我说好吧。

还有,我父亲抱着车门不肯往上收脚,售票员一个劲儿地催他,都不耐烦了,嚷道,啥卖儿卖女的话说不完嘛,下去说嘛!

还有,我父亲说,你给蓉认个错,真心诚意地认个错,她会原谅你的!

我说好,你快上车。

车走了,我父亲拉开车窗,像电影里的人一样,动情地向我挥着手吆喝着,你可要记得呀!

我笑笑,裹紧风衣,垂头走开了。

我父亲除了那张字条,还留了一沓人民币,我数了数,一万五千块。

我给蓉打电话,她没有接。我发短消息,说想跟她说说话。她回了,说八号晚上。

9

我约了米二福见面。如父亲所言,他很给面子,说老早就想请我喝杯酒了。我说这个时候喝尚早,能不能先出来喝杯茶。他说好,去你上电视的那个其香居吧。

这几天爱城电视台赶了个纪念弯刀的专题片出来,重点讲了他侦破"树案"的事,回顾了他不平凡的一生。在片子里头,我和我父亲都有不短的画面。我的画面是我和树在他的研讨会上的对谈，我父亲因为在弯刀葬礼上的那番通白和感激之词让大家很感动，记者专门找到他，对他进行了采访，他再次泪眼婆娑，将讲过的那番通白和感激言辞重新说了一遍。

我先到。其香居老板和服务员都上来问东问西，不少茶客也通过片子认得我，想从我这里打听一点点树的故事。老板很高兴，拿出她珍藏的好茶叶免费招待我，还要给我讲一讲这茶之所以珍贵是因为什么。我说要平时肯定洗耳恭听，但今天不好意思，我约了人，要个雅间，谈点重要的事。

米二福来了，带着几个跟班，见了我，拔了嘴上的雪茄，打着哈哈，老远就伸出手，摆出一副老友相逢，一定要拥抱拥抱的架势，整个动作显得十分浮夸。

跟香港电影里学的？我笑道。

学得像不像嘛？

我说像倒是像，只是这里刚刚成功地抓了个罪大恶极的杀人犯，别人看见你这样子，会不会觉得过一阵又要抓一个十恶不赦的黑帮头子呢？

我咋觉得你这是在咒我呢？米二福偏着脑袋，乜斜着我，用那故作高深的眼光看着我，像是洞察透了我的内心，看透了我的底细。我也懒得理他。我知道他是个夹不住屁的家伙。小时候是，开拖拉机的时候是，现在人模狗样地学当黑帮老大，按大河两岸的土话来说，所谓"装蟒吃象"，他也没办法改变骨子里的贱性。在喷出一股烟雾后，米二福说，我有个发现，是关于你的，我决定拿你来赌一把！

什么意思？我看着他，拿我什么来赌？

拿你的命运。米二福说。

我笑起来，说，你这么讲就有意思了。讲清楚嘛，我看是不是可以入你的局。

我赌你会是下一个树。米二福说，我也有几个公安上的朋友，这些天吃酒也没少讲树杀妻的事。他们在讲的时候，我的脑壳里总是浮现出你的影子。虽然我对树不是那么了解，但就传闻，我觉得你身上有不少东西简直太像他了。你知道这些天有多少人邀约我喝酒打牌吗？可都是些来头很大的大脑壳、粗腰杆，因为时间安排不过来，好些我都推了。一接到你的电话，我二话没说就答应了。知道为啥吗？老同学？老乡亲？当然不完全是这些，最主要的是想见你，想当面对照一下你和树究竟有多像。

说说你的对比结果呀！

你们都喜欢舞文弄墨，属于典型的骚文墨客。你们老是自命不凡，以为肚皮里有了几个字，天下道理就被你们掌握了，所以自视清高，见谁都觉得比人家高贵！自然咯，在这样的心态下你们不管做什么说什么都是有道理的，正确的。即便办错了事，你们也比别人更容易找到自我安慰的理由。尽管你们通过耍这些小聪明也确实捞到了不少好处，让你们生活在沾沾自喜的高处，感觉骄傲，仿佛寰宇九州、苍茫大地都在你们的手指间。但是你们真实的生活又是个啥鬼样子呢？你们在权力和金钱面前卑躬屈膝起来，那也不是平常人可以比较的。咳，不讲了，讲透就没面子了。你们这样的文化人呀，我知道你们真是积了一肚子的怨气，又不敢跟外人发泄，毕竟天生胆小怕事嘛，又爱惜自己那所谓的好名声。

所以呢，在这样的憋屈中你们的性情就开始变了。有的迳自己折磨，就像酗酒和受穷。还有的折磨家人，像打老婆啊，仇恨父母啊。这变态到了最后就是毁灭，自我毁灭，滥杀无辜！

我说你讲得好呢，看不出来呀。米二福，一当上黑帮老大，你的嘴皮子功夫也见长了啊。

你说我刚才的那些话在理儿吗？而且我还归纳总结了一下，你和树最大的相同点就一个字，假！如果要用两个字来解释，就是虚伪！你觉得呢？

我说你懂个狗屁！

米二福身子往沙发后一仰，无比开心地打起了响亮的哈哈。米二福要我也来一支雪茄，我不敢尝试，怕它劲大，吃不消。尝试一下嘛，哈瓦那女神牌！我接下了，切了口，点燃火。这是我第一次抽雪茄，我说这劲道确实比叶子烟大。米二福说，多抽几口你就晓得它的美妙了。我说，你总还记得李三娃抽叶子烟的事吧？米二福目光和表情突然冷下来，他扫了我一眼，没答话。我意识到刚才那话可能唐突了些，一定又让他想起了他和米大福的事。时隔多年，那仍然是他的噩梦。米大福死于溺水，而李三娃也是。

那时候，只要家中有抽烟的，房前屋后总会栽种几株烟苗。收割下来的叶子晾晒在阴凉处杀青，然后堆沤发酵。为的是追求冲劲大和风味独特，还会在陈尿里头浸泡一下。估计李三娃爷爷的叶子烟就在陈尿里头浸泡过，否则的话，他几兄弟怎么会被一支叶子烟醉成那个样子呢。后来有人说那可不是一支普普通通的叶子烟，几个小浑蛋突发奇想，偷了爷爷的烟口袋，撕扯了一张报纸，齐心协力地卷了一棒锄把粗的烟，费了半匣火柴才将叶子烟点燃，烧得明晃晃的像火把。大家轮番吃，才两三口就醉烟了，不是天旋地转呕吐不止，就是趴在那里不敢起身。终于轮到李三娃了，他大口大口地吸着，显能耐，叫嚷着，你们看，我就不醉，我烟量大，比你们哪个都大！其实他早就醉了，晕头转向，跌跌撞撞，脚下一个趔趄，身影一晃就不见了。他顺着水库埂子的斜坡滑进了绿莹莹的水库里，等找到他，都泡胀了。

我说不好意思，这么多年了，你还放不下？米二福没有理会我这个问题，他架起了二郎腿，有什么事情你就直说嘛。然后双手抱着膝盖，静静地看着我。我拿出那一沓人民币摆在米二福跟前，听说我弟弟给你惹了麻烦，还请你原谅他啊。你既然提到他，我就简单地跟你说说他，你的这个弟弟。米二福跷着那只亮铮铮的鳄鱼牌皮鞋，一甩一甩的，就如同钟摆一样。还是老早的时候，你弟弟就想跟我耍，我是明确表态不要。一来你弟弟没得本事，打架不行，挨打也不行。二来我不喜欢你们一家人，为人办事都不磊落。米二福做了个"请别生气"的手势，继续说，为了把事情说清楚，我必须要实话实说，请你别介意。

我也只好做出个"理解"的表情。

秦村有好多人都跟我混，我谁都敢亏待，但从来不敢亏待他们。捞着钱了就先将他们喂饱，把他们的口袋揣满。还是不错，这些年秦村那些跟我混的基本上都修了楼房，买了摩托、彩电、电冰箱。当然也有坐班房的，但那都是他们抢着去的！我可都是按双倍工资给他们开啊。米二福轻叹一声，苦笑着说，尽管都这样了，村里头好多人还是都在背地里骂我，说我挣孽钱，把村里年轻人都带坏了。可是呢，他们见面就恭维就讨好，还硬要把他们家的娃儿往我的手里塞。我不要，他们就哀求，就送礼，就找关系，就讲人情。这里头，又怎么会少了你爹妈呢？

我愣住了，我还只道是我弟弟硬要跟米二福去的，没想到他们也出了不少力呀。

你爹妈找了我好几回，店子里，路头上，就像喊冤一样拦住我的车子，让我看你的面子带你弟弟出去挣钱，说你家修房子还欠着外头一大屁股债，还说你弟弟那么大了，啥本事没有，你又不管他，将来恐怕连老婆都娶不上。我呢，心肠一软，也就答应了。但我还是将你们一家人喊在一起立了个规矩，首先你弟弟得守规矩，得听话，得懂事，不让做的事情不要去做，老老实实去学怎么开挖掘机和开铲车，争取一两年下来有个手艺。至于打锤辩孽的事，有别人去，他想都不要想！我是真心为他好，我也是不想他出事，否则，你爹妈天天来缠磨我咋办？米二福苦笑着说，你不记得当年他们缠磨我爸妈的情景了吗？硬是差点把我爸爸和玻璃猴子他们逼疯了！

我说，这一切我是真的不知道。

开始的时候你弟弟表现得还很不错，老老实实的，真没看出来虚滑的样子。到了后来，一些缺点就出来了，抽烟喝酒倒也无所谓，但赌钱我是严厉禁止的，还有玩女人耍小姐，这个我也是打了招呼的，跟他们说，挣几个钱不容易，惜疼点儿，价钱讲好，放一炮算一炮，别弄什么嫖情赌义，那都是骗人的。唉，都是一帮小伙子，精力旺盛，不准他们发泄，那是容易憋出问题的，你说是不是呢？

我看着他，等他往下说。

你是理解的，对吧？米二福笑笑。其实看看你爸爸，再看看你，你弟弟有那些表现并不奇怪，家族遗传也说不定呢。米二福说着，忍不住又笑起来。

我觉得有些恼火，我说米二福，你说事就说事嘛，有必要这样说话吗？

不敢不敢，米二福瞟了一眼身边那几个跟班，他们也在笑，就笑骂道，啥这么好笑？就不会偷着乐吗？跟班的马上板起面孔，身子一耸，绷得笔直。你弟弟在耍小姐这个事情上弄上瘾啦，借钱都要去耍，好多时候还困在场子里出不来，嗨，真是有点丢人哟！胆儿也肥，口袋里空空如也，都敢进去喊小姐，有时候还一口气喊两个三个。遇到管场子的脾气好，把钱送去就放人，遇到人家像你这脾气大的，收了钱不说，还要奉赠一顿拳头捡子。你那弟弟啊，三天两头都是鼻青脸肿的。开始的时候大家还都当成个笑话，时间一长就觉得火冒了，因为他总是打电话来喊人送钱过去。而且他老是将我米二福的名字招牌一样挂在他的嘴皮上，搞得就好像是"奉旨招嫖"。你可晓得你弟弟的绰号？好像有好几个哟，什么骚棒、骚狗……咦，他在外头名号最响亮的是哪一个呀？跟班悄声回答，骚鸡公。对，骚鸡公！这个名字在这大河两岸可是叫响了的呀，隔三岔五，我就会接到电话，是不是来把你的那个骚鸡公领回去啊？这多半是场子里打来的。老米啊，空不空哟，安排人过来一下，给你的这个骚鸡公把罚款交了，顺便把人领走。这多半是派出所打来的。老大，骚鸡公又被扣住了，咋整？这是我的弟兄伙打来的。你以为我是骗你的吗？丝毫没有夸张。看着你的面子，我从来没有为难他，还正儿八经地教育他，我说你娃再不收敛着点，看把底下那玩意儿耍脱了咋个办！米二福恨铁不成钢似的叹口气，最可怕的是他竟然跟小姐讲起了爱情呀！这个事情，你爸爸跟你讲过没有？

我说没有。

他讲爱情，也可能只是个借口，为了省钱嘛。嫖女人不给钱是上不了身的，如果讲爱情那就随便上了。上的次数越多，可以证明爱情越浓烈。你弟弟不是个笨人，但是他也太小瞧那些小姐了。这也是我之前千叮咛万嘱咐的，只要跟那些小姐讲什么爱情，那绝对是要出事的。偏偏你弟弟讲爱情的那个小姐是个老小姐，三十多岁了。你弟弟在她手上那还不跟个小玩意儿一样？结果，确然是！经那女人一日弄，你弟弟这个憨包竟然对我下起了手！

除了叹气，我还真不知道该怎么讲。

你爸爸光是叫你来讲人情，他说没说你弟弟偷了我多少瓜子金？又告诉你究竟是怎么回事呢？我说没有。米二福意味深长地笑了笑，他是怕讲了实话，你就不肯帮你弟弟这个忙了！金子是你弟弟从我房间里偷走的，然后跟那个女人玩了失踪，见我们到处找得厉害，他们又害怕了，就偷偷跑回秦村找你爸爸妈妈。可笑而且不可思议的是，你爸爸妈妈把他们藏起来后，转头就跑到我们老家门口，说我没凭没据，诬陷你弟弟偷金子。他们一定是觉得现在的情况和当年差不多，比谁声音大，比谁能撒泼，咋个可能嘛！

米二福打起了哈哈。

我赔着笑，我说，他们年纪大了，老糊涂了，你就不要计较了嘛。

我不计较，我如果计较，我还会和你坐一起摆谈这事吗？米二福看着我，事情，我讲清楚了吧？你还有什么要跟我讲的？

我说我弟弟把金沙还给你，分量够不够？

够！够！一点不差。米二福说，你弟弟不是个笨蛋，他聪明得很。

我见那沓钱就像被遗忘了似的丢在桌子上，上前抓起来，递给米二福，我说，这是我父亲的一点意思，你就别客气，收起来吧。

你觉得够吗？米二福似笑非笑。

我愣住了。

米二福招招手，他的一个跟班过来，从怀里摸出一只口袋递给米二福。米二福打开，捏起一撮金沙，要我摊开手心。瞧瞧吧，这就是瓜子金，是你弟弟偷走又还回来的瓜子金，只是这个过程让这些瓜子金发生了变化，前后不一样了！不懂了吧？

我说是的，我还真不懂。

我给你讲讲啊，讲讲你就明白了。米二福说，这瓜子金呢，是从爱河的老黄泥底板下淘洗出来的。我听专家讲，在远古时代，大地一片汪洋，后来洪水退去，山头显露，河流成形，两边山上的金子随着沙粒进入河道，冲刷，沉积，最后沉到老黄泥底板上。你瞧这成色，这颗粒，纯天然的黄金呀。为了这玩意儿，多少人抛头颅洒热血啊！这可不光是富贵的象征，也是颜面呀！讲到这里，米二福拍拍脸皮，加重了语气，你弟弟把它从我的口袋里偷走，就单纯地只是偷走我的瓜子金吗？就没别的东西了？他发现这瓜子金太大，觉得自己喉咙太小，咽不下去了又大大方方地还给我，然后躲起来，再来叫你拿情面来摆平，似乎一下子就没什么事儿了。可是你就没想到，是不是还有什么东西应该还回来？所以我才问你，这瓜子金还是原来的瓜子金吗？米二福哈哈笑起来，你真是书念傻啦，还是故意装傻？

我虽然恼怒，但还是被他那仿佛毫无恶意的肆意大笑给感染了，而且辞别在即，也需要个快乐友好的气氛，所以我也笑起来。我说，米二福，你这什么意思啊？

你不会真不懂吧？米二福接过跟班的递来的纸巾，揩去眼角笑出来的眼泪。

我说我当然知道，你是觉得我弟弟偷了你的瓜子金，如果不收拾收拾他，会让大家觉得你很没面子是吧？米二福的表情仿佛我又讲了一个不可思议的事情，当然，这还用说吗？我要他将钱收起来，别嫌少，花椒胡椒顺口气，我来找你不就是为了这件事吗？我打着哈哈，他也打着哈哈，说既然这样讲，他只好把钱收下了，给跑腿的兄弟们吃顿火锅，唱个歌。我给米二福道歉，也道谢，我想这事情应该就这样完了，松了口气。

刚叼上雪茄，前脚迈出门槛的米二福又收回身子来，拔掉嘴上的雪茄，他还是忍不住地想笑，说有句心里话，不知当讲不当讲。我说你都摆出要教育我的架势了，这不屁话吗？

讲错了呢，你别往心里去。米二福将雪茄栽嘴巴上，声音失去了尖厉，变得含糊和语重心长。他说，读书人总是把心眼儿落到那个书本上，我原来觉得你不是这样，今天一接触，发现你也差不多。兄弟，这世间的真理不在书本上，也不在你们读书人的心眼里，因为真理太大，书本装不下，真理也太尖，你们的心眼兜不住。为什么这么说呢？你看啊，咱们今天讲的可是你的家事，你爸爸、你妈妈、你弟弟，你听我讲得多热闹啊。可是你呢？你爸爸妈妈将你当成门外人，你自己呢，也将自己当成门外人。这咋行嘛！这咋搞成事嘛！米二福拔掉雪茄，来到我跟前，凑近我的耳朵边，像告密似的跟我说，你妈妈之所以没有来爱城看你，并不是玉害病，而是你弟弟和他那个小姐还藏在你们家里面。

真的？

真的！我一直装瓜，就等你来找我。米二福栽上雪茄，乜斜着我，问，要不要一路回去看看？咱们一道！

我说，就不用了，你不也忙吗？

好嘛！米二福打着哈哈，扬长而去。

10

尽管接到我父亲心急火燎的电话，拖着哭腔要我赶紧回家一趟，我还是决定先见了蓉再说。

在什么地方见，这颇让我费心思。

我从不敢奢望能求得她的原谅，但还是心存幻想。我的心情真是复杂极了，我真想采取一些男人在办错事后为求得伴侣原谅的赎罪手段。那些手段当记者这些年可没少见，赌徒为了求其原谅，自断手指以明其悔改之志；从背叛路上归来，为向爱人表明其爱不变，用匕首在胸口上刻写爱人的名字……五花八门，招数不一。更别说那什么浇汽油、爬楼顶、摸电门、抹脖子的，这属于毫无创意而且性质恶劣的威胁，算不得正经的表达歉意、求乞原谅的行为。不管哪一种，对于同样当过些年头的记者蓉来说，都不算新鲜。而且我们之前还就此类事情做过讨论，她斥之为恶心和粗鄙。

我以为，以我所做的事，采取任何求其原谅和宽恕的行为都将招致她的鄙视。我宁愿以为，请求原谅并非为了让对方心里好受一点的宽恕行为，而是一种让自己逃避良心责罚的虚伪。就像秦村那句老话，"肯下话的娃儿也肯犯事"。而实际上，蓉已经关上了原谅和宽恕的后窗。相处这么长日子，我又怎么可能对她和她的妈妈不了解呢？她的妈妈，令人敬畏的老部长，一位崇尚并身体力行追求正确的共产党人。而她呢，自小接受母亲的言传身教，善良，有爱心，是非观念泾渭分明，从小到大，优渥的家庭环境与和善的社会关系，使得她几乎没有受到过衣食住行方面的困扰和人情冷暖的困惑，就更别说什么良心的焦虑和思想的痛苦了。所以，她才会像一株实验室培植出来的花木，美丽得毫无瑕疵。

你以为真是这样吗？蓉瞪着水晶般的大眼睛跟我讲，其实我也有焦虑和困扰，但我绝对不会让它们在我的心里过夜，我会把它们深深地埋葬在夜里。一觉醒来，又是崭新的一天，一切都是全新的样子。我说如果连夜都过不了，那它们就不是焦虑和困惑。

11

我并非没有想过某一天事情暴露的后果。但自认为绝无可能发生,我行事小心,而且从来不会在场子里做。我当然会在场子里挑人,但如果挑中,我一定会多花几个钱把她们带出来,像模像样地喝喝酒,吃吃茶,聊聊天,这既不会显得潦草仓促,还会给这样充满罪恶感的行事抹上点儿江湖朋友的温情。而且,我也并非那些喜新厌旧、以量取胜的家伙,如果相中,我轻易不会换人,我所表现出来的殷勤只是为了安全,我非但不会和她们成为朋友,还会更加小心地将自己隐蔽得更深。

我认为我的这种"肆无忌惮"是建立在强大的自信和蓉没有原则的信任上头的。她相信天底下所有的男人都有背叛妻子的可能,唯有我例外。而这也缘于她的自信。她是那么美丽,要什么有什么,追求她的好男人可以从西河桥头一直排队到爱河的湾滩。而我,一个饱受苦难的穷小子,怎么可能背叛她?又怎么舍得背叛她?我能告诉她,我那样做和背叛无关吗?我又怎么可能讲得出来这样无耻至极的话?我能告诉她,她在我生命和生活中的重要性,我是如何如何还深爱着她吗?时至今日,我自己都不敢相信,那算是爱吗?我还配在她面前说"爱"这个字吗?

当我在西河索桥头坐下,我的内心更加五味杂陈。我的耳边不是滔滔河水声,而是那首令人心碎的《我心永恒》风笛吟唱。

两年多前，有一次我和蓉从电影院出来，我一直没说话，蓉问我怎么了。我说我有些透不过气来。当杰克那张英俊的面孔和那双带着对露丝无限眷恋的深情的蓝色双眸慢慢沉入蔚蓝深海的时候，蓉泣不成声。她大概害怕影响到别的观影者，紧紧咬住嘴唇，不让悲伤出声。我同样泪流满面。杰克，杰克。声声哀呼的露丝，那张绝美的面孔，被我的眼泪浸泡得模糊不清了。我拿纸巾给蓉揩去脸上的泪水，又用那个纸团再揩掉我的泪水。尽管早有准备，遇着蓉这样子，纸巾还是显得不太够用。我附在蓉耳朵边说，你得忍住点儿，纸巾用完了。我不管，她嘟哝道。她依偎在我怀里，直接撩起我的衣襟，揩她的一把鼻涕一把眼泪。

我们都很清楚，这场电影对我们意味着什么。从进电影院那一刻起，我们便对这一场电影可能产生的影响充满了期待，而且也都表现出了要好好珍惜机会的意愿。

我说我想请你喝杯烧酒。

好啊，蓉说。

这一回，我不想在酒吧。我说，你愿意去杰克时常光顾的地方吗？

好啊，蓉非常高兴。

蓉起先以为我要带她去东风广场，那里有烧烤、夜啤酒和大屏幕投影，是下了班大家都爱去喝几杯的地方。我说不是那里，那个地方往上走是洗衣巷、水巷子，往下走是鸡鸭市场和纸货铺。而那里，是三轮车师傅、卖打药的最爱去的地方，此外还有装残疾人的、耍人人宝的、卖假银圆的和搞民族资产解冻的。

什么是耍人人宝？

一种街头骗术。你明明中了红桃A，揭开却是黑桃K。

搞民族资产解冻的呢？

当年蒋介石先生撤离大陆，留下大量的金银和美元，准备反攻大陆使用。现在反攻大陆不太可能了，所以准备启用出来用于发展民族大业，而参与的有功之臣将受到重赏，除了在人民大会堂受到党和国家领导人接见，还有一大笔奖金。

这是真的？

当然是骗术。

扒手和撬哥儿有什么区别？

扒手是顺，只趁你不备贴身偷东西。撬哥儿就是抬门打洞，专门入室行窃的。

什么是卖簸簸肉的？

年轻的漂亮的都去了卡拉OK厅里当小姐，年纪大了，人老珠黄了，小姐当不成了，就到这里继续操持营生，因为价格低廉，相当于吃一碗猪头肉的价钱。而且，她们当街拉客，也是形容她们的不讲究吧。

我见蓉皱起了眉头，就停住脚步，说，如果你不愿意，咱们换个地方也行。

去吧，蓉笑道。走呀，杰克。

这个地方叫西河索桥头。在西河上桥和下桥没修建起之前，这里的铁索桥是唯一通往西河岸的路径。吊脚楼、装板房、高抬梁、穿枓架、栅泥墙，曾经热闹非凡，随着繁华远去，有点能耐的人也想着办法打着主意相继离去，这里就丢给了爱城那些最穷困潦倒、最无计可施的人，成了类似于泰坦尼克末等舱的地方。虽然是个被遗忘的困顿之地，却也完整地保存着最原始的美味，洋溢着最本真的欢乐。

走在这样的地方，蓉有些害怕。我说放心，虽然这里确然是那些法律的鞭子还没抽到脊梁骨上的家伙们最后的存身之处，但他们绝对不会蠢到将藏身之所暴露出去的。而这里也有这里的规矩，只要不是故意来惹是生非，大家都会相安无事的。

我们在"夜不收"门口停下。

我跟老板说，能不能把桌子摆在外头，靠河边一点。

没问题，老板说。

我指着"夜不收"的名字问蓉，你知道什么意思吗？

蓉答不上来。

老板搬桌子经过，大声答道，夜不收，我收！

蓉还是不明白。

我说，夜不收的意思，就是黑夜不收留，无家可归。凡是无家可归的人，就到这里来。这里有吃有喝，有一席之地。我给蓉介绍这个老板的不简单。原来这个饭店可是有名的西河饭店。后来西河繁华不再，老板也将饭店搬到了外头，赚了个盆满钵满。在遭遇一些事情后，老板除了剩下一门炒菜的手艺，差不多也算是家破人亡了。就像看破红尘，老板远离了那些繁华喧嚣，又将一口炒锅拎回到了这里，改饭店的名字为"夜不收"，不管什么人，真乞丐、假讨口，大窃贼还是小扒手，或者流浪的、落难的，到了这里，不论多晚，都有口热饭吃。吃完了，只需要给老板道声谢，起身便走，绝无人跟你要钱。

蓉很惊异，说，那不是要赔惨？

不会。我说，有些人欠了他的，到死都会想办法还回来。

都要死了，还怎么还呢？

有一年爱城看守所有个待执行的杀人犯，第二天就要上刑场。看守所的管教去问他，明天将是你在人间的最后一餐，你想吃点什么？这一餐饭是由看守所买单，多要几个菜，想吃点什么平常吃不上的好东西，管教会想方设法满足。这个死犯开了个菜单，水煮肉、红烧丸子、粉蒸肉、水晶耳叶……最后指明要吃"夜不收"做的。出于对死犯安全考虑，避免中毒什么的，他们的伙食大都由看守所的食堂提供，一般不外买。死犯说，如果不是"夜不收"的，那就算了，饿肚皮上路也无所谓。饿肚子去死，到底不人道，再说，这是人家最后一餐，尽管罪大恶极，终归是人呀，而且他马上就要为自己的罪行付出代价了。所以看守所研究决定，还是满足他吧！可是，为什么非得是"夜不收"呢？死犯说他当年落难爱城，饥寒交迫，走投无路，遂起杀人盗抢之心。走到"夜不收"，老板热情地招呼他，还亲手烧了好菜给他吃，要他敞开肚皮，莫问价钱，吃饱走人。这一餐美食他回味了这么多年，如今落得这挨枪子儿的下场，虽然觉得愧对"夜不收"，但这人世间的最后一餐，还是想再品尝品尝那个味儿，也想借这个机会，多点几个菜，让老板赚几个，算是报恩。不知怎么回事，后来竟形成了惯例，凡是遇到上刑场的最后那餐断头饭，是一定要吃"夜不收"的。还有那些要转狱出去的，也跟管教提出这个要求，恳请能得到满足。

蓉说，这事儿传得很广吧？

我说，那是当然，很多人都知道。

蓉说，那就形成广告效应了，这"夜不收"的生意应该从此很好了吧？

我说，这"夜不收"的味道，人称江湖菜，自然别有一番风味儿。很多人要来吃记忆中的味道，还有些人慕名前来，其中不乏政要名流和讲究人。但自从监狱在这里点饭点菜这事儿传开过后，这些人就不肯再来了，理由很简单，忌讳。死刑犯的最后一餐是什么？断头饭。这让他们感到膈应。

乍一想，是有些膈应啊。

桌椅板凳看起来有些油腻。我扯了卫生纸细细地擦了一遍，蓉这才犹豫地坐下半个身子。在我的桌子旁边是一棵大黄桷兰树，树丫上掉着一个茄儿灯泡，灯线太长，有风拂过，身前身后物件和影子被这灯光一下子就晃动着活泛起来了。

老板拎着茶水出来，问，吃什么？我说你今天得帮我花点儿心思了。他说行，那么有忌口吗？我看着蓉。蓉说没有，都可以。

老板跟一个过路的闲扯了几句，这才进店去。

你跟他很熟？蓉问我。

我说，我才到爱城工作时的头一个月，几乎天天来这里吃饭。如果是中午的话，就是一大碗米饭，一碗油渣子烧猪血。如果是晚上的话，就是一碗肥肠豆腐，一盘火爆鸡鸭肠，三两烧酒，还得两碗米饭。后来也时常来这里。至于最初是怎么找到这里来的，听说不管是谁都可以在这里吃到一餐饱饭，那么我想，既然免费的都可以吃上一餐，假如赊账呢？

到处的灯光都亮了，虽然稀稀拉拉，昏黄灯光中，所见之物影影绰绰，加上这夜的宁静和不时从河面上掠过的水鸟的鸣叫，还有那灯火营造的微微波光和浪涛声，以及那随着夜归人往来的悠悠晃晃的古老的铁索桥……真是让人思绪悠远，感慨万端啊。

我指着河对岸那一片片灯火，我说蓉，你晓得住在那里的人都什么来头吗？蓉摇摇头。我说，之前爱河每年发大水，总会冲毁一些人家。有句话说，大火烧了还可以捡到几根火柴头，要是被水打了，那可真是干净得一毛不剩。好多人家原本的日子还过得殷实富足，就因为突然河流改道，洪水拐弯，一场大水落得一贫如洗。每次大水过后，绅粮和地方官员都会发起募捐，选择这靠近河岸的高处，用竹木、茅草和篾席等简单的建筑材料，搭建起一处处栖身之所，入住的就叫水打户。所以，你看见的那些人户家子，祖上大都是遭遇过洪水的，有水打户背景的。

这个你也懂啊？老板站在我身后，他已经送来了三个菜——爆炒鸡鸭肠、酸辣鸭血和炝炒莴笋片。还有个菜，正在锅里煨着。他捋起围腰，揩着手，从围腰兜里摸出两支烟呢，递给我一支。我拒绝了，说不抽。他笑起来，说，是因为现在有人管了吗？蓉不好意思地笑笑，你想抽就抽吧。一听这话，老板再递给我，我就不好不接下了。哦，忘记了，我这里可是还有一瓶好酒呢，朋友送的，好几箱都拿给他们喝了。你运气好，要晚来一阵，估计就没这个口福了。

老板拿来酒，竟然是茅台。这真让蓉错愕，还有拿茅台随便送人喝的？

见者有份嘛。老板说，当年有个人在看守所，因为陈年旧案被人检举出来了,加刑,要转到另外一个监狱服刑。临走那天,那个人跟管教说,都说"夜不收"的味道好,他也想吃。管教来的时候,我的菜都卖完了,门口有人挑了青椒和嫩玉米上市场,我就做了个青椒炒玉米。那个人一边吃,一边流泪,一边暗下决心,一定要好好改造,要立功,要争取早点出来,春天来了就吃上春天的菜,秋天来了就吃上秋天的菜。后来那个人真发达了,老板呵呵笑着说,这酒就是他送的。

老板将那个煨在锅里的菜端来了,水蜂子炖豆腐,说是专门给蓉做的。

水蜂子是爱河的特产,一种无鳞鱼,不过拃长,身上有三根尖利的长刺,在抓的时候,它会突然炸开长刺,被扎住了可是又疼又痒。但这家伙的味道却极其鲜美。然而要图得它的美味,对厨师来说却是个非常考手艺的活儿,因为弄不好就全是小毛刺,虽不至于卡住喉咙,但很影响口感。"夜不收"的老板时常感叹,那些大馆子的厨师们,一份水蜂子动辄卖价上百元,为了去除腥味儿,料酒一瓶一瓶地往里倒,姜汁一碗一碗地往里掺。那是喝酒还是吃药呢?他教了我个秘方,嘱咐我以后等老婆生孩子了,一定要依照这个方法做给她吃。水蜂子一斤两斤不限,豆腐却至多不能超过一斤。水蜂子在热油里稍微炸一下,起滚水,先放水蜂子,等到汤汁雪白的时候再放豆腐。然后加上两勺醪糟,再微火炖二十分钟,起锅放盐,味道鲜美,又养颜,又下奶。

我给蓉先盛了半碗浓白如牛奶的汤,又斟满酒杯。我说在没有认识你之前,我遇到很多麻烦事儿、不好的事儿,甚至是难以启齿的事儿。这些事情给我带来了巨大的痛苦和折磨。每当此时,我都会来到这里,请老板帮我弄两个菜,再来一瓶酒,然后,我会像那些即将被押赴刑场的死刑犯,以这是人间最后一餐饭的心情来吃掉它,喝下它。我是一个挨过很多饿的人,在这样的情形下,我认为我更能吃出食物的甘美,品尝出人生的五味,感知出生命的真谛。

蓉的眼中泛起泪花。

刚才看电影的时候,我有些嫉妒和羡慕杰克,认为他拥有动人的爱情和美丽的爱人。忽然我觉得自己有点愚蠢。怎么去羡慕嫉妒杰克呢?我才是那个最该被嫉妒和羡慕的人呀!杰克用尽人生好运气,换了一张抵达爱情的船票,命运却让他止步于此,再无明天。这多像是那些死刑犯啊,终于尝到了人生和人世间最美好的味道,却就此一餐,而我呢……

蓉流出了眼泪,她轻轻揩掉,跟我碰了酒杯,说,以后你想什么时候来这里,我就陪你什么时候来。

我们一饮而尽。我们喝光了那瓶茅台。

我们相拥着,唱着歌儿,离开了西河索桥,走走停停,边走边亲吻。那天晚上我们同居到了一起。

过了两天,我们再来西河索桥,要品尝"夜不收"的美味,蓉的脚步越来越迟缓,眉头越来越紧锁。最后,她再不肯跟我往前了,怎么这么脏啊?怎么这么乱?怎么这么臭啊?

确实脏乱差。地上到处都是垃圾,坑洼里积满了污水。往来的也尽是一些准备上市和已经从市场下来的菜农和小贩,他们挑着筐,推着车,身上满是泥污。还有那些大着嗓门吆喝耗子药和鸡毛掸子的,在街边摆着不明动物尸骨和死蛇的卖打药的，以及宰杀鸡鸭和用松香油淋烫猪头猪蹄子的，各种气味混合在一起，形成了一股庞大的潮湿的似乎能粘连到皮肉上的烘臭。有个烧叶子烟的老汉从我们身边经过，那浓烈的旱烟臭味儿让蓉直翻白眼，不得不捂住口鼻。

我说，还是晚上来吧，晚上看不见脏乱差，晚风也强劲，臭味儿留不住。

12

我这里就剩下一瓶丰收酒了，送给你们喝了吧。老板拿出酒来，商标老旧，一看就是年头酒。

谢谢，我不喝的，蓉说。

那你就自斟自饮吧，能喝多少喝多少，喝不了就剩下，别硬灌。

我说好。

喝酒就是喝个故事，想知道这个酒的来头吗？老板从围腰兜里又摸出了两支烟，我不要，他也没抽。这是爱城国营酒厂的第一任厂长送给我的。那时候我还是个小伙子，她时常带着她生产的酒到我这里来，因为我爱喝嘛，而且也还懂点儿酒，她就要我给她的酒品评一下。后来我们一起定型了这款酒，起名"丰收酒"，先拿了省优，又拿了部优，最后还在全国糖酒会上得了金奖。丰收酒大卖的时候，为了向我表示感谢，她送了十几箱给我。以后每年遇到我的生日和她的生辰忌日，我就会拿出来喝上一点。

老板说完，捋起围裙揩揩手，跟蓉点点头，跟我笑笑，说，你们慢慢吃，慢慢喝，我去给你们吆喝最后一个菜。

这么些年来，我还是第一次在"夜不收"的堂子里吃饭。以前不管多冷多热，哪怕刮风下雨，我总喜欢在宽阔的廊檐下，在门口的坝子里，在河堤上。但今天晚上冷风大，蓉的身子遭不住。

"夜不收"的前身是西河饭店，那会儿店面很大，上下两层。老板将饭店改为"夜不收"之后，二楼就改成了旅馆，一楼也隔出了一片来，租给人家居住。剩下的这一片，摆了锅台和桌椅，也堆放着酒和粮油。

老板特意给我们生起了一盆炭火，还在火盆边煨了一大罐陈皮水，这样烤火就不容易口干鼻燥。火光熊熊，罐子里水滋滋沸响，散发着一股橘类的清香。

蓉在来之前，肯定也做了很充足的心理准备，但才进来的时候还是难免有些局促不安。但架不住空调和电烤炉提供不了的只属于柴火木炭才可能有的浓浓暖意，加上食物的香味儿，锅台间缭绕的水雾和茶炉上沸腾的水响，混合成一股子老厨房的烟火味儿，这烟火味儿从远古一路浸润过来，早通过肠胃变成了滋养我们共同记忆的养分，进入到血液，进入到骨头里，化成了我们基因的一部分。她脱了外套，架在椅子上，重新坐下。她提起筷子，将我夹到她碗中的鸭肠放入口中慢慢咀嚼，嗯，她点点头，说，味儿真不错。蓉穿了件鹅黄色的毛衣，记忆中不曾见过，这应该是她新买的。灯光投在上头，再辉映到她脸上，使得她的脸更加细润嫩白。长长的睫毛下，那如同星星般闪烁的双眸，还有微微冒汗的鼻头，那被火爆红油和辣椒生姜刺激得微微肿胀的艳艳的双唇。真是丝毫也看不出来她曾被伤害过。她非但和之前一般无二，而且似乎还更加好着呢。

他刚才那话什么意思？蓉放下筷子，那雪白的犹如葱管的长长十指相扣着，抱在膝盖上，亮晶晶的大眼看着我，等我的回答。

爱城国营酒厂的第一任厂长叫梅，比他大十多岁，是他的情人。因为经济上的问题被查处，跳楼自杀，从此以后，他就这么一个人活着。

老板进来了，带着一身潮湿的寒气，手上提着个竹篓，他高兴地扬起来，晶亮的水珠往下滴沥，就像断线的珠子。你们有口福了，这大冬天的，他们还真有出息，抓到了这么多的水蜂子！

蓉慢慢地咀嚼着。从举箸、夹菜到送入口中，再到吞咽，她的动作清晰明了，表情也因为食物味道的刺激有着分明的反应，这在之前是从未有过的。不管山珍海味，还是名师大厨的倾心之作，在她的盘碗里似乎都和面包牛奶差不多。但今天晚上不一样。她拿着勺子，啜饮那奶白色的水蜂子炖豆腐的汤汁的动作，更是优雅，她的样子不像是在进食，而是一种要将味道和记忆量化、封装然后束之高阁或者深埋地下的仪式。

明天我就要走了。她低头一看手表，笑了，哦，这已经是新的一天了。我没敢问她要去哪里。我饮下一杯酒。她也倒了一杯。我拿了杯子，内心因为悲伤和疼痛，使得手都有些哆嗦。我斟满酒杯，捧向她。我已看不清她的面容，哽咽道，对不起。在一片模糊中，我见她将杯中酒一饮而尽。她将杯子递到我的手里，轻呼一口气，像是要把眼前的什么东西吹走。她说，再倒一杯，咱们碰一下。

我扯了纸巾，想要揩去眼泪，但泪如泉涌。我起身走到门外，在寒风中待了一会儿，心头平静了许多。

我们碰了杯。她饮下杯中酒，轻松地放下杯子，将面前餐具一一摆好，看着我，微微一笑说，我该走了。

我送她到路上，那里早停着一辆车等着了。我以为她会径直上车，然后一溜烟就走了，头也不回，因为这才是她。却没想到她拉开车门又关上，然后回身看着我。

尽管灯光昏暗，我还是看清楚了她的眼神。她的眼神有些冰冷，是那种对待陌生来客的眼神。你能不能告诉我，为什么呢？

她一直在努力忘记，显然并未完全做到。我见她虽然待我已是陌生来客的眼神，但身子就像受冻似的抑制不住地微微战栗。我深深地知道，"为什么"这三个字背后是她怎样的羞怒、懊恼、痛苦和不甘。答案很简单，但我不能说。那将是对她更恶毒的伤害和羞辱。我只能说对不起，你就当我是个病人吧。她点点头，明白了的样子。上了车，车灯明亮，划开刚刚起来的弥漫的薄雾，缓缓远去。

我没有回"夜不收"，我沿着河堤往下走了一段。顺着台阶下到河坝里，在水边坐下来。河面上雾霾浓厚，几个下网的人戴着头灯，顺着水边过来。他们是在电鱼。他们探着脑袋，只顾着捞那些不断被电晕的浮出水面的鱼儿，都已经走到我跟前了，才陡然发现，吓了一跳，惊呼道，哪个？

我说，鬼。

啥子鬼哟！他们笑起来，抽抽鼻子，哟，酒鬼呀。

393

第十二章

1

　　接任弯刀的是雷,这是弯刀临终前向公安局领导建议的。据说很多人都不服气,认为雷只是个搞钱的好手,虽然此前也在刑侦大队待过一阵,但并没有表现出多少能耐来。我倒是听过弯刀对雷的评价,说他舍得拼,性子硬,动不得的他敢动,惹不得的他敢惹,是个狠角色。而眼下爱城很多工作还需要一个狠角色去硬碰硬。

　　雷上任没多久就找到我,而我此时正为剪辑《爱城表演》的几个技术问题焦头烂额。我让杨把他的女朋友夏带过来帮忙,他说两个人已经分手了,我有些诧异,不才好好的吗?杨说,问题出在夏身上,她有狐臭。他的母亲初次见面就闻出来了,说过敏,坚决不同意。杨说夏倒是说过,剪片子的时候愿意效力。我说既然这样,你不好联系,就把她的电话给我吧。夏听了我的描述,建议我将模拟信号转为数字信号,这样的话好多技术问题都可以轻松处理了。她说她正在成都天河文化传播公司做事,设备都是现成的,她可以协助我完成剪辑和后期。

雷找我是因为我弟弟的事，当然也是米二福的事。由于剪辑和后期需要大把的时间和一笔钱，所以我想等处理了这些杂事后，再去成都。

雷说，这根本就不是什么杂事。本来是想把这只小鬼再养一阵子的，你成天鬼哭乱叫的，有什么办法呢，那就只有先收了他！从雷那里我才晓得，其实爱城公安局刑侦大队早在弯刀手上就盯上了米二福。弯刀说，河坝里现在太乱，头绪太多，这个米二福正在风头劲上，先让他捋捋吧，等他理料得差不多了再一把收拾了，这样爱河才能真正地清静下来。弯刀临终前交代的几件事情中就有米二福，但并未排列在前，是我将米二福推到前头的。

米二福对我弟弟的安排，确实如他所言，是想让他学点手艺。不管是学挖掘机、推土机还是机修、汽修，都随他兴趣。而且工资也开得挺高的，时不时地还扔给他一两条烟抽，遇到麻烦了，还总是亲自过问，给他摆平。仗着米二福的高看一眼，我弟弟说不想学挖掘机，想学管事。其实什么管事呢，他就觉得跟在米二福身后操社会威风，有面子！米二福说操社会讲的是规矩，你是个守规矩的人吗？受得了规矩吗？我弟弟说没问题。他的表现确实还不错。米二福开始放手让他去做一些重要的事，其中之一就是每天下午到各个金塘子里监督摇门师傅洗金沙，再将金沙现场采集、称重，然后送回到米二福在土镇的家中。

也不知道我弟弟是蓄谋已久还是临时起意，反正那天对米二福的金沙下手了。在他看来，那天可能还真是个下手的好时机。他收了几个塘子的金沙，沉甸甸的，有一百多克，最后有个塘子还出了两颗黄豆粒大小的金豆。等他送到米二福家中，大家都急匆匆出门，因为今天所有塘子的收获都不错，米二福在爱城包了个场子，好酒好菜加好烟，还有漂亮小姐，要好好地款待大家一盘。我弟弟交了金沙，跟验秤的黑龙说，我遭不住了，我肚子痛惨了，我要屙裤裆里了。黑龙说，要屙屎就去屙屎，闹锤子呀！

米二福买下土镇农机站职工宿舍顶上两层，他住顶层，在上头睡觉和办公，下层是大家的活动和休息场所，有茶室、台球室、厨房和饭厅。我弟弟跑下去拉屎，两个厕所都被人占着，只得再返回楼上，悄悄去了米二福的专用厕所。米二福的专用厕所左边是他的卧室，右边是他的办公室。平常大家将金沙收回来，就在他的办公室里称重和集中，负责这个工作的是他的舅子黑龙。黑龙称完金沙，通常会跟一个老师傅用盐酸将金麸皮这些杂质洗去，剩下的就是比较纯正的金沙了，然后存放进大办公室后面那个大得像台冰箱的保险柜里。

我弟弟蹴在马桶上，一边憋屎，一边打量着这个厕所。怎么能叫厕所呢？这样大，洁白的浴缸，半面墙的镜子，柜台上那各式的洗发水、沐浴露，还挂着几条碎花点的内裤和胸罩。我弟弟揩完屁股，提起裤子，他被那小内裤和胸罩吸引住了，他捏在手上，还凑在鼻子底下闻了闻。他约莫着，这不是肉的内裤和胸罩，她的屁股这小内裤兜不住，她的奶子这胸罩也装不下。他听见外头有人打电话，是黑龙，在过道上给米二福打电话，我选好了，全是瓜子金，五百克，我放在你卧室枕头底下。然后就听见卧室门开的声音，门关的声音，黑龙离开的脚步声。

我弟弟在米二福卧室门口的垫子底下摸到了钥匙，进了米二福的卧室，从枕头底下拿到了个红布包，沉甸甸的。他把红布包揣进口袋，轻轻关上门，将钥匙塞回垫子底下，一路走下楼梯。

院子里，一伙兄弟正在往车上挤。

黑龙没有上车，他骑着他那辆高大的雅马哈一溜烟走了。我弟弟说，黑龙咋个不跟我们一块去？有人说，他妈在绵城医院住院，可能也没几天活头了。大家感慨一番，都说幸亏遇到了老大这样的好女婿，要是落到别人家，只怕连骨头都敲得鼓响了。

肉的娘家妈患了乳腺癌，先割了一个，再割去一个，前后折腾了两三年，据说花去的人民币都快上百万了。才上百万？岂止！我陪老大去给她买西洋参，就像菜市场称莴笋。大家感慨一阵，停顿片刻，就拿我弟弟和那个老小姐开玩笑，要平日里，我弟弟早生气了，但是这天晚上我弟弟却嬉皮笑脸。

事后有人认为，这就是我弟弟表现出来的反常。

我弟弟选了个小姐，两人没耍一阵儿他就走了，找他的那个女人去了。他向那个女人展示了他的成果，将那一红布包瓜子金摊在床铺上，金光灿烂，耀人眼目。那个女人被吓了一跳，问明白咋回事后，急得直跺脚，先人，米二福的东西你都敢动啊？我弟弟说他不会晓得的，女人说这么大一坨瓜子金，他会不晓得？我弟弟说，他不会晓得是我拿的。那个女人急得直搓手,这样子的话,你就要装得下细点儿,千万别给瞧出什么漏眼儿来。我弟弟满不在乎,捉奸捉双,拿贼拿赃,再说,装瓜扮傻,谁不会嘛。

米二福回到家里,他没有在枕头底下看见那包瓜子金,给黑龙打电话,问,东西你放在哪儿了?黑龙说,就在枕头底下。米二福说,不见啊,你是不是放错了?黑龙说没有放错,就在枕头底下。米二福又翻了一阵,还是不见。

楼下车子在摁喇叭。

米二福急得鬼火冒,下楼去问守门的。他们保证绝对没人上过楼,而且大半个晚上也没听见任何动静。米二福再次拨通黑龙的电话,接电话的是肉。肉啜泣着说,妈快不行了。米二福说,她又不是今天才不得行,都不得行好几回了,一天尽搞假情报。喊你弟弟接电话!肉骂道,米二福,我囟你妈!

楼底下的车子又摁了几声喇叭。

米二福急得将手机举起,差点儿就扔下去了。他忍了口气,双手扶在墙上,做了几个深呼吸,抓了个袋子,打开保险柜,从里头摸了几沓钱和一包金沙,快速地冲到楼下。

那辆轿车都已经掉过了头,缓缓行驶着,就要离开了。米二福追过去,拍着车屁股。车停下,开了车窗,米二福将钱和金沙递进去,赔着笑脸说,不好意思,手下人可能放错地方了,没找到。车里人一声冷笑,耍我啊。车门关上,发气似的喷着浓烟,咆哮着出了院子。

米二福打电话叫了几个人,带着他们赶往绵城。肉的妈妈这一回不像是报假案,她是真的就快要不行了。生死一线,她还心有不舍,不肯就此撒手,她喉咙里的那一口气就像兜着她全部家当的包袱,她才不舍得就这么被死神这个强盗一把夺去呢。所以他们就像是在拔河,尽管她也知道所有的努力和挣扎都是徒劳的,但她一直都是倔强的女人,揪着一点包袱皮,还在一点点地往回拽。米二福等了一阵,有些不耐烦了,在黑龙的肩膀上点了一指头,将他从老太太身边领进了不远处的厕所。

我给你讲过那袋瓜子金的重要性吧?米二福说。

是啊,都是我一颗一颗选出来的呢。黑龙说。

米二福见黑龙一副心神不宁的样子,你咋就不问问我找到了没有呢?

我就放在枕头底下的啊,找到了吗?

没找到!米二福说。

这事等等再说吧。黑龙要往厕所外走,他听见有人喊他。

你就给我讲个实话!米二福一把扯住黑龙,还有谁看见你把东西搁在枕头底下的?

没有。黑龙说。

那么……东西呢?米二福一拳头擂在墙壁上。

这事儿过后再说,好吗?黑龙说。

外头有人在继续喊他,声音很焦急。黑龙应了声,往外去。米二福一把扯住黑龙,过后再说?你讲得轻巧!我跟人家许诺了大半年,今天晚上牛皮都吹破了,人家兴冲冲地跟着我上门来拿东西,东西突然不见了……你晓不晓得,我们混的就是个诚实有信呀,东西不见了,你让我过后怎么跟人家讲?你讲得这么轻巧,当那是一袋子碎石子啊?

叫唤的人闻声过来，趴在门框上跟他们说，老太太不行了。

黑龙看着米二福扯着他的手，轻轻挣了下，说，妈快不行了。

米二福说，她不行了，也不是一回两回了，你跟我讲，金子呢？

黑龙冷冷地看着米二福，不就是点瓜子金吗？要真找不到，我拿命赔给你！说着，他掰开米二福扯住他的手，快步出了厕所。

米二福气得有些不晓得往哪里冒火，一振衣服，出了厕所。他走到窗口前，摸出电话，打给那个重要人物，关切地问人家到家没有，并一再道歉，说都是底下兄弟工作没用心思，疏忽大意了，不过东西还在那里，他过几天就亲自登门送去。他似乎得到了谅解，终于松了口气。他双手插进裤袋，往老太太的病房里走去。刚到门口就见老太太被白布单子覆盖着推了出来。这一回她终于死了，车子早在那里等着了，将会以最快的速度把她送到殡仪馆，再在那里按照传统风俗进行整套丧仪，比如烧倒头纸，放落气炮。

肉很哀伤，虽不住抹泪，但并未哭出声来。米二福想上前给她点安慰，被她一胳膊肘砸开。黑龙的一张脸更黑了，老太太咽气的时候他没有在她身边，他被米二福堵在厕所里，没能送到终，他对米二福充满了怨恨。

大家都陪着老太太走了，只剩下米二福站在那里发呆。跟班过来问他，大哥，咱们现在咋办？米二福十分恼火，能咋办？只能等着！

黑龙没让米二福等多久，第二天上午就回到了米二福的大本营。他向米二福讲了三点。第一，和以往一样，瓜子金就放在枕头底下。第二，瓜子金肯定是被伙子里的某个兄弟顺了，但问题出在他手上，他会负责。第三，他不跟米二福混了。

你回来就给我讲这些？米二福觉得不可思议。

黑龙下了楼，过了一阵他出现在米二福面前，丢给他两根指头。黑龙捂着鲜血直流的手，满脸冷汗，哆嗦着声音跟米二福讲，你先收着，我得去埋我妈，如果实在找不着，你再来要我的命。说完转身扬长而去。

米二福跌坐在椅子里，好一阵才回过来神似的，叹着气，我可能错怪黑龙了。金塘子给我停了，都去给我帮忙办丧事！还有昨天晚上在这楼里进出的人，都给我找出来，影子从门口飘过的都算！

回话说，都在陆续地往这里赶，除了骚鸡公，他说家里有什么事。这时候有人眼珠子一转，说骚鸡公这娃有点不对头，反常，昨晚上他老早就跑了，把那么漂亮、嫩驹驹的一个女娃丢在那里。负责勘验现场的人从米二福的厕所出来，问米二福，大哥，你在里头拉过屎没有？马桶里有很大一泡屎，没冲。大家去看了那泡屎，做了仔细的研究。从没有消化的食物残渣样本，轻松地就将怀疑对象确定到了我弟弟身上，因为只有他每进餐馆必点金针菇。而这个时候他的电话已经打不通了。

米二福赶紧下令，叫大家都不用去帮忙办丧事了，去找骚鸡公。车站、码头、各大路口，可能的藏身之处，就是掘地三尺，也要将他找出来！

他们找遍了所有的地方，都没有找到我弟弟。米二福说，秦村呢？回话说，该找的地方都找了，他家里老两口都说没见着，还跑到你们家，找你父母吵了一架。有人说，他会不会躲在爱城他哥哥那里去了？

正这时，我父亲来到土镇，带着我母亲和玉。我父亲摸出了那袋瓜子金，向米二福承认了这事，确实是我弟弟干的，现在东西原样还回来，这事就算了。米二福哈哈大笑，笑得眼泪都出来了。他问我父亲，你也在外头跑了这么些年的滩，你觉得这事能就这么算了吗？你当这是过家家呀？我父亲当然晓得这事不可能就这么算了，所以他跟米二福下跪。我母亲见他跪了，也跪下。玉见他们都跪了，也跟着跪。无论我父母怎么求饶、下话，米二福都不吭气，他懒得吭气。他说规矩摆在那里，都晓得咋回事。如果我弟弟不晓得，就出来问问跟他在一起混的兄弟们。

我弟弟哪里敢出来呢，他和那个女人藏在我们家房屋后一口废弃的破苕窖里。藏了两天，那个女人受不了了，猛然醒悟似的，跟我弟弟说，事情是你办的，我啥都没做，躲这里为了啥呢？

女人出去就跟米二福讲了我弟弟的藏身处，米二福并没有派人捉我弟弟，而是要他自己走出来，就像领工钱一样去领取属于他的那一份责罚。我弟弟和我父亲他们都很清楚那份责罚的分量，他们都很明白，我弟弟根本承受不住。于是，我父母继续前去哀求，就像当年让我弟弟能够跟着米二福去混一样，求不尽的人情，想不完的办法。最后，他们将希望寄托在我的身上。他们认为米二福会给我面子。

米二福的确给了我面子，他专门回了趟秦村，在村口见到我父亲，跟他讲，我见到你们家山了，喝了一阵茶，摆了些事情。你回去跟你二娃讲一下，明天中午十二点，我在办公室等他。

第二天一大早，我弟弟就赶到了土镇。见到我弟弟，米二福先发给他雪茄，请他抽了一阵子烟，聊了一阵子，内容有天气，也有我的一些事。越往下聊，米二福越是来了兴致，话语滔滔不绝。在我弟弟的印象里，他们从来没有在一起讲过这么多话，所以我弟弟老感到心头发毛。米二福也终于聊尽兴了，说，好啦，事情呢，不发生已经发生了，规矩在那里。几百年前的金伕子立下的，凡是屁眼里藏金沙，嘴巴就吞鹅卵石，一粒金沙一块鹅卵石。你犯的事呢，也太大了，那可是瓜子金啊！谁给你的胆子呀？

我弟弟哭起来。

米二福说，你莫哭了，亏得你哥哥给你讲了人情，不看僧面看佛面，你比照着来吧！米二福拿出个盒子递给我弟弟，我弟弟打开，里头铺着金丝绒，摆着两截如同雪茄般黑乎乎的手指头。

剁手指头的事是我弟弟亲自操办的，左手的无名指和小拇指。但是米二福并不满意，说他敷衍，心不诚，太短，只一个关节。于是，就由他的几个跟班帮忙，再剁了一次。

对于这样的结果，我弟弟表示心悦诚服，再三向米二福表示感谢，而我父亲也觉得似乎可以接受。只是接下来发生的事情不在他们的意料之中，我弟弟止不住血，黄刚在处理的时候又用错了药。如果不是米二福安排车子及时将我弟弟送到绵城，他早就一命呜呼了。抢救我弟弟花了不少钱，全由米二福负责，事后，米二福还给我弟弟和我父亲拿了一笔钱。

当我知道整个事情的始末后，我感到极其愤怒。尽管我父母一再表示，这事也不能全怪米二福，而他显然已经做得仁至义尽了。我弟弟也说幸亏是他，如果换了别人恐怕命都不保了。我父亲说这事儿啊，你得感谢你的哥哥，如果不是他出面讲情，你十根手指头也不够剁的！是啊，我弟弟看了我一眼，说，才两根指头嘛，还给了那么多钱呢！

我弟弟的眼中还隐约有着恐惧的神色，他对我似乎并无感激，只有怨恨。我认为米二福必须付出代价，这个世道，不是他说了算，而是正义！

2

绵城和爱城两地的公安局局长，大家都已经是老熟人了，彼此说话也都没有那么多的客套和官样。我说我反映的米二福的事其实只是一个方面。之前为了发展和繁荣地方经济，要求大家胆子大一点，步子快一点。但有些人的胆子也太大了点，大到都不把法律法规放在眼里头。现在这大河两岸，各行各业的确有了很好的发展，但也出现了黑社会性质特别严重的欺行霸市。以土镇为例，屠宰市场的霸王孙死猪，木材运输和加工的霸王吴独娃，他们纠结势力，拉帮结伙，滥用私刑，欺行霸市，搞过去袍哥黑社会的那一套，把大河两岸搞得乌烟瘴气。两个局长的态度都一样，说我的担忧和愤怒都是对的，但大河两岸还没有到那么混乱的地步，什么米二福、孙死猪和吴独娃，不过是渣渣，一壶烧酒早就温在那里了，只是他们几个单独喝着不闹热。

我听出来了，公安早有计划，要主宾陪客一齐拿下。

在公安的计划里头，米二福并不是排在顶头的，不过他最近确实闹得够欢腾。雷说，你既然把问题反映到局长那里去了，何不将你的正义力量转换一下，换成实际行动，帮我们一把。

我说，要我怎么帮忙？带路吗？还是设个陷阱，引诱他进来瓮中捉鳖？

就他那点儿人马，我一个小队就可以把它全端了。但事情没有这么简单。雷说，禁止在河道里采挖金可都好几个年头了，他闹出那么多事，为啥还能稳稳当当，还能招摇过市？他背后有人啊，兄弟，有大人物给他撑伞啊！不然，他怎么可能如此无法无天？而且他的胃口才不止挖沙淘金那么小呢！

雷的意思是既然要收拾，干脆就叫米二福连同他的后台一起端掉，他们一个锅里吃肉喝汤，那就应该一起去蹲茅坑！

我说，你要我怎么来帮这个忙？

雷说他还是从对付树的事情上得到的灵感，他觉得这方法对米二福一样管用，而且我应该也越来越老到了，所以他对效果很期待。

我和米二福的会面地点还是在其香居，还是老阵仗，只是多了两个小姑娘。米二福已经喝了不少酒，整个人显得有些兴奋，一副踌躇满志的样子。他刚入座，老板就端来了酒菜。这让米二福有些惊讶，还以为你是因为你弟弟的事情要跟我算账呢。我说，来嘛，慢慢喝，慢慢算。他有些迟疑。我叹口气，说，在我面前，你娃就莫要端起嘛，人家怕你，我可不怕你。你娃小时候那么收拾我，我可都没虚过你！米二福打着哈哈，倒也是，你娃从来都是嘴壳子硬。

老板一边上菜一边跟我讲，这些东西，都是他们亲自去整的，水蜂子是到河边跟电鱼的人买的，腊肉是高山亲戚家自己做的。把菜一一介绍完，掩上门，要我们慢慢吃喝，缺啥就喊。

我说，本来是想请你大餐馆里喝杯酒的，我怕人家看见招待的是你，丢脸！就想在这里从外头喊几个菜，老板说不用那么麻烦，她亲自下厨做几个菜。我端起杯子，说，来嘛，莫嫌弃。

米二福打着哈哈，喝了酒。

我自然要半开玩笑半认真地数落一番米二福在我弟弟这件事情上的不地道。不过，我弟弟自己都满不在乎，我父母也认为还过得去，我还能说什么呢？米二福也做出受了冤枉和委屈的样子，向我辩称说，这事儿倘若不是看着我的面子，只怕是没有这么轻松的。而且他也跟我父母讲了，日子还长，以后慢慢补偿。不管是英雄还是草寇，最后都还是要把一捧骨灰埋在那片土地上的呀，你说是不是？

我当然对他的话是要极力赞同的，而且也表示愿意给他个向我赎罪表功的机会。我已经准备写小说了，明后年也想出本书。你都说我和树很像，他还是有长处优点的，我为什么不向他学习呢？他出书有朋友赞助，我出书就没有朋友赞助吗？米二福主动向我端起杯子，真心诚意地表态，到时候需要多少就跟他讲个数，他如果舌头打了闪闪，他就是这个。他伸出手，张开五指，做了个爬的动作。

我说我很感动。

有酒的助兴，我们越聊越投机，话题也越来越深入。那两个小姑娘开始还殷勤地帮着我们斟酒，越到后来越敷衍，竟相继打起了瞌睡。米二福让她们到外头的车子上去睡。他显得很哀愁，说平时口袋里都是揣着几张面孔做人，面对不同的场合和人就得换不同的面孔，搞得人都快变态了，难得像今天晚上这个样子，说说心窝子里的话……还是光沟子的兄弟好啊！

仔细想一想，我和米二福啥时候是光沟子兄弟呢？我光沟子的时候，他已经穿上开裆裤了，我穿开裆裤的时候，他已经穿上封裆裤了。而且我们也从来没有彼此说过什么掏心窝子的话，但是有过那么一阵子心知肚明的公平交易。

你娃当年还是比较厚道的，他赞叹道，没有你，我根本就莫法在学校里混下去。尽管当时很讨厌在学校里的日子，觉得受尽了煎熬，但现在老是梦见那些日子，还是很值得回味的。

我自然没有必要去做什么隐瞒。我讲了当年对他的怨恨和恐惧，只要打雷，我就在心里许愿，快把米二福炸死吧，这样我就不用那么害怕去上学了！说到动情处，我眼中闪起了泪光。这多少让米二福感到歉疚，说自己当时确实太混账了些。

我们理所当然地要谈起桃，谈起桃当年是多么可怜，又是多么无辜，为她现在不知身在何处而唏嘘。我们都认为桃现在的处境一定悲惨极了，活没活着都不一定啊！从米二福的神情来看，桃已经成了米二福良心上一道过不去的坎。提说她的时候，他是那样的悔恨和痛苦。这真叫我感到意外，叫我又怎么能不对眼前的这个兄弟敞开心扉呢？

我讲了我参加考试住在惠安旅馆的事。讲差点儿被同学毒死。讲我在招嫖的时候遇到警察查房，从三楼跳下摔断胳膊的事……那么多的人情冷暖，那么多的人性艰险，我独独不肯讲我和蓉究竟怎么回事，我甚至有意回避它，因为在潜意识里，我早将今夜的其香居深谈当成了一番交易。

米二福是个很好的交易伙伴，他在这天晚上给我的信息，远比期望的多。

他跟我讲，他并不是肉的第一个男人，肉的处女之身给了一个兵哥子。不过他现在已经上了不低于这个数的处女！他伸出三根指头，得意中透着一股凶狠。现在肉跟他的关系很紧张，不过无所谓，只要她规规矩矩地带好娃娃，他是不会跟她闹离婚的。他还说到他父亲米三斤的恶心。说之前在村里当干部的时候，怕影响不好，怕遭整，就只跟村上的几个女人有那么点儿花花草草，现在好了，老了就似乎不再顾及什么影响了，一张脸皮扯下来装进了口袋里，几乎天天往卡拉OK厅跑，往茶馆里跑。他倒不是去唱歌，也不是去吃茶，而是去找小姐，去吃簸簸肉，老嫩一把抓，也不嫌弃，也不选择，就像图凑数一样，瘾大得很。喊他上街去买个酱油，他都要拐个弯儿去小旅馆，像是缺了那一口就活不下去！要晓得搞女人其实搞的就是自己的钱包。他的胃口越来越大，天天来要钱，给多点儿喜笑颜开，给少了就嘟嘟囔囔，指桑骂槐。后来干脆不跟你要钱了，去赊账！米二福长声夭夭地叹口气，我哪里摊上了这么一个老子哟，现在呀，他是看我不顺眼，我看他也糟心。你书读得多，兄弟，你说我们父子感情原来那样好，现在咋就成了这个样子呢？而且，现在家里那些亲戚朋友，明明就知道我做的有些事情不好，但是从来就没有人劝我一言，还都称赞我做得对，说我做得还不够，还要我再凶一点、狠一点！感觉他们明明是在日弄我跳泉塘一样！白的说成黑的，错的也要夸你办得对……为啥呀？为钱啊。他们往往在夸奖完之后就开口借钱，要钱，还都是狮子大开口，理直气壮，不给还不行，给少也不行，当着面儿，那些二话就像屎尿片片一样往你的脸上扔。什么"你办的那些事，我们可都是看在眼里呢""别看现在风光，以后你要坐班房，送饭的还不是我们这些""你挣的那些钱，哪一个子儿不是损人阴德？别以为只是损了你一家人的德，还有我们呢，我们在巴着你一起遭殃呢——你不心黑去整人害人，你老辈子会害病吗"。兄弟，你书读得多，这话算怎么回事？也是种威胁吧！但是这些呀，都不算，几个小钱就可以摆平，顶多是心头难受。真正威胁的是那些当官的、掌权的，真正的大嘴巴老鸹啊！

这才是我们深夜相聚其香居的目的，这才是以光沟子名义讲情义的实际打算。这么大一个晚上，我和米二福回首往事，慨叹人生，掏心窝子，肝胆相照，推心置腹，情深深，意绵绵，伤心处泪水盈盈，动情处慨叹声声……我竟然始终保持着清醒的头脑，就像个处心积虑的骗子，利用可以利用到的一切旧事往事，抓住一切可以抓住的机会，将米二福往家破人亡的地步拖拽。这天底下，还有什么比欺骗人家感情更让人鄙夷的呢？这人世间，还有什么比利用人家的信任来伤害人家更恶劣的呢？我已经感到了歉疚和悔意，我好几次想打断米二福的倾诉或者转移话题，却只是简单地犹豫了一下，并未下定决心采取措施。因为心头有那么一种仿佛春水一样荡漾的微妙感觉，那就是终于让一个人为你袒露心扉，窥探欲望满足的快意和刺激。

米二福一一列举了他所受到的威胁，某某一句话就可以让他从爱河里滚蛋，当然也可以在爱河里继续淘金挖沙；某某一个招呼就可以让他将牢底坐穿，当然也可以让他为所欲为……对付这些威胁，其实跟对付那些亲戚朋友所采取的手段都是一样的，掏钱嘛，差别也就是多与少。因为他们的贪婪都是一个样，都是那么露骨和无耻。

之所以说这些当官的、掌权的是真正的大嘴巴老鸹，是因为他从爱河里淘到的金沙有一大半化作他们手上的金表、老婆的金镯子、情人的金项链和他们保险柜里的金砖。尽管如此，他们还觉得他赚多了，动不动就敲打他，而且喊明叫响地说，随时可以叫人顶替掉他！不管谁来顶替，都是为他们抓钱的苦力。除了黄金，米二福说，要想取悦他们还得提供女人、美酒和无穷无尽的笑脸。他们的胃口越来越大，为了满足他们越来越大的胃口，也得不断让自己的胃口和胆量变大。某某跟他提出想要收藏一口袋瓜子金的要求，他就提出想要垄断爱城和绵城所有建筑市场的砂石供应的要求……这看起来是根本不可能的事，但却不过是几个处女和一口袋瓜子金就可以成功实现的交易!

我要从砂石供应慢慢发展到钢筋水泥,然后是楼盘房产……其实这欲望和贪婪还真不是个贬义词。就先把委屈和道义搁到一边去吧,昧着良心奔钱去,发展才是硬道理,先做大做强!你看这世间那些大富翁,有几个最开始的路子是光彩的?又有几个没有受过敲诈和盘剥?没有诱惑就没有危险,没有危险就跑不快,就蹦不高,就变不强!等到足够强大了,换个脸面去捐个款、献个爱心,赢取个好名声还不容易吗?到时候,一切都堂堂皇皇,光光鲜鲜,谁不仰望我?崇拜我?念我的好?都争着抢着颁发我大奖章呢!再挣钱,那就是金光灿烂的干净钱了。嗯,兄弟,你念书多,你说我实现得了吗?

3

雷向我保证,除他和两个负责具体经办米二福案件的人外,绝无第三者看到录像带,而且也绝不会将其作为呈堂证供。这份录像带,他们只会当作办案的参考,掌握必要的信息,为的就是探清米二福的水究竟有多深。所以这件事情其实也就相当于帮他私人一个小忙。他看得出来我心头的烦乱,但并没有给我什么安慰。他要的东西已经拿到了,而且颇为满意。

我只觉得自己办了件蠢事,包括树那件事。我不敢等到米二福等人被抓捕归案的消息传来,就急匆匆地离开了爱城。我在成都喝了一个多月的茶,等到心情差不多平静了,才在五一前夕联系上夏。

　　成都茶馆里最好混日子，也是最省心省钱的去处。每天你越早前往茶馆，人家越是觉得你懂生活。半卧在竹椅里，仰望着天空，天空有白云，有鸽群，不时撑起身子来端起茶盏，推开盖碗，小啜一口。上午十点过，卖零食的就过来了。要上点花生什么的，让茶倌去隔壁打上三两烧酒，就着花生，晒着太阳，饮着烧酒，轻轻松松就到了下午两点。再麻烦茶馆帮忙去要上一碗小面。下午会有打围鼓搞坐唱的。运气好的话，还会遇上几个打群架骂大街的，都不会太认真，下手又偏又软，连血都不会出，纯粹是为了引人注意，逗人一乐似的。所以看的人也很轻松，你要愿意，还可以掺和进去当个居间调停的人。我嘛，我一般会对那些做救国大生意的感兴趣。在茶馆里，不管是河边还是广场，或者街道两边，总有不少搞民族资产解冻和张献忠沉银发掘的，一般人从来不正眼瞧他们，只一个眼神就清楚这些人的把戏，所以不等他们靠近，更别说有机会展现那三寸不烂之舌了，直接一句，"莫日弄我哈"，就打发掉了。当然更有直接的，"滚"。不过，你得做出让他觉得不好惹的派头啊，否则他会认为你伤了他面子，免不了费口舌扯一阵皮。

　　我的表现是他们最喜欢的。我会认真地听他们讲，其实这不需要多大的功夫和精力，只要你时不时地来上一句"是不是哟"，他们就会更加卖力地表演，口若悬河，天花乱坠。他们向我讲述历史，普及知识，展望投资的前景，并以人格和祖宗起誓绝无欺骗！有时候他们还会拉来成功人士向我现身说法，因为难得遇到我这样的人，所以他们表露出了极大的耐心和热情，偶尔还非得买上点酒菜来和我边吃边谈，以便让我更深入地了解。我想劝阻，说大可不必，但是劝不住，他们实在太客气和热情了。

往往这个时候，我就会不由自主地想到打杵子，他曾经也像他们一样不放过任何机会拖人入局吗？

瞧他们这真诚的样子，说到伟人壮志未酬时的扼腕叹息，民族复兴时的扬眉吐气，大笔财富即将到手时的眉飞色舞，人尽其能、舍我其谁时的慷慨、悲伤、欢喜、流泪、叹息……

打杵子也是这样的吗？

如果不是相信了这事业的伟大和财富的唾手可得，他们又怎么可能做到这样动情和深入？要让人相信，首先你得相信，要给人设局，首先你得身在局中。

什么？他们看着我。

我说，我有个叔叔辈的，他像我的朋友，鼓舞我，激励我，相信我，包容我……某些方面，他更像是我的父亲。他也是干你们这个的，先是做金圆券，后来搞起了民族资产解冻，可能还包括张献忠沉银打捞。但是不知怎么的，他就去谋财害命了，听说才放出来，害了大病，我真该去看看他。

走了一拨，很快在我身边又围上了一拨。

我通常会在傍晚再买上点儿卤菜和烧酒。有过几回，基本就形成了规律。用不着再去拜托和劳神茶馆，卖花生的，卖面条的，卖卤菜和烧酒的，他们自己会踩到点儿来到你跟前，而且还会给你意想不到的优惠和照顾。

我总是最后一个离开的茶客。回到旅馆，屙上一大泡长长的悠悠扬扬的尿，倒头就睡，睁眼就是黎明。

我并不会固定在一个茶馆，隔三岔五就换一个地方，过一阵子再回去。不管是和茶倌还是茶客，或者是那些推销民族资产和张献忠沉银的，再见总会有种重逢的欣喜。他们总是担心我在人生和生活上遇到了困惑，总是慷慨地向我提供经验，从不吝惜热心肠。为了加强我的领会和理解，他们总是愿意花上更多的时间和精力举上一些例证，古今中外的，道听途说的，耳闻目睹的，亲身经历的。不可否认，我在他们那里获得了许多材料，我有了一种强烈的文学创作的冲动。

我最喜欢去的一家茶馆叫顺河茶馆，那里环境好自然是不必说的，主要是距离我住的旅馆较近，走过一条大街，穿过几条巷子就到了。另外还有老板和老板娘待人的热情周到，以及对我的充分信任，他们一眼就看出来我是个搞文化的人，而且他们善良地认为文化人的口袋大都不宽裕，所以总是趁我不注意，就给我换上一壶新的茶水。

我当然不会告诉任何人，我之所以喜欢顺河茶馆是因为茶馆老板的小女儿。茶馆老板的小女儿很喜欢笑，不光是笑声，眉眼也和桃很像。是真像。我第一眼看见她的时候，心肝尖上就像被叩了一指头，咯噔一响，又紧张又兴奋，生怕失态，忙蹲下身子假装鞋带松了。

茶馆老板的小女儿十岁左右。因为茶馆老板夫妇是外地来的，所以本地老师对他们女儿的学习并不是那么上心，而那些孩子又老是欺负她，因此她的课总是上得七零八落的，三天打鱼两天晒网，那字写得更是糟糕，不过，这并不是妨碍她的听话和可爱。她的父母认定我是文化人，要我教教她，也把她往我跟前推，要她认真地听我教课。难得如此信任。

我就教她写字，她真是个聪明的孩子，很快就能写出一篇工工整整的字来。她的父母十分高兴，拿到那些茶客们面前去炫耀。茶客们自然会拿好听的话来夸赞，而她大概从未受到过如此的重视和赏识，一边羞羞地窃笑一边低着脑袋，拿眉眼偷偷地瞧我。她晓得这一切都是缘于我的帮助，于是对我十分亲近，也更加勤奋。这就如同因果关系，她的字越写越好，越写越多。她就像猫一样缠我，讨好我，指望从我这里得到更多的关注、夸奖、指点和赏识。对此她的父母极其欣慰，觉得女儿懂事，晓得对她好的人亲，唯恐会打搅到我，麻烦到我。

　　我的确感到难受。有时候我不得不将她从我身边推开。这让她疑惑、惶恐和委屈。更多时候，我选择去别的地方喝茶，但是坐在别处，却老是想着她，两条腿不由自主地往顺河茶馆走去。她见到我总是老远就扑过来，抱住我，这真叫人又感动又害怕。

　　接到夏电话的时候，她正钻在我的怀里写字，细细的柔软的头发蹭着我的下巴颏。太阳暖烘烘的，茶客们半仰半卧在竹椅里打着瞌睡。

　　老师，那片子啥时候剪呀？放假机器就空着了。

　　我说，啥时候放假？

　　后天就五一了。夏说。

　　我说明天就过来。

　　小女孩听明白了我与夏的对话，立即就表现出伤心来。她问我还会不会来这里喝茶。我告诉她可能没那个时间了。她明白，这就意味着可能再也见不到我了。我只是这里的茶客,他们都不知道我姓甚名谁,所以她更加伤心起来。

她的父母问怎么回事。她将她所知道的哭哭啼啼地告诉了他们。她的悲伤让人动容,也让我感到无比羞愧。尽管茶馆老板夫妇再三表示一定要请我吃一顿饭,要向我敬酒三杯,而且还从茶客中现场挑选了几位作为陪客,但我还是毫不犹豫地拒绝了。我觉得我不配,他们不值得为我这样。我在一片致敬和感谢声中慌乱地离开了,其实那更像是逃跑。

4

无论如何我都应该将这部纪录片剪辑出来,我需要通过这种形式看清楚树,看清楚罪恶和善良的可怕。我更需要看清自己,看清楚自己的软弱和可怕……

他们总是将自己最喜欢的盘子摔得很碎,老师,这话什么意思?夏问我。

这话是树说的,是在跟我谈论人生意义的时候讲的。在正式剪辑之前,我们必须将这些素材全部都看上一两遍,做到对手里的材料心头有数,只有这样,我们才可能知道从哪里下手和使力,才晓得故事往哪里讲。

因为是科班出身,夏在这方面有着良好的素养,流程就像教科书一样规范。她对这部片子抱着极大的热情和希望,准备用两三个月的时间和精力磨砺它。因此,她对自己的生活也做了相应的调整。她剪去了长发,将化妆品一股脑儿全丢进了抽屉,她买了几打内衣内裤和短衫短裤,除此之外,她还从租住的公寓里搬了出来,在公司附近的旅馆长租了个套房,买了几件方便面和矿泉水。她指着楼下的美食一条街给我讲,我看中的除了一拐弯就可以到公司,还有下楼我们就可以吃到美食。

我们,是的,她极力要求我们住在一起。我必须深刻地全面地领会你的意图,只有这样我才能表达出你想要的东西。所以,你千万别将我当成只会听你口令的工具,而要当成你的合作伙伴和战友,我们时刻都要在一个战壕里,在一个工作台上,我们需要亲密无间。

我说好,这样更有利于交流和工作。

五月五日晚上,我们终于看完所有的素材带,眼睛又涩又干,又累又困。回到房间里,我先去冲凉,刚进浴室,夏就进来了。夏说你给我搓搓背,怎么这么痒呢?好像长痱子了。

我潦草地给她搓了几下背,身上泡沫都还没来得及冲干净,就套上衣服去了楼下的小餐馆。

喝酒的时候,夏跟我讲,她似乎对树的那句话有了新的领悟。我问她哪句话。这几天,我们听够了树的话,他讲话的神情,他的那些话语……他的表情怎么那么丰富呢?他的话怎么那么多呢?而且怎么叫人有那么多的触动呢?

他们总是将自己最喜欢的盘子摔得很碎。夏说。

我没有问她都有了些什么领悟。这顿酒我喝得很仓促,乱,猛,自然也喝了很多。

夏钻进被窝依偎着我的时候,我表现得还算平静。因为我知道这一切一定会发生。在我们站在窗口往下张望美食一条街的时候,我就知道会是这个样子的。我之所以平静是因为心头突生的异样感觉。她走进浴室来,尽管只一眼,她就转过身去了,扔给我个后背,窄窄的肩背,小小的个子。

夏小小的身子滚烫,像一截燃烧的火柴棍。

事后我们就像卸去重负似的,都很轻松,困意全无。自然,我们只能聊一聊树,因为除他之外,任何话题在此刻都显得不太合适。我说,自树进去后,我就未能再见他本人,他拒绝见我,我只见过他的审讯录像。他反问审讯者,你敢说你就从来没有想过要杀害你的妻子吗?念头都没有?当她唠叨的时候,你敢说你没有想过要扼住她的咽喉?站在绝壁上看风景的时候,你敢说你没想过从背后猛地一把将她推下深渊?穿行马路的时候,你敢说你没想过她突然一愣神,而大货车呼啸而来?当她害病哼哼唧唧的时候,你敢说你没想过她吃错药或者下不来手术台?算了吧,你现在是审讯者,站在一个被道德和权力赋予的位置上,可以否认或者说不屑回应,但你是男人,是男人都有杀妻的欲望!而且起码有百分之八十的人已经做好了杀妻的准备,只是因为这样那样的原因一时没有实施,只要条件成熟,他们会像我一样毫不犹豫,而且做到神不知鬼不觉。

真的吗?夏惊悚地看着我,每个男人都有杀妻的欲望?

我说,你听说过《善恶的彼岸》这本书吗?里头有句非常经典的话,现在到处被引用。如果你没有听说过这本书,那么你一定听说过这句话,当你远远凝望深渊时,深渊也在凝视你。

夏表示听过,而且她还知道这话出自尼采,与怪兽搏斗的时候,要谨防自己变成怪兽,当你凝视深渊的时候,深渊也在凝视着你。

我说咱们这部片子的主角之一弯刀曾经跟我讲过这样一句话，如果一个人恶念丛生，却不去采取措施和手段铲除，那么恶念饲喂恶念，迟早有一天会生长出可怕的恶行。同时他还告诫我，怀中揣有火药，就不要靠近火焰，胸中藏有猛兽，就不要接近弱小。

告诫你？夏看着我。

对，我说，他是我的拯救者之一。

拯救者？夏觉得更加惊喜。

我不想在这个问题上说过多的话，那将无益于我们的工作，也不利于我们今后的人生。我们各自睡去，彼此都说明日应该早起。

我们的剪辑工作十分顺利，夏给成都天河文化传播公司的头儿看了几个片段，竟意外地得到了赞助。除了可以随便使用那些设备，天河公司还将赞助我一笔费用，用于配乐、配器和成片的推销。天河公司还表示要出些人手参与到剪辑制作中，但夏事先叮嘱过我，要我坚持不接受。她想和我，我们两个共同来完成这部注定会引起轰动的片子。荣耀不是阳光，没办法普照，更何况这是创作，人多意见多，无法充分地体现个性风格。

因为剪辑制作现在是件堂而皇之的工作，天河公司的设备器材任意使用，时间和心情一下子变得无比从容，虽然也有加班，但大部分时间都按照公司正常作息上下班，所以我提出搬出去住。夏说，如果你不讨厌这里的话，你就留下。她搬回了原来的公寓，偶尔会过来，就像完成一次讨论似的和我做一场爱。我的表现让她觉得有点不合情理。她问我，你说真的，你在这里还有别的女人吗？我说没有。她说，你怎么这么平静呢？你应该表现得更热烈一点才对呀！

我笑着，不知道如何作答。

如果你不喜欢我的话，我就不来了。她说。

但是我不能说这个话，她希望通过这种方式保持住和我与众不同的关系？或者把这当成了自己应该付出的义务，就像招待老朋友喝一杯酒？不管是哪一种，都不重要，重要的是我们都需要这样。她当然有更好的选择，只是我们都这样有一阵了，似乎已经成为一种习惯，心领神会，配合默契，就如同工作中的一个环节。尽管她有那么点灰心，但还是表现出了可贵的耐性。我也突发奇想似的，想有点改变，我所表现出来的激动让她很意外，也很高兴，就好像正渐渐失去耐心的老师，突然遇到学生开窍了一下。当看见我拿起一把剃须刀时，她神色突变，断然拒绝。

一天，她突然光临，而我正在酒后的酣睡中。她意外地发现我搂着那个芭比贝蒂。在短暂的错愕之后，她似乎明白了什么。之后，直到后期结束，直到我们一块儿去外地跟电视台和影视网站谈合作，我们再也没有在一起做过爱。

5

初中就因为家里贫穷，退学回家。他气力弱，被安排放牛，后来村长让他进了学校当了代课教师，但条件是他得娶他的女儿。那年他才十七岁，他的女人二十二岁。

娶村长的女儿是树改变命运的第一步。没过两年，村长死了。没过多久，树就被勒令离开学校，替代他的，是现任村长的儿媳。

当不成代课老师了，树又放起了牛。他确实气力弱，担不动粪桶，因为郁闷、怄气，又生了一场病，差点儿死去。女人将家里几只鸡抓到街上卖了，给他换回一个大纸包。树打开，里头是厚厚一大摞稿纸、邮票、信封，还有字典、墨水和钢笔。女人说，你以前不是喜欢写吗？你写吧，就像老话讲的，苦心人天不负，总会写出名堂的。从那后，树就成天埋在家里头写，里里外外的活儿，全是他女人的事情。

这一写就是五年。每天树就坐在靠窗的书桌前，看着窗外田野上的庄稼四季交替，绿了黄，黄了绿，栽种，收割……他完全处在一个只属于自己的世界，外界一切似乎和他没有丝毫关系了。五年里，树在家养得又白又胖，他的女人却瘦得像朵蔫巴了的黄花菜。

第五年的年底，树的一个小说刊登出来了，这简直是一个巨大的惊喜，证明他们的努力开始有收获了。过年的时候，树收到了稿费，他用稿费为女人买了一件新衣裳。叫人高兴的事情接踵而至，刚过春节，当地政府就来看望他，将他的工作解决了。随着春天花儿的凋谢，果实显露叶面，树调到爱城。他的妻子也随同他来到爱城，都以为幸福的生活开始了，但是女人却因为常年劳作，一身病痛。

树带着她去医院检查了一遍，杂七杂八的，查出了十几个病症。为了给女人治病，树戒了烟，就在他思考是不是把酒也戒掉的时候，他的女人离开了他，因为不愿意再拖累他。

临走之前,她给树写了封诀别信。那是一封叫人落泪的信,满纸都是对树的眷念。女人在信中称树为"树弟",几乎每一段开头都是"树弟"。女人说,树弟,我再不能拖累你,我已经拖累你太久了,我离开你是因为我太爱你,我离开你是因为想要你幸福。

随后树请了整整一年的假,都没有找到他的女人。此后,树一直郁郁寡欢,而且从此未婚。

在弯刀的调查中,树妻子的失踪时间和分尸案发现的时间并不吻合,因为树妻子失踪案是分尸案发生后六个月。其实,这是树制造的假象,因为他是半年后才拿出那封"诀别信"的,而此前的这半年时间里,他和往常一样去药店给妻子买药抓药。他的妻子还给一位远房亲戚打过电话。阳台上时不时地还会晾晒出妻子的衣物,邻居还时常看见他的妻子在阳台上浇花和张望。根据他后来的交代,打给亲戚的电话是事先录好的妻子的声音,而出现在阳台上的妻子,不过是他的假扮。

弯刀在对分尸案发生前的那段时间树所产生的相关生活数据调查时发现,那一个月中,树家的电费比平常要高出两倍,同样高两倍的还有他家的液化气用量。然后又调查出九年后分尸案出现这个月树家的用电和液化气用量,居然又比平常高出两倍多。这是为什么?在后来对树家盥洗间和下水道找到的毛发进行 DNA 鉴定,发现有两组与九年前那具碎尸和九年后的这具碎尸比对吻合。为了钉死树,弯刀又采取了下一步行动,开启化粪池,从里头提取了几块骨头碎片,经过技术鉴定,可以确定这些骨头是人头骨。

所有的细节都应合了弯刀的判断。

那么，真实的树是个什么样子呢？那封诀别信让树妻子的亲戚朋友，包括树的亲戚和朋友，不仅没有对他妻子的失踪产生丝毫怀疑，反而认为这是一桩凄美的爱情故事。树的妻子太爱他，怕拖累他才离开他的。那么这封信是真实的吗？是真实的，确实出自树妻子之手。明明被害了，她咋会写这么一封信？是不是自愿寻死？或者确实因为太爱树，愿意出具这么一个东西，帮助树打掩护，开脱他？其实都不是，是树强迫她写的。

那是一个雨夜，雨下很大，漆黑的远处还有闪电，闪电像刀子一样，飞快地将黑夜撕碎。但这是徒劳的，因为黑夜很快就又愈合了，像当初一样坚硬。爱城在雨夜里显得格外宁静，这种宁静有些病态，就像一个不省人事的醉汉，却在无声地呕吐。

有那么一个窗口，亮着昏红的灯光，像一只邪恶的眼睛，正窥探着酩酊中的爱城。掀开厚厚的窗帘，我们可以看见一对夫妻，妻子坐在椅子里，手里拿着笔，面前铺开一沓信笺。妻子的身旁站着丈夫，丈夫一只手背在背后，一只手捏着香烟，香烟燃着，他不时吸一口，弥漫的烟雾在他眼前缭绕，他眉头紧锁，思考着。许久，丈夫终于想到了开头，伸出背在背后的手，点点妻子面前的信笺，说，你这么写，树弟……

丈夫老是要吸几口烟，才想得起后面的话，因此书写的速度很慢。好在两个人都不急，丈夫说得慢，妻子写得就慢，但是写得工整，一个个字就像一棵棵树，茁壮，鲜活，富有生命力。

当丈夫说到"我一直想给你最好的生活，但是，我现在给不了你，而且拖累了你，所以，我决定离开你"时，妻子愣了一下才动笔，写了头三个字后，妻子抬起头，看着丈夫，问，你真的要杀我吗？丈夫不说话，他掏出烟盒，摸出一支点燃，深深地吸了一口，又陷入艰难的思考中。妻子见丈夫不回答自己，嘴角撇了一下，露出一个轻微的笑容，可能是嘲讽。丈夫已经不是第一次叫自己干这样的事情了，他越来越神经质，在自己面前，他简直就是一个可笑的孩子，喜欢恶作剧，无理取闹。

丈夫将妻子写好的信折叠好，装进一个信封里。根据丈夫的要求，妻子在信封上面又写上"树弟亲启"四个字。丈夫拿着这封信回到里屋。过了一会儿，丈夫在里屋叫妻子。妻子过去，看见丈夫在屋子中央铺开了一张塑料布，手里拿着把锤子。

你真的要杀我吗？妻子的声音有些颤抖，但是却不太慌张，她看着丈夫。

丈夫指指面前的塑料布，要妻子站过来一些。妻子听从了，走过去，站在塑料布中间。丈夫又指指塑料布，妻子这才明白，丈夫是要她站过去后，再蹲下来……

丈夫累了，睡了一觉后才爬起来，将妻子连同她身下的塑料布，一起拖进浴室，搁进浴缸，放了水，将妻子清洗干净。第二天，丈夫和往常一样出门，走过大街，来到单位，开办公室，做清洁，打开热水器，泡茶，喝茶，看报纸，和大家聊天，语重心长地教育一个写错了字的实习生。回到家中，丈夫先做饭。吃饭，还喝了点儿酒。午休一小会儿后，从床下找出早就准备在那里的锯子和刀子,他打量着它们,觉得还没有把握使用好它们。于是回到书房,从书架上抽出一本《人体解剖学》。丈夫一边看书上的骨骼图解,一边在自己身上摸索。看了一阵,感觉摸索到要领了,就拿了刀子进到浴室。妻子躺在浴缸里,她已经泡得雪白。丈夫先在妻子身上摸索了一阵,然后拿起刀子,刀子很锋利,轻轻地就切进去了,准确地抵达关节。妻子的胳膊和腿在浴缸里摆动,活像刚刚出泥的藕节。

几天后,丈夫就像一个货运中心的发送员似的,站在铁路高架桥上,见到货车驶来,就将货物抛进车皮里。但是妻子的头颅丈夫却留着。丈夫处置妻子头颅的做法叫人发指,想起来就叫人浑身战栗——放进大铝锅里,不停地加水,不停地在天然气灶和电炉子上交替熬煮。直到头颅完全酥化,才被冲进马桶。

所有认识树的人,都能感觉到他对妻子那份真挚的爱恋。有热心人要给他介绍对象,被他严词拒绝,他说他在等妻子回来。树传统化的穿着和言行,使得你不能不把他和道德坚守者联系起来。他的风纪扣永远都是严实的,面对女人,无论熟识还是陌生,从来都不苟言笑,在黄段子风行的那些年,没人能从他的嘴巴里听到半句带颜色的话。每当开会,他的发言总是和道德有关,和纪律有关,他强调现在的年轻人应该有理想,有抱负,有作为,强调必须加强思想道德建设,端正生活和工作作风。树的发言并不枯燥,他引经据典,注重辞藻,有人曾经形容,听他说话,等于是进行一次美学旅行。无论多么桀骜不驯的青年,在树面前都是毕恭毕敬的,他真诚善良，言行一致，因此深得大家的爱戴。

但这只是树的 A 面。

这么些年里，树从来就没闲着，他的生活里不能没有女人。这里就必须得说说树的伪装术了。树会给自己粘胡子，会在脸上搞些麻子、瘊子，还会装瘸子、学拐子，因为手段高明，总会产生意想不到的好效果，就是路头相逢，你也不可能认识他。

伪装起来的树喜欢往一些风月场合里钻，第二个被碎尸的女子就是他从安镇带回家的。

树在这个女子面前丝毫没有隐瞒自己的真实身份，他说自己实在太厌倦这种偷鸡摸狗的生活了。于是那个倒霉的女子漫天要价，一个月一万块。树伸出两根指头，这个数咋样？那个女子高兴得不得了。树说，不过你得遵守我的一个规定，就是这一个月里不得和外面有任何联系，不得让任何人晓得藏在我的屋中，哪怕是门口的苍蝇，也不能让它们看见。女子答应了。

一个月的时间到了，女子跟树要钱，说她必须得离开了，一身都快憋出绿毛了。树说没问题，他问多少钱。女子说不是两万吗？树说这好办，他摸出张两元的纸币和一支笔，在"贰"后面写了个"万"字。女子看着他，忍不住想笑。树写得很认真，又在"2"后面连着添了四个"0"，然后把这张纸币递给那个女子。那个女子实在忍不住了，大笑起来，她还没见过这么可爱的人。

女子的笑声戛然而止，她看见树手里多了个铁锤。

这一回，技术、手法，抑或心理，无论从哪个方面讲，树感觉到都要比上一回娴熟许多。

只是现在的货运列车不再像之前那样大都是敞口的。

6

《爱城表演》会火,这是我们之前都想到的,只是没想到它会这么火。原来我最大的希望是它能有机会上卫视频道,结果没有一家对它感兴趣,自大的采购者们连看完三分钟短片的耐心都没有。倒是有一家有线电视台流露出了点兴致,不过他们的要求我不可能答应。他们要买下原始带,按照他们的想法重新剪辑。我问他们怎么剪辑,他们说,我们将会再补上一些采访镜头,把它做成个法制片。我说版权呢。他们一笑,当然是我们电视台的了。

就在我心灰意冷的时候,大河两岸不断有好消息传来。说《爱城表演》经爱城和绵城电视台播出,立即就引起了轰动,电视台电话铃声不断,全是观众要求重播和谈观后感的,广告赞助商也拿出大价钱,要在片头片尾露上一鼻子。如今树、弯刀和我的名字,人人挂在嘴边,他们谈论我们,要更多地了解我们。

令人感动的是,人们成群结队地前往烈士陵园,排着队到弯刀的坟墓前向他鞠躬献花。

经由天河文化传播公司介绍,我们认识了香港印象传媒,他们认真地看了片子,非常激动,觉得片子真不错,不过他们没办法给我多少钱,开出的价钱可能对我不是那么公平。

凭着这份诚意,我决定跟他们合作,将华语地区的版权卖给了他们。他们见我如此慷慨，也认为我是个能办成大事的人，决定跟我进行深度合作。我们共同将《爱城表演》进行了重新包装，专门制作了一个英文版和法文版，卖到了欧洲和美国，同时参加了一系列的展演展播和影视节。

几乎一夜之间它就火了。

《爱城表演》在国外获奖和热播的消息传回国内，各大卫视和有线电视台几乎是蜂拥而来。

二〇〇二年春节，我在泰国华欣小镇享受 SAP、美食和碧海白沙，这一年多时间，太过喧嚣和浮躁了，我几乎是马不停蹄地在外奔波，参加展映、评奖、融资洽谈、项目策划……刚刚有点要歇下来的意思，天河和印象两家公司又拉了几家电视台，准备搞个系列纪录片，而我被委任为项目总负责人、总导演。

我给这个系列纪录片起了个名字，叫《十二生肖》。我们从社会上招募了十二个纪录片导演，让他们到社会上去找十二个值得拍摄的人，将镜头对准他们拍二十四天。我要他们在这二十四天里拍出他们所有人的悲苦与欢愉，希望和绝望。他们找了很多人回来，准备金盆洗手的扒手，孤独的癌症患者，大山深处的收税员，年迈的端公，寻子十年的父亲，最后的枪手……十二个人，十二个不同属相的人，每个人的故事都十分精彩。

我否决了那个属龙的。他是一位铁道检修员，每天从甲点出发走到乙点，再走回来。从十四岁起，他已经在这条路上往返了四十年。但这并不是故事的精彩点，精彩的是他脚步的重合，三个月前他走过的脚印，你悄悄地打上个记号，三个月后,他的脚印会再次落在上头,甚至于这三个月里的每一天,每一个脚印,都能极其准确地重合在一起,包括这四十年中出现在他沿途中的人和事,他简直就成了他们生活的钟摆。

我给了他们一个地址,要他们去找这个人。不过,千万不可在他面前透露我的丝毫信息。林正文,这个人属龙吗?我说是,他是属龙的。另一个和他在一起的叫沈二仙,他也是属龙的。

树是在新千年十二月二十五号被执行枪决的。临刑前,他向雷提出了个要求,说想见见我。雷打通我的电话,问我在哪里,说树想要见我。我说我在国外,一个礼拜后回来,回来我就赶过来。雷沉默片刻,说他明天执行枪决。我说既然这样,你问问他,愿不愿意和我通电话。雷去问了,树说不用。

也就那天傍晚。管教去问树,你有没有什么想吃的?树说听一个朋友讲"夜不收"的水蜂子是大河两岸做得最好吃的,还有他的火爆鸡鸭肠。管教说,还要什么?怎么也得凑个四菜一汤吧。树说,那就再来两个时令小菜吧。

遗憾的是树没能吃上,"夜不收"的老板在半个多月前被杀了。有食客想吃水蜂子,他到河边去买了两斤,回来的路上被几个小混混拦住,他们刚从网吧里出来,准备弄点钱,再回去把没打完的游戏打完。老板说,买了鱼,身上没钱,要的话就跟他到店里去拿。几个混混认为老板是在调戏他们,其中一个摸出了刀子。

我本来是要在这个安静的小镇住一阵子的,我不止喜欢上了这里的安静、碧蓝的海水和绵白的细沙，我还喜欢上了这里肥美的海鲜和每天为我送来海鲜和鲜果的那个叫皮查雅的少女。她傍晚为我送来海鲜，凌晨离去，上午十点左右为我送来鲜果，下午两点左右离开。她是个开朗的女孩，和我之前见到的那些女人最大的差别是不会总在你最欢乐的时候向你提出要求，有时候你出于高兴或者正常的交往，送她东西或者多拿一点钱给她，她就会感激不安，露出一种受之有愧无以为报的神情。她尽力满足我的所有要求。我喜欢让她躺在背窗前的薄纱下，在饱满的阳光底下静静地看她。她是那么干净，那么安静，淡绿的窗纱轻拂，一切像极了秦村大石山里那个柔软的刺笼子。

皮查雅跟我说，她没办法一天都在我身边，她要回去照料家事。我表示可以多开一点钱，她笑着说不是钱的事，她每天都要在家中待一段时间，做一些家务，和家里人说说话，因为她做不到为了一个远道而来的陌生人放弃和家人在一起。

她说她下个月就会离开这里，去曼谷，到那里去寻找自己的人生，到最后一个礼拜的时候，她就不会再来我这里了。她要天天和家人在一起，时刻不分离，因为去了曼谷之后，她就无法预知自己的人生将会怎样，所以她必须珍惜和家人在一起的最好的时光。

我会给你找到一个比我更好的人，她应该可以天天跟你在一起。皮查雅说。

我说不用的。

她会比我更漂亮，年纪更小。她站起来，预告一般，向我展示着她光洁的身子。我知道你喜欢什么，她说。

我说好，我决定在这里长期居住。

就在说这个决定的傍晚，我就接到了她的电话。电话接通后，她并不说话，我喂了两声，她就挂断了。我看号码，归属地是绵城。过了一阵，电话又来了，还是这个号码，我也不说话，跟她一样，听着对方的呼吸声。许久。她说，是我。我说我知道，红。

我跟皮查雅说，不用做饭了。她以为是要到外头去吃，嚷着，今天这些东西可是新鲜得很呢，你快来看看多么肥美啊！我说不用了，你帮我收拾收拾行李吧，再帮我叫辆出租车。

皮查雅要送我，我不让。她以为是自己做错了什么。我说你什么都没做错，你是最好的姑娘，我之所以匆匆离开，是因为我的朋友生病了。

在回程的路上，我让天河公司帮我打听，哪一家肿瘤医院有可靠的关系和最精湛的技术。他们说成都华西，公司有个员工的舅舅在里头当主任。我给红打电话，我说，你能自行到华西医院吗？她说她刚从里头出来。我说你得再去一趟，我在那里等你。

第十三章

1

如果我和红打一场以苦难为主题的牌局,我出一张"饥饿",她肯定会出一张"疾病",我再出一张"孤独",她肯定还是一张"疾病"……如果我们继续往下出牌,我会打出一个连张,"自卑与迷茫",而红,她多半是"死亡与恐惧"。

心理学家说,人在遭遇创伤性事件之后,出于自我保护机制,往往会选择性遗忘。红就记不清楚那天的日期,怎样的天气,究竟发生了什么事。但是,那天的情景却总是趁她入睡,以梦的形式,从头至尾,一遍一遍重现。

红把自己关在房间里,正加紧地完成一幅画,她准备用这幅画去参加绵城举办的一个比赛。她想要赢得比赛,她想让人对她刮目相看,想要人赞誉她。她不停地挤着颜料,不停地把这些颜料往画布上涂抹,大半个上午,她都不知道自己究竟往画布上涂抹了些什么,颜料重重叠叠,一片肮脏的"狗屎堆堆"。

一阵敲门声,红以为是妈妈,开门,却是爸爸。

爸爸来到红跟前，端详着画，看了好一阵。画得真好看。爸爸说着，摸摸索索地从口袋里掏出一把糖果放到红旁边的小桌上。红没有理会。爸爸伸手要摸摸她的头，她偏开脑袋。爸爸的手僵在那里，苦笑一下，轻叹一声，出去了，还掩上了门。

听着脚步声，红知道爸爸这是上楼了。她看着小桌上的糖果，花花绿绿，很是鲜艳。再一看画布，肮脏的狗屎堆堆，真是厌恶。红随手一扫，糖果撒了一地。她哪里知道，她撒掉的，可是她人生中最后的一点甜。红想继续往下画，可是根本就不知道该画什么。她坐在那里，听着楼上的动静。她知道，今天一定会发生什么事。会发生什么事呢？她似乎明白，也很期待，她的心头慌慌乱乱的，屁股根本坐不住了。

突然传来一声响，是楼上，是椅子倒下，砸在了楼板上。红的一颗心噢地悬了起来，她的呼吸似乎也被掐断了。她明明坐在椅子上，却感觉到自己在陷落，像掉进了无底的深渊。

又一阵脚步声响起，这才是妈妈回来了。妈妈一边换鞋一边把钥匙挂在墙壁上，然后推门进来，用轻松的口吻问她，红啊，作业做完了吗？中午吃红烧排骨咋样？或者可乐排骨也行呀。

红没有应声，她僵硬在那里，不得动弹。

妈妈走过来，看着地上的糖果，问，爸爸回来啦？

红浑身僵硬，急促地呼吸。

妈妈突然明白了什么，冲上楼去，接着传来她的呼叫，红，红……

红哆哆嗦嗦地，也不知道用了多少时间，才将自己的身

433

子挪到楼上。她看见爸爸悬挂在吊扇上,妈妈抱着爸爸的双腿,使劲地往上撑着他。红想要上去帮忙,却不知道该从哪里搭手。

快,拿刀来!妈妈冲红吼叫道,快呀,你还站在那里干什么呀?

刀拿来了,椅子也扶起来了,可是红个头矮,够不着。她被妈妈一把推开,脚下不稳,重重跌倒。妈妈跳上椅子,割断了绳子,爸爸砸在地板上,整个房屋都在摇晃。

妈妈以为爸爸死了,红也以为爸爸死了。她从妈妈声嘶力竭的哭喊中突然意识到爸爸没了,自己是没有爸爸的孩子了,她也突然意识到自己犯了怎样的错,知道自己是多么愚蠢。爸爸走了,世界坍塌了……

世界并没有坍塌,只是从此变得岌岌可危,摇摇欲坠。在妈妈的捶打和哀声中,一声咳嗽,爸爸扭动身躯,挣扎着爬了起来。短暂惊愕之后,妈妈抓住爸爸,又撕又咬,又拍又打,气力耗尽,她钻进爸爸怀里,嘤嘤哭起来。爸爸摸着她的头发,喃喃自语,对不起,对不起。他的声音从此变得嘶哑,像失去了光泽、失去了颜色。每说两句话,他就不得不痛苦地转动脖子,去抓挠那紫色的瘢痕。

在妈妈的搀扶下,爸爸从地上爬了起来,他们几乎抱成一团,跌跌撞撞地一点一点地挪下了楼梯,也不知道是谁拖拽着谁,谁依靠着谁。眼见他们就要出门了,红哭喊着追上去,想要抱住他们,却被妈妈一把搡向一边。红撞在了门框上,脑袋磕出了一个包,她瞬间清醒了,她停住哭泣,擦干眼泪,回到家里,开始了打扫和收拾。这是她从来没有干过的活儿。此前，扫帚倒了她也不会扶一下，但是现在，她得实实在在地做点儿事了，她要把自己变成结实的柱子，撑住这个摇摇晃晃的家。

没过多久，妈妈就回来了，看着干干净净整整洁洁的家，有些回不过来神。最近这段时间，刀枪剑戟，流言蜚语，整个家庭完全陷入了大祸临头前的混乱。红走出来，她系着围裙，她想过去牵住妈妈的手，但是又不敢。她抹了一把眼泪，说，饭做好了，爸爸回来吃吗？

我们先吃吧。妈妈哽咽道。

妈妈吃了一小碗饭，她不住地流泪，但是她始终在微笑。我这是高兴呢。妈妈说，你第一次做饭就做得这么好吃，这很难得！妈妈让红去找个饭盒，得带点儿去给你爸爸尝尝！

路上，妈妈要红在见到爸爸的时候跟他说，每年爸爸的生日，她都会做一顿好吃的饭菜给他过生。红说好。妈妈说，你不光这么说，你还要做到。红说，我能做到。妈妈拥抱了红，流着眼泪，跟她说了对不起，不该那样对她。红哭起来，也不住地说对不起……

红说，她从来没有那样自私过，也从来没有那样愚蠢过。她以为，麻烦是爸爸带来的，只要爸爸走了，就会带走所有的麻烦。到时候，周围的人会像以前那样喜欢她，离开她的好朋友会重新回来……

不管妈妈怎么安慰，爸爸又怎么表示原谅，此后余生，那天中午的事，永远地成了红的噩梦和罪孽。

吃了那碗饭，爸爸就进了看守所。为了让爸爸少判几年，妈妈卖光了家里的一切，她们也从两层小楼搬到菜市场附近的矮平房。自从生了红后,妈妈就一直专职照顾她,现在却不得不四处去找事情做了。

妈妈的第一份工作就干砸了。她在一家餐馆当服务员,酒精使用不当,烧伤了客人,也严重地烧伤了自己。眼见爸爸的第一个生日就快到了,妈妈还缠得跟个粽子样,没有办法,红只能带着做好的饭菜独自前往。

饭菜送到爸爸手里,他吃得很香甜。

等空空的饭盒还到红的手上,她才闻到一股子馊臭味儿……回去的路上,红一直忐忑不安,她不知道爸爸会不会因此闹肚子,他那么消瘦,可经不起折腾。车子都开动了,红拍着窗玻璃又跳下来……等终于再见到爸爸,看到他一张笑脸,听他亲口说没事儿,悬吊吊的一颗心这才放下来。

回到家里,妈妈正在因为烧伤并发症被急救。妈妈刚脱离危险,爸爸又因为肠梗阻被送进了急救室……

爸爸最终是因为肠癌去世的。

临终的时候爸爸一再表示歉意,因为他知道,自己死得很不是时候。可是有什么办法呢,要是我能做主就好了。爸爸笑着,伸手摸摸红的脸蛋,随着他的手无力垂下,他的笑容也永远地定格在红的记忆里。

那会儿妈妈真的是在医院里吗?

不,她在家里。红说,我们早就没钱去医院了,而且妈妈的病也不是药物可以治疗的。

不知道是烧伤并发症的原因,还是医院用错了什么药物,或者她再也遭受不了刺激,妈妈患上了失忆症。她能记得过去的事情,但是对于眼下的事情却怎么也记不住。所谓的过去,是什么时候呢?准确来讲,以那天中午为界。她记得自己急匆匆地回到家里,把爸爸从吊扇上解了下来。

可是,后来呢?她焦急地问红,后来你爸爸怎么样了?

他被你送进看守所了,你说犯了错就该受罚,就该勇敢地承担责罚。然后他被判了刑。因为我们退赔积极,爸爸也真心悔改坦白从宽,爸爸被判十三年。现在,我们正在等他刑满释放。这已经十年过去了,再有三年,我们就该阖家团聚了!

妈妈很满意,抬头看着钟表,指针嘀嘀嗒嗒。三年,她点点头,很快的!

是啊,很快的。红说。

你不急吧?妈妈问红。

不急,我急什么呢?红说。

那我们就慢慢等。妈妈说。

好的,妈妈。红说。

妈妈转动眼珠,她在努力记起某件事。红显然是知道她想记起什么事的,怕她记不起来着急,就赶紧说,你是不是想问我还在画画没有?

对对,就是这事儿,你很小就喜欢画画的,你是有画画的天赋的!

当然画啰!红拿出早就准备在那里的画,请妈妈欣赏点评。妈妈年轻的时候曾经很喜欢画画,还悄悄跟红讲过,有那么一阵子,她极其迷恋自己的美术老师,都快疯掉了。妈妈很喜欢红的画,色彩、画的内容,她都很喜欢,每次见到都很喜欢。而且,每次她都会说,你的画震撼住了我,第一眼就震撼住了，它带给了我很多思考，你知道吗？

我每次给她看的都是同一幅画，《人间乐园》，我临摹耶罗尼米斯·博斯的。红说，喜欢看妈妈坐在《人间乐园》面前的样子，喜欢听她说在思考，也喜欢看她深深思考的样子。

2

红就读的是绵城师范。她在办理好入学手续的当天下午，就把家从菜市场的小平房搬到了市中心一家高级宾馆附近的公寓里。为了照顾好妈妈，她专门请了个护工。她出门上学的时候，护工也带着妈妈出门，去公园，去河堤。她回到家的时候，护工再把妈妈送回来。

红讲的时候，我真是忍不住想要打断，问她，钱呢？又是公寓，又是护工，钱从哪里来？

你知道我为什么要把家搬到高级宾馆附近吗？红看着我，她从我的眼神里看出答案来了，笑笑，说，不，还没有那么糟糕，再说我还要上学呀，哪里有那么多的时间呢。当然，我每个礼拜是要去一趟高级宾馆的。我爸爸原来有个小跟班，后来混成了大老板，他一直想要资助我，他很慷慨，但是他并不高尚。尽管如此，我对他还是充满感激的。

师范读了一年半，红就辍学了。好在有她爸爸那个小跟班帮忙，红还是拿到了毕业证，而且也顺利地找到了一份图书馆的工作。

至于为什么辍学，红犹豫许久。不，不是犹豫，而是为了平息情绪。许久，她告诉我。但是在讲述的时候，她还是难抑悲愤，数度哽咽落泪。我也听得满腔怒火，却又无力和无奈。

事情得从那个护工讲起。那是一个看起来非常和善的女人，和妈妈的年纪差不多大，此前在幼儿园工作，不小心打翻了开水桶，烫伤了几个孩子，自己也搞了一身的伤。

谁不想把事情做好呢？她伸出满是疤癞的双手给红看，讲着讲着就哭起来，我赔光了家产，丈夫也跟我离了婚，现在去哪里都找不着工作，只有在医院里帮人端屎端尿揩屁股。

对于红提供的这份工作，护工很感激。她跟红讲，除了在幼儿园，这么些年还是第一次得到这么高工资的工作，工作还这么轻松，你真是在可怜我啊！除了百倍地照顾好你妈妈，我又拿什么报答你呢？

妈妈并不需要特别的照顾，她的生活基本可以自理。她只是需要个人陪着，告诉她这是栾树，这是贴梗海棠……有时候陪她做做益智游戏，回答她一些问题，再向她提出一些问题。护工照顾妈妈很尽心，总是把她收拾得干干净净的，打扮得光光生生的。

有一天，红正在上课，来了两个警察，说她妈妈因为卖淫被抓了。整整一年半时间，那个护工带着妈妈一直游走在偏僻的公园、建筑工地和穷街陋巷，像个小贩一样兜售她。难以想象这一年半妈妈都遭遇了怎样可怕的兽行，她的身体糟糕透了，又是妇科病，又是性病……

好在她什么都记不住。医生说，否则的话，就太残忍了。

从那以后，妈妈就再也没有离开过红的视线。她去图书馆工作的时候，就把妈妈带到图书馆，给她找来《西方美术史》《宋代山水》《奥赛博物馆馆藏名画》……厚厚的书籍摆放在妈妈面前,妈妈坐姿端正,神情肃穆,她小心地伸出指头,一页一页,轻轻地翻动它们,她的目光就像星星。回到家里,红如果忙的话,妈妈就坐在那幅《人间乐园》面前,如果妈妈睡着了,红就坐在画架前,继续临摹耶罗尼米斯·博斯,《来世的愿景》《死亡与守财奴》《魔术师》和残缺的《愚人船》……

失忆症一点点将妈妈拽入黑暗中,但真正要掉妈妈性命的却是乳腺癌。在生命最后,妈妈已经忘记了眼前的一切事物,不认识红是谁,也不知道自己是谁。她口渴,想喝水,却忘记了"水"的发音。但是,妈妈会叫唤"疼"。

弥留之际,回光返照的妈妈喃喃念道,你是红,红,我的红,你什么时候回来的?

3

红早几年前就结了婚,但婚后的生活一点都不幸福,因为她不停地生病,先是切除了脾脏,然后又切去了半个胃。她的丈夫在她胃切除手术康复后,终于松了口气,说,我现在可以跟你讲了,之前会被人认为是没良心,也不人道,现在好了。红一笑,不就离婚嘛,哪有那么严重,就算你不说,我也会开腔的,真是太难为你了。

现在,红检查出了乳腺癌。医生给出最好的解决方案就是切除。红苦笑着说,我感觉我就像个开杂货铺的,不停地被拿走这样被拿走那样,只是上天你给个进货渠道也好啊,你得给我补充货源啊，不然我的杂货铺就空了，开不下去了，倒闭了！红不想切除乳房，她不想再被拿走任何东西，而且她认为乳房是她最重要的东西，就像自尊心，就像面子。以前拿走的都是里头的，拿走就拿走吧，只要你不吭气儿，谁都不知道。当然，就算她想要被拿走，也没有那个支付能力。别人从你手中拿走东西，大都是要支付点什么东西给你的，但医生这头就不一样了，他要拿走你的东西，你还得支付他大笔费用，尽管他说过可以给你继续生存的时间，但他却不肯保证。他说，客观地讲，谁也不敢保证，意外随时会发生，这就是科学。

于是红决定放弃治疗。她准备进山去，她已经联系好了寺院，她要去做一个尼姑，吃斋念佛，忏悔人生，将希望寄托于轮回。在成行之前，她觉得还有最后一件事情没做，就是断了这尘世的最后一缕牵绊。

前一阵子，因为传闻火爆，她也没能扛住好奇心，在一个服药后的昏昏欲睡的傍晚，看了《爱城表演》。她先是看见了我，然后看到了一个任何观众都可能会忽视的细节，这个细节是我有意放在影片之中的符号，相当于一则启事、一个按钮，就是那个芭比娃娃贝蒂。

画面里，我站在书桌前看着窗外，窗外是深夜的爱城。我的手指头上夹着一支青烟袅袅的香烟，而在我拿烟的那只手的胳膊肘下，叠摞着几本厚如砖头的世界名著，和它们呈有序排列的是烟灰缸，是烧酒瓶和酒杯，还有一个芭比娃娃。

芭比娃娃倚靠在世界名著上，旁边的台灯打出了明亮的光线，照耀在它那双大眼睛上。

我想它一定会被人注意到的。

它被注意到了，就像一封意蕴丰富的长信，红在那个夜晚彻夜难眠，此后几天也一直心绪不安。她没怎么费功夫就找到了我的电话，然后摁了那个通话的按钮。这是个神奇的按钮，我们的命运从一种可能又转回到了另一种可能，或者，这才是我们的宿命。

我和红结了婚，我切除了她的左乳。

见证我们婚礼的只有贝蒂。我指着贝蒂，我说红，你当初跟我说她叫贝蒂，但是你知道她为什么叫贝蒂吗？如果我给你讲出她的故事，你一定会认为这一切冥冥中早有安排。她的全名叫贝蒂·戴维斯，原名露丝·伊丽莎白·戴维斯，一九三六年主演的电影《女人女人》荣获第八届奥斯卡金像奖最佳女主角奖，一九三八年主演的电影《红衫泪痕》荣获第十一届奥斯卡金像奖最佳女主角奖。一九八三年，贝蒂被诊断患上乳腺癌，接受了乳房切除手术。她的好朋友，芭比娃娃的创立者露丝·汉德勒，专门做了这款贝蒂·戴维斯脸模芭比，起名叫"贝蒂"，送给她和她的好朋友，以及那些罹患乳腺癌的人，鼓励她也鼓励所有病人与疾病抗争，重新燃起生活的勇气。这款贝蒂脸模芭比生产得并不多，加上她的特殊意义，所以显得尤其珍贵！

你是怎么知道这些的？红很惊奇。

我看着贝蒂，我说，她在那里呢，一天看着她，一天知道一点点，慢慢地就了解了。我笑笑，说，我还没讲完呢。露丝·汉德勒为什么会专门做这款贝蒂·戴维斯脸模芭比？因为她是贝蒂·戴维斯的好朋友吗？不完全是，更主要的原因，她也是一位乳腺癌患者。一九七〇年，露丝被诊断患有乳腺癌，并接受了乳房切除手术……

根据医生的建议，是要将另一只乳房也切除的，为的是防患于未然，红不干，我也觉得不太合适。我跟红开玩笑说，你总得给我留一个下手的地方吧。切除乳房只是治疗的第一步，我们需要在医院待上一阵子。我跟红说，我可能也需要治疗，我都已经联系好了心理医生。但红认为没有那么严重，而她将是我的良药。

时值伦敦国家美术馆在北京有一场巡展，红认为这可以是一件珍贵的礼物，问我愿不愿意送给她。成都天河公司和香港印象公司也一天好几次电话，要我赶到北京去看样片。

站在油画《塞纳河畔的年轻女士》面前，红问我可曾听说过古斯塔夫·库尔贝这个人。我当然没有听说过。红说，真正让库尔贝扬名天下的是他的惊世骇俗之作《世界的起源》。我问画的什么，竟然配得上惊世骇俗这个词。红指了指自己的阴部，这个，她说。

库尔贝对中国绘画的影响很大，他的《世界的起源》画于一八六六年，但是到了一九八八年才公开展出。在《世界的起源》这幅画中，一位仰躺的裸女大腿分开，露出浓密的阴毛和精致的缝隙。画家以写实的手法，严肃崇敬的态度去画女性生殖器，没有丝毫的轻浮和亵渎。库尔贝画女性生殖器是一个革命举动，因为那个年代，谁都认为世界之源来自上帝，而库尔贝却通过画作向这个世界表明，世界之源乃至人类，来自女性，来自女性生殖器。库尔贝刻意突出和歌颂人的地位和价值，而画女性生殖器是一种哲学表达，库尔贝是个唯物主义者，他认为世界是物质的，人也是物质的，世界起源不是神奇力量推动的结果，而是物质的生产与运动。人类世界源于女性生殖器，就是生产与运动的过程，是真实自然的过程。

库尔贝通过《世界的起源》歌颂伟大的女性，伟大的世界源于女性那隐秘而充满禁忌的器官，如此使人们意识到女性的伟大和永恒，堪称一幅具有革命精神的，表现无产阶级世界观的世界名画！

通过红在北京的同学，我找到了《世界的起源》的原画翻拍照片，它的确让我感到瞠目结舌。

这赤裸裸的超级写实的女体，那饱满的乳房、浓密的阴毛和生命的裂缝……美术史认为这是库尔贝的代表作，是史上最大胆的油画，也有人认为过于粗俗，不仅令库尔贝时代的人惊愕，同样也令今天的人惊叹，并让后来的评论家和艺术史家抓狂，认为库尔贝这"躯体和性器官"不仅是"世界的起源"，也是"现代色情和性极端表现的起源"。

但真正叫世界艺术媒体集体发疯的是隐藏在这幅惊世骇俗之作背后的秘密——《世界的起源》可能不是库尔贝艺术家身份和意志主导下的作品，而是应买家要求的定制之作。

由于《世界的起源》影响巨大，人们在观看这幅惊世骇俗之作的时候，总会想到一个问题，这画的是谁？

一个叫克罗德·绍普的人找到了答案。绍普是一位文学史家、传记作家，是研究大仲马和小仲马父子的专家，而答案就来自小仲马写给朋友的一封信。小仲马在信中以嘲讽和不满的口吻说起库尔贝，"画笔怎么能用来画歌剧院葛妞小姐那大喇叭一样的私处呢？他画了歌剧院葛妞小姐的私处，给那个时不时和她睡觉的土耳其人，画面跟人一样大"。小仲马的这封信写于一八七一年，这是法国被普鲁士军队打败、巴黎公社横遭镇压的时候。信中提到的那个土耳其人，就是当年奥斯曼土耳其帝国驻巴黎的外交官哈里勒·谢里夫·帕夏。帕夏是一位著名的艺术收藏家，也是《世界的起源》首任收藏者。

绍普费尽心血，终于找到了葛妞的不少材料。葛妞虽然出身卑微，但到一九〇八年去世的时候，还是有不少收藏品，其中有一幅就是大画家库尔贝本人的景物花卉。画的右侧写着"来自小仲马的花束"，画面最中间的位置正是一朵盛开的红色茶花——这在当时是交际花的象征，而小仲马最著名的小说就是《茶花女》，这也再次证明了葛妞、小仲马和画家库尔贝之间那一段特殊的关系。

我明白了。我说，那个歌剧院的交际花既是小仲马，也是库尔贝的情人，还是那个叫帕夏的外交官的情人。帕夏拿了一笔钱，跟库尔贝定制了他情人葛妞的性器官写真图。

红说，差不多是这个样子。

我说，库尔贝非得这么极端地表现吗？

应该是帕夏强烈要求这样吧。因为帕夏这个人从本质上讲就是个色情油画收藏家，除了《世界的起源》，他同时还收藏了库尔贝的《穿白色长筒袜的女人》《睡眠》和安格尔的《土耳其浴室》。

我上午十点左右和天河公司、印象公司以及几个电视台的领导一起看样片、开会，跟导演和制作人员商量修改意见，下午四点回酒店。在我离开的这段时间，红就一边在酒店休息，一边到网上去查找和下载那些大师们的油画作品。她说她曾经有一个硬盘的大师画作，病痛难受的时候就打开电脑，看看那些画作，可惜的是硬盘被前夫在一次酒后摔成了碎片，现在她准备花上一点时间，再去网上博物馆和美术馆把它们找回来。

等我回来，红会向我展示她下载的画作，向我讲这些画的历史，问我都喜欢哪些。我喜欢丁托列托的《银河系的起源》，鲁本斯的《玛丽的教育》，提香的《乌尔比诺的维纳斯》，布歇的《果园之神威图纳斯和其妻果树之神波姆纳》。

那么你一定还喜欢热罗姆的《购买奴隶》，安格尔的《泉》，而不会喜欢戈雅的《裸体的玛哈》，高更的《美好的土地》？

这时我才注意到红给我看的这些画，都是以女体为主要表现内容的。

你就当这是个游戏吧。红说，你喜欢的那些画中，女体都没有阴毛。

《尼多斯的阿芙洛狄特》是希腊第一座全裸的女雕像，这位走向大海的女神就没有阴毛。到了文艺复兴时期，绘画中的男性也常常不带阴毛，米开朗琪罗的雕塑《大卫》的阴毛是一种风格化的表现，但他壁画中的裸男都是没有阴毛的，丢勒的《亚当和夏娃》虽然有遮羞，但亚当的阴毛清晰可见，而夏娃则是没有阴毛的。到了启蒙运动时期，新古典主义代表人物安格尔画裸男都是很写实的阴毛，但裸女却仍然是光秃秃的。戈雅创作的《裸体的玛哈》，被认为是第一幅描绘带阴毛女性的油画。如果这不是一件委托作品，赞助人希望写实，戈雅可能也不会给她画上阴毛。库尔贝的《世界的起源》之所以惊世骇俗，阴毛浓密应该是主要原因之一。进入新世纪，绘画中才比较常见带阴毛的裸女，不过带阴毛的裸女艺术创作总是遭到各种审查和质疑，作为艺术，为什么男性可以带阴毛，而女性就必须是光秃秃的呢？为什么男性可以轻易露毛，而女性一露毛就成了色情呢？因为他们对欲望恐惧，觉得将裸女私处画成未发育的样子就意味着纯洁。红看着我，你说是吗？

我说可能吧。

那么你呢？红捉过我的手，握在她的手心里。

我说，你读过纳博科夫的《洛丽塔》吗？

你也跟亨伯特有相似的经历？童年？安娜贝尔？红的声音很轻，就像进了摆满玻璃器皿的小屋，生怕一不小心就碰着了没搁稳当的东西，落地破碎。

我说我只是个比喻。在秦村有个大石山，山上除了巨大的黑褐色的如同怪兽的花岗岩石，就是长满缝隙的荆棘。这些荆棘缠绕着形成了刺架子，随着内中的枯朽，它们就成了刺篷子，如同帐篷。在山下住着一户人家，他们家的女儿桃和我拥有大石山上最大的一个刺篷子，我们在里头自由自在，无忧无虑，我感觉我的童年被抛弃和弄脏了，但在那个刺篷子里，又被收捡起来，并且得到了重生，宛如焕然一新……

那个桃呢？她现在在哪里？

不知道。我说，桃的爸爸曾经跟我说过，说她一定会回来找我的。但这没有什么关系。真的，回来与不回来，找不找我，没什么关系。我们已经走得太远了。只是我身体里的某一部分似乎永远地留在了那个刺篷子里。

你觉得你的身体里有个缺失的窟窿，而你一直在找东西想要填补上它？

我点点头，又摇摇头。我很痛苦，心头挣扎得很厉害，我不希望这个话题再继续下去。

红抱住我，让我的脑袋贴在她失去乳房的左胸上。听听，她说，没了那厚厚的一层皮肉的阻挡，心跳声是不是更加清晰有力了啊？

我仰着泪眼看着她，我说明天别在酒店找图片了，跟我去看一部片子，里头有个故事，我想请你看看。

这个故事的主角就是打杵子。沈二仙已经死了。

第十四章

1

在那个叫新郑的地方，沈二仙见到了打杵子，也就从那一天起，沈二仙就成了打杵子的仆人、保姆、牛马和出气筒。打杵子的病其实并不严重，但他更愿意在沈二仙面前做出一副奄奄一息即将死去的样子。沈二仙悉心照料着他，给他端屎端尿，喂食喂药。打杵子的表现就如同没有良心的巨婴，面对如此周全细致的照料，非但没有半点儿感激之心，反而动辄呵斥辱骂。旁人看不过意了，指责他过分。打杵子冷笑着说，你们知道个锤子，如果不是他，我会落到这种地步？不信你们问问他，他都对我干了些什么！就像突然意识到了危险似的，打杵子做出被惊出一身冷汗的样子，对于沈二仙奉上的汤药和饮食，一定要叫沈二仙先尝一口，这才放心。你这是干什么？还怕他给你下毒不成？人家问他。这事儿啊，我还是小心为好。打杵子乜斜着沈二仙说，他之前可这么干过！

沈二仙嘿嘿讪笑，现在你就放心嘛。

从医院出来，打杵子问沈二仙，你带了多少钱？沈二仙说了个数。打杵子说好，那就不用回原来的地方了，重新找个好点的地方住。

沈二仙要打杵子回秦村。我回去干什么？我不用找老婆孩子了？沈二仙要把钱都掏给打杵子。你把钱给我，你去哪里？沈二仙说回秦村。回秦村？你回秦村干什么？你来都来了，好好跟我一起待着，我的病还没好利索呢，你得照料我，和我在一起，帮我把老婆孩子找回来，你得为你那些害人的事赎罪！

见沈二仙还伸着手，手上握着一大把钱，打杵子火了，呵斥道，你这是干啥？我能管钱吗？你敢给我，我三天都可能花光！到时候吃啥喝啥？你想饿死老子呀！

钱还是很快就花干净了，因为打杵子一天要吃肉、喝酒，还要抽烟，有时候还会叫上两个卖簸簸肉的，他一个，沈二仙一个。沈二仙不干，打杵子也不客气，说喊都喊来了，总不能让人家跑空趟子吧？信用还是得讲！于是，他把两个都要了。他在屋里和两个卖簸簸肉的耍得开心，鬼喊鬼叫，沈二仙坐在外头，膝盖顶着额头，如一块石头般沉默。

沈二仙回了三趟秦村。前两趟是去取存在我们家的钱和粮食。第一次我母亲还算客气，跟沈二仙算了个账，这么些年来，他帮忙做了多少事，按照一年收成，有多少应该算是他出力所得，然后拿了钱给他。第二次我母亲火了，指着沈二仙骂道，你还有完没完啊？咋个能狗舔磨盘，没有转数呢？这些年里头，你吃我的，穿我的，给你买烟不花钱呀？给你打酒不使钱呀？沈二仙并不回话，只是两眼巴巴地看着她。

我父亲在一旁叹气说，他也是为了打杵子啊，他这个人，这么些年你还不知道吗？又跟沈二仙抱怨，你就由着他吗？你拖也要把他给拖回来嘛，照他后脑勺一掟子先打晕了，一把就把他扛回来了嘛！

我母亲还是给了沈二仙一笔钱，而且赌咒发誓，再三声明，这是最后一次，敢再有第三次上门来说钱，她就不客气。第三次从外头回来，沈二仙还是坐在我们家院子里。这一回他的目光落在了我父亲身上，他喊我回来把房子卖了。

房子卖了，他妻儿老小回来住哪里呀？

能卖几个钱就卖几个钱。沈二仙拿出一张纸来，这是打杵子亲自写的房契。

他为啥不回来卖呢？我父亲问。

他不好，还在害病。沈二仙说。

房子是不能卖的，耸在那里，咋个也是个家啊。我父亲说，你想办法把他弄回来，有病在村里治嘛，在外头喝口凉水都是要花钱的。

沈二仙不吱声，也不起身，手伸长长的，举着那张打杵子亲笔书写的房契。我父亲抓过来几把就撕碎了，他进了屋，和我母亲耳语了一阵，出来跟沈二仙说，你去喊一下拖拉机。拖拉机喊来了，我父亲跟沈二仙说，你自己拿口袋去装谷子吧，拉到土镇去卖，想装多少就装多少，卖了就去接打杵子，把他接回来。

就像是为了避免难受似的，我父亲带着我母亲和玉离开了家。

沈二仙并没有卖掉我们家多少粮食，实际上我们家的存粮也不多。此后他再也没有回来过,他还和打杵子在一起,给他做饭洗衣,给他买衣熬药,接受他的呵斥责骂,没钱就去挣。他去工地上搬火砖,挑灰桶,到街上租人力三轮车蹬,帮人装卸货物。沈二仙前脚出门,打杵子后脚也跟着出门,去茶馆喝茶,去跟人耍钱,时不时地还要喊上两个卖簸簸肉的开心一盘。沈二仙回到家中,打杵子就一定是躺在床上的,时不时地哼唧两声,做出害病的样子,让沈二仙给他端茶递水。

在一个地方住久了,厌烦了,打杵子还要求换一个地方,她们娘儿母子不在这个地方,得去另一个地方找找!

只要打杵子前脚一走,沈二仙就会后脚跟上。到了新的地方,两个人的关系和状况并不会因此有什么改变,依旧是沈二仙在外头挣钱,打杵子待在屋里养病。

摄制组找到打杵子的时候,他正在悲痛中。

沈二仙是三天前死去的,他刚出门一会儿,就折身回去了。此时打杵子正准备出门,已经换好了衣裳,他还洗了个头,剃了胡须。他看上那个卖簸簸肉的了,长得还不错,前些日子一直被个退休老头霸占着,这个老头和老伴出门旅游去了,他终于有了机会。

沈二仙进门就坐下。

你咋个不去挣钱呢?跑回来干啥?不挣钱我们吃啥?我还要去医院复查呢,医生都喊我这么久了!

沈二仙有气无力地说,我有点不舒服,手脚使不上劲。

打杵子说,那你就休息一天嘛。他还是决定出门,但是见沈二仙似乎确实有些难受,就去倒了一杯水,端到沈二仙跟前。沈二仙感激地看了他一眼，想要接过那杯水，却没有那个能力端住它。水杯子掉在地上，沈二仙的手就像面条一样垂了下去，接着整个人从椅子里滑落了出去，瘫在地上。

打杵子被吓了一跳，他没想到沈二仙会瘫倒。他大约也从来没想过沈二仙某一天在自己面前倒下。沈二仙不仅瘫倒了，而且还讲不出话来，他只是两眼巴巴地看着打杵子。打杵子背着沈二仙来到街上，呼叫了车子送到医院。打杵子跟医生讲，尽管使最好的药，他身上虽然没有几个现钱，但他还有一院房子。医生摇头，说怕是有些恼火，这是脑梗，来得气势汹汹。打杵子大哭起来，说他两眼瞪着的呢，你莫吓人，赶紧救他，我有钱，有一院房子呢。打杵子讲的话，沈二仙应该听清楚了，他被感动了。随着两行眼泪淌出来，沈二仙的眼睛眨巴眨巴，闭上了，再也没有睁开。

打杵子搂着沈二仙，哭得撕心裂肺，死去活来。他们的关系招来各种各样的猜测，父子？兄弟？情人？谁知道呢。

打杵子是拒绝拍摄他的，直到导演说可以付他一笔钱。如果这样的话，你是不是可以多给点？你们想知道什么？我都可以讲！

打杵子用那笔钱付清了沈二仙的急救费，将他送入火葬场，用最后一点钱买了一个高档骨灰盒。

你们能不能再给我一点钱？借也行。打杵子说，我得送他回老家去，我老家有一院房子，卖了我就可以还给你们了。

导演说，你卖了房子，住哪儿啊？

打杵子说，这么多年了，我都没有在那房子里住过，空着也是空着，卖了它，我得给我这个老伙计办台丧事呀，总不能就这么把个骨灰盒往土坑里放吧,外头还得有口棺材呢,还得起坟立碑,还得请道士做做法,念念经,开灵开路,将他好好地送往极乐……他可是倒霉了大半辈子啊!

导演说,你对朋友真好。

打杵子说,我们以前是朋友,后来不是了,是敌人,是仇人。他弄闹药要害死我,要霸占我的妻女,我把他送进了班房。唉,这都怪命啊!

2

买下打杵子的房子的,是我弟弟。

秦村的人都说,如果不是肉,米二福不可能保得住脑袋。肉变卖了所有值钱的东西,连辆脚踏车都不肯留下。法院的人说,你这是何苦呢?这是留给你们的活路啊。肉说,他犯的不是小事,这些东西好多都是他拿那些脏钱买的,还要赔那些受害人……都拿去变卖了吧,当给他赎罪吧。除此外,肉还要弟弟黑龙也去变卖家产,要他能拿多少就拿多少出来。黑龙说,他拿走了我的手啊,我现在可是残废了。肉说,那是你活该,之前没人清算,占他便宜也就算了,现在清算来了,吃了他的就该吐出来!

这事儿闹得姐弟俩有如仇人。

闹得更不开心的还有她公公米三斤。米三斤早就预料到某一天米二福会出事,在米二福最得意那个年头,米三斤执意要和他分家。分家后,米三斤跟米二福讲,老子这是给你上保险,挣的钱不要全交给你那个婆娘,你要悄悄地给我一些保管着,让我给你留个后手!但是米二福并不怎么信得过他,因为他老是在外头搞小姐,急得他的那个老娘成天蹬地,要死要活。尽管如此,就像是为了平息米三斤的愤恨,米二福还是没有少给他父亲拿钱,其中还有几笔大的。米二福说你在外头胡搞,有那么些个小钱足够了,这些大钱好好存在那里,总有派得上大用场的时候。

在公安局,米二福交代了那几笔大钱。公安上门收缴,米三斤大哭大闹,说就算要命也不给。肉去劝他,说现在没有人要你的命,要的是米二福的命,你赶紧把钱拿出来,让米二福赎罪,也让你的孙子有个爸爸活在这世上。

米二福被捉进班房后,那些当年受过他欺侮的人纷纷站出来向公检法提起控诉,要求严惩米二福,并为当年的伤害支付赔偿,肉挨个向那些受害者赔礼道歉,磕头作揖,满足他们的赔偿要求。对于赔偿,开始大家还大开口,有人看不过意了,劝他们说,你们不要为难她了,情况你们又不是不知道,你们是想她把骨头车成纽扣赔,还是她把一条命拿出来?也都还算通情达理。但赔还是要赔的,花椒胡椒顺口气。

肉很感激,抹着眼泪说,米二福确实是个浑蛋,她这样做并不是为了米二福,而是为了儿子,爸爸再坏,也有个爸爸在这世上。可是拿啥去赔人家呢?肉实在想不出法子了,只得再去找米三斤。米三斤开口闭口没钱,肉就扯了娃儿跪在他跟前,说哪回在哪里,米二福给了他多少钱,一样一样地数落着。还说他借口说要去办这事那事,从米二福手上又拿走了多少钱。米三斤气急败坏,当着那么多的人打了肉耳光。肉冷笑着说,今天你打也要摸钱出来,不打也要摸钱出来,都在往外头吐那些冤孽钱,你还捂在那里干啥呢?受米二福祸害的人一拨一拨地来控诉他,我好不容易跟人家讲情,达成了谅解,你可以为了几个钱不要米二福这个儿子,我也可以为了他做的那些冤孽事不要他那样的丈夫,但我儿子不能没有爸爸!米二福做的那些恶,本来就罪该万死,不指望你挖生肉去救人,你只消将他给你的冤孽钱拿出来赔罪就是了,莫要再给他添罪加恶了!

肉这话一出,都叫好,称赞说平常见她书书气气,不多言不多语,竟然是这样通情达理有情有义,这米二福啊,遇到这样的婆娘,真是有如观世音对他的再生再造,这恩情,他是三辈子变牛做马也还不回来的啊!大家自然也要谴责说叨米三斤一番,都说他聪明一辈子糊涂一时,咋个可能两眼被钱迷住了呢,连亲情都不认了!原来那所谓的疼娃儿、爱娃儿都是装的呀!

米三斤哭起来,说我两口子这么大年纪了,一天不是这里疼,就是那里不得劲,米二福进了班房,也靠不住了,以后没吃的了去喝风啊,害病了就等死吗?众人都说你还有肉这个好儿媳呀!米三斤说,儿子都坐班房去了,儿媳妇还留得住吗?

肉当即表示,她会等着米二福出狱,判十年,等十年,判无期就等他一辈子。而且她明天就搬过来和米三斤两口子一起住,照顾他们,只要有她肉一口吃的,就不会让米三斤两口子饿肚皮。

米二福被判了八年有期徒刑。他的律师讲,这全是他的妻子肉的功劳,否则米二福不是死刑多半也会在班房里待一

456

辈子。八年，这多从宽啊，咬咬牙，一眨眼就过去了。

判决出来后，米二福大哭，向肉表示着歉意和感谢，要她给他机会，等他出来，他会变牛变马来报答她。肉很冷静，米二福哭得像个娘们儿，她却一滴眼泪都没有。她说，你进去了就好生改造，争取减刑，早点出来，我这头你放心，就算要离婚，我也要等你出来再说。

谁都以为米二福坐班房后，他家的日子会过得有多糟糕。肉都已经做好了吃苦的打算，跟孩子讲，以后就莫乱要啥好吃好喝的了，咱们要学会过苦日子。娃儿倒也懂事，说记住了。这天肉从地里回来，见娃娃在吃糖，脚底下是一堆糖纸，问他哪里来的，他说买的，肉顿时火冒三丈，逮住孩子就是一顿揪掐。米三斤从里屋出来，忙扯住肉。肉说，都跟他讲了，要过苦日子，竟然还摸钱去买这么多糖吃。米三斤说，钱是我给他拿的，娃儿吃点糖有啥嘛！

爸爸，我们屋头的情况你又不是不知道，你不是说腰疼连狗皮膏药都买不起了吗？

米三斤哼哼一笑，那是我装的！来，你跟我来。米三斤带着肉进了里屋，摸出一沓百元大钞，拍在肉手上，你当我以前那么些年的干部是白当的吗？你当我就不晓得给自己留几手吗？被你逼迫着拿了几手，我还有最后一手嘛！肉真是觉得难以置信，惊愕地看着米三斤。米三斤嗔怪道，我这也是莫办法啊，好了，你拿去，想买点啥，买！想吃点啥，吃！想起前几天米三斤哼哼唧唧叫唤腰杆疼的样子，肉难免担心。爸爸，你的腰真的没事吗？我雄势得很，米三斤打着哈哈，眼中有怪异的光亮闪过，他看着肉，再说有你嘛，腰疼嘛，你帮我捶捶就好了嘛！

肉隐约感到了不安。

不要脸的事情发生在两个月后的一天上午。那天早上起来，米三斤就哼哼唧唧地说腰疼病犯了，要小舌头上街去给他买虎骨膏，要她把孙儿也带上。小孩一听要去赶场，自然十分高兴。肉要先请黄先生来看看，他不让，说黄先生是个狗屁都不懂的家伙。肉要亲自上街。米三斤说，你不说要请人往田里抽水吗？

小舌头带着孙子前脚一走，米三斤就哼唧得更厉害了，坐不住，要床上躺，还要肉弄点热水来给他敷敷。

肉已经猜出米三斤打的什么主意了。这几个月来，米三斤越来越龌龊，总是想在她跟前占点便宜。肉曾经厉声呵斥过他，但这老不要脸的东西非但毫不在意，反而无耻地说，他这么做，全是为了她好，为了这个家好。还举例温泉关的某某家，儿子刚去坐牢，半个月不到，儿媳妇就守不住了，去偷人，被人家抓住，塞了一裤裆的荨麻。你这么年轻，男人不在身边，不想那些事吗？咋个可能嘛，大家又都不是碎娃娃。你在外头万一弄个啥事来，你又是个重名声的人，对娃儿也不好嘛。这是咱们家，门一关，谁都不知道，你不用担心我，我雄势得很！肉感到阵阵恶心，狠狠地啐了他一口。米三斤也不生气，叹口气，劝慰她说，晓得你生气，其实你多想想就会想通了。

肉很想带着娃娃离开这个家，可是又往哪里去呢？外头哪里又是一个安全的地方呢？她在玉米地里薅草，有人从沟坎下突然钻出来，要将她往背地里拖。她搭拖拉机上街，有人明目张胆地往裤裆里伸手……天一黑她就不敢出门，要是住在外头，敢说没人半夜往家里闯？敢说没人不抬门撬洞？娃娃小，万一被人害了咋办？住这里，虽然有个老不要脸的天天龌龊恶心，但院子里喂着两条大狗，这个老不要脸的也还算是个挡门神……

安全是一方面，另一方面却显得更重要，那就是钱。肉有过苦日子的心理准备，但因为此前从来就没有过缺钱的日子，而且之前也差不多算是不操心，现在操持家务，里里外外，买卖往来，哪一样少得了钱？喂猪不添细粮不长肉，添了细粮也不见得会长肉，还得添饲料。种田也不是撒几粒种子下去就有收成，还得施肥打药，而肥料和农药还得讲究化肥和生物肥料，杀虫的药和杀病菌的药……如果不是那老不要脸的时不时地摸几张钱出来支撑着，这日子早就过不下去了。

能离开这个家出去单独带儿子过吗？就算手上时刻捏把刀子和那些打坏主意的王八蛋们拼死拼活，但是，她敌得过每个月大姨妈来了却没钱买卫生巾吗？

肉本来不想理会，但米三斤叫唤得有一声没一声的，又怕他万一真的不舒服呢。只得耐下性子，拎了热水瓶，拿了盆子和毛巾，进了房间。谁知道米三斤并不在床上，他躲在门后。肉正发愣，他从门后窜出来，将肉抱住，推倒在床上。

你不能这样，爸，我是你儿媳妇呢！肉说。

不就是因为一家子嘛，不是一家人，我还不这么做呢。米三斤说。

你这样做就不怕下地狱吗？肉刚挣开身，又被米三斤一把薅住，推倒在床上。

就是下地狱我也愿意！米三斤扯了自己的衣裳，向肉逼近。今天讲啥也没用，你不想来，我想来，犯死罪我也要来！妈哟，没把我憋屈死！来，乖乖，我会疼你的，我会对你好的！

肉一脚踹在米三斤身上，将他蹬出老远，一个踉跄撞在墙上。你这个老畜生，你这个老脚猪，你要办了这样的事，你的孙子今后还有脸面在这世上走吗？肉哭起来。

你不说，我不说，谁知道？米三斤揉揉被撞疼的肩膀，笑骂道，你个小骚货，骚劲儿还挺大呢！来，莫害臊，这种事只要办了第一回，以后就是平常饭了。来嘛，不好意思你就把眼睛闭上，然后眼一睁，羞耻心就过去了……

见米三斤一把扯了自己的裤子，肉痛苦地仰天长叹。

这么多年，我可没少办人，我就不相信今天办不了你！米三斤嘿嘿笑着，小心地往肉身边凑，他提防肉再来一脚。来嘛，以后我那些私房钱就都是你的了！这个家也是你说了算。米三斤见肉像是放弃了抵抗，以为再好言好语几句她就顺从了，那样才好呢，省了粗力。

肉从口袋里摸出一瓶药水，米三斤还没回过神来，她就灌进了嘴里。肉将空药瓶递给米三斤，一把推开他，出了门。

米三斤拿着药瓶，愣愣神。敌敌畏？敌敌畏！你咋喝这个东西嘛。他扯着哭腔，一边往外追，一边喊叫着。

肉冲出了院子，她来到田野里。她不肯死在这个让她恶心和痛苦的家里，她要孤独地死在外头。只是，死是个临时被迫选择的绝望之所，她还没想好到什么地方去安放它。她

460

捂着被毒药噬咬燃烧的喉咙，口中涌着血色泡沫，视线越来越模糊，脚步越来越迟缓。

她的眼前出现了个人影。我弟弟。

我弟弟无所事事地准备穿过田野，到河边走走，去看那些钓鱼的人。他见肉先是奔跑，然后脚步越来越踉跄，随时都有可能摔进水田里。正愣神，不知道怎么回事，见米三斤哭着追过来。我弟弟本想折身走向另一条路的，因为有传言说，正是我的帮助，公安局才搞定米二福那么多的犯罪证据，而米三斤和小舌头一有机会就跑我们家门口指桑骂槐。他晓得米三斤不是个好惹的货，觉得还是躲得远远的好一些。

但是肉的样子让他感到害怕，也感到担心。肉的后背像是中了一枪，她的喉咙也像是被扯断了，口中吐着血色泡沫……她伸着一只手在前头，像是要抓住什么。我弟弟显然已经无处可避了，因为肉向他扑了过来。就在他跟前，米三斤抓住了肉，一把搂在怀里，你这是何必呢？你说不愿意就不愿意嘛，喝啥子药嘛！米三斤一把鼻涕一把泪，哭着，叫唤着。

肉推开米三斤，见他不肯撒手，拼着最后的气力，从他额头到脸，狠狠地挠了一把。米三斤一声惨叫，忙松开肉。肉爬着，揪住了我弟弟的裤腿儿。我弟弟抱住肉，闻到她身上一股浓浓的敌敌畏药水的臭甜味儿。

米三斤还要扑过来，他的哭声已经变成了"哎哟哎哟"的叫疼声，很委屈的样子。他脸上几道惨白的口子正有血珠渗出来。而从他衣衫不整的样子，我弟弟已经明白是怎么回事了，狠狠一脚踹在米三斤裤裆里，米三斤像断了脊梁的老狗,一头栽进水田里。

我弟弟背上肉急急火火地就往村上赶。有人要来搭手,我弟弟不让,说你快去告诉黄先生,喝的敌敌畏,赶紧把洗胃的东西准备好。

事后连黄先生都夸奖,亏得我弟弟有头脑,否则,肉肯定是活不过来的。

就在黄先生为肉洗胃的时候,我弟弟已经将摩托车发动了。他跟黄先生说,我出发后,你马上给土镇卫生院打电话,做好接收病人的准备,如果他们没有把握,就请做好往爱城转院的准备。

我弟弟将肉绑在身上,骑着摩托车,犹如单枪匹马闯敌阵的赵子龙,风驰电掣地冲向土镇。

在前往爱城的救护车上,我弟弟拨通了我的电话,你赶紧给我打五万块钱来。他的口气和话语让我觉得可笑。他说救肉,她喝农药了。我正纳闷。他说,赶紧打钱来,你欠她的!

肉昏迷了五天才醒过来,随后,她在爱城接受了长达半年的治疗。她的神志也因为这次伤害受到了些影响,而且因为声带被严重烧伤,虽然没有失去语言功能,但是她决定除我弟弟和她儿子之外,从此不与任何人语言交流。

出院后,我弟弟带着肉去监狱看了米二福。米二福一见肉就泪流满面地说,我爸妈已经来过两次了,讲了你的事,他们说的我都不相信,除了你要跟我离婚这件事。

肉看着他,面无表情。

只有我做过对不起你肉的事,肉啊,你绝对不可能做出对不起我的事,对吧?

肉别过脸去,不吱声。

离吧,你觉得离了合适就离吧,让娃娃跟你。

肉摇摇头,比画着给米二福说,她不会带走娃娃,他是你们米家的。

也好,也好,米二福抹着眼泪,说,我妈就害怕这个,谢谢你啊,肉!

肉摸出协议来,递给米二福,让他签字。米二福看着协议,又吃惊地看着肉,你怎么啥都不要啊?你怎么能什么都不要呢?肉不耐烦地用指头点点桌面,示意他快签字。米二福拿笔的手直哆嗦,他不停地看着肉,但肉始终望着别处,神情冷漠。米二福叹着气,签了字,摁了手印。肉早不耐烦了,一把抓过来夺门而去。

兄弟……我弟弟正要随后而去,米二福叫住他。我弟弟收住脚步,回头看着他。听我爸妈说,肉要嫁给你?

你爸妈所讲的,只有这一句话是实话!我弟弟说。

对她好点儿,当哥的感谢你。米二福说。

你有什么资格讲这话?我弟弟冷笑一声,你本来就想问我,是不是早勾搭上了肉,是吧?你爸妈是不是讲肉在家里不老实,他们多讲了两句,她就喝了农药?

不是吗?

你爸妈是不是还劝你,这事就算了,肉要离就离,等你出来再找一个,他们还藏了不少私房钱,你出来还有的是本钱东山再起?我弟弟凶狠的样子引起了管教干部的注意,呵斥我弟弟注意点,说话就好生说话。我弟弟用他残缺的手指着米二福,笑道,你们以为我会揍这个王八蛋是吧?不会,我怕脏了手!米二福愣住了,他没想到我弟弟会这样骂他。我弟弟强压住怒气,冲米二福勾勾指头,米二福凑过来耳朵,我弟弟压低了声音跟他讲,警察都来调查了,如果照实说,你家那头老畜生一定会被判刑,你觉得你还有脸回秦村吗?肉什么都没讲!她是为了你的儿子!你要不想你儿子也被那头老畜生带成一头小畜生,你就老实改造,早点出来教育他,别跟你学,也别跟你爹妈学!

我弟弟带着肉回了我们家。我父母早就想在这个事情上讲点什么了,我弟弟也看出来了,他拿出两个红本本摆在桌子上。他说,首先我和肉已经是合法夫妻了,如果你们要讲什么,先在肚皮里问问自己,倒不是问自己有没有资格讲那些话,而是问自己,如果你们是我们,接下来该怎么办?

我母亲叹着气,说这事好多人都在当笑话看啊。

我弟弟笑了,你们俩正经了几十年,大家当笑话看了几十年,你们俩不正经了,大家又当笑话看了几十年。说着,他忍不住笑起来,看着我那尴尬的父母,说,你们别生气,这话也不是我讲的,是哥说的。他看着肉,手伸过去,肉犹豫了一下,伸出手,他们两个在我父母面前,双手紧紧地牵扯在一起。我弟弟看着肉的眼睛,双目含情地说,哥还说了,过好你们的日子,谁也没资格说三道四。

话虽如此,肉却总觉得别扭,不自在,遭遇这么多,这么乱的事,落在谁的身上,心头也会起沟起坎的,哪里是那么容易过去的。

我弟弟要带肉离开秦村,到人生地不熟的地方,寻个事儿做。换个新面孔过日子，多自在，多好啊。但是我父母却不放心他们，我母亲担心我弟弟手上缺指头，相当于残疾，又没文化，到哪里去找工作？而我父亲在担心肉，说你看那瘦瘦精精的样子，病都没有好利落，还得继续吃药呢。你们在家里，不管好坏，一日三餐还能搂个肚皮圆，去外头讨口啊？出门两个人，回来只一个，对得起天还是对得起地呀？

本来我弟弟是没有买下打杵子房子的打算的，他也没有那笔钱，一切都是我父亲的主意。

我父亲说我晓得你们两个的心思，在家里头，一天不是这个来，就是那个来，一会儿来借东西，一会儿来讨个水喝……个个都是嘴巴甜甜的，其实他们都是想来看热闹，看笑话，满足那点好奇心。虽然肉一直在硬撑，哭脸装作笑脸，但是又能撑多久呢。我们知道她心头苦，受了些罪。但是没办法知道她心里有多苦，受了哪些罪。万一哪天她撑不住了呢？人心都是肉长的呀！这事儿我天天都在想该咋个办，现在机会来了，打杵子卖房子，那就把它买下来！你们就当成自己的家业，住进去，大门一关！再喂上两条凶一点的狗挡门，只要肉不嫌狗叫，就让她在里头清清静静地养上一两年伤吧。伤筋动骨都要一百天，心里头的伤要想好，那是要花上点时间的！我父亲拍拍我弟弟的肩膀，语重心长地说，娃儿，你要有点耐心啊，她已经伤那么重了，你要再去伤人家，就是拉命债哟！

我弟弟看着我父亲，说，你讲得好，讲得有水平。但是钱呢？总不能跟打杵子去说赊欠嘛，人家可是等着钱给沈二仙风光大葬呢。

这个事情呢，这头我跟你妈做工作，她有点儿老垢甲藏在那里。那头呢，你再去求求你哥哥，他现在名声大得很，影响都到国外去了，所谓名利名利，几时见它们分过家？请他借点钱出来，你以后记得还他就是了。

我母亲在这件事上没有含糊，我也没有吝啬，两笔钱合在一起，买打杵子的房子还没花完。

3

沈二仙的葬礼确实风光，棺材是九层大漆的柏木大棺。打杵子还请了八个道师、四台八音班子，他们分别来自东南西北，因为各自属于不同的师承和流派，有新仇旧怨，如今聚在一起，难免龃龉不断。好在看着打杵子慷慨的钞票的分上，在关键时刻都能收敛一下，各自后退半步，忍忍让让。磬鼓齐鸣，唢呐高唱，梵呗声声，打杵子还嫌不够热闹，又从城里请了一伙专门哭丧的，又哭又唱，有门有调……

光是场面上热闹不行，还得有实际的。打杵子买了三头肥猪，几十只鸡鸭和一两百斤鱼，请的厨师团队同样是城里的，自带了液化气炉、桌椅板凳和服务员。

一时间流水席大开，四乡八里的人都来了，又有热闹看，还有酒肉吃喝，不来的都是傻子。只是这丧伙饭不能空着手去吃，否则不吉利。眼泪水还是香火纸，总得挑一样带着。又不是深交至亲，谁会带眼泪水呢？拿棍子打，怕也打不出来两滴眼泪水呢。不过是来混吃混喝的门票，那就来一刀黄表纸或者土殓纸吧。

掌坛师一声吆喝——

信香一炷答上苍,香烟缭绕烛辉煌。
招请亡魂入棺椁,三魂七魄归地乡。
日吉时良,天地开张,明星黄道,益照安康。
大殓亡魂归棺内,凶神恶煞入棺藏。

众位道师一起唱道——

合掌向如来,板木化莲台。
亡者升净土,尽造天上台。
亡者生从大门进,死后大门出。
升入赴世关,一去有何难。
八大金刚齐努力,一肩送到涅槃山……

随着请来的相帮一声吆喝,棺材上肩,抬向棺山。沈二仙被葬在大石山下的一块平地,八音班子的乐器声,鞭炮声,加上哭丧的,念经文的,辅以那香烛纸钱燃烧冲天的火焰,那在秦村上空翻卷飘飞的灰烬,在场的人莫不为之感慨,打杵子这是在办丧事,还是在办喜事呢?沈二仙哪辈子修来的福气,摊上这样大的排场?只怕他死一百回,全部加在一起,也不及这热闹的一半呢!

我父亲呆呆地看着眼前的一切,他一直试图劝阻打杵子没有必要这样搞。打杵子根本就不理睬他。看他的眼神里,哪里还有当日的情分,就仿佛他只是过往浅显的乡亲,和那些前来混吃混喝的差不多。他看待他们，就和看待我父亲的表情一样，说复杂，是悲悯、嘲讽和可笑；说简单，就只有冷漠。

香烛纸钱燃烧殆尽，掌坛师高唱升碑告座的安坟神咒——

一点一横长，横担日月上。
诸神并白虎，竟在手中藏。
一点乱三界，一横化久良。
波罗天地照，乾坤圈儿煞，除邪渡儿郎……

灰烬片片有如雪花飘落，纷纷扬扬。那些守候在酒席边早已将桌子围得满满实实的吃丧伙饭的人们，怎么能忍受灰烬落满碗盘，污染了菜肴，谁也做不到无动于衷，于是都站起来，挥舞着两手，满脸厌恶，就像在驱赶蜇人的毒蜂。

我父亲像是突然明白了，他哀叹着说，打杵子这是在给沈二仙办丧事，也是在给自己办葬礼啊！

4

打杵子离开秦村，没有跟任何人道别，甚至都没人看见他离开。如果不是满地的鞭炮纸屑和烟头、肉骨头、破酒瓶，那些抢食骨头的狗，被踩死踏平的野草地，那座条石砌就的新坟和那些已经被风雨蚀化了的灰烬，以及脑子里那些明明确确的记忆，都不敢相信他回来过……

他回来过，四里八乡甚至是大半个土镇的人都晓得这件事情。大河两岸的人们在三五年之后都还有人津津有味地讲述这件事。他捧着宿敌死仇的骨灰痛哭流涕地从千里之外回到家乡，办了一场可以用轰动来形容的丧葬大礼，然后就没有下文了。听故事的人不知道他去了哪里，也不会推测他现在在干什么，他们口若悬河的只是他如何被奸夫淫妇摁在地上灌农药，如何差点死去，如何家破人亡和那天的丧葬仪式规模如何之巨大，丧伙饭味道如何不错，谁在那天吃撑哭了，喝酒醉了，谁跟谁打架了，来自不同门派的道师如何相互使诈斗法。那天的葬礼相当于一个情报通气会，也顺带交流这房子的新主人的相关故事，爱河里最大金班老大的女人如何险些被公公强奸，为了不泄露隐秘，如何用毒药永远失声，还有这坟茔里头的死人，与著名石匠师傅夫妇的那点儿腥闻烂事。他们最后感慨，这秦村的人呀，还真是一言难尽呀！

他们自然也要谈论起我，因为缺少对我的信息掌握，他们只能费力地想象。他们说我多么有钱和有才华，因为听说我的片子又得了什么奖。我的照片被印在报纸上，电视里也可以时常看见我温文尔雅的笑容。我俨然成了这片土地上的骄傲。

我当然不可能如传闻所言，因为小时候饱受父母虐待，因为我对他们那些腥闻烂事的憎恶，所以早已和他们一刀两断。事实上我跟他们的联系和往来越来越密切，这一切都得感谢红，她说之前是可以跟他们计较一些事的，因为那会儿有时间，现在就没这个必要了。

红的父母去世后，凡是他们的生辰和忌日，红是必须要回去的。我曾经陪过她几回,到了墓地,红总会说一句,"今年来得早",或"今年来迟了"。然后,她开始了那一套祭拜仪式。仪式和秦村差不多,只是她将祷头换成了鲜花,纸钱也不像秦村那样烧很多,只是象征性地点上几张。倒是那些香烛,不是秦村可以比的,因为那是她花功夫自己调制的。我说,按照老规矩,你还应该通白和祷告的。红说不用,她在制作的时候,把想要说的话都说了,随着香烟缭绕,她的父母就一定收到了这长长的人间来信。

如果红不跟我讲,我怕是永远也不知道"来得早"和"来得迟"背后的故事。

"来得早"和"来得迟",她不是讲自己,而是讲一个持续这么多年的祭拜者,他就是我父亲。红目睹过我父亲的祭拜,早些年他长跪不起,痛哭流涕。现在这些年头,他跪在地上半天都爬不起来,红很想从树丛后面走出来去搀扶他,但又怕吓住他。

他明显老多了,红说,都不知道他还能去那个坟头几次。

他以后去,我们就陪他去吧。我突然有些感慨,我记起那年我责难父亲的情形,跟他讲冷主任死后他的沉默,之后他几天不见就是去了绵城,一个墓园一个墓园、一个坟头一个坟头地找冷主任去了。此后,每年两次,冷主任的生日和忌日,他都备了香烛祷头,前往祭拜忏悔。

不,除非他主动提出。红说,那是他的秘密。

我父亲甚为遗憾的是,有句话没有告诉打杵子。这句话可能会让打杵子不管是遭遇绝望还是茫然不知前路的时候,有那么个回头的念想。我父亲想跟打杵子说,你啥时候都可以回来，房子在那里，我们会好好地给你守着的。打杵子多半会说卖都卖给你们了，跟我没关系。而他只要这么说，我父亲一定会拿出房契来，当着打杵子的面两把撕掉，然后跟他说，这是你的家，他们只是帮你把守着！

只是我弟弟并没有守住，他们才入住半年不到，房子就莫名其妙起火了。

勤快的沈二仙在世的时候，砍了不少柴堆放在房前屋后的房檐底下，都以为这些干燥得打个喷嚏都会引燃的柴火会在他的葬礼上派上大用场，还都夸他有先见之明，结果外来的厨师带的有方便清洁的液化气。

熊熊的火焰突生于深夜两点，正是瞌睡正香的时候，我弟弟和肉差点儿命丧火海。都在说这是人为纵火，是谋杀。公安也来了，搞了两三天，也没说出个所以然来。我弟弟在沈二仙精心镶嵌的精美的石子图案上兜着圈子，给我打电话，你如果不帮我们，那就回来收尸吧！

我和红给他们做了分析，最后还是红拿的主意。她有个同学在武汉一所大学里管后勤，他们可以去大学食堂找点什么事情来做，那里环境好，人际关系简单，活儿也不累，只要手脚勤快，工资待遇应该不会太低。

我弟弟他们去了半年，就回头将我母亲接去住了半个月。承蒙红那位同学的关照，也是我弟弟和肉的共同努力，他们在学校外的街口开了个铺面，只卖卤鸡脚和我母亲亲手教会他们做的油炸汤圆。他们听了我母亲的建议，将鸡脚拿油锅里炸一下，再下锅卤煮，不仅更香更糯，而且看起来块头也大了不少。就像我母亲回来跟村里人讲述的那样，那哪里是卖哟，分明是抢，钱拿纸箱装，零头自己找，都大方得很，实诚得很，一百的大票子，往里像竹叶一样飞，说不需要找了，明天接着再来吃！我母亲兴高采烈地讲，我父亲在背后戳她，生怕她漏了嘴。我母亲说，我又不是瓜婆娘，打死我也不会告诉他们在哪里。我母亲的话虽然有些夸张，但他们的生意实在好得很，我弟弟催着给我还钱，我说不急，你们先办你们的事，需要的话，我会跟你们开腔。

二〇〇八年初春，我弟弟从红的同学那里知道红的状况不是很好的消息，极其震惊。他和肉拎着三十万现金，直接就从武汉飞到了我们暂住的昆明。这是我的家人第一次和红见面。临走的时候我弟弟要跟我喝一台大酒，我说不行，我怕我会失控，会哭。我弟弟却先哭起来，酒还没上桌子，就拥抱着我，大哭，像受尽了这世间的委屈，抑或是终于苦尽甘来。

这么多年了，从他一出生，我就对他开始了厌恶。我几乎没有拥抱过他。有那么一阵子，我无数次地诅咒他死去，如果他死去的话，那么我们的生活可能会有一些改变，不是那么糟糕的样子。而且我竟然从没为有这样恶毒的诅咒感到过后悔，一丝都没有。我从没想过要主动地去为他做点什么，就算是应了要求去做，也觉得不胜其烦。现在这个陌生的人，这强壮的陌生人的身体，石头一样挤压着我，烈火一样燃烧着我。

哥哥啊，你知不知道，有好多次我想去做那些可怕的事，最后都刹住了脚，因为我不想给你丢脸，给你找麻烦。有好多次我都硬撑不下去了，还硬撑着，因为我觉得你在那里，只要我开腔,你就会帮我。你是我最后的依靠啊!哥哥,我晓得你不喜欢我,但我还是忍不住要这样去想,因为这就是你时常说的希望吧!

肉的一张脸早被泪水吞没了。她已经失去了俊俏,只剩下了端庄,她的脸上布满了褐色的斑块,头发也白了几缕,她已经远离了伤害,但痛苦还尾随在岁月身后,潜藏在内心深处,在继续折磨着她。她去了洗手间,出来已经拭去泪水,平静而安详。她没有和红拥抱,大概是担心会一不小心挤碎那单薄的身子,只是握着她的双手,就像把话语吹到红的脸上似的,用那嘶嘶的嗓音说,你要熬过来,我都熬过来了。

后来我跟红说,这个世界上,你是第三个她肯出声说话的人。

5

红是二〇〇七年冬天做的手术,我们要在这四季如春的城市待到五月才离开,前往预订好的纽约纪念斯隆-凯特琳癌症中心。

四月初,我接到父亲的电话,问我有没有时间去见打杵子一面。在河南信阳的收容所里,我见到了打杵子。他下肢已经瘫痪,正在逗着门口看他热闹的傻女人脱裤子。你脱了裤子自己看嘛,你刚才是不是吃了我的糖嘛,那是再生糖,可以让你那里也长出我这样的东西来。他操着那难听的普通话说着,半仰着身子,解开拉链,露出自己的下体。

管理人员过来,一把将咻咻傻笑的女人拨到一边,大声喝问，是谁让他们两个凑在一起的？他大步冲进屋子里，一脚将打杵子踹翻在地上，喝骂道，你这个老流氓，你这个老鳖孙，咋就一点不要颜面呢？

颜面凉拌吃了。打杵子哧哧笑着，比芝麻叶面条好吃多了。

把裤子提起来，把你那臭东西塞进去！

天热了，让它凉快凉快嘛……

我进了屋，管教人员问找谁，什么人。陪同的人说是爱城土镇的。打杵子认出了我，默默地将裤子提好，还整了整衣襟。我只瞟了他一眼，就出了门，上了街。我给他买了身新衣服，回到他身边，他正张皇不安，不知所措，他以为我走了。我把他推到一处浴室里，我要帮他洗浴，他不干。我问服务人员有没有剃须刀，人家说啥都有，递给他一个，他说恐怕要三个。

从浴室出来打杵子已经整洁一新了。他剃了个光头，风有些凉。我要去给他买顶帽子，他说好。然后我带他去吃饭，坐在街边等车。始终，他都规规矩矩，不吱声，不东张西望，甚至脸上都没有什么多余的表情，就像个第一次进城的规矩的小男孩。我说我来带你回去，回秦村。这时候他的表情开始复杂起来，不，我不回去。他说。我看着他，可是你还有别的选择吗？

你能不能跟他们打个招呼，就把我留在这里。他哭丧着一张脸，用哀求的声音跟我说，我不会活多久的，我不会多麻烦的。我说收容所费了很多事才找到土镇，目的就是让把你带走，你怎么可能留在这里呢？

打杵子呆呆地望着他的脚尖出神。

回去吧,回秦村。我本来想说,除了秦村,你将无处可去。但我没有这么说,我笑笑,用轻松的口吻问他,你是选择坐火车,还是坐飞机呢?

打杵子对我的情况算是一无所知,他不知道我的成就,也不知道我的影响,他只道我还在某处教书。我大致给他讲了这么些年来我的经历,还在机场书店买了本杂志给他,指着里头我的报道,我说这讲的就是我的故事,虽然有夸大,但也差不离儿。他表现得十分高兴,拿着杂志翻了翻就搁到了一边,望着舷窗外飘飞的白云。

我有些意外,他怎么不细看呢?他何至于如此冷漠呢?其实我哪里知道,他的眼睛不行,早就看不清楚那芝麻粒儿大小的字了。

一旁的乘客拿起那本杂志,无聊地从头细看,看到有关我的那篇报道。我故意想让她知道,冲她微笑。她终于将我和杂志上的报道联系在了一起,真是意外和惊喜,一定要我在杂志上签个名儿,再将杂志送给她。降落的时候,她又跟我要了电话,希望以后有机会再见到我。打杵子对她的热情极其反感,他咳嗽连连,喉咙里发出怪声,这如同小孩儿恶作剧的行为,在大河两岸叫"咳怪嗽",是表达强烈不满的意思。

我和机场人员将他往外推的时候,他就迫不及待地开始教训起我来了。他说你还没讲你的婚姻情况呢。我说我结婚了。他说那你就不能随便跟那个女人打招呼,遇到人家主动跟你打招呼,你也不能随便应声。你咋还送东西给她呢?那个女人一看就不是什么好东西!

　　机场人员不停地瞟我,我微笑着任由他去说。他说你可得当心点外头的女人,没几个好的,她们就盯着你口袋里的那几个钱。你有钱给她们拿,她们掰开喊你来,要没钱啊,她们下头闭得比大石山的赖巴石还紧,缝都看不见一条!

　　我嫌他越讲越粗俗,就说,这大庭广众之下,你说话注意点儿!

　　好在他讲的都是大河两岸的土话,年轻的机场人员似乎并没有听懂。但打杵子对我的提醒毫不在意,他的声音越来越高,越来越大,让我顿时反感起来。我临时决定就送他到这里,我接过推车,跟机场人员讲,麻烦你去帮我叫一辆可以跑长途的出租车,到土镇。

　　打杵子叫嚷着,从这里打出租车到土镇,那得多少钱啊!你硬是不得了吗?坐客车多好啊!

　　我叫住机场人员,我说你来推他,我去叫车。

　　我们将打杵子塞进出租车里,打杵子一直嚷嚷着。他还在继续教训我,搞你那个不稳当,什么导演,屁!你还是应该进政府里头,大小混个官,只要当了官儿,啥都不愁了,一呼百应,二话不说,三阳开泰,四季发财……那是谁也不敢欺负的!出租车司机担心地看着打杵子,他没问题吧?我说没问题。出租车司机说,要是他屙屎屙尿咋办?我一个人可没办法啊!我满不在乎地说,那就让他屙在身上得了!这话犹如一记重锤,夯在了打杵子的脑门上,他住了嘴,纳闷地看着我。

　　我说车子送你到土镇那里,有人接你。

你呢？你不陪我吗？打杵子呻唤道，就像要遭遇嫌弃似的，竟然扯着哭腔叫了起来，我就说不回来嘛，你偏要喊我回来，我要下车，我要死在这里！他拍打着车子，要推开车门，搞得司机很紧张。

我忍无可忍地擂了车子一拳，砸住了他的嘴。我说，我得去陪我的妻子，她在昆明，癌症，她才是没有多久活的了，你还早！

打杵子规矩了，可怜巴巴地看着我，嘴巴蠕动着，说，你要记得我说的话哟。

6

我们刚在美国落地，汶川大地震就发生了。这场大地震对整个国家和民族的影响无疑是巨大的。举全国之力抗震救灾，举全国之力重建生活。人们犹如大梦初醒一般，充分认识到了集权和国家意志的力量是多么巨大，又将创造多么巨大的辉煌。"任何困难都难不倒英雄的中国人民"绝对不是一句无足轻重的话。作为单一个体，在这场灾难中，个人如草芥一般微不足道，但作为生命的艰难表达，又是多么的重要。马元江深埋废墟之下长达一百七十九个小时，当被营救出来后，整个世界都为之欢呼。透过镜头，一直对记者表示自己要坚强地活下去的陈坚，终于获救后却因为"挤压综合征"突然死亡，整个世界都为之哀伤。之前混淆的、浑浊的一下子就清醒起来，整个国家和民族在悲痛中达到了空前的团结，也似乎一下子找到了今后努力的方向。

这场地震既是万劫不复的深渊，也是锤炼人性的烈火。

米二福在这场大灾中经受住了考验，他凤凰涅槃般获得了新生。地震过后，监狱背后的大山坍塌了，巨大的山石从天而降，高墙铁网、壁垒森严的犹如铜墙铁壁的监狱瞬间就被砸了个稀巴烂。米二福没有像他的那些同改那样逃离，而是开始救人。他救了管教，救了荷枪实弹的武警，还救了同改、伙夫……他救出了十三个人，分别将他们安置在安全的地方，然后一一照看他们，给他们喂食，鼓励他们不要放弃生的希望，要坚强地活下来。在新监狱待了半个月以后，米二福被改为监外执行，他回到了秦村。

他的母亲小舌头是秦村唯一死于地震的人，这几乎是宿命。一九七六年，在唐山大地震发生后不久，预报说大河两岸将发生大地震，于是开了声势浩大的防震抗震工作。秦村大队的地震预报员在深夜里被噩梦惊醒，紧急敲响了地震袭来的铜锣，米二福的婆婆都从屋子里跑出去了，又折身回去抢他爸爸的"印把子"，结果脚下一滑，掉进了沼气池。被打捞上来的时候，手上还紧紧地攥着秦村大队的公章。尽管随后真的发生了松平大地震，但是对秦村的影响微乎其微。

小舌头的嘴里还包着一口没有来得及咽下的胡豆，就被断裂的房梁砸死在了堂屋里。

米二福在秦村待了没几天，就被请回了监狱。他开始在监狱系统做报告，从自己当年怎么违法犯罪讲起，讲到那些违法犯罪的事，讲到妻离子散，声泪俱下，泣不成声，讲到监狱管教干部的关心和教育，感激之情更是难以言表。

米二福的事迹首先在监狱系统引起了巨大反响，接着影响扩大到了社会上。他发下的要把余生献给秦村的宏愿，获得了几笔数目可观的投资，他将在秦村进行农业旅游开发，他的目光落在了大石山上。

就在米二福和他的合伙人站在大石山顶跟几个规划设计的技术人员讲他心头的宏图大志时，打杵子刚刚咽气。也就这个时刻，打杵子的女儿桃正坐在泰国班武里府的家中，一边喝着咖啡，一边听着《牡丹亭》——

则为你如花美眷，似水流年。
是答儿闲寻遍，在幽闺自怜。
转过这芍药栏前，紧靠着湖山石边。
和你把领扣松，衣带宽，袖梢儿揾着牙儿苫也，则待你忍耐温存一晌眠。
是那处曾相见，相看俨然，早难道这好处相逢无一言？
这一霎天留人便，草藉花眠。
则把云鬟点，红松翠偏。
见了你紧相偎，慢厮连，恨不得肉儿般团成片也，逗的个日下胭脂雨上鲜……

桃并不喜欢昆曲，对《牡丹亭》更是一窍不通，但是老华侨喜欢。老华侨喜欢，她就得喜欢。为了叫老华侨看出她是真喜欢，那就得一遍遍听，从那简单的故事里头听出复杂的精妙。时间一久，还真就听出了道道，听得人如痴如醉，听得自己也搞不清楚这人生究竟是在梦中，还是正是梦醒时分。桃一面打捞着如梦似幻的童年记忆，一面玩弄着那枚安妮女王金币。这枚安妮女王金币对于桃来说有着重要的意义，就相当于心理医生唤醒入梦者的响指，相当于盗梦者区分梦境与现实的陀螺……

安妮女王金币是她跟老华侨在英格兰旅游的时候，从当地华人收藏家手中以五万美金买下的。当时她只想赌气，看这个比她大四五十岁的男人是不是真的爱她，是不是听她的话。

五万美金？买下来当然不是问题，但它是真的吗？值不值呢？

是不是真的？它说了算！值不值？也让它说了算！这决定权就交给它了！她拿过那枚金币，高高抛起，然后拍在手背上，说，如果女王在上，那么它就是真的，也值！

女王在上！它给自己做了主！

那个老东西虽然不是很爽快，但还是出了钱。事实证明，这个金币是诚实的。专家说，这是一枚安妮女王"VIGO"五基尼金币。金币一面是安妮女王半身像，一面是盾徽图案，历史可追溯至一七〇三年。安妮女王在位期间，在西班牙维哥发生了一场著名海战，以英国为首的英荷舰队战胜了法国、西班牙的舰队。为纪念这场胜利，当时的英格兰银行将截获的这批钱币熔化后铸造了带有"VIGO"字样的多种钱币，其中五基尼金币一共铸造了二十枚。从此，桃就喜欢用它来指引自己的生活，甚至是决定自己的命运，而且总是错不了。

她用这枚金币决定自己是不是嫁给老东西，金币决定，嫁给他！她让金币决定他能活多少年，金币的决定是十三年。

错不了,这个老变态去年就死了。

桃抛出金币,一把拍在手背上,她说,如果女王在上,那么我就回去。

女王在上。

桃唤了女佣过来,让她给票务公司打电话,订一张到成都的航班。过了一会儿,女佣回话说明天曼谷飞成都的航班已经没票了。桃站在窗前,看着眼前这烂熟的一切。她已经在这个地方被困了快二十年了,终于可以离开了。那就后天吧,不急这一天。

7

桃只身一人回到了秦村,这引起了轰动。我母亲一见到她,泪水就出来了。真是造化弄人啊,老天爷,你这不纯粹是跟人开玩笑吗?早几天回来,他们父女就能团聚了。

尽管我母亲一见到桃就忍不住上前要牵住她的手,但桃始终没有对我母亲表现出多少热情来。我母亲问她,你还记得我是谁吗?桃说,记得。我母亲说,你把我喊啥呀?桃说,你不是师奶吗?我母亲左一把鼻涕右一把眼泪,问,你妈妈呢?她咋没跟你一路回来?桃说,她去世了。大家不胜感慨。

你还记得山吗?我母亲问。

桃叹口气,看着我母亲,说,你是不是以为我傻了呀?

大家哄笑起来。

我母亲觉得有些尴尬,桃说她现在在温州开皮革厂,这回从电视里看到家乡遭了灾,所以回来看看。当然不是打空手,她带着慰问金。她拿出一张银行卡,交给村上的干部,恭敬地请他收下。她还表示想在村里住一阵子,到处看看。我母亲殷勤地邀请桃到我们家住。桃说不添麻烦,她已经在土镇订下了房间,只是有劳谁送送她。米二福自告奋勇,问桃是否介意坐他的车。桃说,怎么会介意呢?米二福说我小时候可是欺负过你呀。桃说,那你现在就好好赎罪吧。

这天晚上村上干部带回了个惊人的消息,那张卡里有三百万人民币。

第二天早上,米二福风驰电掣地赶回秦村,找到我父亲,说桃请我父亲帮忙置办一下祭祀的供奉,她会在十一点赶回秦村,去祭拜她的父亲。

我母亲当时没有说什么,但在我父亲置办那些祭祀品的时候,一直在身后不断嘀咕,凭什么给她办这些东西?回来不直接去给她爸爸上坟,还东跑西跑,听说爸爸死了,连眼泪水都没有一滴,哪里有这样的女子?又说,还说认得我呢,给村上三百万,却连个糖块都没给买一块……

我父亲不耐烦了,你就少讲两句嘛,年轻人,她懂啥呀。

我母亲突然压低了声音,悄声说,我看米二福那个鬼样子,牛皮糖一样,可能昨天晚上就缠上她了。她就跟她那个妈一样,你看那眉眼、那做派,真是王八看绿豆,一眼就对上了呢!

我父亲忍不住了,冲我母亲吼道,你讲啥子鬼话呀?

桃在我父亲的指导下,完成了对她父亲林正文的祭拜。因为三百万的影响,所以大家在看桃的时候,相比昨日的嘈杂和嬉闹,多了许多恭敬和肃静。

我父亲说，你还可以跟你爸爸通白几句。桃不明白。我父亲说，你已经好多年没有见过他了，这些年都咋样，好不好，可以跟你爸爸说说，就像闲聊，就像汇报。桃说不用了，他如果在天有灵，他会什么都知道的。

桃还去她的那个家看了看，尽管残垣断壁废墟一片，但那石块砌成的精美图案还清晰可见，这让她感到惊奇，问，这是我爸爸做的吗？我父亲说不是，是沈二仙做的。桃更是好奇了。我父亲大致跟她讲了经过，桃越听越疑惑，她摆摆手，说算了，脑壳都听晕了，你就跟我讲讲，我爸是怎么死的吧。

我父亲说，你爸爸一直在外头找你们，找了这么多年，一直没有放弃。去年河南信阳救助站打电话，说他害病，是你何山哥哥接他回来的。然后就住在秦村，村上干部和我们这些老邻居、老乡亲都给予了他很好的照顾，但是这个病太重，瘫痪，脏器受损，最终引起并发症，就这么走了，走得倒也安详，没遭什么罪。

他留下什么遗言没有？

我父亲想了想，说，没有。

这当然不是实话。村上干部晓得桃一定会问起这些问题，天不亮就跑到我们家，找到我父亲，跟他商量该怎么回答。

打杵子被弄回秦村后，村上研究决定，把他当五保户安置，住在村委会的一间屋子里，因为他已经丧失了生活自理能力，就叫周边几户人家轮流照顾，其实也就是送送饭，端一下屎尿。我父亲一有时间，就会过去待一阵子，希望跟他说说话，但是他却没有交谈的欲望，换了别人，也没话说。

有一天，他突然提出想写点东西。我父亲兴冲冲地拿了纸和笔过去，他不要水笔和圆珠笔，他要毛笔，因为字太小了他看不清楚。于是，我父亲又拿了大张的白纸和毛笔、墨汁给他。

他写的字可真大，一张白纸上写不了几行。我父亲说，你这是不是太浪费了点儿，这么写，谁供得起呀。他不理会，白纸写完了，就往墙壁上写。四面粉墙，凡是够得着的地方，他都写了字，毛笔字，密密麻麻。

如果是写的有意思的，那多少纸张都无所谓。可他写的都是些什么东西呢？亲痛仇快。是亲不是亲，非亲却是亲。谁人背后无人说，哪个人前不说人。冰冻三尺非一日之寒。眼睛一闭，婆娘跟人睡，儿女跟人姓……

我是写给山的，他一定用得上！打杵子说，这些句子，有的是我听说的，有的是我总结的，是我对这个世界的态度，阐明了我的人生态度，总结了我的生活经验，可别小看它们，宝贵得很！可一定要传授给山，不仅可以指导他的生活，而且他还可以写进他的书里，影响到这个世界千千万万的人！

他正写在兴头上，地震来了。

村委会的房子建于二十世纪六十年代，被震得五花八牙。都以为打杵子活不成，却没想到他一根毛都没伤到。大家把他往外抬的时候，他大声吆喝，要把他写的那些纸张都抢救出来，还千叮咛万嘱咐，那墙可千万别拆除了，实在要拆除，也得等山回来看了再说……

谁理会他呢？大家早就将他当成了脑壳有问题的人。

出于安全考虑，他被安置在一顶帐篷里。因为帐篷里蚊虫太多，地上潮湿，加上他的病情越来越重，都以为他会很快死去。所以，三顿饭菜按时送到，大小便也及时清理，要什么呢，也尽量满足。结果呢，他倒是能挺！渐渐地大家就失去了耐心，开始了敷衍。其实，那是没办法，家家户户的房屋都有受损，都想趁着国家有补贴，赶紧修缮和重建。而且余震也一天不断，人心惶惶。谁还有那个心思去尽心尽力照顾他呀！他好的时候，人们都不怎么待见他，更何况现在像条狗。

我母亲去看了打杵子几回，见他可怜，就做了饭菜喊我父亲送给他，去照顾他，还亲自去找村干部，东说西说，要了一间刚刚搭好的活动板房，把打杵子抬进去。

那时候打杵子已经不咋个吃得进了。秦村有句老话，"说不出就该输，吃不进就该死"。但是他还挣扎着要写字，还喊我父亲给他买墨水。我父亲说，打杵子呢，你龟儿子就消停下嘛，你已经写了那么多，好多都是千篇一律的，而且大都是《增广贤文》上头都有的。

打杵子不理会他，跟前来给他拿药的黄先生说，你那里有没有红药水？紫药水也行。黄先生问，你要搞啥子？哪里伤了？打杵子说，你莫管，有就有，没有就没有。黄先生说，红药水，紫药水，多的是嘛，都是献爱心送来的。

打杵子努力探起身子，用一根棉签蘸着红药水和紫药水，往那雪白的板房墙壁上写起了字。还是那些词语和句子，因为使不上劲，那些字歪歪扭扭的，很难看。

写完两瓶药水，黄先生就不肯再给他了。说不管红药水还是紫药水，都是药水，是治病救人的，不是拿给你鬼画桃符的！

我父亲再次劝打杵子，莫要写了，你看你都这个样子了，你究竟有啥子要紧的，你可以讲给我听。你看看……我父亲指着墙壁，好好的，你搞成了个什么鬼样子？

打杵子听了劝，不再说什么，四肢伸伸展展地躺在那里，眼睛闭得紧紧的，摆出一副等死的样子。

我父亲感觉到他快熬不下去了，不过就是一两个礼拜的事。但是没想到死会来得那么快。那天早上，我父亲推开门，发现打杵子已经咽了气，四肢伸伸展展地摆开，眼睛却睁得大大的，盯着墙上。我父亲一看墙上，又新写得有字呢。

不是没有药水了吗？他拿什么写的？

我父亲看着我，神情尴尬，我还是不讲了嘛，免得你恶心。

你就讲嘛，没啥的。我说。

我父亲犹豫了一下，说，屎，他拉的，手蘸着，写了三个字，工工整整……

三个什么字？

我父亲再次犹豫了。见我是那样热切地期待着，他想了想，嘿嘿一笑，拍拍脑壳，说，哎呀，人老了，想不起来了，想不起来了。

8

大石山的农业旅游开发如火如荼地进行着，据说桃也投了资。米二福时刻都在她的身边，真像那些看不惯他的人形容的那样，像牛皮糖，更像哈巴狗。米二福也公开表示，他喜欢桃，早在小时候就喜欢上她了，而且他在大石山下他挖的蓄水塘边当众向桃求婚。

当时不知怎么的就扯到这个事情上来了。在场的有不少工匠、开挖掘机的师傅、镇村干部，还有乡亲和看热闹的我的父亲母亲。两人因为什么事，米二福一反常态，不高兴地嚷嚷起来，你不是说你没有丈夫吗？桃生气地回应道，谁说我没有丈夫？米二福说，你不是讲他已经死了吗？桃说他是死了，但并不代表我没有丈夫啊？米二福说死都死了，就是没有！桃说，米二福你跟我扯这些什么意思？米二福说我要你嫁给我。

行呀！

桃从包里掏出那枚安妮女王金币，丢进水池里，你有本事给我捞起来，我就嫁给你！

水池有三四米深，幽幽的，深不见底的样子，映着天上的白云，仿佛天眼，仿佛深渊。秦村人谁都知道这对米二福意味着什么。但是米二福却连衣服都没脱，纵身一跃，如一把利剑插进天眼，如一条鲶鱼潜入深渊。

三个小时后，米二福被人拽上了岸，他浑身哆嗦，手里举着那枚安妮女王金币。

终　章

　　我有些不相信，桃回到秦村的日子里真的就没有提说过我吗？是的，她从未提起过我。就算我母亲跟她讲起我，她也只是微笑。

　　晓得我回来了，大家都来看我们。

　　老陈专程从龙隐寺过来。他明炯炯的火把一样的烟终于把肺烧坏了，说话全是断句，声气小而急促，嘶嘶的，像条累坏了的蛇。好几年前他就皈依了，住在龙隐寺。他来找过我几回，和我父母都成了好朋友，在他的介绍下，我的父母也开始信佛，早晚三炷香，晨昏九叩首。

　　老陈来见我是因为龙隐寺的老和尚在圆寂前专门给我写了一幅字，他要当面送给我，这也是他最后的一桩心愿——

　　　　身是菩提树，心如明镜台。
　　　　时时勤拂拭，莫使惹尘埃。

　　我和红长时间地看着那幅字，红有点纳闷，问，老和尚怎么这样写？我说我和这老和尚虽然从未谋面，显然他是明白我的。

米二福风尘仆仆,他才从泰国回来。他说桃已经收到了我的信,本来是想给我回信的,但是字写不好,所以,就让他带口信。他说,桃看了我的信,看得很认真仔细,她很感谢我给她讲那么多事,尤其是有关她爸爸的事,她挺感动,也很感谢,尤其是她爸爸的那句话,让她也开始了寻找,将那些埋藏的忘记的丢弃的往事,一点一点地往回找。

讲到这里,米二福看着我,她爸爸真的一直在找她吗?

我说是的,从始至终,他一直在找她,从未放弃希望,一直在找,一直找不见,但一直在找。

米二福轻叹一声,说,我们啥时候相信过他呀,现在好多人讲起他,都还把他当成个笑话呢。

这个时候我弟弟和肉回来了,带着他们的孪生儿子。米二福悻悻地走到了一边。那两个孩子真是可爱极了,扑向红,叫着伯母。我与弟弟和肉打了招呼后,又逗惹了一阵两个小侄儿,见米二福还站在一边,像对我有话要说,我就走了过去。在经过我母亲身边的时候,我母亲突然叫住我,她一把抱住我,嘤嘤地哭起来。他们终于知道此番我们回来的目的了,他们都很哀伤。

我父亲握住红的手,两人都满脸泪水。

是真的吗?米二福很震惊。我说是真的,刚刚我们去选了墓地,在大石山上,就是不知道你肯不肯给我们。兄弟,需要什么你只管讲,别说一块墓地,就是要命,我也给你呀!我说我们想要山顶上那块平坦得像晒簟一样的石头。你要那块石头干什么?我比画着告诉米二福,希望他能听懂,能明白。我说我们不会起坟也不会立碑,我们只是在那块石头上取出一块来，然后将我们的骨灰放进去，就像镶嵌一样，绝对会让它显得很完整。米二福瞪大了眼睛，就像在听一个奇妙的故事。

我说是真的，我们想把自己孕育在里头。

2019 年 8 月 30 日初稿

2021 年 2 月 5 日一改

2022 年 9 月 22 日二改